国家出版基金项目
NATIONAL PUBLICATION FOUNDATION

国家社科基金重大项目
20世纪美国文学思想研究

● 主编 蒋洪新 ●

卷一

19世纪末至20世纪20年代

美国文学思想

刘 白 等著

上海外语教育出版社
SHANGHAI FOREIGN LANGUAGE EDUCATION PRESS

图书在版编目（ＣＩＰ）数据

19世纪末至20世纪20年代美国文学思想 / 刘白等著
. -- 上海：上海外语教育出版社，2024
（20世纪美国文学思想研究 / 蒋洪新主编）
ISBN 978-7-5446-7881-0

Ⅰ.①1… Ⅱ.①刘… Ⅲ.①文学思想史—美国—
19世纪-20世纪 Ⅳ.①I712.09

中国国家版本馆CIP数据核字(2023)第169549号

出版发行：**上海外语教育出版社**
（上海外国语大学内）邮编：200083
电　　话：021-65425300 (总机)
电子邮箱：bookinfo@sflep.com.cn
网　　址：http://www.sflep.com
责任编辑：杨　洋

印　　刷：上海中华商务联合印刷有限公司
开　　本：635×965　1/16　印张 25.25　字数 338千字
版　　次：2024 年 6 月第 1 版　2024 年 6 月第 1 次印刷

书　　号：ISBN 978-7-5446-7881-0
定　　价：108.00元

本版图书如有印装质量问题，可向本社调换
质量服务热线：4008-213-263

总　序

当今世界百年未有之大变局加速演进，人类正面临许多共同的矛盾和问题。中国和美国是世界两大超级经济体和联合国安理会常任理事国，两国关系是世界上最重要、最复杂的双边关系之一。中美之间如何加强沟通合作，尊重彼此的社会制度和发展道路，尊重双方核心利益和重大关切，尊重各自发展权利，已经成为全球关注的焦点问题。当前，中美关系经历诸多曲折，但越是处于艰难的低谷时期，我们越是需要通过对话、沟通与交流的方式，共同探寻解决问题的方案。

习近平总书记指出，"国之交在于民相亲，民相亲在于心相通"①。民心相通既是中国倡导的新型国际关系的组成部分，也是中美关系向前发展的社会根基。只有民心相通，才能消除中美之间的误读、误解和误判，才能增加中美双方的战略互信。因此，我们应通过多种途径推动中美之间民心相通。实现民心相通的方式多种多样，最重要的无疑是开展多层次、多领域的人文交流与合作。党的十八大以来，习近平总书记从构建人类命运共同体的高度出发，先后在多个重要场合提出要加强文明交流对话和互容互鉴，指出文明交流互鉴是推动人类文明共同进步与世界和平发展

---

① 习近平：《习近平在中国国际友好大会暨中国人民对外友好协会成立60周年纪念活动上的讲话》，https://www.gov.cn/xinwen/2014 - 05/15/content_2680312.htm，访问日期：2023年12月28日。

的重要动力。

人文交流与合作是双向的、平等的,美国需要深入了解中国,中国亦需要进一步了解美国。诚如亨利·艾尔弗雷德·基辛格(Henry Alfred Kissinger)所说:"从根本上说,中美是两个伟大的社会,有着不同的文化、不同的历史,所以有时候我们对一些事情的看法会有不同。"①我们相信,文明多样性是人类社会的基本特征。当今世界有 200 多个国家和地区、2 500 多个民族,②有 80 多亿人口③和数千种语言。如果这个世界只有一种信仰、一种生活方式、一种音乐、一种服饰,那是不可想象的。无论是历史悠久的中华文明、希腊罗马文明、埃及文明、两河文明、印度文明,还是地域广阔的亚洲文明、欧洲文明、美洲文明、非洲文明,都既属于某个地区、某个国家和某个民族,又属于整个世界和全人类。不同文明在注重保持和彰显各自特色的同时,也在交流与交融中形成越来越多的共有要素。来自不同文明的国家和民族交往越多越深,就越能认识到别国、别民族文明的悠久传承和独特魅力。换句话说,各民族、各地域、各国的文明相互依存、相互渗透、相互交流,你中有我、我中有你,各自汲取异质文化的精华来发展自己的文明。有容乃大,方可汇聚文化自信之源,事实上,中华文明 5 000 余年的演进本身就是一部"有容乃大"的交响曲。只要我们深深扎根于中华优秀传统文化,抱定马克思主义指导思想,坚持"以我为主、为我所用"的原则,就一定会在与世界其他文明的交流互鉴中焕发更加旺盛持久的生命力。在这个意义上,我们对美国人文思想的研究,不仅能让我们反观中华文明的流变,还能给今天的中美人文交流带来

---

① 基辛格:《基辛格:世界的和平与繁荣,取决于中美两个社会的互相理解》,《新京报》2021 年 3 月 20 日。

② 邢丽菊、孙鹤云:《中外人文交流的文化基因与时代意蕴》,《光明日报》2020 年 2 月 26 日,第 11 版。

③ 联合国:《全球议题:人口》,https://www.un.org/zh/global-issues/population,访问日期:2024 年 4 月 18 日。

重要启示,在"和而不同"中找寻"天下大同",追求心灵契合与情感共鸣。

人文交流的内涵很丰富,其中,文学既承载着博大壮阔的时代气象,也刻写着丰富深邃的心灵图景。文学是时代精神的晴雨表,在人文交流中占有独特的突出地位。钱锺书先生在《谈艺录》里说:"东海西海,心理攸同;南学北学,道术未裂。"①文学具有直抵人心的作用,能唤起人们共同的思想情感,使不同民族和文化背景的人们能够彼此了解、增进友谊。在中国文化语境中,"文学"一词始见于《论语·先进》:"文学:子游、子夏。"当时的文学观念"亦即最广义的文学观念;一切书籍,一切学问,都包括在内"②。钱基博则言:"所谓文学者,用以会通众心,互纳群想,而兼发智情;其中有重于发智者,如论辩、序跋、传记等是也,而智中含情;有重于抒情者,如诗歌、戏曲、小说等是也。"③在西方文化语境中,文学指任何一种书面作品,被认为是一种艺术形式,或者任何一种具有艺术或智力价值的作品。"文学"的英语表达 literature 源自拉丁语 litteratura,后者就被用来指代所有的书面描述,尽管现代的定义扩展了这个术语,还包括口头文本(口头文学)。进入 19 世纪,由于语言学的兴起和发展,文学被看作一种独立的语言艺术,尤其在受到分析哲学影响后,更是呈现出语言学研究的片面趋势。那么,究竟依据什么来判定"什么是文学"或者"哪些作品可列入文学范围"呢?这往往与某社会、文化、经济、宗教环境中某个人或某一派在某一时间、地点的总体价值观相关联。用总体价值观来判断文学性的有无,这也符合我国历代主流文学理论家强调作品思想性的传统。从这个意义来讲,我们对文学的研究应集中于文学思想。

---

① 钱锺书:《序》,载《谈艺录》,北京:生活·读书·新知三联书店,2019 年,《序》第 1 页。

② 郭绍虞:《郭绍虞说文论》,上海:上海古籍出版社,2000 年,第 17 页。

③ 钱基博:《中国文学史》(上册),北京:中华书局,1993 年,第 3 页。

　　文学思想不是文学与思想的简单相加,而是文学与思想的内在契合和交融。文学思想有两种基本指涉:一指"文学作品中"的思想,即文学作品是文学家观念和思想的直观呈现;二指"关于文学"的思想,即在历史发展的各个阶段中,对文学学科的发展具有重要意义的文学观念和文学思想意识,包括文学批评和文学创作两个方面。此外,文学思想还可以是"与文学相关"的思想。一般而言,文学总是与一定的社会文化思潮和哲学思想的兴替紧密联系在一起,具有较鲜明的文学价值选择倾向,并且这种倾向常常给当时的文学创作以直接或间接的深刻影响。作为人类社会中重要的文化活动和文化现象,文学思想主要体现在关于文学的理性思考上,集中体现在对文学的本质、使命、价值、内涵等重大问题的思考和言说上。除了体现文学主体对文学自身构成和发展现状的认识,文学思想也反映一个社会特定时期的政治、经济、文化等各个方面的情形,并且深受这些因素的影响。因为某一具体文学思想的提出和演变,都有当时的社会环境和人文思潮作为背景,离开具体的历史文化语境,该思想就会成为无源之水、无本之木。可以说,对美国文学思想的研究,也就是对美国人文思潮的发现与揭示。

　　回溯历史,20世纪世界的发展洪流在各种矛盾的激荡中奔涌向前。借用F. S. 菲茨杰拉德(F. S. Fitzgerald)总结爵士时代的话说,20世纪是一个"奇迹频生的年代,那是艺术的年代,那是挥霍无度的年代,那是嘲讽的年代"[1]。从经济大萧条到两次世界大战,从社会主义国家的横空出世到全球范围的金融危机,政治经济无不在人们思想的各个方面留下烙印;从工业革命到人工智能,从太空登月到克隆生命,科技发展无不从根本上改变着人们的生活形态;从"上帝已死"的宣言到包罗万象的后现代主义,从亚文化运动到

---

① F. S. 菲茨杰拉德:《崩溃》,黄昱宁、包慧怡译,上海:上海译文出版社,2011年,第23页。

生态思想,频发的文化思潮无不使这一世纪的思想都面临比前面几千年更为严峻的挑战。审美体验方面,从精神分析到神话原型批评,从语言学转向到文化批评,人们通过各种各样的方式来解读和阐释自己的心灵产物。这个世纪将人们的想象和思维领域无限拓宽,文学思想因此而变得流光溢彩、精彩纷呈,尤其是美国文学,在这个世纪终于确立了自己的地位,形成了自己的体系。以上种种都在文学的各个层面或隐或现地得到投射或展露。

20世纪美国社会风云激荡、波澜壮阔,对美国文学和文学思想的发展影响深远。2014年,我主持的"20世纪美国文学思想研究"课题入选国家社会科学基金重大项目。由此开始,我和我的学术团队全面梳理20世纪美国文学思想的发展脉络,系统阐述各个时期的文学思潮、运动和流派的性质与特征,并深入探讨代表性作家的创作思想、审美意识和价值取向。这套"20世纪美国文学思想研究"丛书就是我们这个课题的结项成果。丛书分为五卷:卷一是刘白、简功友、宁宝剑、王程辉等著的《19世纪末至20世纪20年代美国文学思想》,围绕现实主义、自然主义、印象主义、"文学激进派""新人文主义"等方面的文学思想进行深入研究;卷二是叶冬、谢敏敏、蒋洪新、宁宝剑、凌建娥、王建华、何敏讷等著的《20世纪20至40年代美国文学思想》,通过对代表性文学家的创作理念、文学思想、艺术风格等进行分析与阐释,研究这一时期美国主要文学思想的缘起、内涵、演变和影响;卷三是张文初、黄晓燕、何正兵、曾军山、李鸿雁等著的《20世纪40至50年代美国文学思想》,研究该时期美国注重文学自身构成的特殊性的文学思想;卷四是郑燕虹、谢文玉、陈盛、黄怀军、朱维、张祥亭、蔡春露等著的《20世纪60至70年代美国文学思想》,研究该时期在与社会现实显性的互动和复杂的交织关系中形成的文学思潮;卷五是龙娟、吕爱晶、龙跃、凌建娥、姚佩芝、王建华、刘蓓蓓等著的《20世纪80年代至世纪末美国文学思想》,全方位、多角度地对该时期的文学思想进行了解析。

需要指出的是,这样的年代划分并非随意为之,而是有其内在的逻辑理路。19世纪末至20世纪20年代,美国处于"第一次文艺复兴"之后的民族性格塑造、自我身份确立的过程中,文学思想的发展态势和内涵呈现出两个较为明显的特征:一方面本土性文学思想应运而生,另一方面文学思想又表现出对社会、历史等外在因素的关注。这一阶段的文学思想大致可概括为"外在性"的坚守与"美国性"的确立。20世纪20至40年代,美国经历了"第二次繁荣",这一阶段美国文学家的思想在现代危机之中展现出了"先锋性"和"传统性"双重特质,即摆脱旧传统、开拓文学新思维的品质及坚守文学传统的精神。20世纪40至50年代,知识分子在经历第二次世界大战和冷战后,越来越关注文学的本体性,将审美价值置于其他价值之上。当然,也有一些知识分子受到社会矛盾的影响,将文学视为表现社会的重要载体。这种"审美自律"或"现实关注"也成为这一时期众多文学流派思想中最为显性的标记。20世纪60至70年代的文学家继续之前文学界对现实的关注,同时又表现出对传统的"反叛"以及对一些中心和权威的"解构"。这种鲜明的反叛与解构集中体现在黑色幽默小说家、科幻小说家、"垮掉派"、实验戏剧家、解构主义批评家的思想之中。20世纪80年代至世纪末,经历解构主义思潮之后的美国文化走向多元。在这一时期,不同族裔、不同性别和不同阶层的"众声喧哗"使文学思想也呈现出不一样的特质。

本丛书以全新的理论范式对纷繁复杂的20世纪美国文学思想进行了逻辑分明的系统整理,并力求在以下四个方面有所突破或创新。一是研究视角创新。丛书研究视域宏阔、跨度宽广,范畴超越传统的文学史观。它以"文学思想"的广阔视野整合、吸纳了传统的"文学创作""文学理论"与"文学批评",涵盖了文学活动的特点、风格、类型、理念等诸方面,不仅深入探究文学创作主体,而且从美学、哲学、政治、文化、宗教和道德层面充分揭示作家的文学思想特点与创作观念。这一研究力图丰富和发展目前的美国文学研究,探索文学的跨领域交叉研究,拓展 20 世纪西方乃至世界文学及其思想的研究范畴,以期建立一种创新性的文学思想研究架构。二是研究范式创新。丛书以"时间轴+文学思想专题"的形式建构,各卷对各专题特点的概括和凸显、对各文学思潮的定性式说明、对 20 世纪美国文学思想发展线索的初步认定,都是全新的实践与探索。比如,用不同于新批评所用内涵的术语"外在性"来概括 20 世纪前期美国文学思想的特征,用"先锋性"来凸显美国现代主义文学思想的特色,用"审美自律"来描述美国新批评或形式主义文学思想的发展,这些观点都凝聚了作者开创性的妙思。三是研究内容创新。丛书系统研究 20 世纪美国文学思想,研究对象从时间来说,跨越从 19 世纪末到 20 世纪末共百年的时间;从思想主体来说,包括文学家的文学思想,批评家的文学思想,以哲学、心理学、社会学等为专业的理论家的文学思想等。研究对象的包容性和主题的集中性相得益彰。四是研究方法创新。丛书综合运用了现象学方法、历史主义方法、辩证方法、比较诗学方法等。

　　一个时代有一个时代的文学,一个时代有一个时代的思想。在特定时代的思想前沿,文学总是能够提出、回应并表达生活中那些内在的、重大的和切身的问题,也生成了该时代最敏锐、最深邃和最重要的思想。20 世纪美国文学思想的演变进程体现了时代大潮中涌动的美国文化观念,对美国的社会思潮、文化特征、国家形象及全球影响力有重要的形塑作用。他山之石,可以攻玉。新时代中国创造了中国式现代化新道路,创造了人类文明新形态。我们系统、全面、深刻地梳理研究了 20 世纪美国文学思想,回望审视,更希冀新时代中国文学继续心怀天下、放眼全球,向人类的悲欢、世界的命运敞开胸怀,在继承深厚的中华优秀传统文化的基础上守正创新,并以理性、平视的目光吸收借鉴人类文明的优秀成果,以自信的态度塑造中华文化形象,充分展现新时代中国文学的"中国特色、中国风格、中国气派",为丰富中国文学思想、促进中华民族文化复兴和构建人类命运共同体发挥思想伟力,为人类文明进步贡献中国智慧。

文学如水,润物无声。文学滋养人生,思想改变世界;世界因文学而多彩,人生倚思想而自由。谨以一首小诗献给读者,愿我们都能在文学的世界里拥抱自由与释放、追求美好与大同:

溯回百载美利坚,遥望九州气定闲。

文明西东能相益,华章千古在人间。

谨以此丛书致敬伟大的文学思想先哲!

蒋洪新

2024 年 4 月

目　录

绪　论[1]

---

[1]　绪论由刘白撰写。

　　众所周知,19世纪西方的文学思潮几乎都滥觞于欧洲大陆。美国因为历史短浅,几乎没有孕育出既具有独创意义又具有国际影响力的本土文学思想家。然而,从南北战争结束到第一次世界大战之间,美国经济开始突飞猛进,这个时期的美国不仅从一个相对封闭落后的农业国家变成了后来居上的资本主义工业大国,更是在1894年一跃成为世界第一的经济强国。与此同时,美国文学在世界文坛中也迅速崛起。生活在北美大陆上的先贤们开始跃跃欲试,想要建构独立的民族文学。美国文人越来越希望摆脱对欧洲文化的依附,形成根植于美国本土文化的、真正意义上的美国文学。回顾19世纪末至20世纪初美国文学思想的转型、现实主义文学与自然主义文学思想的爆发、"文学激进派"与"新人文主义"之间的论争,可以发现这个时期的美国文学思想表现出两个突出的特征——"外在性"的坚守与"美国性"的确立。

一、"外在性"的坚守

　　"外在性"(the extrinsic)是相对于"内在性"(the intrinsic)而言的范畴。按该范畴首倡者雷内·韦勒克(René Wellek)与奥斯汀·沃伦(Austin Warren)的解释,"外在性"指文学与外在于文学的世界之间的关系。"外在于文学的世界"包括现实事物、时代精神、社会心理、作者自身、读者趣味等多个方面。与文学的构成相对应,在文学思想的层面上,"外在性"则指研究文学和非文学要素的相互关系而形成的观念。韦勒克用"内在性"和"外在性"区分文学研究有重前者而轻后者的倾向,"内""外"的命名含有扬、抑的成分。本书完全中性地借用"外在性"这一富有历史感的概念来概述 19 世纪末至 20 世纪初美国文学思想对道德、心理、社会、历史、现实等非文学内部层面的重视,不含"内""外"之别的意向。

由于美国特有的文化传统,如受殖民地精神、清教主义、超验主义的影响,美国本土从 19 世纪末到 20 世纪初一直存在一条自觉坚守文学外在性的思想线索。这种坚守表现为 19 世纪末拉尔夫・沃尔多・爱默生(Ralph Waldo Emerson)与亨利・大卫・梭罗(Henry David Thoreau)基于自然对文学进行的伦理思考,詹姆斯・罗塞尔・罗威尔(James Russell Lowell)对文学道德教化功能的强调,欧文・白璧德(Irving Babbitt)在审美知觉与道德想象之间的平衡;体现为埃德加・爱伦・坡(Edgar Allan Poe)对诗歌价值与人类灵魂的关系论证,亨利・詹姆斯(Henry James)的心理现实主义小说观;反映为厄普顿・辛克莱(Upton Sinclair)与辛克莱・刘易斯(Sinclair Lewis)对社会问题的揭露与反思。

(一)文学与道德

美国独立后掀起了长达一个世纪的西进运动,与此同时,美国国内发起了工业革命。随着疆域的拓宽和工业革命的深入,美国社会财富剧增,经济快速发展,城市化的进程加速。在这片意气风发且充满诗意的土地上,一座座厂房与高楼大厦拔地而起,城市的居民越来越多,人们的物质生活越来越富足,然而精神生活却越来越贫乏。社会物欲横流,人们精神空虚,美国出现了一个道德缺失的伦理场域。

面对物质主义的社会,爱默生汲取欧洲浪漫主义、德国古典哲学与东方思想的精华,形成了自己独特的超验主义思想体系。在爱默生的超验主义文学思想体系中,语言不再是思想的载体,唯有自然才是思想的载体,而心灵和自然的协同合作才是获得道德知识的途径。他在《论自然》(Nature, 1836)的"语言"("Language")一章中对语言、自然和思想的关系作了如下表述："自然是思想的媒介，并起到简单、双重和三重作用。一、词语是自然事实的符号。二、具体自然事实是具体精神事实的象征。三、自然是精神的象征。"①在爱默生看来，洋溢着精神生命力的自然，其细微之处就可能象征或昭示着道德法则与社会伦理。个人心灵将自然的象征意义转化为语言符号，让心灵与自然趋于统一，一统于绝对精神与普遍道德。心物两端通过语言来连接，进而揭示真理，呈现上帝的意志，达到对人的教化与启示作用。

与其自然观、语言观相一致的是爱默生的实体化诗学思想。实体化是具体化的同义词，就是将抽象的概念转化为具体的意象，然后用具体的意象作诗，这些意象又大多是自然界的生物体或者经过变形的生命形式，通过自然或者"变形的"自然意象来完成诗歌，传达其道德法则。诚如爱默生所言："我们看见的世界是单个的：太阳、月亮、动物、树木，但它的全部则是超灵，具体、个别的只是它光耀的部分。"②文学是"超灵"的呈现方式之一，是人类道德的重要载体，并对人类灵魂起到净化的作用。正因为如此，在爱默生眼中，文学艺术的创作者被称为"学者"，"学者是世界的研究者，是世界之价值的研究者，是世界如何重视人的灵魂的研究者"③。他们通过文学作品表达自己的灵魂感受，丰富他人的内心世界，直抵读者的心灵深处，唤起人们对更高的道德情操的追求。

同爱默生一样，梭罗也把伦理道德放在至高无上的层面来进行探讨，并将人类的伦理关怀推至自然万物，用文学书写自然来表达其道德思考。作为爱默生超验主义思想的践行者，梭罗提倡深入自然之中，在自然之中进行生活、创作与思考，重新定位人类与自然的关系，

① Ralph Waldo Emerson, *The Collected Works of Ralph Waldo Emerson*, vol. 1, edited by Alfred R. Ferguson, Cambridge：Harvard University Press, 1971, p. 17. 除另外说明外，本著英文译文均为自译。

② Ralph Waldo Emerson, *The Essential Writings of Ralph Waldo Emerson*, edited by Brooks Atkinson, Princeton：Princeton Review, 2000, p. 120.

③ 爱默生：《爱默生集：论文与讲演录》，吉欧·波尔泰编，赵一凡等译，北京：三联书店，1993 年，第 107 页。

并在其中建构其伦理思想。

梭罗被誉为"自然之子",其作品《瓦尔登湖》(*Walden*,1854)被誉为"绿色圣经"。他坚信文学之美源于自然,但是文学同时应该呈现一种伦理道德之美。梭罗正是通过对人与自然关系的研究及对自然美的探讨来进行文学伦理层面的美学追求。他在《瓦尔登湖》中把19世纪的美国生活描述为"不安的、神经质的、忙乱的、琐细的"[1],这样的生活让美国民众产生了严重的精神危机与信任危机。也正是基于此,他开始了自己的自然生活实验。可以说,无论是在梅里马克河上的畅游,还是在瓦尔登湖畔的隐居,梭罗都旨在证明人与自然完全可以和谐相处。梭罗在肯定了人与自然的同源以及人与自然的共生关系后,将人与自然的关系进一步放到伦理的角度进行考量。他在《瓦尔登湖》中这样写道:"我们的整个生命是惊人地精神性的。善恶之间,从无一瞬休战。善是唯一的授予,永不失败。"[2]他在《瓦尔登湖的反光:梭罗日记》中也深入地阐释了精神与道德之间的关系:"德行是无法计算的,就像它也难以估价。而人的命运并不是德行或身份。它是全部的道德,只有靠精神生活才能认识。"[3]亲近自然是人类精神健康最为重要的因素,人类只有融入大自然,才能获得精神生活,"善"才能成为个人"道德自我"最深层的内涵和最强大的凝聚力,个人"道德自我"才能促使道德社会的形成,从而克服工业社会出现的种种问题,让社会获得坚实的、内在的道德基础。从这个意义上说,他的自然写作就是为了给公众提供一种生活方式的参考,以期进行社会道德的改革。

19世纪末还有一位重要的文学卫道士不可不提,他就是罗威尔。作为诗人和批评家,罗威尔受到了超验主义思潮的影响,他的很多观点与爱默生的诗学观念极度吻合。罗威尔同样坚持文学的教化功能。

---

[1] 亨利·大卫·梭罗:《瓦尔登湖》,徐迟译,上海:上海译文出版社,2009年,第268页。

[2] 同[1],第181页。

[3] 亨利·大卫·梭罗:《瓦尔登湖的反光:梭罗日记》,朱子仪译,北京:金城出版社,2014年,第62页。

爱默生认为文学作品通过心灵和自然的协同合作表达作家的灵魂感受，达到道德教化的目的；与爱默生不同的是，罗威尔更直抒胸臆，认为诗人就是牧师，是上帝的信使，通过文学向人类揭示神性，完成启迪人类智慧和达到道德教化的目的。在罗威尔的心中，一个伟大的诗人一定是伟大的教育家和道德学家，他说："威廉·莎士比亚（William Shakespeare）恐怕自己也没有意识到自己作为教育者和深奥的道德学家的地位。"①他常常担忧他所处时代作家的地位，认为诗人已经由教育家和道德学家变成了娱乐者，对此他呼吁社会重视诗人的作用。

19世纪90年代起，美国知识界兴起了"进步主义运动"，一些小说家、大学教授、记者、自由职业者，以及具有改革意识的政治家、社会主义者和劳工等均参与其中，形成了一股有影响力的文化势力。他们一方面提倡科学，另一方面呼吁道德，在文学思想方面的体现则是现实主义与自然主义文学思潮的出现。一些作家用现实主义与自然主义的表现手法，希望揭开社会、经济、文化领域内的一个个疮疤，医治社会疾病，振兴社会道德。

伊迪丝·华顿（Edith Wharton）坚持用逼真式的方式进行小说创作。她的作品均以"老纽约"为背景，反映上流社会对女性教育与道德方面的种种清规戒律。但是，作为上流社会的一员，她的文学态度也只是顺应了当时改良派的进步主义运动，表达了对传统道德清规的厌恶，却无法找到疗治之法。薇拉·凯瑟（Willa Cather）在写作初期，曾以华顿为效法的榜样，但很快她就形成了自己的现实主义文学思想观——物质现实主义。凯瑟认为，物质事物自身中隐藏着建造者及其时代的要素，用心观察事物本身，从中了解事物本身所处时代的符码、建造者的密码及其物质本身的编码，才能反映真正的现实。因此，在创作实践中，她将自己的根深深扎在西部的荒原，书写那片未被工业社会污染的理想的原始土地上的教堂、岩石、旧宅、草原等。她的一部

① James Russell Lowell, *The Function of the Poet and Other Essays*, Boston: Houghton Mifflin Company, 1920, p. 6.

部作品记录了内布拉斯加、科罗拉多、新墨西哥的历史和现实,反映了她的理想和信念,她希望人们在物欲横流的美国道德荒原中找到精神的自由和自身的价值。作为美国自然主义文学的杰出代表,西奥多·德莱塞(Theodore Dreiser)则用更加尖锐的笔触来揭示美国社会黑暗的一面,他的《嘉莉妹妹》(Sister Carrie, 1900)、《美国的悲剧》(An American Tragedy, 1925)与"欲望三部曲"——《金融家》(The Financier, 1912)、《巨人》(The Titan, 1914)、《斯多葛》(The Stoic, 1947)均深刻地揭示了美国资本主义社会制度下商品社会的发展导致人们盲目追求物欲、道德沦丧的扭曲心态。

进步主义运动在第一次世界大战之初开始偃旗息鼓,"文学激进派"与"新人文主义"思潮竞相上台。"文学激进派"不满足于进步主义者们对道德规范的小修小补,用激进的态度表达对昔日传统的不屑,对美国的民主、教育、文化等进行全方位的否定,对一切既定准则表示怀疑。他们企图为美国文化做出道德的诊断,但并未找到治疗的良方。与此同时,"新人文主义"运动的首倡者白璧德则试图在古典与现代之间寻求一种平衡,来拯救处于混乱与危机之中的现代社会。白璧德的文学思想深受爱默生的影响。爱默生在肯定文学追求"美"的同时,将"善"与"真"作为创作的崇高追求目标。爱默生认为,真正的文学天才的每一件作品不但充满了美,而且充满了善与真。最高的文学类型应该教给人类道德智慧,最伟大的诗歌应该是朝向道德的,最伟大的诗人也毫无例外都是道德法律的制订者。① 白璧德在此基础上提出了文学的道德想象,认为文学除了审美价值之外,更要有道德深度。"美一旦与道德分离,就失去了大部分意义。"② 在审美知觉与道德想象之间,白璧德强调均衡与适度,他说:"真正的道德艺术既是富有想象的,又是得体的。它是强烈的,却又是一种受到限制的、以冷静

---

① 参见 Gustaaf Van Cromphout, *Emerson's Ethics*, Columbia: University of Missouri Press, 1999, pp. 154-157。

② Irving Babbitt, *Rousseau and Romanticism*, Boston: Houghton Mifflin Company, 1919, p. 207.

为基础的强烈。不管是在艺术中还是在生活中,道德想象的存在始终都应该被看作一种冷静因素。"①白璧德认为,在古希腊文学与文艺复兴时期的文学中可以找到这种均衡与适度。因为对古典的推崇,白璧德常常被视为文化保守主义者。事实上,白璧德并非食"古"不化之人,他认为要解决现代社会的混乱,一定要实现古今融合:使过去成为一个开放的"过去",让现在成为一个包容的"现在",让经典与现在在连续性与创发性、稳定性与变革性之间构成一种紧张而和谐的对立统一关系,这样才能构建美国的道德秩序。

(二) 文学与心理

从 19 世纪末至 20 世纪初,关于"文学如何表现真实"的问题,英美文坛上有过激烈的争论。一方主张将笔触探入"细枝末节的生活",通过细节的真实来再现现实;另一方则认为,小说不可能表现出一种人人都承认的共同的现实,因此作家应更多地依赖自己主观的、审美的心理感悟来揭示现代生活背后不为人知的现实与机制,并对它们作出解释。在 19 世纪 30—40 年代兴起于英法的实证主义、19 世纪在美国土壤上生长的实用主义和科学相对论思潮的共同作用与合力影响下,将主观心理作为真实再现的文学表现方式很快获得认同,并体现在该阶段一些作家的文学思想与实践之中。

严格来说,爱伦·坡不应该纳入本书论述的范畴,因为他于 1849 年便结束了自己短暂的生命。但因为他与爱默生、梭罗均属于同时代的作家,其文学思想与创作实践在其所处的时代及当今都产生了极为重要的影响,故将他纳入本书书写的范畴。爱伦·坡所看重的真正具有文学价值的美与传统的观念可谓大相径庭,甚至可以说是一种反叛。在他看来,要书写诗歌与小说的忧郁,实现美的终极目标,绝不是真实地呈现物质世界,尽管他也承认文学作品可以呈现物质世界之美,但他更重视

① Irving Babbitt, *Rousseau and Romanticism*, Boston: Houghton Mifflin Company, 1919, p. 202.

对于精神世界的书写——即心理、灵魂、精神世界的书写。正如美国著名诗人威廉·卡洛斯·威廉姆斯（William Carlos Williams）所评述的："罗威尔、威廉·卡伦·布莱恩特（William Cullen Bryant）等人从文学的角度考虑诗歌，而爱伦·坡则是从心灵的角度来写诗的。"①

除了强调书写本身对心理和灵魂的重视，爱伦·坡还希望"在其读者的意识里创造一种明确的心态"②，这种心态无关乎道德与教化，而是一种艺术的生命力，他所追求的是让自己的作品在读者的心理和意识里活起来，从而达到既定的效果。那种"艺术效果可能是一种对美或敬畏，或恐惧，甚至厌恶三者之中任何一种具体心理的细腻感觉；也可能是对诗歌或故事中的事件、气氛、语气、词语的感受，这些曾是文学的瑰宝，为众多大师传承；还可能是催眠师强化精神状态的手段，这些都是他所追求的目标"③。毫无疑问，对于文学如何探索与书写人类心理与意识，爱伦·坡诠释了一种新的视角，也形成了自己的独特风格，并对后来心理现实主义的出现产生了影响。

在英美小说史上，心理现实主义的倡导者和实践者当首推亨利·詹姆斯。他的兄长威廉·詹姆斯（William James）是美国著名心理学家，同时也是实用主义哲学的创始人之一，对他的文学思想产生了直接的影响。与当时的现实主义文学思想观一致的是，亨利·詹姆斯相信小说的本质是表现生活。他说："一部小说之所以存在，其唯一的理由就是它确实试图表现生活。"④如何表现生活是他孜孜以求的，他一定程度上赞成当时英国小说家和批评家瓦尔特·皮赞特（Walter Besant）在其《小说的艺术》（*The Art of Fiction*, 1884）中表达的"小说家必须根据他自己的经验写作"的观点，并受其启发，也写了《小说的

---

① William Carlos Williams, "Edgar Allan Poe," in *Edgar Allan Poe: Critical Assessments*, edited by Graham Clarke, Mountfield: Helm Information Ltd., 1991, p. 241.

② James Southall Wilson, "Poe's Philosophy of Composition", *The North American Review*, 223.833 (Dec., 1926 – Feb., 1927), p. 678.

③ 同②，第680页。

④ 亨利·詹姆斯：《小说的艺术：亨利·詹姆斯文论选》，朱雯、乔佖、朱乃长等译，上海：上海译文出版社，2000年，第5页。

艺术》("The Art of Fiction")一文,阐释自己的经验写作观。他说:"经验是无止境的,它也从来不会是完整无缺的;它是一种漫无边际的感受,是悬浮在意识之室里的用最纤细的丝线织成的一张巨大的蜘蛛网,捕捉着每一颗随风飘落到它的怀中来的微粒。它就是头脑的氛围;当头脑富于想象力的时候——如果碰巧那是一个有天才的人的头脑的话,就更是如此——它捕捉住生活的最模糊的迹象,它把空气的脉搏转化为启示。"①

　　根据詹姆斯的论述,经验有如下几个特征:首先,经验是没有止境、没有边际的,所以人无法判断出经验的边界;其次,经验是人的一种心理感受,可以识别外界的各种变化;最后,经验作为感受是人脑的一种机能,虽然人人都有这种机能,但是富有想象力的天才往往更能敏感地捕捉到世界的各种变化。通过以上三个层次,詹姆斯分析了经验的特征,确立了自己主体性经验建构的文学思想与创作立场。正因为詹姆斯强调文学创作中主观的维度,尤其是心理的维度,把他的文学思想概括为心理现实主义,其核心的论据也是在此。正如我国学者盛宁所言:"亨利·詹姆斯的所谓的'现实',却并不是人们通常以为的客观存在,而是作家对生活的'印象'(illusion of life)和经验……很明显,亨利·詹姆斯的'现实',只是作家从生活经验中获得的主观的心理感受,他所提倡的'现实主义',确切地说,应称为'心理现实主义'。"②

　　许多人将华顿视作亨利·詹姆斯的追随者。两人的确接触频繁,且都出身于纽约的豪门,后侨居欧洲。在创作上,詹姆斯也给华顿提过不少文学建议。华顿为读者所熟知的还是她的小说创作,她一生发表了45部作品,以自己的成就在美国文坛奠定了其特殊的地位。她的文学思想则主要体现在《小说写作》(*The Writing of Fiction*,1925)与《伊迪丝·华顿:未被收集的评论性作品》(*Edith Wharton: The Uncollected Critical Writings*,1996)中。在《小说写作》中,华顿对于现

---

① 亨利·詹姆斯:《小说的艺术:亨利·詹姆斯文论选》,朱雯、乔佖、朱乃长等译,上海:上海译文出版社,2000年,第13—14页。

② 盛宁:《二十世纪美国文论》,北京:北京大学出版社,1993年,第22—23页。

实主义小说创作中的逼真性提出了自己的看法,也反映出詹姆斯的心理现实主义创作理念对她产生的影响。她说:"詹姆斯寻求逼真性的艺术效果是借助于把其画面的每个细节严格地限制在一定的范围,把固定在画面的视角也严格地限制在一定的能力内。"①华顿认为詹姆斯的限制性叙事视角可以达到文学创作的逼真性,也就是说,我们只是从我们有限的视角看待自己所认可的真实。在华顿看来,作家的心理原型、特定的心理与情绪体验也都是生活与社会的产物,从这些视角出发来书写个人情感与情绪体验也同样是再现社会的现实,也同样具有真实性与深刻性的特点。她推崇约瑟夫·康拉德(Joseph Conrad)的创作方式,将他的逼真性的创作手法称为"镜厅"(hall of mirrors)。她说:"一系列反思性的意识,所有的这些意识都属于外在于故事的人,而又偶然被拉入当前的故事,像亚辛汉姆一家一样,进入故事并不只是为了扮演侦探与偷听者。"②尽管华顿并未在她的《小说写作》中给予逼真性明确的定义,但她在自己的小说叙事中凸显了对人物心理、意识的刻画,这一点有别于其他的现实主义文学,让她的小说既再现了生活,又表现了自我。

进入 20 世纪 20 年代以后,由于现实主义文学进一步朝内倾性的方向发展与深化,英美小说家不再将关注的重点放在金钱物质、阶级地位、社会黑暗等客观社会来反映现实,而是更多地将注意力转至无限复杂的个人内心感受,再现与表现的关系也就更为紧密了。

(三)文学与社会

前文提及了兴起于 19 世纪 90 年代的"进步主义运动",运动的兴起主要是因为 19 世纪末期美国出现了一系列由快速工业化带来的社会问题,如政治腐败、经济垄断、环境恶化、贫富差距加大、社会价值观混乱等等。这场运动在一定程度上推动了政府层面的改革和立法,解决了一些社会顽疾,产生了深远的影响。

---

① Edith Wharton, *The Writing of Fiction*, New York & London: Charles Scribner's Sons, 1925, pp. 89 - 90.

② 同①,第 92 页。

对于社会问题的关注,尤其体现在自然主义文学作家的创作思想与实践之中。作为从现实主义向自然主义过渡的代表人物,斯蒂芬·克莱恩(Stephen Crane)深受自然主义文学思想家埃米尔·左拉(Émile Zola)的环境决定论影响,但克莱恩并不将环境简单地局限于自然环境,而是扩展到整个社会环境。在克莱恩的小说世界中,人仿佛被抛掷到这个世界上,像海上的一叶孤舟,随波逐流,无法主宰自己的命运。这些思想在他的代表作《街头女郎玛吉》(*Maggie: A Girl of the Streets*, 1893)中有十分明显的反映。

《街头女郎玛吉》的环境由两个世界构成:家庭世界与朗姆巷世界。小说着重书写了朗姆巷世界。朗姆巷的环境其实是社会的缩影,它决定了玛吉及其家人的命运。小说中的朗姆巷既充斥着贫穷、暴力、酗酒场景,又呈现出灯红酒绿、五光十色的一面。生于贫民窟的玛吉羡慕虚荣的生活,为了逃离前一种朗姆巷世界,过上后一种生活,她操起了皮肉生意,最终走上了不归路。哈罗德·布鲁姆(Harold Bloom)曾质疑朗姆巷社会环境的真实性,但后来研究者考证显示,朗姆巷在一定程度上是以纽约的贫民窟鲍厄里街为原型的。1891年,克莱恩还在雪城大学(Syracuse University)求学时,便对贫民窟题材表现出特别的关注,尤其关注街头妓女的生存境遇。在实际创作阶段,克莱恩对纽约的贫民窟鲍厄里街进行了实地考察。由此可以看出克莱恩的创作理念,他对社会问题的反映尤其体现了他一贯坚持的真实和真诚创作思想。正如批评家拉尔斯·阿内布林克(Lars Ahnebrink)所说的:"最重要的是,克莱恩把真实(truthfulness)看作最重要的原则。作者应该忠实于自己、忠实于身边的生活。"[1]

这种创作上对真实的追求也体现在德莱塞的身上。德莱塞同样注重用真实的创作来揭示社会的黑暗、罪恶、贫困……与克莱恩一样,出身贫苦的德莱塞对贫民窟生活有过近距离的观察,对在贫民窟生活

---

[1]　Lars Ahnebrink, *The Beginnings of Naturalism in American Fiction: A Study of the Hamlin Garland, Stephen Crane, and Frank Norris with Special Reference to Some European Influences*, New York: Russell & Russell Inc., 1961, p. 152.

的人们有强烈的同情之心。他曾经饱含深情地记录他对麦迪逊街和华盛顿大街的贫民窟景观的思考。"从河东的霍尔斯特德那儿起,华盛顿大街和麦迪逊街两边尽是罪恶的巢穴和破旧不堪的黄色及灰色木头房子,一片污秽肮脏、充满仇恨,没有解决和也许无法解决的贫困、堕落景象,满街全都是堕落、沮丧、可怜的人儿……穷人的困惑,紧跟着蠢事、软弱和失去控制的热情而来的丑事、腐化和身体的败坏,经常迷惑住我。"①在这种文学思想的指导下,德莱塞注重书写社会的真相,表现被微笑遮蔽的丑恶。他尤其关注当时社会的禁忌话题——性。在《真正的艺术要表现得直截了当》("True Art Speaks Plainly")中,德莱塞指出:"知识上的无知、物质与道德上的贪婪对个人德行的影响,共同导致了这个时代的主要悲剧。反对讨论性问题的声势是如此巨大,以至于几乎阻止了处理全部的主题。"②德莱塞认为性是一块遮羞布,其下掩藏着社会的贫困问题、财富问题。在其代表作《嘉莉妹妹》中,德莱塞便在《街头女郎玛吉》的基础上,让一个失去贞操的女孩嘉莉取得成功,突破了前辈们在性禁忌领域所能探索的极限。更为重要的是,他在书写和反映性问题的基础上,深入解剖了美国社会贫富分化与民众无知的问题。

辛克莱继承了克莱恩、弗兰克·诺里斯(Frank Norris)和德莱塞的自然主义文学思想,继续挖掘美国工业化与城市化所带来的新的社会问题,并从经济决定论的角度发展了美国的自然主义文学思想。辛克莱的文学思想主要体现在《财富艺术:经济解释论》(*Mammonart: An Essay in Economic Interpretation*,1925,以下简称为《财富艺术》)与《金钱写作!》(*Money Writes!*,1927)中。正如自然主义文学思想的奠基人左拉从医学、遗传学、生物学等知识门类中借鉴知识一样,辛克

---

① 西奥多·德莱塞:《谈我自己》,主万译,上海:上海译文出版社,2003 年,第70 页。

② Theodore Dreiser, "True Art Speaks Plainly," in *Documents of American Realism and Naturalism*, edited by Donald Pizer, Carbondale and Edwardsville: Southern Illinois University Press, 1998, p. 180.

莱深受生物学领域中的生物趋光性(heliotropism)研究的启发,提出美国自然主义文学思想中的拜金主义倾向。他在《财富艺术》中发明了一个词:拜金主义(chrysotropism)。他认为社会与经济问题体现最为明显的地方就是金钱,在某种意义上,讨论美国的金钱问题是讨论美国的社会与经济问题的最佳切入点。可以说,辛克莱的自然主义文学思想正是从金钱的角度来研究美国文学,与此同时,他又将实证主义的思维方式或方法引入美国文学思想中,为批判工业化时代的美国资本主义文学生产奠定坚实的基础。

辛克莱对 20 世纪初的美国文学生产进行了批判性的研究,认为美国的工业化与城市化进程导致文学产生了新变化,即文学生产的商业化运作成为文学生产的主要模式。他认为美国文学主要是对英国文学的继承与发展,而后者的文学生产一直具有商业化模式。这种商业化生产模式尤其突出地存在于戏剧与小说中:前者以莎士比亚戏剧为代表,后者以丹尼尔·笛福(Daniel Defoe)的现代小说《鲁滨逊漂流记》(*The Adventures of Robinson Crusoe*, 1719)为代表。尽管辛克莱并不否认这些商业化的文学生产中诞生了一批伟大的作品,例如莎士比亚的戏剧、萧伯纳(George Bernard Shaw)的戏剧、查尔斯·狄更斯(Charles Dickens)的优秀小说等,但是商业化文学生产中一直具有一种拜金主义倾向,这在辛克莱看来是威胁人类文学生存与发展的一颗毒瘤。在辛克莱的商业化文学生产模式批评中,他将精英文学与商业文学分开,但并不否定二者之间存在既有对峙也有合作的张力关系。

辛克莱的小说创作也多关注社会问题,如《煤炭大王》(*King Coal*, 1917)描写科罗拉多州煤矿工人罢工事件,《石油!》(*Oil!*, 1927)抨击垄断资本家,《波士顿》(*Boston*, 1928)揭露政治腐败和警察暴行,等等。辛克莱最具代表性也最为人熟知的小说《屠场》(*The Jungle*, 1905)以美国食品安全问题为关注点,详细描写了 20 世纪初美国的食品加工厂里垃圾遍地、污水横流,腐烂的猪肉、发霉的香肠和被毒死的老鼠在经过硼砂和甘油处理后被放进香肠搅拌机里的画面……据说通过对社会问题的曝光,该小说直接推动了 1906 年《纯净食品药品法》(*Pure Food and Drugs Act*)的通过。同时根据该法案,美国食品药品监管局得以成立。可以说,辛克莱的自然主义文学思想是对 20 世纪以来美国工业化与城市化进程中所产生的社会与经济问题的回应与批判。

在对社会问题的揭示上,刘易斯也坚持从经济的视角出发来批判美国资本主义社会。刘易斯注意到,自二战以后,美国作家的职业化与体制化制度逐步确立。美国报纸杂志与出版系统的发展,让在美国以笔为生成为可能。进而言之,美国作家不但可以谋生,而且可以凭此过上体面的生活。刘易斯将这种为金钱和体面的生活而写作的模式称为商业化写作模式。这种写作模式的一种重要倾向便是取悦读者。在刘易斯看来,为了取悦读者,这些作家害怕揭示美国大地上邪恶与黑暗的方面,而只呈现光明、美好的一面。刘易斯认为社会有积极的一面,也有丑恶的一面。美国社会也同样具有这种美与丑的二元属性。既然已经有不少作家粉饰太平,刘易斯认为自己应该着重揭示美国社会中丑恶的那一面。从这个意义上说,他的文学思想具有社会学的属性,这也是刘易斯被称为"社会批评家"的原因。不可否认,对美国社会问题的认识和揭示,在他以前早已有作家关注。刘易斯在这方面的意义与价值在于:一方面,他高举批判丑恶社会现实的大旗;另一方面,他获得的诺贝尔文学奖是世界所能给予的最高的文学奖项,诺奖的权威性赋予了刘易斯作品和言说的权威性。

简要梳理该阶段大部分作家的文学思想,可以清晰地看到他们对文学"外在性"的凸显,在内容上对伦理道德的反思、对精神世界的书写、对社会黑暗的披露,以及在写作方式上对心理机制的探索。需要再次强调的是,着重指出这些文学思想家对于"外在性"的重视,并不意味着他们对于"内在性"的忽视,因为文学从来就不否认审美的存在,但是审美也绝非从天而降的神秘事件,它始终是与民族共同体、意识形态、经济状态和文化参数等紧密相关的。

二、"美国性"的确立

"美国性"的确立是 19 世纪末 20 世纪初美国文学思想的又一特

质。随着美国国力的提升,民族意识和美国身份感也大大增强,文学家与思想家急于向世界展示一个崭新的美利坚合众国的帝国形象。思想家爱默生、诗人沃尔特·惠特曼(Walt Whitman)、小说家马克·吐温(Mark Twain)便是在19世纪末至20世纪初转型时期建构美国民族文学的典型代表。20世纪初,欧洲文学思潮如现实主义、自然主义、表现主义涌入美国文坛并引起巨大反响,文学家与批评家对欧陆思潮进行反思,更加关注美国文学发展的自身属性。就现实主义而言,小说家展现出美国性色彩,威廉·迪恩·豪威尔斯(William Dean Howells)创立美国式温和现实主义,凯瑟用文学书写美国西部地域文化,艾伦·格拉斯哥(Ellen Glasgow)建构美国南方风俗史。美国自然主义作家如诺里斯、德莱塞受到左拉的影响,但他们的文学思想与实践在美国语境下又带有较强的美国特色。与此同时,文学激进派代表亨利·路易斯·门肯(Henry Louis Mencken)的《美国语言》(*The American Language*, 1918)更是确立了"美国语言",反映出美国文学界与批评界对于美国语言文化独立的渴盼。

(一) 建构美国民族文学

爱默生发起的超验主义既是美国重要的宗教、哲学运动,也是一场重要的文学运动,它影响了美国19世纪及以后许多经典作家的文学创作,并引领了当时整个美国文化的发展方向。爱默生在其超验主义哲学思想的体系下,致力于建构美国的民族文学。他的《美国学者》("The American Scholar")一文被奥利弗·温德尔·霍尔姆斯(Oliver Wendell Holmes)誉为美国人的"精神独立宣言"①。尽管在该作发表之前,美国已经出现了华盛顿·欧文(Washington Irving)、托马斯·潘恩(Thomas Paine)等少数具有影响力的作家,但他们的创作还带有明显的欧洲印记。《美国学者》的发表宣告了美国文学的精神独立,随后

① Tiffany K. Wayne, *Encyclopedia of Transcendentalism*, New York: Facts on File, 2006, p. 12.

便涌现出纳撒尼尔·霍桑（Nathaniel Hawthorne）、赫尔曼·麦尔维尔（Herman Melville）、梭罗、惠特曼等真正扎根于美国本土的文学家,美国文学由此真正进入成熟期。

在《美国学者》一文的开端,爱默生便指出了美国文学独立的必要性。他大声疾呼:"我们对于外国学识的依赖和学徒期结束了。我们周围奔向生活的千百万民众决不能再长期依靠外国宴席上的残羹剩菜来喂养。（美国）所产生的新事物和人们的行为应当加以歌颂,而他们本身也将歌唱自己……"文章指出了建构美国民族文学的迫切性。那么,什么样的文学书写和艺术题材才能体现美国民族的特性呢? 爱默生认为:"不再讴歌崇高与美的事物,而转向开采与加工那些卑下而普通的眼前生活。一度被急于远赴他国的作家踩在脚下、不屑一顾的材料,如今突然被重新发现,并且被认为是远比异国风情更加丰富多彩的素材。穷人的文学,儿童的情感,以及家庭生活的意趣,这些全部成了当下的话题。"①显而易见,这些题材在爱默生心目中比"崇高""美丽"和"异邦的事物"都更有意义,更值得书写和歌颂。正如我国学者李自修所说:"他预见了美国民族文化的萌芽,指出这就是它的方向。"②

爱默生在《美国学者》一文中不仅提出了建立美国民族文学的必要性,还阐述了美国学者应该具备的品质和承担的责任。他认为:美国学者一要研究大自然,以此来丰富自己的思想;二要了解过去,对于传统既要吸收,又要甄别;三要积极行动,参与生活。综观《美国学者》全文,贯穿其中的主线始终是强调创立美国自己的民族文学与文化的现实性与必要性。

爱默生思想在惠特曼的文学思想与创作实践中得到了最大程度的体现。惠特曼不仅强调建构美国民族文学的重要性,更是将文学的功用与美国民主直接挂钩。他认为,任何一个民族的核心都是民族文学,特别是以本民族为原型的诗歌。在惠特曼的意识里,崭新的合众

---

① 爱默生:《论自然·美国学者》,赵一凡译,北京:三联书店,2015 年,第 96 页。
② 李自修:《爱默生及其论〈美国学者〉》,《河北师范大学学报》1985 年第 6 期,第 16 页。

国或许可以不需要牧师,但不能没有诗人,尤其是歌唱本民族的、本国度万事万物的诗人。他认为美国人是最具有诗人气质的,合众国本身就是一首伟大的诗。可以说,惠特曼是带着强烈的民族自豪感与自信心来寻求建构美国民族文学路径和书写美国史诗题材的。

与爱默生一样,惠特曼不推崇"崇高""美丽"和"异邦的事物",他坚持普众入诗。他认为一个国家最突出的精神是表现在普通人民中间的,美国的诗人应该书写和歌颂"普通人民"。他的文学思想很明显受到了爱默生超验主义思想的影响。同时,在超验主义思想的启示下,惠特曼降低了来自传统宗教权威的影响,将神性看成了一种统一体,而每个个体都是统一体中的一个分子。这样一来,普通大众构成了统一体。与此同时,他看重博大的精神,认为这种博大的精神也只能从普通大众中才能寻找到;因为按照他的观点,再普通的事物都有权利成为这种精神的代表。简言之,惠特曼深受爱默生超验主义思想的影响,认为美国需要建构自己的民族文学,诗人是书写民族文学的主体,普通大众是诗人书写的重要题材,也即"普众入诗"。

惠特曼一生的杰作《草叶集》(*Leaves of Grass*, 1855)便是其文学思想的最佳呈现。《草叶集》的命名便体现了这样的观点:哪里长着野草,哪里就有诗歌;哪里有生命,哪里就有诗歌;普通的事物便是最美的诗歌。在诗歌的形式与表现上,他也强调普通与质朴。他说:"艺术的艺术,表现手法的卓越和文字光彩的焕发,全在于质朴。没有什么比质朴更好的了……过分明确或不够明确都是无法补救的。"①惠特曼无论在文学思想还是创作实践上,都始终坚持建构独具美国特色的民族文学,因此他被誉为"美国诗歌之父""美国精神的伟大歌手"。

(二)书写美国地域文化

事实上,摆脱欧洲文学的束缚,发掘美国文学的传统从 19 世纪以

① 沃浓·路易·帕灵顿:《美国思想史》,陈永国等译,长春:吉林人民出版社,2002 年,第 986 页。

来就一直是爱默生、惠特曼等美国作家孜孜以求的。他们的努力和实践又不断地影响后来一代代的美国学者与作家。美国的现实主义文学尽管秉承了英法现实主义文学思想的基本原则，但突出地表现在对美国地域、风俗、生活和人民的书写上，体现出浓郁的"美国性"特征。

被誉为"美国现实主义文学奠基人"的豪威尔斯因拒绝描写美国社会中丑陋的现实，受到不少批评家的苛责，其现实主义文学思想也被称为"微笑现实主义"。然而对于为什么书写美国社会中令人微笑的内容，豪威尔斯有自己的理由。他在其文学批评著作《批评与小说》（*Criticism and Fiction*，1891）中这样写道："我们的小说家要关心生活中更加微笑的方面，这才是更加美国化的，并且在个人兴趣中而不是社会兴趣中去寻找普遍性。关注生活中微笑的方面对我们富有的现实而言，确实是值得的，即使冒着被称为平凡的风险。"[①]这是豪威尔斯关于其微笑现实主义文学思想的最明确的表达。这种表述中至少有三点值得关注：首先，美国小说家应该关注生活中积极向上的一面，而不是丑陋的一面；其次，微笑现实主义是美国独有的，美国繁荣昌盛的现实决定了现实主义小说描写的应该是美国的美好，而豪威尔斯为生活在美国这样的时代而感到自豪；最后，现实主义文学表现个人的普遍性，而不是表现社会的普遍性。这一点也是美国现实主义一直恪守的重要原则。此外需要指出的是，豪威尔斯预见了其创作思想可能会遇到被指责或批评的风险，但他认为比起他想要凸显的"美国性"而言，这种可以预见的风险是值得的。因此，对于此时的美国文学思想界，"美国性"要大于"艺术性"。

豪威尔斯的文学思想在哈姆林·加兰（Hamlin Garland）处得到了呼应。加兰提倡进化的文学史观，具体说来就是一代人应该有一代人的文学，文学应该描写当代，对美国文学来讲，就应该描写美国人的行为与思想，而不是沉浸于过去的荣耀中不能自拔。他以莎士比亚时代

---

① William Dean Howells, *Criticism and Fiction*, London: James R. Osgood, McIlvaine & Co., 1891, pp. 128 - 129.

的文学观、约翰·德莱顿(John Dryden)时代的文学观、后古典时期的文学观为例,指出这些文学思想均是时代精神的反映,因此美国的时代精神应该反映在当代的美国文学中,这是文学的历史责任。

凯瑟被约瑟夫·雷利(Joseph Reilly)视为"最能代表美国民族价值观的作家"①。凯瑟致力于书写美国西部,她以自己的成长地美国西部内布拉斯加大草原为背景创作的三部曲《啊,拓荒者!》(O, Pioneer!,1913)、《云雀之歌》(The Song of the Lark,1915)、《我的安东尼娅》(My Antonia,1918)为她赢得了"西部历史的拓疆者"的美誉。19世纪末,美国的疆土延伸到西海岸后,社会由扩张转为向内发展。日后成为美国总统的伍德罗·威尔逊(Woodrow Wilson)1897年便在《大西洋月刊》(Atlantic Monthly)上发表了《国家的造就》("The Making of the Nation")一文,声称民族主义是一股强大的洪流,"从东海岸向西海岸奔腾","业已聚集起了无穷的力量","而'东部'不断扩大,迟早会涵盖整个大陆,我们将最终成为一个民族"②。凯瑟在三部曲中对边疆拓荒精神的书写和对边疆拓荒者的赞美,与当时美国拓展国家疆界、企图证明国家疆界正当性的语境正好合拍,与富兰克林·罗斯福(Franklin Roosevelt)、威尔逊等政治家具备相同的关切。正如我国学者孙宏指出的,这种共同的关切为凯瑟的文学创作提供了坚实的社会基础。③可以说,凯瑟的小说适应了她所处社会的需要,有助于美国民族价值观的建构。

格拉斯哥则致力于建构美国南方的风俗史。尽管格拉斯哥没有明确界定南方风俗史,但根据其创作思想和书写内容,大致可以如此概括:南方风俗史指在1850—1939年的时间范围内,以弗吉尼亚为书写背景和对象,以现实主义为核心的创作方法,适当借鉴浪漫主义与

---

① Marilyn Arnold, "Introduction," in *Willa Cather: A Reference Guide*, edited by Marilyn Arnold, Boston, Mass: G. K. Hall, 1986, p. xviii.

② Woodrow Wilson, "The Making of the Nation," *Atlantic Monthly*, 80.377 (July 1897), pp. 3–4.

③ 参见孙宏:《从美国性到多重性:凯瑟研究的回顾与反思》,《外国文学评论》2007年第2期,第140—141页。

现代主义的书写技巧,书写美国南方从农业文化向工业化转型过程中南方乡村、城市与人的变化。

对生于斯长于斯的弗吉尼亚,格拉斯哥饱含感情。现实主义文学的兴起为她的风俗史书写提供了契机,书写美国南方这块神奇土地的沧桑与巨变,描述奴隶制的解体与工业化的进程,呈现美国内战后所带来的心理创伤,对她而言就是书写美国的历史,是伟大的事业。据格拉斯哥自述,其风俗史系列小说共有 13 部,包括《战地》(*The Battle-Ground*, 1902)、《不毛之地》(*Barren Ground*, 1925)、《铁的气质》(*Vein of Iron*, 1935)、《平民浪漫记》(*The Romance of a Plain Man*, 1909)、《人民的声音》(*The Voice of the People*, 1900)、《弗吉尼亚》(*Virginia*, 1913)与《生活与加布里拉》(*Life and Gabriella*, 1916)等。格拉斯哥又将这些小说细分为"南方联邦小说""乡村小说""城市小说"。①

对于美国的南方,格拉斯哥可谓爱恨交织。相对于北方丰富的文化资源和底蕴而言,"南方需要鲜血,因为南方文化已经偏离它的大地之根太远,长得瘦弱不堪;它满足于在借来的观念中存在,抄袭而不是创造;反讽是批判性观念的必然组成部分;反讽是对情感腐蚀的最安全的解药"②。格拉斯哥认为南方一度躺在种植园文化、骑士文化、感伤主义、情感主义的温暖臂膀里不能自拔,已经丧失了生命力。然而格拉斯哥所建构的南方风俗史并没有走向另一个极端,即抛弃南方旧有的文化传统。格拉斯哥风俗史文学思想的来源包括外在来源与内在来源两个方面。外在来源是以法国奥诺雷·德·巴尔扎克(Honoré de Balzac)为代表的现实主义小说家,内在来源是美国现实主义文学与南方文学的结合。根据其自述,她对俄国现实主义文学家的作品并不熟悉,只读了列夫·托尔斯泰(Leo Tolstoy)的部分作品;她对法国现实主义文学思想家的作品较为了解,阅读了巴尔扎克、居斯塔夫·福楼拜(Gustave Flaubert)、居伊·德·莫泊桑(Guy de Maupassant)的

① Ellen Glasgow, *A Certain Measure: An Interpretation of Prose Fiction*, New York: Harcourt, Brace and Company, 1943, p. 3.
② 同①,第 28 页。

作品。在某种意义上,她对法国现实主义文学的阅读已经比较系统,对法国现实主义文学的发展有比较清晰的认识。更为重要的是,她从现实主义文学思想中获得了拆解南方浪漫主义文学传统的勇气与力量。她坦陈自己"从艺术经典中早已理解这种基本原则,从这些勇敢的探索者,即真正的现实主义者中,知道了理念系统促使对生活具有真情实感的小说与依靠贫瘠传统的小说相分离。所有这些,作为一个年轻的作家,我感谢小说中的现实主义理论,感谢我从现实主义理论中获得的战斗力量"①。当然,美国南方文学也有值得承袭的传统,南方作家也有值得借鉴的榜样。威廉·吉尔摩·西姆斯(William Gilmore Simms)、乔治·W. 凯布尔(George W. Cable)、托马斯·尼尔森·佩奇(Thomas Nelson Page)、查尔斯·埃格伯特·克拉多克(Charles Egbert Craddock)、詹姆斯·莱恩·艾伦(James Lane Allen)等南方作家都或多或少给予格拉斯哥文学精神上的养分,这些明显地体现在她的文学创作上,如她坚持以弗吉尼亚作为小说的背景,使用黑人方言,情感上有着与弗吉尼亚无法割舍的联系等。

毋庸置疑,格拉斯哥的风俗史文学思想是对严肃而又带有悲剧性的美国南方文学传统的突破,它拓展了"美国性"与"本土性"的建构,也为其后的威廉·福克纳(William Faulkner)等美国作家的南方地域创作提供了宝贵的经验。

(三) 确立美国语言

爱默生与惠特曼等文学先贤已经意识到美国文学描写的对象应该是美国的人与物,要让美国文学具备美国元素、美国风格和美国特征。豪威尔斯在他们的基础上,思考新的问题:美国文学发展到 19 世纪末,依然使用英语来进行创作;美国文学用英语书写,其自身的独特性何在? 基于此,豪威尔斯倡导作家们创制出美式英语来进行创作。

---

① Ellen Glasgow, *A Certain Measure: An Interpretation of Prose Fiction*, New York：Harcourt, Brace and Company, 1943, p. 17.

他一方面在理论上倡导小说写作中应该融入方言的元素,强化美国小说中的美国性;另一方面,他高度评价当时的美国女性作家,如库克夫人(Mrs. Cooke)、默费里女士(Miss Murfree)、玛丽·E. 威尔金斯·弗里曼(Mary E. Wilkins Freeman)等在短篇小说中融入方言的实践。豪威尔斯在《批评与小说》一著中就表达了对在文学作品中运用美国地方方言的赞赏,他说:"当我翻阅来自费城、纽约、新墨西哥、波士顿、田纳西、有乡村特色的新英格兰、纽约的小说,每个地方色彩的措辞都给我勇气与愉悦。"①

用美式英语创作进行实践的最佳范例当属美国现实主义作家马克·吐温,其代表作《哈克贝利·费恩历险记》(*The Adventures of Huckleberry Finn*, 1884)宣告了美式英语与英式英语彻底的"分道扬镳"。马克·吐温在小说中对美式方言的运用是他苦心孤诣达到的效果,他曾解释自己创作《哈克贝利·费恩历险记》时使用美式方言所做出的努力。他说:"这本书使用了大量的方言,即密苏里黑人方言,西南边远地域方言的极端形式,普通的'派克县'(Pike Country)方言,最后一个是四种改良过的变体。"②他对方言的采用与其小说中的地方色彩被冠上了"地方色彩文学"或"地域文学"的美誉,这种文学思想又被加兰后来拓展为"地方主义"。

如果说马克·吐温用创作实践捍卫了美国民族语言,那么1919年门肯出版的《美国语言》一书则在学理上阐释了美国语言是在北美特殊的社会、历史、文化环境中发展起来的一门语言,该书对美国语言的发展起着举足轻重的作用。要论及门肯的《美国语言》,不得不提及美式英语编撰专家诺亚·韦伯斯特(Noah Webster)的《美国英语词典》(*An American Dictionary of English Language*, 1828)。应该说,跨

---

① William Dean Howells, *Criticism and Fiction and Other Essays*, edited with introductions and notes by Clara Marburg Kirk and Rudolf Kirk, New York: New York University Press, 1959, p. 64.

② Phillip J. Barrish, *The Cambridge Introduction to American Literary Realism*, Cambridge: Cambridge University Press, 2011, p. 77.

越近一个多世纪的两人合力推行了真正的美式英语，让其成为复兴美国文学的重要手段之一。《美国英语词典》对美式英语的规范化作出了卓越的贡献，《美国语言》则令美式英语的地位得到了进一步的巩固。

《美国语言》这部专门研究美国英语的著作本身便是用典型的美式英语写就的，它文体适切、语言生动、用词俏皮、雅俗共赏。在该书中，门肯详细论述了美式英语与英式英语相比所具有的三大特征。第一，美式英语具有在全国范围内的普遍适用性，它不像英式英语方言众多。门肯认为这一特点一方面源于他们自由的生活方式，美国人轻视礼节、鄙视陈规，不像英式英语不同发音体现阶层的差异性；另一方面源于美利坚民族思想上的统一性。第二，美式英语兼收并蓄，广泛吸收外来词汇。美国人民博采众长，从美洲土著居民以及其他族裔群体中汲取丰富的词汇加以改造，从西班牙语、德语、意第绪语、汉语中借用词汇加以利用。第三，美式英语摈弃了英式英语一贯遵循的语法、句法和发音规则，即在某些方面避开了英式英语中令人窒息的形式化语言和学究式表达。

可以说，门肯《美国语言》一书的意义已经远远超出一般的文学、语言学术研究的范畴了。埃德蒙·威尔逊（Edmund Wilson）曾这样评价其影响："（它让）美国作家们最终成功地逃出老巢（英国文学），第一次相信可以用自己的方言来进行创作。"①威尔逊的话可谓切中肯綮，《美国语言》对随后的美国文学批评与文学创作都产生了极大的影响。按照雷蒙德·尼尔逊（Raymond Nelson）所说，以下的著述或多或少都有门肯《美国语言》的印记或受其影响。尼尔逊认为，除凡·威克·布鲁克斯（Van Wyck Brooks）的《文学与领袖》（*Letters and Leadership*, 1918）、《马克·吐温的磨难》（*The Ordeal of Mark Twain*, 1920）和《亨利·詹姆斯的朝圣》（*The Pilgrimage of Henry James*, 1925）之外，20世纪20年代的许多研究都与《美国语言》有关，它们试

① 转引自 Joseph Epstein, "We All Speak American," *The Wall Street Journal*, 10 August, 2018。

图重新定义传统美国的基本特征,从而使美国人摆脱由欧洲主导的虚假过去。这些作品还包括沃尔多·弗兰克(Waldo Frank)的《我们的美国》(*Our America*, 1919)和《美国的重新发现》(*The Rediscovery of America*, 1928),卡尔·范·多伦(Carl Van Doren)的《美国小说》(*The American Novel*, 1921),威廉姆斯的《在美国的谷物里》(*In the American Grain*, 1925),刘易斯·芒福德(Lewis Mumford)的《金色的日子》(*The Golden Day*, 1926),弗农·帕灵顿(Vernon Parrington)的《美国思想主流》(*Main Currents in American Thoughts*, 1927—1930),康斯坦·鲁尔克(Constance Rourke)的《美国幽默》(*American Humor*, 1931),沃尔多·弗兰克编辑的《美国和阿尔弗雷德·斯蒂格利茨》(*America and Alfred Stieglitz*, 1934)和哈罗德·斯特恩斯(Harold Stearns)编辑的《美国文明》(*Civilization in the United States*, 1922),等等。[①] 100 多年过去了,门肯的《美国语言》一书依然被阅读、研究,已经成为美国文学与语言学无法绕过的经典之作。

美国文学思想发轫于欧洲文学思想传统,在学术界已经是一个不争的事实。而竭力摆脱欧洲传统、发出美国自己的声音则是自爱默生、惠特曼以来具有强烈本土意识的美国作家、文学思想家所不懈追求的,他们的努力和实践又不断影响一批又一批的后来者:豪威尔斯倡导书写美国现实的美好的"微笑现实主义",加兰提倡进化的文学史观、创作反映时代精神的美国文学,凯瑟用小说开掘美国西部历史、赞美拓疆精神,格拉斯哥始终致力于建构美国南方的风俗史,门肯的《美国语言》将美式英语的地位进一步巩固……尽管今天,作为一个多种文化"大熔炉"的美国,其文学思想在 20 世纪 20 年代以后又呈现出先锋性、反叛性、解构性、多元性等特质,但"美国性"始终是美国文学思想所坚持的核心价值观。

本书将美国 19 世纪末至 20 世纪初几大重要文学思潮中的 20 余

---

① 参见 Raymond Nelson, "Babylonian Frolics: H. L. Mencken and The American Language," *American Literary History*, 11 (1999), pp. 668-698。

位重要文学思想家作为研究对象,将他们的思想放在"外在性"与"美国性"的层面下加以论述,想要说明的是,这些作家尽管约定俗成地被划归至不同流派或者思潮,但他们彼此之间的文学思想并非泾渭分明,而是相互渗透、彼此影响的。"外在性"与"美国性"如同两条红线,成为他们文学思想的底色。在这底色之上,也不乏斑斓的色彩。愿此书能让读者领略该阶段每一位文学思想家的色彩图景!

第一章　19 世纪末美国文学思想的积淀与世纪之交的转型①

---

① 本章由简功友撰写。

19 世纪后期,美国已形成统一的联邦政府和国内市场,工业迅速发展,城市日益扩大,经济飞速增长,到 20 世纪初,美国一跃成为世界超级大国。与英国或法国相比,美国文学批评历史起步比较晚,但美国作家与批评家一直致力于建立具有自己民族特色的文学流派与思潮。经过马克·吐温、爱默生、爱伦·坡、惠特曼等人不懈的探索与追求,美国基本上形成了自己的优秀传统。

以爱默生、梭罗为代表的超验主义思想家向神学与哲学领域内占统治地位的加尔文新教发起挑战,提出文艺应该讴歌人与自然的和谐统一,追求至高无上的绝对美的主张。他们的思想尽管存在唯心主义和形而上学的观点,但他们的文学主张对于破除传统观念的束缚,鼓励热情奔放与充满个性的浪漫主义文学的发展起到了积极的作用。爱默生的浪漫主义文学主张散见于他的《文学与社会目标》(*Letters and Social Aims*, 1875)文集中。梭罗的文学思想与爱默生的文学思想一脉相承,他倡导文艺应该诗意栖居,其文学观、美学观明显受到英国浪漫主义诗人与文论家塞缪尔·泰勒·柯勒律治(Samuel Taylor Coleridge)、威廉·华兹华斯(William Wordsworth)、托马斯·卡莱尔(Thomas Carlyle)等人的影响。与爱默生、梭罗处于同时代的爱伦·坡被认为是使美国文学批评理论在欧洲产生影响的第一位批评家。他认为诗的定义是"美的有节奏的创造",只有"美"才是"诗的本分"。此外,他鼓吹的唯美主义带有病态与颓废的倾向,具体而言,他主张忧郁与怪诞美,他将前者践行于其诗歌创作中,后者则践行于其小说创作中。惠特曼是19世纪中后期最杰出的诗人,尽管人们一般不将他视为文学批评家,但他在《草叶集》的序言和《民主展望》(*Democratic Vistas*, 1871)中曾提出过一系列文学主张。由于惠特曼在美国文坛的巨大影响力,这些文学主张也很快在时代的审美情趣中得到反映。惠特曼认为,文学要直抒胸臆、师法自然,要放声讴歌民主与社会的进步,呼吁个性的解放。罗威尔也是19世纪末美国文坛上声誉很高的批评家,但他的文学立场相对保守,主张文学的"颂歌与说教"功能。

尽管19世纪末美国文学批评尚处在初级阶段,几乎看不到完整的文学批评理论专著,但成名的诗人和小说家乐于谈论自己的写作心得,或对同代人的作品加以点评,这些已充分显示他们意识到文学理论的重要性。这些促使20世纪初作家与批评家更多、更广泛地探讨文学与生活、文学与社会、美国的文学传统等核心问题。

第一节

拉尔夫·沃尔多·爱默生的超验主义文学思想

超验主义是美国重要的宗教、哲学运动,也是一场重要的文学运动,影响了美国19世纪及以后很多经典作家的文学创作,产生了美国文学史上最耀眼的文学瑰宝: 超验主义文学。拉尔夫·沃尔多·爱默生(Ralph Waldo Emerson, 1803—1882)是这场运动的领袖人物,他用超验主义思想主导这场运动,并引领当时美国文化的发展方向。《论自然》是他的代表作,集超验主义思想之大成,曾被誉为"新英格兰超验主义宣言";《美国学者》更是被霍尔姆斯誉为美国人的"精神独立宣言"①。两个"宣言"的美誉是对爱默生超验主义思想及其影响

---

① Tiffany K. Wayne, *Encyclopedia of Transcendentalism*, New York: Facts on File, 2006, p. 12.

力的承认和肯定。但我们不能忽略这样的事实,以上作品和爱默生其他散文、演讲、诗歌等一直都是作为文学作品在传播,受人爱戴,发人深思。爱默生的文学成就,尤其是散文方面的成就已为学界和世人所公认。高超的文学造诣背后必然有深邃的文学思想做基础,本节重点探讨爱默生的超验主义文学思想。

一、超验主义：文学思想之基

"求木之长者,必固其根本;欲流之远者,必浚其泉源。"①爱默生的文学思想有着深厚的宗教哲学基础,也可以说,是爱默生的超验主义思想孕育了他的超验主义文学思想。在北美唯一神教派、康德哲学、欧洲浪漫主义运动的影响下,面对当时美国的经济社会发展,尤其是物质主义的抬头,爱默生吸取了相关运动的思想精华,形成了自己独特的超验主义思想体系。他发现并强调人类的直觉能力,这种特殊能力可以超越五官而直接获取知识,或者本能地掌握真理,或者直接接近神圣而不需要任何中介。作为超验主义运动的旗手,爱默生将超验主义界定为属于直觉思维范畴的东西,是一种唯心主义,主要包含以下核心思想。

首先,"宇宙是由自然和灵魂组成的",即组成宇宙的东西既包括物质,也包括精神。超验主义思想还特别强调精神的重要性,并信奉"超灵",坚信超灵是一种无所不在、无所不能、扬善抑恶的精神力量,是万物之本源,也是万物之所属,宇宙万物也因"超灵"而相互关联。"宇宙的灵魂就是理智:它不是我的,也不是你的,或者是他的。确切地说,我们是它的,是它的财产和子民。"②爱默生笃信"超灵",更看重"超灵"所代表的理智,即看重宇宙万事万物背后的共同规律(universal laws)。对超验主义来说,宗教信仰就是个人灵魂与宇宙超灵之间的交流。人可以依凭直觉与上帝直接沟通,从而得到启发,看透物质世界表象,直接认识真理。正如爱默生自己所解释的那样,超

①　魏征:《谏太宗十思疏》,《美文(下半月)》2011年第5期,第52页。

②　Ralph Waldo Emerson, *Emerson's Prose and Poetry*, edited by Joel Porte and Saundra Morris, New York: W. W. Norton & Company, Inc., 2001, p. 35.

验主义是一种唯心主义(idealism),坚持精神至上的态度,认为精神、理念先于物质。换句话说,爱默生认为事物源于精神,自然事物都是按照某种精神或理念发展起来的,是一种有机的成长过程。从时间上看,物质和精神在同一切面上;从发生学角度看,精神先于物质。这是爱默生宇宙观中较为独特也较为核心的理念。

其次,超验主义以一种崭新的方式看待自然,形成了独特的超验主义自然观,将自然界定为"所有哲学家认为是'非我'的东西,也就是自然与艺术,和所有的他人及自己的身体"。也就是说,人也是自然的一部分。同时,超验主义将自然看作宇宙精神和法则,也就是上帝精神或神意的象征。自然是最大的象征体。自然是上帝给人类启蒙的手段,自然界的万事万物都与某种具体精神相对应;因此,自然对人类心智可以产生一种健康有益的影响。这样的自然观实际上对上帝、自然和人类三者之间的关系有了新的认识。

再次,关于人类,超验主义有了崭新的认识。其中最为重要的观点就是认为人类因"超灵"与上帝相连,分有上帝的神性,也就是肯定了人性与神性的同源性,大大提升了人类的地位,这是对清教主义教条的反拨,为信仰基督教的人民带来了一种解放。人类都源自"超灵"这同一源头,人类的多样性和利益冲突都是表面上的,因为人类都在朝相同的目标迈进。为了精神完美,人类应该依靠自己,强调个人的意义并相信个人是社会最重要的元素。最理想的个人类型是自立自强的。

最后,不必坚守传统和习俗,遵守传统和习俗而不考虑它们是否依然适合时宜不是明智之举。人类不应该通过先祖的眼睛来看世界,而应该抛弃传统习俗和经验,相信自己的直觉是强大有力的,通过直觉去探索一种自由的超自然心智并获取真理,并直接接近上帝。自然是精神的象征,体现上帝神意,因此接近自然就是接近上帝。传统的宗教信仰方式对爱默生来说是毫无意义的,他要成为"透明的眼球",与自然浑然一体,又看透自然的奥秘。

总而言之,爱默生有自己独特的宗教观、宇宙观、自然观、社会观和人性观,而这一切又构成了爱默生本人文学思想的哲学基石。他对超灵以及宇宙法则的坚信、对直觉思维的强调、对革新和自立的追求,直接影响了他的文学审美和追求,也帮助形成了他文学艺术理论的基本框架;自然和灵魂两分的宇宙观,导致了他将艺术划分到自然的名下,让他对文学文本本质有了独到的见解;自然界中万事万物都与具体的精神事实相对应的思想,又促进了他对语言的独特理解,坚信词语所对应的事物才是真正具有象征性的;而他反传统和自立的思想,更是促成了他对欧洲文学传统的反叛以及美国国族文学意识的觉醒,催生了真正意义上的美国文学。超验主义思想内涵丰富,虽然以宗教哲学为主体,但大大影响了爱默生对文学艺术的理解。他一生笔耕不辍,创作了大量超验主义特色鲜明的经典散文和优美诗歌,并在文学实践中形成了超验主义文学思想。

二、实体化诗学：文学思想之核①

从以上超验主义宗教哲学思想可以看出,爱默生坚持唯心主义世界观,形成了自己独特的认知和思想体系。爱默生一直渴望能以诗人身份流芳百世,从九岁开始写诗,一生共出版《诗集》(*Poems*, 1846)、《五月节及其他诗作》(*May-Day and Other Pieces*, 1867)和《精选集》(*Selected Poems*, 1876)三本诗集。从作品总体情况来看,他对文学艺术的思考有明显的个人倾向,那就是关注诗人和诗歌艺术。他的散文作品主题很多,论自然、论超灵、论补偿、论自助、论友谊等等,这些都可以归为非文学类主题;但文学类主题基本就集中在论诗人以及诗歌与想象方面。诸如《乌列》("Uriel")、《考验》("The Test")、《暴风雪》("The Snow Storm")、《梅林》("Merlin")等诗歌都含有对诗人和诗歌本质及相关方面的理论思考。换句话说,爱默生的超验主义文学思想主要体现在他的超验主义诗学思想中,其诗学影响也恰好印证了这一点。祖

---

① 本节曾以《爱默生实体化诗学思想》为题发表在《外国文学》2022 年第 3 期,第 114—124 页,有所修改。

尔·本顿(Joel Benton)将爱默生同莎士比亚和约翰·弥尔顿(John Milton)相提并论。① 布鲁姆甚至称美国 21 世纪的著名诗人都只是"一个伟大影子(爱默生)的最后装点"②。爱默生之所以在诗学领域能够产生如此深远的影响,一方面是因为他的超验主义宗教哲学思想,另一方面则在于其超验主义诗学思想。在超验主义语言观和诗歌观的影响下,爱默生形成了自己丰富的诗学思想,其核心内容可以概括为实体化诗学思想。实体化的英文为 hypostatization③,是朱莉·埃里森(Julie Ellison)论及爱默生的创作时提出的一个概念。④ 劳伦斯·布伊尔(Lawrence Buell)也认可这样的概括,他曾指出:"在论述爱默生'咄咄逼人的寓言'那篇才华横溢的文章里,朱莉·埃里森仔细考察了爱默生将命运、力量等抽象概念实体化的强烈愿望,同时喜欢将朋友缩减成他们的卡通版。"⑤实体化是具体化的同义词,意思是把某事变成真实的,让某事成形或者让某事变成具体的东西。作为爱默生诗学思想的核心词,其主旨要义就是将抽象概念转换为具体的意象,具体包括语言实体化、诗歌本质实体化、诗歌创作实体化和诗歌美学实体化。

---

① 参见 Joel Benton, *Emerson as a Poet*, New York: M. F. Mansfield & A. Wessels, 1883。

② Harold Bloom, ed., *Bloom's Modern Critical Views: Contemporary Poets—New Edition*, New York: Infobase Publishing, 2010, p. 7.

③ 根据柯林斯词典网络版,hypostatization 一词的动词为 hypostasize/hypostasise(英式英语更典型),是 hypostatize 的异形词。在英式英语中,该词作为动词的意思有二:一是"把什么当看作真的或当真的对待"(to regard or treat as real),二是"代表或者拟人"(to embody or personify)。在美式英语中,该词也有两个意思:一是"把(某种概念、抽象的事物等)看作有真实、客观的存在"(to think of ⟨a concept, abstraction, etc.⟩ as having real, objective existence);二是"(把某种概念、理念等)看作明确的物质或现实存在对待"(to treat or regard ⟨a concept, idea, etc.⟩ as a distinct substance or reality)。具体参见网址:https://www.collinsdictionary.com/us/dictionary/english/hypostasize,访问日期:2024 年 5 月 5 日。

④ 参见 Julie Ellison, "Aggressive Allegory," *Raritan*, 3.3(1984), pp. 100–115。

⑤ Lawrence Buell, *Emerson*, Cambridge: Belknap Press of Harvard University Press, 2003, p. 134.

（一）语言实体化

爱默生的语言观是独特的,也具备典型的超验主义内涵,最为主要的观点是语言最后都与具体的事物相对应,语言的意义由语言所代表的自然事物(natural facts)对应的精神事物(spiritual facts)决定。理解语言实际上是理解语言相对的自然事物,语言必须与自然事物捆绑在一起。这是爱默生语言实体化的核心思想,同时也是爱默生诗学思想的重要基础。正因为语言实体化的思想,爱默生才会有与诗歌相关的实体化思想。

首先,爱默生揭示了语言符号和所指事物的紧密关系。他对语言的认知完全基于其超验主义思想,特别是基于宇宙由自然和灵魂组成的二分理念。他将语言界定为"自然效力人类的第三种功用"[1],也就是说,在爱默生的思想里,语言是自然服务人类的一种途径。与此同时,他还认为"词语是自然事实的符号","特定的自然事实都是特定精神事实的象征","自然是精神的象征"[2]。由此可见,物质与精神的对应关系是爱默生语言观的基本出发点。我们需要注意的是,构成语言的基本单位的词语都是自然事实的符号,但对爱默生来说,自然符号不是处于自然事实和精神事实的中间位置而将两者相连,恰好相反,爱默生将自然符号(即语言)与自然事实置于同一逻辑层面上,都与精神事实处于相对应的位置。理解语言的过程,是先寻找到语言作为自然符号所指代的自然事实,然后从自然事实相对应的精神事实中去寻找语言的意义。爱默生在《论自然》中曾经清楚地写道:"每个用来表达道德或精神事实的单词,如果追根溯源,就会发现,这个词是在借用某种物质表象。'正确'就是'笔直';'错误'就是'扭曲';'精神'最初指'风';'犯罪'原指'越线';'傲慢'的本意是'扬起眉毛'。"[3]爱默生肯定了语言范畴中精神事实与自然事实之间的对应关系。从语言的起源来说,爱默生认为语言都

① Ralph Waldo Emerson, *Emerson's Prose and Poetry*, edited by Joel Porte and Saundra Morris, New York: W. W. Norton & Company, Inc., 2001, p. 35.

② Ralph Waldo Emerson, *The Complete Writings and Other Writings of Ralph Waldo Emerson*, New York: The Modern Library, 1940, p. 14.

③ 同②。

是源自自然事实,或者说是对自然事实的借用。根据费尔迪南·索绪尔(Ferdinand de Saussure)的《普通语言学教程》(*Course in General Linguistics*, 1996),"语言是一个表达观念的符号系统",同时,"在这个系统里,只有意义和音响形象的结合是主要的"①。索绪尔还强调,任何符号都是由形式和内容两方面组成的,他还提出了"能指"和"所指"这一对概念分别指称语言符号的形式和概念。由于过度强调自然事实与精神事实的对应关系,爱默生对语言作为符号系统的能指部分基本不予考虑。在"语义三角"(如图 1 所示②)的结构中,爱默生的能指和所指的实线发生了偏移,准确地说,是语言作为自然事物的符号系统内部与外部关系发生了变化。索绪尔指出:"语言符号连结的不是事物和名称,而是概念和音响形象。"③按照索绪尔的观点推理,能指和所指(意义)本来属于内部系统,符号的所指物属于世界的一部分,是外部系统,但爱默生将能指和所指物(自然事物)放在一起,形成了符号的内部系统,所指(即他所说的精神事实)成了外部系统(如图 2 所示)。爱默生之所以颠覆了传统的"语义三角"关系,是因为他不再强调语言本身,他唯一强调的是语言作为自然符号所代表的自然事实背后所隐藏的真理,也就是他所说的精神事实。在爱默生的语义系统中,所指也就变成了自然事实对应的精神事实,被搁置到了语言符号系统之外。从语言符号内部系统来看,爱默生改变了原来的能指和所指均无具体事物的情况,将所指物的外部系统转移到符号系统内部,因此,作为符号的语言被实体化了。通俗地说,尽管我们用语言来表达我们的所想所思,但"思想的载体"却最终指向自然。即便是在语言的王国里,我们也从来没有离开自然。自然才是人类最后的家园,这也是爱默生超验主义思想要义所在。自然是精神的象征,也是语言的实体化对象。

① 费尔迪南·德·索绪尔:《普通语言学教程》,高名凯译,岑麒祥、叶蜚声校注,北京:商务印书馆,1999 年,第 37 和 36 页。
② 该图参见赵敬鹏:《再论语图符号的实指与虚指》,《文艺理论研究》2013 年第 5 期,第 159 页。
③ 同①,第 101 页。

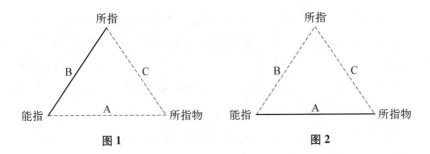

图1   图2

其次,在语言的表达力方面,爱默生更相信自然事物本身的表达力。爱默生一贯以诗人自居,同时认为诗人的任务就是要像"预言家"那样去发现真理,即上帝的精神或宇宙的法则,而一切真理都隐藏在自然事物的背后,或者说都是由自然事物象征着,这也是他看重语言象征性特征的原因。由于其超验主义思想强调人的直觉思维能力,强调从自然中直接感悟上帝的存在,他对语言的象征性也更看重所指事物的象征性。他在《论自然》中还写道:

> 具有象征意义的绝非词语;事物本身才有象征意义。每一件自然事实都是某种精神事实的象征。自然界的每个表象都与某种人的心境相对应,因而只有把对应的自然表象当作相关图解呈现出来时才能描述具体的心境。一个狂怒的男人就像一头狮子,一个狡猾的人好比一只狐狸,一个坚忍不拔的汉子被喻为一块岩石,……一个饱学之士成了一把火炬……①

以上话语中,爱默生开宗明义地指出词语并不具备象征意义,是词语作为语言符号所指的自然事物才具备象征意义。为了生动形象地表述某种抽象的概念,我们必须借用具体事物来做表征。可以这样说,词语或作为符号系统的语言,对爱默生来说并没有多大价值,它们

---

① Ralph Waldo Emerson, *The Complete Writings and Other Writings of Ralph Waldo Emerson*, New York: The Modern Library, 1940, p. 15.

仅仅相当于一个引子,让读者联想其语言符号所指的具体事物,然后通过具体事物的象征意义去弄懂其背后的精神事实,也就是我们所说的真理或意义。语言使用的过程就是寻找和展示具体自然事物的过程,实际上就是实体化的过程。爱默生曾明确指出:"……但是智者穿透腐朽的措辞,将词语再次与可见的事物捆绑到一起;如此一来,栩栩如生的语言即刻变成了指挥证书,谁拥有这张证书,谁就与真理和上帝结盟。"①由此看来,语言的能力在于对"某种特别意义表述中的自然物体"的运用,而陈腐措辞难堪重用。谁想变成语言大师,谁就得转向自然。这与另一位超验主义大师梭罗的话有异曲同工之妙。

> 但是我们局限于书本,哪怕是最精选、最经典的作品,我们也仅仅只能读几种书面语言,它们本身也都只是方言或地方特色的语言。我们自己却陷入一种危险,忘记万事万物所讲的语言,这种语言不用隐喻,却是一种多产而标准的语言。②

梭罗所提到的"万事万物所讲的语言"就是万事万物本身,是爱默生所说的要与词语捆绑在一起的"可见的事物"。爱默生和梭罗想告诉我们的是,语言作为"自然事实的符号",其丰富内涵不在于词语本身,而在于词语所指称的自然事实。与其说是我们用语言表达了某种心情或者抽象的概念,倒不如说是我们用某种具体的事物表达了其象征的精神内涵。莱斯利·佩林·威尔逊(Leslie Perrin Wilson)曾指出:"尽管他总是探讨深奥的概念,但他的写作却清晰直接,一种观点到另一种观点的过渡都是那样细腻。他都是用类比和暗喻来阐释难以理解的概念。"③爱默生本人在《致歉》("The Apology")一诗中也清楚地写道:

---

① Ralph Waldo Emerson, *The Complete Writings and Other Writings of Ralph Waldo Emerson*, New York: The Modern Library, 1940, p. 37.

② Henry David Thoreau, *Walden and Other Writings*, edited by Joseph Wood Krutch, New York: Bantam USA, 1980, p. 197.

③ Leslie Perrin Wilson, *CliffsNotes™ Thoreau, Emerson, and Transcendentalism*, Foster: IDG Books Worldwide, Inc., 2000, p. 63.

......

天地所有神秘

　　拨开花丛便能看到；

古今所有秘史

　　倾听鸟鸣自会知晓。

　　　　　　......①

　　无论是威尔逊的评论,还是爱默生自己诗里的观点和他诗行自身的特点,都表明一点,爱默生语言观的最大特点是将词语实体化,将整个自然符号化。他将语言作为符号系统的表达功能降到最低,同时将语言符号系统所指事物的符号功能提到最高。使用语言,就是使用语言作为符号所指的象征物,使用词语,就是使用词语所指代的自然万事万物。对爱默生而言,没有言说的词语,只有言说的事物,整个能指系统与所指事物重叠,词汇等同于实物,语言被彻底实体化。

(二) 诗歌本质实体化

　　尽管大部分人都只认同爱默生的散文成就,但他自己最初却想让自己作为诗人被记住,他也一直相信自己天生就是一位诗人。可以这样说,爱默生对诗人本质的认识直接影响了他对诗歌本质的认识。因此,在论及爱默生诗歌本质观之前,有必要谈谈他的诗人观。

　　爱默生对何为诗人在著作中进行过大量的论述,在他看来,诗人是宇宙中除了神之外最为重要的。他在《论诗人》("The Poet")中写道:"我们称之为圣史的一切记载证明:一个诗人的诞生是历史上的重要事件。"②他的诗人观具体又可以分为以下几个维度。

---

　　① 原诗见: Ralph Waldo Emerson, *Emerson's Prose and Poetry*, edited by Joel Porte and Saundra Morris, New York: W. W. Norton & Company, Inc., 2001, p. 448。

　　② Ralph Waldo Emerson, *The Complete Writings and Other Writings of Ralph Waldo Emerson*, New York: The Modern Library, 1940, p. 324. 原文为: "All that we call sacred history attests that the birth of a poet is the principal event in chronology."。

首先,诗人是众人的代表,具备常人没有的能力。芸芸众生,不是每个人都能成为诗人。他曾明确写道:"诗人是这些能力都得到平衡的人,他没有任何障碍,可以看清并处理别人梦想的一切,他跨越经验的限制,因为拥有最强大的能力,既可接受,又可传授,所以诗人是众人的代表。"①诗人成为众人的代表全凭能力,而且各种能力都平衡发展,诗人尤其具备一种"言说"的能力。

其次,爱默生将诗人提高到了神的层面,认为"诗人是解救众生的诸神"②。诗人之所以具备常人没有的能力,是因为诗人具备了神的能力,在某种程度上,诗人被爱默生赋予了上帝的影子,几乎无所不知、无所不能。"诗人是言者,是命名者,他代表美。"③需要特别指出的是,诗人代表美,这一点在爱默生思想中是有重大意义的,因为爱默生一直相信,"世界并没有被刻意粉饰,而从一开始就是美的;上帝也没有刻意制造美丽的事物,而美本身就是宇宙的创造者"④。当美变成宇宙的创造者,诗人就变成了宇宙创造者的代表。从这个角度来看,诗人代表美就意味着诗人参与世界的创造,与上帝处于同一地位。

最后,从功用的视角来看,诗人与真理紧密相关。诗人"解救众人"的方式是向众人提供新的思想,用思想将他们从牢笼中解救出来。爱默生还写道:"诗人的标志和证明就是他能宣布人们未曾预见到的事。"⑤也就是说,诗人为世人提供新的见解,即未曾发现的真理。对爱默生来说,诗人生下来就是要说话的,他"健康睿智,根基牢靠,强壮伟岸,是秘密的先知……唯一的发言人就是诗人。当他歌唱时,整个世界侧耳倾听,确信上天的秘密即将被宣告。"⑥因而,诗人存在的价值就是为了启迪新的智慧,从而让世人获得解救。从诗人的诗歌里,

① Ralph Waldo Emerson, *Emerson's Prose and Poetry*, edited by Joel Porte and Saundra Morris, New York: W. W. Norton & Company, Inc., 2001, p. 184.
② 同①,第193页。
③ 同①,第185页。
④ 同①,第185页。
⑤ 同①,第185页。
⑥ 同①,第303—304页。

"人们真的获得了一种新的意识,在他们的世界里就发现了另外一个世界,或者一系列世界"①。诗人是解救之神,诗歌就是解救的武器,必须表达新的意识,也就是还没有人说过的真理。

从爱默生的诗人观中,我们可以知道他对诗歌的初步定位,即诗人的言说手段和传达真理以解救世人的武器,但这些见解多为功能性的定义。我们还需要进一步弄清他对诗歌本质的看法,方能阐释其诗歌本质实体化的思想。

首先,他高度肯定诗歌的作用,就如同他高度肯定诗人的神圣性一样。他颠覆了柏拉图的传统,认为诗歌是最有正能量的事物。"诗歌不是'魔鬼的迷魂汤',而是上帝的甘醇。"②同时,他还强调,"诗歌是在世界形成之前就早已写好"③。从这个角度看,诗歌是任何诗人都无法写出来的,而是靠发现而来的,因为诗歌早已存在于宇宙之中。

其次,诗歌的灵魂在于思想。正如前文所提及的,诗歌是诗人用来表达真理的武器,而真理,根据超验主义思维模式,隐藏于自然万事万物背后。因此,音韵格律,也就是纯粹语言方面的因素,根本不是诗歌最重要的因素。爱默生清楚地指出:"不是格律,而是格律制造的主题写就诗歌——一个充满激情、活跃生动的思想,就像一株植物或一个动物的精神,有着自己的体系结构,用一种新的事物装点自然。"④爱默生将一首诗歌等同于一个装点自然的新事物,就如同一株植物或者一个动物,思想是精神,体系结构是外形。这样一来,在本质上,诗歌就变成了某种思想(某种真理)的自然有机体。爱默生看重的不是文本形式的诗歌,而是文本形式所指涉、对应的某种真理自然事物。

最后,从整个艺术大类来看,艺术归属自然。根据二分原则,爱默生将宇宙分为自然和灵魂。对于艺术的归属,他的见解更是独特。他

---

① Ralph Waldo Emerson, *Emerson's Prose and Poetry*, edited by Joel Porte and Saundra Morris, New York: W. W. Norton & Company, Inc., 2001, p. 193.

② 同①,第192页。

③ 同①,第185页。

④ 同①,第186页。

曾清楚地写道:"严格地说,所有那些与我们分开的东西,所有被哲学界定为'非我'的事物——这包括自然与艺术,所有的他人和我自己的身体——因此统统都必须归纳到自然的名下。"①从以上的话语中,我们可以清楚地看到,爱默生将艺术置于自然的名下。也就是说,从属性来判断,艺术依然属于自然,而不是我们所说的人造产物。爱默生还进一步对自然和艺术都给予了精确的定义。"自然,从常识角度看,它指人类未曾改变的事物本质,诸如空气、河流、树叶之类。"②然而,虽然自然是人类未曾改变的东西,艺术又属于自然,但是作为自然的艺术还是与人类的意志有了关联。"艺术则被施加到这个人意志的混合物之上——施加的工具也出自大自然——比方说建起一座房舍、一条运河、一尊塑像,或画一幅图画。"③艺术并非人为,但体现了人类意志,是掺杂了人类思想的自然。诗歌同所有文学作品一样,属于艺术。按逻辑推理,诗歌也是掺杂了人类思想的自然。对于诗歌的本质,爱默生本人也有明确的阐释。"但是诗人为事物命名是因为诗人看到了它,或者说他比其他任何人都更接近这个事物。这种表达,或者命名,不是艺术,而是第二自然,产生于第一自然,就是树叶从树上长出来。"④"第二自然"刚好是爱默生对诗歌本质的最精确定义,既与艺术归属自然的大前提相吻合,又体现了诗人的作用。爱默生的诗歌大多也都体现了"第二自然"的特质,比如《紫杜鹃》("The Rhodora")、《暴风雪》、《大黄蜂》("The Humble-Bee")等。《紫杜鹃》在自然属性上就是一丛荒野角落里迎风绽放的杜鹃花,但这是按照诗人想要表达的自然万物都有着相同的宇宙精神的思想而生成的"第二自然";《暴风雪》在自然属性上就是寒风一夜的杰作,但这是按照诗人想要表达艺术本来就归属自然的思想而生成的"第二自然";《大黄蜂》更是明显,

---

① 爱默生:《爱默生集:论文与讲演录》,吉欧·波尔泰编,赵一凡等译,北京:三联书店,1993年,第7页。

② Ralph Waldo Emerson, *Emerson's Prose and Poetry*, edited by Joel Porte and Saundra Morris, New York: W. W. Norton & Company, Inc., 2001, p. 28.

③ 同②。

④ 同②,第190页。

以奔忙谦逊的野蜂隐喻诗人的人生追求和满满的正能量。相比而言，爱默生用不同文化背景的神话人物名称作为诗名的情况更多，比如《梵天》（"Brahman"）、《梅林》、《乌列》等，不过，这更加体现了他的诗为"第二自然"的思想，因为这些神话人物在诗中就是他们分别所对应的某种精神事实的实体象征，而不是虚构的神话人物。

总之，对于诗歌的本质，爱默生完全以"第二自然"来把握。这一点也得到了布伊尔的充分肯定。他细心研究文学超验主义，指出在超验主义思想体系里，自然与艺术的关系就是自然与精神之间的那种形而上学的关系，同时，根据爱默生的理念，诗人受启示的引导，而不是逻辑，他用意象来表达思想。"因此，一部好的文学作品不是一个人造物，而是'第二自然'，自然地从诗人心里长出，就像树叶从树上长出一样。"①这样一来，诗歌从本质上由一个文本组织或符号体系结构变成了一个有机实体，这也是爱默生诗学思想的核心内容，诗歌在本质上经历了实体化的过程。

（三）诗歌创作实体化

在语言实体化和诗歌本质实体化的基础上，爱默生对诗歌创作过程的认知也打破了传统的观念。与词语相比，他更看重词语所指涉的自然万物；与诗歌韵律等形式相比，他更看重诗歌的内容，即与"第二自然"相对应的精神事实或者真理。爱默生还一直强调诗歌是对真理的揭示，注重诗歌的教化和启示作用。但要揭示真理，呈现上帝的意旨，必须通过自然界中相关联的事物。因此，诗歌的创作，必须回到自然界，用具体的事物作为诗歌的意象，让这些意象通过象征的功能来表达诗人所掌握的真理。爱默生的诗歌创作过程也是一个实体化的过程。

从诗歌创作技巧层面，实体化主要指用具体意象作诗，通过自然的"变形"（metamorphosis）来完成诗歌思想的表达。词语对爱默生来说，并不是诗歌最重要的成分；具体的意象才是诗歌的有效成分。与

---

① Lawrence Buell, *Literary Transcendentalism*, Ithaca & London： Cornell University Press, 1973, p. 149.

此同时,爱默生在诗歌方面轻形式、重内涵。相对诗歌的形式而言,诗人所要表达的意思(也就是要揭示的真理)是第一性的。诗歌的形式由内容决定,而任何一种思想都与自然界某种具体的事物对应,因此,诗歌创作也等于是根据某种思想来组合一种自然。用他自己的话说:"自然界没有固定的状态。宇宙是流动的,易变的。'永久'只不过是一个表示程度的字眼。我们的地球在上帝的眼睛里是一个透明的法则,不是一个固定的事实。法则把事实溶解了,使它保持液态。"①当自然变成液态,也就可以为诗人所用,随时因思想的需要而发生变形,实现这种变形的途径就是想象。"想象的特性是流动,而不是凝结。诗人不会一看到颜色和形体就止步不前,而是要探究它们的意义。他更不会在这些意义上就此作罢,而是把同样一些物体当作他的新思想的表达手段。"②他坚信"世界为思想而存在:让隐藏的事物现身,山岳、水晶、植物、动物,都能让人看见;或者让它们都看不见,这就是'非表象自然的表象模仿'",并借用培根的话来佐证自己的观点:"诗歌根据思想的需要安排事物的出场。"③如此一来,爱默生不仅对诗歌的本质有了全新的认识和定义,同时在诗歌创作上完全颠覆了传统的观念,开启了全新的创作模式,即用文本背后的实物创作,"第二自然"的形成是第一自然变形为第二自然的过程。

爱默生的诗歌创作过程,尽管有自然的参与,但不是传统意义上的模仿自然。需要指出的是,爱默生的诗歌在本质上是"第二自然",因此仍然是物质与精神的统一体,或者说是自然与思想的统一体。诗歌的产生是"第二自然"从诗人心中的某种思想有机成长而成。但有一点是不能忽视的,爱默生坚信,"思想和形式在时间顺序上是平等的,但从起源的角度看思想先于形式"④。这就充分肯定了思想对于

① Ralph Waldo Emerson, *Emerson's Prose and Poetry*, edited by Joel Porte and Saundra Morris, New York: W. W. Norton & Company, Inc., 2001, p. 174.
② 同①,第 184 页。
③ 同①,第 301 页。
④ 同①,第 186 页。

诗歌的先导性,因为他将第一性的东西赋予了思想,自然是为思想服务,是用来表现思想的手段。上文已经提到,在爱默生的心目中,自然和宇宙都没有固定的形态,是流动易变的,是随时可以用来为诗歌创作服务的。爱默生实体化诗歌创作过程与别人观点不同的地方就在于此,思想先导,看似固定不变的自然围绕思想表达的需求进行变形,发展成能表达诗人所发现的真理的"第二自然"。爱默生自己曾写道:

> 诗人也服从自己的心境,那种使他躁动不安的思想只不过是以一种全新的方式表现成"完全相同的另一个实体"罢了。这种表现是有机的,或者就是事物获得解放以后本身所表现出的那种新的形态。在太阳下,物体在眼睛的视网膜上勾画出自己的形象,同样,它们由于具有整个宇宙的宏图,就容易在诗人的心灵上描绘出它们本质的摹本,而且精美得多。事物转化为诗歌正像它们转变为更高级的有机形式一样。①

由此可见,对爱默生而言,诗歌创作就是诗人的思想表现为另一种"完全相同的另一个实体"的过程,而非遣词造句或者塑造特定的韵律结构的过程。这个过程,是通过第一自然的变形而得以实现。比如,在《大黄蜂》这首诗里,爱默生为了让世人明白一个诗人应有的追求,就将自然界的野蜂变形为"穿着黄色马裤的哲学家"这样一个实体;又如《紫杜鹃》这首诗,为了塑造出花开无人赏的情景,诗人将杜鹃花、荒野、溪流、池塘、黑水、红雀等放到了一起,或许自然界中没有这几种事物都如此巧合地同时登台,但这就是爱默生所说"变形",根据思想内容塑造出对应的自然,即"第二自然"。爱默生的诗歌创作过程于此打上了实体化的深刻烙印。

_____

① Ralph Waldo Emerson, *Emerson's Prose and Poetry*, edited by Joel Porte and Saundra Morris, New York: W. W. Norton & Company, Inc., 2001, p. 187.

（四）诗歌美学实体化

爱默生独特的语言观、诗歌本质观和对诗歌创作过程的理解,必然影响了他的诗歌审美观。基于"实体化"的核心概念,爱默生在诗歌审美层面上也改变了传统观念,诗歌的审美不再是看语言符号体系和韵律结构,而是直接将"第二自然"当成审美对象,这种实体化的审美对象自然就产生了两种美学因子:一种是"有机美";另一种是"视觉美"。

首先,诗歌作为生命实体的有机之美。受超验主义思想的影响,爱默生几乎摈弃了诗歌的语言美,任何词语对他来说都是陈腐的,都是苍白的。词语只有在最初的时候才是诗。他主张的诗歌是用自然中造物组成的有机体,呈现的是"有机美"。"诗歌是自然中某种文本的讹本,应当跟原文完全吻合。"①也就是说,诗歌应当具备自然界中生命的形式和节奏。同时,诗歌还应体现生命形式的升华,不是简单地复制自然,而是要经历一种变形,一种破茧成蝶的生命历程,诗歌写成之后必然是一种更高形式的生命形式。诗歌成了有机的生命实体,那么审美自然要按照有机的标准来进行。布伊尔曾指出:

> 在众多有关诗性的散文反思和诗歌中(诗性同时也是克兰齐和钱宁喜欢探讨的话题),出现了一种类似于诗律偏移的理论。一方面,爱默生奇异地设想诗律结构是受事物的自然属性所限定:他将节奏追溯到脉搏,将韵脚追溯到两极平衡原则。②

他还分别从爱默生《梅林》诗二首中各选一节做例证阐明自己的观点。布伊尔同时指出,爱默生的这种尝试实际上就是去诗歌形式

① Ralph Waldo Emerson, *Emerson's Prose and Poetry*, edited by Joel Porte and Saundra Morris, New York: W. W. Norton & Company, Inc., 2001, p. 191.

② Lawrence Buell, "The American Transcendentalist Poets," in *The Columbia History of American Poetry*, edited by Jay Parini and Brett C. Miller, New York: Columbia University Press, 1993, pp. 97–120.

（metrical deformation），昭示了惠特曼自由诗体和艾米莉·迪金森（Emily Dickinson）不押韵诗歌的诞生。布伊尔的论断刚好印证了爱默生对诗歌有机美的观点：爱默生不看重诗歌形式，不追求诗歌韵律结构的美，而是强调诗歌作为有机生命实体的自然天性之美，恰似自然界中万事万物自我成长所呈现的有机之美。爱默生还在一首小诗中专门强调这样的观点，即1839年的《问题》（"The Problem"），其中最后一节的开头是这样写的：

> ......
> 寺庙的建成恰似小草的成长，
> 艺术永远是遵从，但绝不能超越。
> ......①

　　爱默生的这两行诗句更进一步说明了他对诗歌甚至整个艺术有机美的强调。他用寺庙修建的过程来暗示艺术作品的完成过程是一个有机成长的过程。因此，完成的作品自身应该具备一种有机美，也可以说是自然界生命所共享的内在之美。对诗歌来说，就是其节奏与脉搏的重合，韵脚与自然两极的协调。诗歌语言的本身或诗歌的形式对爱默生来说一直处于并不重要的位置，也并不是他对诗歌之美要考量的维度。但需要强调的是，爱默生重内涵、轻形式的美学追求，并不是说他完全否认诗歌作为一种文学体裁自身本该有的文本形式，从他的各种论述中我们可以看出，他承认诗歌有诗歌的形式，只是他诗歌美学追求的重点不在文本形式，而是诗歌形式背后被定为"第二自然"的那个本质。诗歌的文本对爱默生来说，相当于电影的胶片，诗歌本质是胶片放映后呈现的画面，诗歌之美在于胶片放映出来的画面，而不是胶片本身的美丑尺寸。这从他对诗歌的本质定义可以看出，前文

---

① Ralph Waldo Emerson, *Emerson's Prose and Poetry*, edited by Joel Porte and Saundra Morris, New York: W. W. Norton & Company, Inc., 2001, p. 433.

已有论证,在此不再赘述。

其次,诗歌作为自然实体的视觉之美。正因为爱默生的诗歌有机之美涉及了"第二自然"之美,那么自然而然地就有了爱默生诗歌美学的第二个维度,即视觉之美。由于爱默生强调实体化的概念,对于诗歌的探讨总是直达文本背后的"第二自然",诗歌的审美客体也就由传统的文本变成了文本背后的自然实体,原来用于诗歌文本分析的诸如节奏、韵律等美学因子已经不再重要,而作为自然实体所产生的视觉效果反倒引起爱默生的关注,这就产生了爱默生诗歌美学思想中的视觉美。视觉美颠覆了传统诗歌对诗歌听觉效应的强调,因为它放弃了诗歌的语言本身,实体化的逻辑将构成诗歌的元素直接解读为事物实体,也就将诗歌元素的音变成了可视的物,强调的是画面,是图案。"大自然把一切造物都作为'画语'献给他(诗人)。"[①]如果说他的诗仍然是用语言所作,那么这种语言已经不是传统的语言,而纯粹是一种"画语"。因此,要理解爱默生欣赏诗歌之美和欣赏爱默生诗歌之美,需要从"画语"角度去关注视觉美。下面以《暴风雪》这首诗为例阐明该论点。

> ......
> 来看看石匠北风的巧夺天工。
> 从那无人窥见的采石场取出永不枯竭的砖瓦,
> 这位狂热的匠人,
> 围绕每个迎风而立的木桩、树和门,
> 将其所有白色堡垒勾勒出尖顶。
> 如有千手,他加快了那狂野创作的速度,
> 如此奇幻,如此野蛮,
> 却丝毫不在意数量和比例。他还恶作剧地

---

① Ralph Waldo Emerson, *Emerson's Prose and Poetry*, edited by Joel Porte and Saundra Morris, New York: W. W. Norton & Company, Inc., 2001, p. 187.

给鸡笼和狗窝挂上帕罗斯白瓷般的花环，

把躲藏起来的荆棘塑成了天鹅的形状；

不顾农民的叹息，他将

农家小巷填了个严严实实；又置一座尖塔

在大门口，高高耸立于整个作品之上。

……①

　　仅从《暴风雪》这首诗里，我们就可以看出爱默生对"画语"的重视，整首诗都呈现着画面的视觉美，看不见、摸不着的北风成了一位技艺精湛的石匠，并作出了绝美的画卷：带尖顶的白色城堡、挂着白瓷花环的鸡笼和狗窝、被白雪填满的农家小巷、大门口最高的尖塔。这是爱默生所追捧的"画语"，也是他所认定的真正的诗歌，即暴风雪席卷的真实场景，更是因艺术表达需要而被诗人改造后的"第二自然"。他的《紫杜鹃》、《日子》（"Day"）、《问题》等诸多诗歌都有这样的特点。该诗还透露了爱默生的艺术观，人的艺术创造力无法超越自然，同时，艺术应该按照自然的节奏和规律进行创作，不需要人为干扰艺术品的尺寸比例。C. C. 埃弗雷特（C. C. Everett）指出，"正如我们所发现的那样，爱默生诗歌中的思想都是作为想象力的作品而呈现出来的。换句话说，诗人处理图像"②。埃弗雷特对爱默生诗歌视觉美追求的总结是再贴切不过的了。从视觉效果上来看，爱默生的诗歌就是在处理图像，是在达成可视性的效果。其实，这也是自古以来诗画一家的传统。古希腊抒情诗人西蒙尼德斯（Simonides）曾说："画为不语诗，诗是能言画。"③爱默生的语言观恰好为西蒙尼德斯的观点提供了

---

① Ralph Waldo Emerson, *Ralph Waldo Emerson: The Major Poetry*, edited with introduction and commentary by Albert J. von Frank, Cambridge: Belknap Press of Harvard University Press, 2015, p. 39.

② C. C. Everett, "The Poems of Emerson（1887）," in *Bloom's Classic Critical Views: Ralph Waldo Emerson*, edited and with an introduction by Harold Bloom, New York: Infobase Publishing, 2008, p. 214.

③ 转引自钱锺书：《七缀集》，上海：上海古籍出版社，1985 年，第 5 页。

佐证。"当我们从历史的长河中回溯,就会发现,越往回走,语言就越变得如画般生动,这种状态一直延续至语言刚刚形成的时期,那时所有语言都是诗;或者可以说,所有精神事实都由自然象征物表现。"①按照爱默生超验主义语言观,语言的本质实质上规定诗歌创作的本质,也确定了爱默生诗歌美学中视觉美的维度。

超验主义不仅是美国重要的宗教和哲学运动,还是非常重要的文学运动。爱默生对语言和诗歌的超验主义观点在美国诗学史上非常重要。由于其特殊语言和诗歌观,爱默生影响深远的诗学思想可以归结为实体化。实体化诗学思想是爱默生文学思想的核心,也正是实体化诗学思想启迪了美国诗学史上的意象主义,从而开启了美国现代主义诗歌的新篇章。

众所周知,美国诗歌的历史到目前为止还很短暂。如果我们仅考虑诗学,历史将更短、更简单,主要的诗学可以分为两类:超验主义诗学(以爱默生的诗学为核心)和现代主义诗学(以意象主义诗学为起点)。意象主义诗学可以看作两类诗学之间的桥梁。超验主义诗学对美国甚至整个世界的影响主要是因为实体化诗学传统,在这一问题上,布伊尔已经有了论断,但我们需要进一步弄清超验主义实体化诗学传统与意象主义诗学原则的亲缘关系。如前文所述,超验主义实体化诗学传统的核心要义是可视图像的应用。从这个意义上讲,意象主义诗学的第一原则②与超验主义诗学实体化诗学传统在内涵上是一致的。从时间上看,超验主义诗学先于意象主义诗学产生,这样我们从逻辑上只能推出一种结论,即爱默生的超验主义实体化诗学思想对意象主义诗学产生了深远影响。意象主义运动的发起人,特别是埃兹拉·庞德(Ezra Pound),吸收了爱默生诗学包括实体化在内的理论要素。布伊尔写道:"后来,爱默生将语言作为自然符号的理

---

① Ralph Waldo Emerson, *Emerson's Prose and Poetry*, edited by Joel Porte and Saundra Morris, New York: W. W. Norton & Company, Inc., 2001, p. 36.
② 意象主义诗学的第一原则即直接处理"事物",无论是主观的还是客观的。参见蒋洪新:《庞德研究》,上海:上海外语教育出版社,2014 年,第 276 页。

论通过埃兹拉·庞德发现爱默生崇拜者欧内斯特·费诺洛萨
(Ernest Fenollosa)将汉字误读为自然图像的抽象而传承到现代主义
诗学。"①布伊尔的论断刚好证明了超验主义实体化诗学对意象主义
诗学的影响。爱默生和其他超验主义者实际上是美国现代主义诗学
的先驱。

第二节

亨利·大卫·梭罗:"文艺应该诗意栖居"

亨利·大卫·梭罗(Henry David Thoreau, 1817—1862)不能算是
多产的作家,却是美国甚至世界文学史上的一座丰碑。作为超验主义
的代表人物,他一生忠实地践行超验主义思想,倡导极简生活,号召回
归自然,既有瓦尔登湖畔离群索居的勇敢创举,又有因拒绝缴纳人头
税而锒铛入狱的"不可理喻"。他生前影响不大,去世后却声名鹊起,
被赋予"超验主义大师""生态学创立之前的生态学家""美国自然文
学流派的先驱""现代环境运动之父""自然之子""绿色圣徒"等美誉。
他的代表作《瓦尔登湖》更是被誉为"绿色圣经",在1985年《美国遗
产》(American Heritage)评选的"十本构成美国人性格的书"中名列第
一。他是自然的观察者,是人类文明的反思者,是物欲横流的抵制者;
同时,他也是一代文风的开创者,用自己独特的视角和方式书写自然。
尽管他没有从事过真正意义的文学理论创作,他的自然书写浸透着深
邃的生态思想,同时也蕴含了丰富的文学思想。生态思想是他献给地
球母亲和整个人类的厚礼,文学思想也有自己独特的价值,可资后人
借鉴。正如詹姆斯·麦金托什(James McIntosh)所指出的,梭罗一直
沉醉于诗歌意识和外部世界的关系中,这就使得他变成了一个浪漫主

---

① Lawrence Buell, *Emerson*, Cambridge: Belknap Press of Harvard University Press, 2003, p. 119.

义者。他将人与自然的交流看作精神层面上的交流,而不是人类意志对自然的破坏,这又使得他变成了一个"浪漫自然主义者"①。因此,他的文学思想呈现出典型的浪漫主义特色。迈克尔·费伯(Michael Ferber)曾指出,"浪漫主义主张在自然世界中寻求慰藉或与之建立和谐的关系:认为上帝或神明内在于自然或灵魂之中,……反对新古典主义美学的成规,反对贵族和资产阶级的社会及政治规范,更强调个人、内心和情感的价值"②。回归自然、看重自我等重要的浪漫主义主张也都变成梭罗思想中的核心内容,他走进瓦尔登的湖畔森林,将生活与文学创作融为一体,讴歌自然,倡导简单,形成了自己独特的文学创作、文学美学以及文学功用观,让世人明白了"文艺应该诗意栖居"。

一、文学创作思想

浪漫主义所强调的自然和个人也一直是梭罗的文学创作中的两个关键词。但梭罗在浪漫主义的理论框架内,受爱默生超验主义思想的催化,结合自己回归自然的简单生活实践,形成了更加细腻、更加独特的文学创作思想。

(一) 文学创作宗旨:揭示"真而崇高的事物"

纵观梭罗的一生,他是爱默生超验主义的践行者,也是华兹华斯"朴素生活,崇高思考"理念的践行者。在19世纪的新英格兰地区,也即所谓的新世界里,文学创作作为一个职业,是不太被认可的。尤其是梭罗一个人住进瓦尔登湖畔,观察自然,创作散文,这在很多人看来是偷懒的行为。但作为"自然之子"和"环境圣人",梭罗毅然坚持了自己的文学道路,他坚持一种由大西洋彼岸传过来的浪漫主义创作观,一心一意地从事自然写作,用自己的方式为自然代言,形成了独特的梭罗式创作。他的行为不为当时世人所理解,因为他给自己赋予了

---

①　James McIntosh: *Thoreau as a Romantic Naturalist: His Shifting Stance Toward Nature*, New York: Cornell University Press, 1974, p. 9.

②　迈克尔·费伯:《浪漫主义》,翟红梅译,南京:译林出版社,2019年,第8页。

更为崇高的使命。他看到新世界的经济腾飞,也看到了世人对物质生活的追求,更感悟到了经济发展和文明进步对世人所造成的异化后果。他看重精神追求,摒弃物质享受,尤其对看似进步实为倒退的文明感到担忧。他坚信世人有太多的需求是"虚假需求",脱离了本真。他要让自己成为"打鸣的公鸡",向世人揭示"真而崇高的事物"(something true and sublime),从而唤醒世人。这成了他的创作宗旨。梭罗在《瓦尔登湖》里明确写出了自己这本书的创作由来。他独自一人隐居瓦尔登湖,并非要去做隐士,而是要体会最真实的生活,并把它告诉世人。

> 我要深入生活,吸出生活的精髓,要稳当如斯巴达式的生活,这样就可以将一切非生活的东西剔除,我要割出一大片麦地,收割干净,我还要把生活逼进角落,把它的条件降到最低。如果这样的生活被证明是卑微的,那么干脆就把那真正的卑微全部析出,并公布于众;或者,如果这样的生活是崇高的,那就用切身的经历来体悟,争取在下一个生命历程中能作出真实的报道。①

以上所写与他早年在哈佛时确定的人生目标并无二致,他当时要做一个"美的狩猎者"(a hunter of the beautiful),去报道"宇宙的荣光"(glory of the universe)。经过多年的深思,"宇宙的荣光"变得越来越清晰,那就是"真而崇高的事物"。我们可以从梭罗对新闻的态度看出梭罗对文学创作宗旨的定位。他说:"新闻一条就够了。"因为,"假如熟悉了原则,就没有必要关心成千上万个实例及应用了"②。在梭罗看来,新闻不在数量的多少,关键是要呈现"原则",也就是说,无论是怎样的事物,我们都需要看清它背后的东西,发现表象里所蕴含的崇

---

① Henry David Thoreau, *The Writings of Henry David Thoreau in Twenty Volumes* (Volume II), Boston and New York:Houghton Mifflin Company, 1906, p. 101.
② 同①,第105页。

高真理。同时,他还明确指出,"永恒之中,的确有些真而崇高的事物"①。梭罗的意思很明确,文学作品是要追求那些永不过时的东西,那种真而崇高的东西。梭罗还有另一种担忧,"……按照普通标准来看,对于我(作为职业作家,笔者按)来说没有主题是过于琐碎的。对于愚昧人②来说,主题不算任何东西,而生活才是全部。所有让读者感兴趣的都是激越生活的深度和强度。"③梭罗的这段话指出了他本人(作家)与普通世人(读者)两种不同的兴趣关注:一是有关生活的所有主题,一是只对生活本身感兴趣。按照超验主义的思维,生活背后的主题与自然中所蕴藏的宇宙规律一样,都是我们应该认识的"真而崇高的事物"。如果没有作家创作,普通读者就不可能知道这些"真而崇高的事物"。而对于梭罗本人来说,要认识这些"真而崇高的事物"也并非易事,唯一的办法就是将自己浸入周围的环境并让环境渗入自己。看穿事物的表面,认清事物的规律,发现那些真而崇高的东西,让世人知道——这就是梭罗独特定位的文学创作宗旨。罗伯特·E. 斯皮勒(Robert E. Spiller)在《美国文学的周期》(*The Cycle of American Literature*, 1990)一书中对梭罗也有类似的论断:

> 无论是"在使土地不长青草长菜豆"的白天,还是在聆听湖水上冰层破裂之声的冬夜,梭罗总是相当成功地使我们脚踏实地"穿过那观点、偏见、传统、幻想与表面现象所构成的烂泥潭"到达"我们可以称为现实的坚实底层及岩石"。④

---

① Henry David Thoreau, *The Writings of Henry David Thoreau in Twenty Volumes* (Volume II), Boston and New York: Houghton Mifflin Company, 1906, p. 107.

② 愚昧人原文为"ye fools",源自古老版本圣经中的语句"O ye simple, understand wisdom; and, ye fools, be ye of an understanding heart."。梭罗显然是采用圣经中上帝的口吻。

③ Henry David Thoreau, *The Writings of Henry David Thoreau in Twenty Volumes* (Volume XV), Boston and New York: Houghton Mifflin Company, 1906, p. 121.

④ 罗伯特·E. 斯皮勒:《美国文学的周期》,王长荣译,上海:上海外语教育出版社,1990年,第52—53页。

无论是"坚实底层及岩石",还是"真而崇高的事物",其实都指向相同的内涵,都代表了梭罗心里的最高追求。在梭罗的心里,追求美就得回归自然,过一种最自然最真实的生活,降低生活条件,然后写出自己的经历与感悟,揭示"真而崇高的事物",并奉献给世人。这就是其文学创作宗旨最核心的内容。

(二)文学创作原则:文学即生活

梭罗一生创作不多,《瓦尔登湖》是他的代表作,而梭罗与《瓦尔登湖》相对应的那段隐士式的湖畔生活经历,也是广为人知的现实文本。除此之外,梭罗还著有游记《康科德和梅里马克河畔一周》(*A Week on the Concord and Merrimack Rivers*, 1849)、《缅因森林》(*Maine Woods*, 1864)和政论《论公民的不服从义务》(*Civil Disobedience*, 1849)、《没有规则的生活》(*Life Without Principle*, 1863)等。细细品读,我们会发现梭罗的著作有一个有趣的特点——几乎所有著作都有对应的实际生活,甚至《论公民的不服从义务》还有真真切切的牢狱生活与之相对。也就是说,对梭罗而言,所有文学创作都与文字文本和生活文本相辅相成,对梭罗而言,是文艺模仿生活,还是生活模仿文艺,这个问题很难说清,我们只能看到两者之间天衣无缝的融合。

唐纳德·N. 科斯特(Donald N. Koster)在分析超验主义美学时曾指出,梭罗也为超验主义美学贡献了自己的思想,他在《康科德和梅里马克河畔一周》中坚持艺术与生活融为一体的主张。科斯特引用了梭罗的原话:"艺术不是一般意义上的毫不粗野,自然也绝非一般意义上的与文化无关。一件完美的艺术品应该在正面意义上是既粗野又自然的。"[①]科斯特强调的刚好是梭罗的文学创作原则,即文学与生活的融合,其实,梭罗比科斯特指出的走得更远,梭罗不但强调两者的融合,更

---

① Donald N. Koster, *Transcendentalism in America*, Boston:Twayne Publishers, 1975, pp. 29 - 30.

主张文学即生活,这是他始终如一的文学创作原则。正如前文提及的,在北美这个新世界里,因为被看作一个吊儿郎当的生活状态,作家作为专门的职业还不为人所欢迎和接收。梭罗明确开启了职业化的写作模式,他还开宗明义地指出:"我的工作就是写作,我不会再犹豫。"①梭罗将职业与生活以及文学创作完全融合在一起,文学即生活。

梭罗坚持"文学即生活"的创作原则,同时还坚持写自己的生活。梭罗在《瓦尔登湖》的开头明确宣布该书与其他书的不同就是保留了第一人称说话,同时第一人称"我"在全书中用得还比较多。他提醒读者,其实很多情况下言者都是第一人称说话,从而也明确了全书都是他自己的故事。强调第一人称"我"遵循了浪漫主义的创作理念对个人的强调,是对专写伟大人物的文学创作传统的反叛。同时,写"我"的生活,也是为了真实可靠。首先,梭罗自己坦诚,他只对自己的生活比较熟悉;其次,梭罗对生活的理解也与世人不一样,他所强调的生活首先必须是真实的生活,并非当时世人所过的那种生活。在梭罗的理解中,当时世人的生活里充满了太多的虚假需求,过多地追求物质生活,不是自然状态下的本真生活。如果说,文学的本质是模仿,那么梭罗的文学创作就有了双重模仿。首先,根据梭罗自己的理解,文学创作不能去模仿当时世人的生活,因为那不是真实的生活。其次,为了创造真实的生活,梭罗充当了超验主义的践行者,即按照超验主义的理念去创设一种生活,回归瓦尔登湖畔森林,过一种隐士般简单又自然的生活。从模仿论的角度去理解,梭罗的湖畔生活模仿了超验主义的理念。布伊尔有一段论述:"在这个概念的世界中,与虚构的艺术相比,发现的艺术价值要远远高于虚构的艺术。因为虚构的艺术不可避免会走过头,这种审美理念经不起瓦尔登式反叛(即生活模仿艺术)的检验。瓦尔登式反叛引领了现代主义话语超越模仿的主张:世界只是我的一个部分,恰如 E. E.

---

① Henry David Thoreau, *The Writings of Henry David Thoreau in Twenty Volumes* (Volume XV), Boston and New York: Houghton Mifflin Company, 1906, p. 121.

卡明斯(E. E. Cummings)所说。"①布伊尔所说的瓦尔登式反叛就是生活模仿艺术,与艺术模仿生活恰好相反,但借此又真实记录生活,而不是虚构艺术,他曾明确表示:"要想象出一个比未经历过的更为漂亮的事物,是不可能的。"②梭罗将目光聚集于自己的生活,坚持真实地记录生活,这样文学作品中的话语就等同于真实的生活,超越了模仿。这就是梭罗文学创作与别人不一样的地方,也是他"文学即生活"的创作原则的核心体现。他的文学创作只是如实地记载个人的生活经历而已,这与爱默生提出的"没有历史,只有传记"的思想异曲同工。

一般来说,一个人的创作思想与他本人的创作宗旨是分不开的,梭罗也不例外。他之所以坚持"文学即生活"的创作原则,是因为他要向世人揭示"真而崇高的事物"。这样一来,他就有了自己的使命,去观察自然并弄懂生活的真谛,然后把自己的感悟报道出来,传授给世人。如此一来,生活成了文学创作的一个部分,而文学创作又成了生活的延续。正如乔尔·波特(Joel Porte)所说:"对梭罗而言,艺术生活只需两样东西:活到极致的本领和报道结果的能力。"③而这两样能力的完美结合,恰好是他文学创作原则的体现。

总而言之,在梭罗的文学创作思想中,最为重要的就是坚持"文学即生活"的创作原则。他将文学创作与现实生活紧密融合,从而开创了一条崭新的文学创作之路,按照真理建构生活,然后发现生活,报道生活的真谛,也写出了影响深远、泽庇后世的鸿篇巨制。

---

① Lawrence Buell, *The Environmental Imagination: Thoreau, Nature Writing, and the Formation of American Culture*, Cambridge：Belknap Press of Harvard University Press, 1995. 原文为："In this conceptual universe, the art of discovery is valorized above the art of fabulation. Because it inevitably goes too far, this aesthetic is vulnerable to the Walden challenge（life imitates art）that is the precursor of all modernist claims that discourse overrides mimesis：the world is only a small part of me, as, E. E. Cummings is said to have said."。

② Henry David Thoreau, *The Writings of Henry David Thoreau in Twenty Volumes*（Volume I）, Boston and New York：Houghton Mifflin Company, 1906, p. 406.

③ Joel Porte, *Emerson and Thoreau: Transcendentalists in Conflict*, Middletown：Wesleyan University Press, 1965, p. 177.

（三）文学创作途径：书写自然

梭罗之所以被誉为"现代环境运动之父"和"绿色圣徒"，是因为他的自然写作（nature writing）。但如果要从文学思想上寻找源头，则应该归功于他对文学创作途径的思考，即书写自然是文学创作的途径。坚持"文学即生活"的创作原则和书写自然的创作途径看似矛盾，但实际上二者是关系紧密的综合体，都是梭罗的文学创作思想。对梭罗而言，要想达成揭示"真而崇高的事物"的创作宗旨，并落实"文学即生活"的创作原则，必须转向自然，书写自然是梭罗文学创作的主要途径。

首先，梭罗坚信生活的艺术只有在自然中才能找到。梭罗是忠实的超验主义践行者，沿袭了浪漫主义传统的基本立场，即看重自然，相信自然世界与人类内心世界之间的联动。在爱默生的影响下，他更加相信自然是神意的代表，人类生活的一切智慧都来源于大自然。他要让世人醒悟，教世人以正确的生活艺术，但这些生活艺术得到大自然中去寻找。所以，他的文学创作逻辑就变成了关注生活，却指向自然。他曾经写道："风景一旦真正看见，就会在观察者的生活中有所反应，它会教会你怎样生活，怎样在生活中收获最多，就像教授年轻的猎人如何用陷阱抓捕猎物，蜜蜂如何从满世界的花丛中提取蜂蜜。这就是我每天所要从事的工作……生活的艺术。"[1]这刚好是他书写自然的创作思想的真实印证。麦金托什也指出，"梭罗从爱默生的《论自然》中继承并发展了一个重要的观点，这个观点就是：自然风景，尽管只是'内部创造'的结果，却是一位重要的老师，为我们人类的启示、快乐和精神指引而摆放在我们面前。自然世界是'现有的神意解说员'，人类虽然已经堕落，但仍然拥有神所赐福的能力去读懂周围比比皆是的人类阐释神意的能力"[2]。梭罗所要揭示的"真而崇高的事物"就是自

---

[1] Henry David Thoreau, *The Writings of Henry David Thoreau in Twenty Volumes* (Volume VIII), Boston and New York: Houghton Mifflin Company, 1906, pp. 470-471.

[2] James McIntosh, *Thoreau as Romantic Naturalist: His Shifting Stance Toward Nature*, New York: Cornell University Press, 1974, p. 28.

然所代表的神意,是宇宙的法则,是自然的规律,必须通过自然方可得到。

其次,在梭罗的思想中,生活与自然也是融合在一起的。他所理解的生活,或者说在他看来可以进入文学的生活,与常人理解的生活是有差距的。他要的是那种真正的生活,正如前文提及,是一种剔除了一切"非生活"的生活,是抛开所有繁文缛节和物质欲望的简单生活,是去除了"第二自然"①(the second nature)的自然生活。因此,他主张回归自然,倡导简单生活。也就是说,梭罗所说的生活,是与自然分不开的。梭罗还在爱默生思想的基础上,进一步提出"人是自然一部分"的思想。他曾写道:"人不就是一团正在消融的泥土吗?"②既然人是自然的一部分,那么人的生活也就是自然的生活。生活、自然和文学在梭罗的思想中又得到了高度的统一。观察生活,就是观察自然;因此,书写生活,就是书写自然。梭罗也在自己的著作中表明了这样的态度。"我想为自然、绝对自由和荒野讲句话,这三者与只是文明层面的自由和文化形成了鲜明的对比,将人类看作自然的居民,或者自然的一个部分,而不是社会的成员。"③在这里,梭罗将自然和绝对自由以及荒野等同起来了,而且表明了自己的立场,他看重的是与绝对自由和荒野等同的自然,作为自然一部分的人类,应该皈依到自然之中,而不是禁锢在社会之内。

最后,梭罗在实践中真正做到了回归自然,从而让自然成为书写对象。他移居瓦尔登湖畔,创造作为自然一部分的人的生活经历,写出"绿色圣经"《瓦尔登湖》。这个成功的案例至少给了我们有关梭罗

---

① 梭罗的"第二自然"与爱默生的"第二自然"意义是不同的,梭罗用的英文还是"the second nature",但指的是人类诸如烤火取暖等后天获得的习惯成自然的一些习性,这些习性远离了自然特性,多为奢侈和不必要的虚假需求。参见简功友《"第二天性"与生态危机——消费文化视域下梭罗生态思想论》,《湖南社会科学》2016 年第5 期。

② Henry David Thoreau, *Walden and Other Writings*, edited with an introduction by Joseph Wood Krutch, New York:Bantam Dell, 1962, p. 346.

③ Henry David Thoreau, *The Writings of Henry David Thoreau in Twenty Volumes* (Volume V), Boston and New York:Houghton Mifflin Company, 1906, p. 205.

文学创作的三个线索：其一，要创作文学文本，先创作现实生活文本；其二，真正的生活是自然人的生活，因此现实生活文本应在自然中写成；其三，生活的艺术源自自然规律，文学创作就变成了观察自然并理解自然所蕴含的"神意"。因此，对于梭罗来说，文学创作最终变成了书写自然。《瓦尔登湖》最终被认定为"绿色圣经"，瓦尔登湖最终也变成了人间的圣地，这也是梭罗文学创作的独特之处。布伊尔也曾指出，梭罗通过"自我设计的重占仪式（self-devised ritual of repossession）和将不毛之地变为圣地的方式"①获得将作者经历和自然神圣化的效果，这里的重占仪式就是实质性回归自然，将不毛之地变为圣地的实现途径就是书写自然，将自然看作自然规律或神意的象征物，清晰勾勒其象征意义。这既是梭罗文学创作的途径，也是梭罗文学创作所要达到的目的。正是这种特殊的文学创作途径，让文艺诗意栖居。

二、文学美学思想

"梭罗是一个纯粹的美学家。"②梭罗不但拥有自己独特的创作观和文学价值观，同时还形成了自己独有的文学美学观。梭罗的文学创作，强调观察的方式，强调独有的审美方法并发现独到的美景。他在日记中曾明确地写道："问题不在于你看到所审视的东西，而是在于你怎么看或者你能否看到。"③"怎么看"或者"能否看到"涉及的就是审美观照的关键问题，即审美表象。伯纳德·鲍山葵（Bernard Bosanquet）在《美学三讲》（*Three Lectures on Aesthetic*, 1915）中也提到，"除掉那些可以让我们看的东西外，什么都对我们没有用处……"④。梭罗的

① Lawrence Buell, *New England Literary Culture: From Revolution Through Renaissance*, Cambridge: Cambridge University Press, 1986, p. 327.

② Joel Porte, *Emerson and Thoreau: Transcendentalists in Conflict*, Middletown: Wesleyan University Press, 1965, p. 172.

③ 原文为："The question is not what you look at — but how you look & whether you see."。参见 Bradford Torrey, *The Writings of Henry David Thoreau* (*Journal II*), Boston and New York: Houghton Mifflin Company, p. 373。

④ 鲍山葵：《美学三讲》，周煦良译，上海：上海译文出版社，1983 年，第 5 页。

"看"的方式决定了他能"看到"的对象。如果说自然是梭罗文学创作的主要对象的话，那么他看待自然的视角是与众不同的，看到的结果自然也完全不一样，因此最终形成的文本有自己的独特风格，体现了梭罗式的审美情趣。

（一）美在自然

梭罗被给予"自然之子"的美名，其作品处处流露着一种自然之美，颂扬着人与自然的和谐美，因为他坚信文学之美源于自然，这是梭罗文学美学思想的一个重要维度。这其实与其创作观也是紧密相关的，他将文学与生活互相融合，而他追求的生活又是除去了"第二自然"的纯粹的生活，也就是简单自然的生活。他的文学创作由记录生活变成了书写自然，那么自然之美其实就是文学之美，要追求文学艺术的美，就是皈依自然，表现自然之美。

梭罗"美在自然"的思想首先是对自然之美的承认，这也是该思想的基石。自然为美，才能成为美的源头，所以梭罗眼中的自然是美不胜收的。梭罗的自然之美，又包含两个层面。其一是自然的风景之美。无论是他登临过的卡塔丁山，还是他隐居过的瓦尔登湖，梭罗对它们的描摹总是那样美丽动人。受爱默生思想的影响，他也相信是美丽创造了世界。他曾写道："也许远在亚当和夏娃被逐出伊甸乐园时，那个春晨之前，瓦尔登湖已经存在。"[1]对梭罗来说，湖又是自然中最美的"眼睛"。自然不但是美的，而且最开始就是美的。其二是野性之美。野性之美是梭罗更加看重的美的层面。面对大自然，梭罗曾感叹道："这里有广袤的、野性的、荒僻的自然，我们的母亲，她无处不在，如此美丽，对她的儿女如此爱抚，就像母豹一样。"[2]与此同时，他对动物的世界也有自己独特的视角，这种视角过滤了动物的野蛮，而看出了人类的特性。

---

① Henry David Thoreau, *The Writings of Henry David Thoreau in Twenty Volumes* (Volume II), Boston and New York: Houghton Mifflin Company, 1906, p. 170.

② Henry David Thoreau, *Walking, Great Short Works of Henry David Thoreau*, edited with an introduction by Wendell Glick, New York: Harper & Row, 1982, p. 318.

蚂蚁打架,他描述成两国交战,狐狸都能唱小夜曲,水鸟能狂笑,还透着某种智慧。梭罗相信动物世界的野性并非与人类的文明是相对立的,他明确发问:"难道禽兽不是跟人类一样,也存在着一种文明吗?"①前文曾提到,梭罗发现了"第二自然"的存在,并倡导要去除人类身上的"第二自然",恢复一种本真的自然,而"禽兽的文明"就是梭罗推崇的本真的自然,在梭罗的思想中这是一种真正的文明,甚至是更高级别的文明。因此,他发出了在当时不太被人接受的呼喊:"保全世界于野性(in Wildness is the preservation of the world)。"②梭罗之所以以野性为美,看重"禽兽的文明",是因为"他早就关注人类消费活动中'需求与欲望'的问题,严格区分了'奢侈品'与'必需品'之间的差异,指出了'第二天性'与人类的虚假需求和异化消费的共生关系"③。而人类的文明恰好是在"第二天性"的催生下发展起来的,虚假需求导致的是虚假的文明。人类自己在"第二天性"的驱使下,也渐渐开始异化,丧失了原来本真的美。自然界中的万事万物,在梭罗看来,因为保存原有的自然属性,所以"它们比起我们的生命来,不知美了多少,比起我们的性格来,不知透明了多少!我们从不知道它们有什么瑕疵"④。

梭罗肯定了自然的美,也肯定了文学是对美的追求。因此,梭罗敦促,"诗人不仅是为了力量,而且是为了美,也应该时不时地沿着伐木者的小路和印第安人的足迹旅行,在荒野的深处吮吸一些缪斯的新的、更养人的甘泉"⑤。他明确了文学之美的源头,那就是自然。诗人为了美必须转向自然,转向荒野。他甚至将如何从大自然和荒野中吸

---

① Henry David Thoreau, *The Writings of Henry David Thoreau in Twenty Volumes* (Volume VIII), Boston and New York: Houghton Mifflin Company, 1906, p. 301.

② Henry David Thoreau, *Walking, Great Short Works of Henry David Thoreau*, edited with an introduction by Wendell Glick, New York: Harper & Row, 1982, p. 309.

③ 简功友:《"第二天性"与生态危机——消费文化视域下梭罗生态思想论》,《湖南社会科学》2016年第5期,第40—44页。

④ Henry David Thoreau, *The Writings of Henry David Thoreau in Twenty Volumes* (Volume II), Boston and New York: Houghton Mifflin Company, 1906, p. 221.

⑤ Henry David Thoreau, *The Writings of Henry David Thoreau in Twenty Volumes* (Volume III), Boston and New York: Houghton Mifflin Company, 1906, p. 173.

取缪斯的灵感都想得很透彻,提出了自己的方法论。正如苏贤贵指出的,"梭罗主张诗人要强迫风和溪流为己所用,代表自己说话,他要敲榨出字词的原始意思,从自然中提炼出词汇,把这些'根部还带着泥土'的词汇移植到他的篇章中"①。

梭罗一贯主张摒弃"第二自然",即去除一切非自然的因素,从而真正皈依自然,在自然中找到启示,反思生活的真谛。审视人与自然的关系,形成了一种人与自然和谐共生的生态美思想。着力描述人与自然的和谐关系,是基于人与自然同源关系的认同。

彰显人与自然的和谐美与梭罗的文学创作观也是紧密相连的。正如前文所说,梭罗认为文学创作就是生活,文学创作就是让自然言说,因而作者本人必须去体验生活、观察自然、体悟自然的奥秘。也就是,作为作者的人,必须融入自然,与自然和谐相处。在生活实践中,梭罗回归自然,用现实的格局彰显人与自然的和谐美。在文学文本的创作中,梭罗也采用了同样的方法。他让文本的作者与现实生活的经历者完全重合,这样在文学文本中,人与自然的和谐之美就变得天衣无缝了。布伊尔有过精辟的论断:"梭罗定位'他自己'与其书本的关系时最为有趣的是他戏谑地放低并消除了文外作者与现场经历者之间的界线。"②布伊尔还指出,"莎伦·卡麦仑(Sharon Cameron)在《梭罗日记》中找到的对于皈依完全相同的要求在《瓦尔登湖》也出现了,言说的自我开始向环境的权威退让自己的权威和自主,以一种非常规甚至相互冲突但非常本质的趋势呈现,在梭罗隐居瓦尔登湖以及后来写作的时间里越发明显"③。作为作者的人,不再是自然的主宰,不再彰显自己的权威和自主,而是皈依自然,融入自然,在和谐共生的状态中替自然言说。

---

① 苏贤贵:《梭罗的自然思想及其生态伦理意蕴》,《北京大学学报》(哲学社会科学版)2002年第3期,第62页。

② Lawrence Buell, *The Environmental Imagination: Thoreau, Nature Writing, and the Formation of American Culture*, Cambridge: Belknap Press of Harvard University Press, 1995, p. 377.

③ 同②,第169—170页。

（二）美在感官

基于对自然美的肯定,梭罗对文学的美学追求,还有一个重要的维度就是感官美。他的作品的确不涉及帝王霸业之类的宏大主题,因为在梭罗看来,这不是最重要的东西。他认为重要的是自然瞬间留给人类的有启示的东西,甚至是那种纯粹感官方面的细节。这些细节不但给人美的愉悦,而且给人深刻的启示。因此,梭罗的"美在感官"的思想还有两个更为深刻的方面:一是感官的瞬间之美;二是感官的细节之美。

首先,时间维度上的瞬间美。

梭罗在文学创作上坚持"文学即生活"的原则,让文学文本变成一种生活的记录,形成了一种传记和游记式的写作风格,给后人留下了《瓦尔登湖》《康科德和梅里马克河畔一周》《缅因森林》等优秀作品。梭罗在瓦尔登湖隐居的时间总共只有两年两个月零两天,相对人生来说,也只是一个短暂的瞬间;他与兄弟几个约着游梅里马克河也只花了一周的时间。然而正是这些瞬间,成就了梭罗的永恒,这也是他瞬间美学思想的胜利。他在《瓦尔登湖》里明确写道:

> 我生活经历中最光荣的事情并非任何我已经完成或者希望去做的事情,而是转瞬即逝的思想,或者幻想,或者梦想,这些思想、幻想和梦想都是我自己所拥有的。为了一个真正的幻想,我宁愿放弃全世界所有财富,也不去做所有英雄壮举。①

瞬间在梭罗思想中是处于最高地位的追求。为一个转瞬即逝的思想、幻想和梦想,他可以放弃所有财富,可以不做任何英雄壮举,足见其瞬间美学思想的根深蒂固。麦金托什在对梭罗进行了透彻分析之后,指出梭罗的核心问题是要成为一位"诗人",成为一位"美好瞬间的收集者",确认了梭罗这种瞬间美学思想的存在。他还进一步指

---

① Henry David Thoreau, *The Writings of Henry David Thoreau in Twenty Volumes* (Volume I), Boston and New York: Houghton Mifflin Company, 1906, pp. 145 - 146.

出,"梭罗为了实践自己的夸张写作,情愿自己让位于瞬间的印象,他只是暂时地聚焦于这些印象中,却让每一个不同的瞬间拥有自己的重要性"①。梭罗的文学创作,没有宏大的叙事,只有瞬间的遐想。无论是《瓦尔登湖》,还是《康科德和梅里马克河畔一周》,或是其他作品,梭罗都用自己发现的眼光,观察自然万事万物,通过具体瞬间的描述,比如水鸟歌唱的瞬间、湖面冰层破裂的瞬间、火车驶过的瞬间……分析出自然背后的真理,向世人展示"真而崇高的事物"。

其次,感官维度上的细节美。

梭罗不仅看重时间维度上的瞬间,还看重感官维度上的细节。作为浪漫自然主义者的代表,梭罗看重对自然的观察,强调感官的东西给人带来的启示,坚信"对事物表面的观察对具备正常感官能力的人来说总是有奇迹功效"②,因此梭罗的细节其实又是一种感官细节。波特在探讨梭罗的审美观时,曾用"纯粹感官生活"作为副标题,认为梭罗的文学创作是对五官感觉的依赖和描绘。这样的总结比较精准地建构了梭罗的感官细节美学思想的核心。

梭罗本人曾写过一段话,表达了自己对人类感官的认识:

> 我们不必去祈求比纯粹感官就能装饰的更高的天堂,纯粹感官生活就是很好的天堂了。我们现在的各种感觉只是造化设计的最基本官能。与原初设计比较而言,我们已经耳不能听、嘴不能言,并且眼不能见了,同时丧失了嗅觉、味觉和感觉。每一代人都会发现人类的天赋神力消磨殆尽了,每一种感觉和官能都被误用甚至玷污。耳朵是要用来倾听天国的声音,而不是现在这样只能付之琐碎之用;眼睛更是要用来发现看不见的美,而不是现在这样卑微驱使。③

---

① James McIntosh, *Thoreau as Romantic Naturalist: His Shifting Stance Toward Nature*, New York: Cornell University Press, 1974, p. 41.

② Henry David Thoreau, *The Writings of Henry David Thoreau in Twenty Volumes* (Volume I), Boston and New York: Houghton Mifflin Company, 1906, p. 313.

③ 同②,第408页。

需要指出的是,梭罗用"看不见的美"并非为了强调美的消失,而是强调因为人类的感官被随着文明进步和经济发展所获得的"第二天性"所阻碍,对自然的大美视而不见。波特曾分析梭罗所提及的"看不见的美",他认为梭罗指的就是现实中实实在在随处可见的东西,而并非什么抽象或内在的东西,也就是这种纯粹的感官生活中的方方面面。程虹也曾指出:"自然文学的作者呈现在读者面前的,是含风景(landscape)、声景(soundscape)及心景(soulscape)的多维画面。"①跟着《瓦尔登湖》徜徉在瓦尔登湖畔,我们通过梭罗的笔端看到清澈的湖水,听见潜水鸟等野禽的歌唱,看见枫树等在春天来临时抽芽长叶,感受清晨在湖水里沐浴后的清爽,还能品尝到各种野果的甘甜……梭罗将感官能及之美一一呈现。只可惜,成天奔忙的世人已经无法看见自然所赐予我们的大美。向世人呈现这"看不见的美",正是作为自然文学之父的梭罗的美学追求。他"纯粹的感官生活"以及背后"看不见的美"将风景、声景和心景有机融合。《瓦尔登湖》是梭罗践行感官细节美学思想的见证,是风景、声景和心景交织的艺术杰作。超验主义时代的美国,经济崛起、物欲膨胀,世人已经丧失了发现美的感官能力,梭罗近距离观察自然并呈现多种细节之美,用看似琐碎、细节的描述,将"看不见的美"呈现给当时、后来和未来的读者,从而成为自然文学的典范。

(三) 美在伦理

梭罗的文学美学追求,不只是对自然美的肯定,将各种细节、瞬间的感官能及之美呈现给读者,他还呈现更高层次的美,要将这些美的表象背后"真而崇高的事物"发掘出来。根据布伊尔的分析,梭罗断定"只有当事实开出真理之花的时候才具有价值"②,这与他文学创作的宗旨也是高度一致的。从美学的角度来说,梭罗实际和爱默生等其他

---

① 程虹:《自然文学的三维景观:风景、声景及心景》,《外国文学》2015 年第 6 期,第 28 页。

② Lawrence Buell, *New England Literary Culture: From Revolution Through Renaissance*, Cambridge: Cambridge University Press, 1986, p. 321.

超验主义者一样,都在寻求自然之美背后的大美,将文学看作一种伦理思考,呈现一种伦理之美。梭罗的伦理之美基于对自然美的探讨以及人与自然关系的研究,所以他的伦理之美是一种生态伦理美。正如波特所言:"他潜心探究的不是灵魂与身体的关系,而是身体与物质世界之间的关系。"①梭罗的魅力以及其作品的深远影响力恰好在于这种基于人与自然关系探讨伦理层面的美学追求,即倡导众生平等的生态伦理美。他改变了人类独尊、万物皆卑于我的传统看法,把人类的特权消解,将自然界万事万物赋予和人类平等的权利,从而建构一种人与自然的和谐关系。

梭罗在探讨人与自然的关系的时候,从人类的起源入手,借用圣经的启示,提出人与自然同源的观点。他在《瓦尔登湖》中明确写道:"人不过是一团即将融化的泥土而已。"②这与《圣经》(The Bible)中所言如出一辙。"你必须长期劳作,汗流满面才得糊口,直到归于尘土,因为你是从尘土而来,本是尘土,仍要归于尘土。"③梭罗借《圣经》的经文确认了人与自然的同源性,也为人与自然的和谐关系做了完美的铺垫。布伊尔更是从梭罗的话里看到了独特的视角,认为梭罗"看到人类机体与毫无生机的地球之间的共同延伸的状态"④。波特也曾指出,"梭罗作为超验主义者的独特性主要在于这样的事实,他达成了一个普鲁提诺(Plotinus)式哲学家的目标——将自己的中心和万事万物的中心通过洛克式手段合而为一"⑤。同源而来,共同延伸,彼此交

① Joel Porte, *Emerson and Thoreau: Transcendentalists in Conflict*, Middletown: Wesleyan University Press, 1965, p. 134.

② Henry David Thoreau, *The Writings of Henry David Thoreau in Twenty Volumes* (Volume II), Boston and New York: Houghton Mifflin Company, 1906, p. 339.

③ 参见 *Genesis* 3:19, *Bible* (King James Version). 原文为:"In the sweat of thy face shalt thou eat bread, till thou return unto the ground; for out of it wast thou taken: for dust thou art, and unto dust shalt thou return."。

④ Lawrence Buell, *The Environmental Imagination: Thoreau, Nature Writing, and the Formation of American Culture*, Cambridge: Belknap Press of Harvard University Press, 1995, p. 170.

⑤ 同①,第171页。

融,人与自然的关系不可能不和谐。所以,无论是梭罗在梅里马克河
上的畅游,还是在瓦尔登湖畔的隐居,都证明人与自然完全可以和谐
相处。梭罗甚至将人与自然的和谐关系看作人类健康的保证。他明
确写道:"要保证健康,一个人同自然的关系必须接近一种人际关系,
我不能设想任何生活是名副其实的生活,除非人们同自然有某种温柔
的关系(certain tender relation)。"①

在超验主义思想的影响下,梭罗还进一步阐释了人与自然和谐关
系的独特性,即自然对应着人的心灵。"宇宙不断而忠实地回应我们
的理念"②,麦金托什将梭罗这句话理解为"观察自然现象的人就能发
现人类艺术的模特,人类成长的隐喻,人类恒久的保障"③。麦金托什
的理解是没有问题的,梭罗这里所说的宇宙实际上等同于自然,而且
是一种具备主观能动性、能像人类一样思考的自然。所以梭罗笔下的
自然,也变得温柔而善解人意。"……只要有人因为正义事业而悲痛,
所有自然万物都会被影响,太阳的光明会变得暗淡,风儿也会像人一
样长吁短叹,云朵会伤心落泪,森林在仲夏时节会掉下绿叶显出哀痛
神情。"④麦金托什更是相信,"梭罗似乎在说,自然也能感同身受,也
会同情怜悯,她是有感觉的,正因为自然的仁慈,人与自然之间关系是
最亲密的友谊"⑤。梭罗所倡导的人与自然的关系应该类似一种人际
关系,相互同情,相互怜悯。

梭罗肯定了人与自然的同源以及自然对人类心灵的对应关系
后,将人与自然的关系进一步放到伦理的角度进行考量,他运用了
爱默生《论自然》中的格言:"物理学里的公理也能转述伦理准

---

① 转引自 Lawrence Buell, *The Environmental Imagination: Nature Writing, and the Formation of American Culture*, Cambridge: Belknap Press of Harvard University Press, 1995, p. 209。

② Henry David Thoreau, *The Writings of Henry David Thoreau in Twenty Volumes* (Volume II), Boston and New York: Houghton Mifflin Company, 1906, p. 108.

③ James McIntosh, *Thoreau as Romantic Naturalist: His Shifting Stance Toward Nature*, New York: Cornell University Press, 1974, p. 28.

④ 同②,第 153 页。

⑤ 同③,第 24 页。

则。"①他体验生活,观察自然,最后都落脚于伦理思考,这也是他文学美在伦理思想中最基本的机制。人与自然同源,自然又回应着人的理念,因此自然并非人类征服和占有的对象。"我脚下所踩的大地并非死的、惰性的物质;它是一个身体,有着精神,是有机的,随着精神的影响而流动。"②布伊尔也曾论及过梭罗在瓦尔登湖(卡塔丁山也一样)的特性描写中塑造了灵性感知论的成功,并指出这种灵性感知论的成功在当时美国只有麦尔维尔的《白鲸》能比得上。③ 所谓的灵性感知无非就是对万物有灵的承认。作为超验主义的忠实执行者,在印第安人思想的影响下,梭罗相信万物有灵,并对自然万物给予伦理关怀,对人类破坏自然的行为进行了谴责。他指出人类对自然的伤害就是与人对人的伤害一样的犯罪,人类与自然界的万事万物是绝对平等的。他曾在自己的日记里清楚地记录了自己的心声:

> 给为我们提供食物或者阴凉的树木造成不必要的伤害,不只是粗野的问题,而是犯罪。(J 7: 514)④
>
> ……
>
> 如果有人因虐待儿童而被起诉的话,那么其他虐待本该他来照看的自然之脸的人也同样应该被起诉。(J 10: 51)⑤

梭罗不但谴责人类对自然的伤害,而且连吃兽肉对他来说都是

---

① Ralph Waldo Emerson, *Emerson's Prose and Poetry*, edited by Joel Porte and Saundra Morris, New York: W. W. Norton & Company, 2001, p. 38.

② Roderick F. Nash, *The Rights of Nature: A History of Environmental Ethics*, Madison: The University of Wisconsin Press, 1989, p. 37.

③ 参见 Lawrence Buell, *The Environmental Imagination: Thoreau, Nature Writing, and the Formation of American Culture*, Cambridge: Belknap Press of Harvard University Press, 1995, p. 214。

④ Henry David Thoreau, *The Writings of Henry David Thoreau in Twenty Volumes* (Volume XIII), Boston and New York: Houghton Mifflin Company, 1906, p. 514.

⑤ Henry David Thoreau, *The Writings of Henry David Thoreau in Twenty Volumes* (Volume XVI), Boston and New York: Houghton Mifflin Company, 1906, p. 51.

不道德的行为。他说自己"对兽肉有反感并不是由经验引起的,而是一种本能",因为他相信"卑贱的刻苦生活在许多方面都显得更美";他还坚决相信"每一个热衷于把他更高级的、诗意的官能保存在最好状态中的人,必然是特别地避免吃兽肉,还要避免多吃任何食物的"①。

同爱默生一样,梭罗把伦理道德放到了一个至高无上的层面加以探讨,并且将人类的伦理关怀推至自然万物,用文学塑造人与自然和谐的生态伦理美。任何违背这种生态伦理关系的行为都是应该受到谴责的。生态伦理之美,才是宇宙中的大美。

三、文学功用思想

梭罗的时代是美国经济开始腾飞的时代,随着商业开始蓬勃发展,人们的物欲开始泛滥。梭罗就像一个冷眼旁观的智人,冷静地看着这一切。他不仅选择了在当时不被看好的职业,到林中闲逛、观察自然、记录反思、传达启示,他还相信文学的功用,并下定决心要用文学的工具揭示"真与崇高的事物",唤醒世人的执迷。这是他文学创作的宗旨,也是他文学功用思想的凝结。梭罗的文学功用思想是冷静而深邃的,也是诗意而又沉重的。他坚信文学既可以呈现自然之美,展现自然智慧;又能通过自然之美启示、传达生活的技巧以教化天下。

(一) 为自然代言

文学功用思想与文学创作观是紧密联系的。梭罗的"文学即生活"和"书写自然"的创作思想,也必将激发一种文学是为自然代言的思想。他热爱自然,歌颂自然的美丽,同时也相信自然是神意的象征,是苦苦探索的"真与崇高事物"的源泉。人要保持健康,获得智慧,就必须皈依自然,和自然保持亲密关系。但在当时世俗的观点中,在森

---

① Henry David Thoreau, *The Writings of Henry David Thoreau in Twenty Volumes* (Volume II), Boston and New York: Houghton Mifflin Company, 1906, p. 237.

林中砍伐树木转为经济收益的人才会被看作积极向上;而成天在森林里闲逛,到处观察的人却会被看作懒惰无为。即便是当今社会,也不会有很多人真正回归自然,观察并领悟自然所蕴含的真理。梭罗从文学找到了突破口,认为文学刚好可以为自然代言,由他本人的观察和领悟,向世人传达上帝的奥秘。麦金托什曾经有过精辟的论断:"诗人庆祝或'发表'自然的真理,他并不怀疑或否认真理。自然对人类来说是一个强大而神秘的独立王国,而不仅仅是自身的一个投影。但自然本身是无法言语的。除非诗人看见并描述自然,否则自然对于诗人或人类群体都是无用的。"①

　　"天地有大美而不言"正是因为自然本身无法言语,从这个角度来看,要呈现天地也就是自然之大美,必须要有人来代言。梭罗正是看到了这一点,他近距离观察自然,并不折不扣地履行人类是自然一个部分的使命。他沿梅里马克河畅游,登临卡塔丁山感受大自然的博大,住进瓦尔登湖畔感悟自然的真谛。他通过文学的手段,描述自然,让自然从行不言之教变为有言之教。这就是梭罗为自然代言的文学功用思想的核心。"用个人的声音呈现环境的观点。将人以及人的声音浸入环境。……这就是瓦尔登湖畔这位自觉的生态学家的习惯和策略。"②彼得·A.弗里策尔(Peter A. Fritzell)的分析刚好从文学创作技巧层面印证了梭罗为自然代言的文学功用思想。当然,在文学技巧上,他通过赋予自然以主体地位,机智巧妙又比较彻底地将自然从哑语的"他者"建构为言说主体"另一个"③。这样就真正意义上实现了为自然代言的使命。自然行不言之教,文学言说自然的不言之教,

---

　　①　James McIntosh, *Thoreau As Romantic Naturalist: His Shifting Stance Toward Nature*, New York: Cornell University Press, 1974, p. 41.

　　②　Peter A. Fritzell, *Nature Writing and America: Essays upon a Cultural Type*, Ames: Iowa State University Press, 1990. 原文为:"To present an environmentalist's point of view in a personal voice. To immerse the person, the personal voice, in an environment. ... Such is the habit and the strategy of the self-conscious ecologist, the man at Walden."。

　　③　陈茂林:《"另一个":梭罗对人与自然二元对立的解构》,《外国文学研究》2009年第6期,第133—141页。

整个过程由作家本人皈依自然、观察自然、描述自然来实现。这就是梭罗文学功用思想的第一个层面。

(二) 教化世人

为自然代言,是为了向世人传达自然的不言之教。梭罗文学功用思想的第二个层面就是教化世人。梭罗之所以愿意到瓦尔登湖隐居,与禽兽为邻,完全是出于一种救赎天下的激情,他觉得世人都被物欲泛滥冲昏了头脑,失去了自我,失去了与自然的那种最温柔的关系,从而也就失去了本真的生活。所以,他在《瓦尔登湖》中写下了一句经常被引用的话:"正如曾经所言,我无意写那种闷闷不乐的颂歌,而是要像报晓的公鸡那样,站在栖木上引吭啼唱,但愿能唤醒我的左邻右舍。"[1]不相信文学的教化功能,是无法写出这样的句子来的。这一句简单的话语中蕴含着丰富的信息。梭罗看清了当时世人的心态,倍觉世人皆醉而我独醒,肯定了世人需要教化的事实。同时,文学要像公鸡报晓那样,重在唤醒世人,而不是去写一些毫无实际用途的颂歌。

文学的教化功用是梭罗自觉的使命感所决定的,他并非一个游手好闲之徒,而是为自己设定了更高的使命,当时世人未必能懂。他的思想是超前的,所以在他去世之后,世人才真正明白人类失去了怎样的一个同胞。麦金托什在谈起梭罗的使命感的时候,曾指出:"他一直有一种想法,作为学者和诗人,他的根本使命是设想灵魂的革新和救赎。"[2]梭罗的确有一种革新的精神,并用自己的这种精神来发挥救赎的功效。他还在著作中引用了中国古代帝王成汤的座右铭——"苟日新,日日新,又日新",足见其对革新的看重,以一种变革的精神时时刻刻都探求新知,从而变成自己的新作以飨天下,但所有创作又不忘一个主题,就是教化世人。

---

① Henry David Thoreau, *The Writings of Henry David Thoreau in Twenty Volumes* (Volume II), Boston and New York: Houghton Mifflin Company, 1906, p. 94.

② James McIntosh, *Thoreau as Romantic Naturalist: His Shifting Stance Toward Nature*, New York: Cornell University Press, 1974, p. 33.

　　爱默生曾经在评价梭罗时写道，"本来就没有多少生活，还有太多的禁忌"，认为他"没胃口，没激情"①。其实，这是对梭罗的一种误读。梭罗对文学创作充满了热情，将生活、职业和文学三者融为一体。他一生笔耕不辍，远离尘嚣，追求一种极简的生活方式。他是美国将文学创作当作人生使命和具体职业的第一人，用自己的行动阐释独特的文学思想。在文学创作观方面，他坚信，文学必须揭示"真和崇高的事物"，必须与生活相融合，通过书写自然来完成。对于文学美学的思考，他强调自然之美、伦理之美和感官美。之于文学的功用，他坚信两点，人类的智慧和生活艺术都源于自然，因此，文学必须为自然代言，将自然的不言之教析出以教化世人。他用自己的亲身经历告诉世人生活真谛。梭罗主张人类应该回归自然，简单生活，诗意地栖居于自然。而他又坚持"文学即生活"的创作原则，文学创作与诗意栖居有了直接的联系，既开启了生态文学自然写作的先河，又让我们明白了"文艺应该诗意栖居"。

第三节

埃德加·爱伦·坡的忧郁与怪诞美的文学主张

　　埃德加·爱伦·坡②（Edgar Allan Poe，1809—1849）是19世纪美国诗人、小说家、文学评论家及美国浪漫主义思潮时期的重要成员，他一生短暂，却影响深远，曾被传是斯大林最喜爱的作家之一。在文学界，亚瑟·柯南·道尔（Arthur Conan Doyle）、夏尔·皮埃尔·波德莱尔（Charles Pierre Baudelaire）、斯特芳·马拉美（Stéphane Mallarmé）、儒勒·加布里埃尔·凡尔纳（Jules Gabriel Verne）、罗伯

---

　　①　Ralph Waldo Emerson, *The Complete Works of Ralph Waldo Emerson*, Centenary Edition, 12 vols., Boston and New York：Houghton, Mifflin & Co., 1903－1904, X, p. 454.

　　②　下文简称坡。

特·路易斯·斯蒂文森(Robert Louis Stevenson)、阿尔弗雷德·希区柯克(Alfred Hitchcock)、江户川乱步等众多大家也都曾受到坡的影响。坡还跻身于美国三大恐怖小说家之列。[①] 尽管他诗歌写得精准优雅,小说构思巧妙,文学评论独到有力,却一度遭到评论界的攻击和贬斥,这其实与其文学思想是紧密关联的。因为他的作品都关涉人类的精神困顿,通常选用死亡为主题,呈现的是阴暗的画面、怪异的情景,确实不易为常人接受。但正是这种忧郁与怪诞美的文学主张,产生了强大的艺术震撼力,为他在文坛的地位打下了坚实的基础。坡的文学思想沿袭浪漫主义思潮,关注精神世界与自然世界的二元对立,基于对精神世界尤其是人的心理活动的独到见解,他提出了自己独有的以忧郁和怪诞为美的文学主张。坡真正的文学理论著作不多,主要见于《诗歌原理》("The Poetic Principle")和《创作哲学》("The Philosophy of Composition"),而且以诗歌创作为主要探讨对象。更为重要的是,坡对不同体裁的文学区别对待,本部分主要分析坡有关诗歌的理论主张。

一、寻求缓解人类焦渴的清泉

坡的文学理论起源于他对文学背后终极目标的认识,这个终极目标决定了他的思维方向和模式。虽说坡的文学思想沿袭了从欧洲传过来的浪漫主义传统,但他不唯传统,而是完全打破了传统对诗歌功能定位的神话,跳出了对诗歌功用和目标考察的传统视角,将诗歌自身艺术领域里的终极目标和诗歌艺术背后的终极目标作了区分。诗歌自身作为艺术形式的终极目标只是关乎艺术范畴的讨论,而诗歌背后的终极目标却关乎整个人类的命运前途,是艺术表现形式和内容必须升华的理由。这一点暂时还未引起诸多学者的注意,却是理解坡文学思想的关键点。具体说来,坡认为诗歌背

---

① 坡、安布鲁斯·布尔斯(Ambrose Bierce)和霍华德·菲利普斯·洛夫克拉夫特(Howard Phillips Lovecraft)并称为美国三大恐怖小说家。

后的终极目标是解决人类的焦渴,而诗人的职责就是去探讨解渴的那泓清泉。

坡曾将人类的精神世界划分为"纯粹的理解力(pure intellect)""审美力(taste)"和"道德感(the moral sense)"三个部分,这三个部分各司其职:"理解力"在于晓人以利弊得失,"审美力"在于向人展示美,而"道德感"则教人责任义务。基于这样的区分,他将传统的"诗歌的基本宗旨是伦理"的说法打成了异端邪说,同时对亚里士多德把诗歌的某些作用归并到道德本身提出了质疑。他将"审美力"置于三者中间,也就是把它当成了精神世界中的核心部分。他相信人类心灵深处永远存有一种天性,那就是"美感"。人只要有这种"美感"存在,就会从身边的"形状、声音、色彩、气味和情趣"中去感受愉悦。但作为诗人,如果只是将这些"形状、声音、色彩、气味和情趣"再现,那就不算是一位合格的诗人。因为诗歌背后有更高的目标,诗人的肩上有更重的职责。他在《诗歌原理》一文中明白地写道:

> 我们还有一种尚未解除的焦渴,而他却没能力为我们指出解渴的那泓清泉。这种焦渴属于人类的不朽。它是人类不断繁衍生息的结果和标志。它是飞蛾对星星的向往。它不仅是我们对人间之美的一种感悟,而且是对天国之美的一种疯狂追求。①

很多文学理论家都没有注意到诗歌背后的这个终极目标,这是坡的文学思想价值的根源所在。坡注意到人类那种独有的"焦渴",这种"焦渴"还是人类不断繁衍生息的结果和标志,也就是说,这种"焦渴"是人类与自然世界相区分的标志。那么这种"焦渴"的本质又是什么

---

① Edgar Allan Poe, *Selected Writings of Edgar Allan Poe*, edited with an introduction and notes by Edward H. Davidson. Boston: Houghton Mifflin Company, 1956, pp. 469–470. 该汉语版本为曹明伦译文,参见曹明伦:《爱伦·坡其人其文新论》,《四川教育学院学报》1999 年第 7 期,第 64—68 页。

呢？坡给出了两个维度的解释：一种是"对人间之美的一种感悟"；另一种是"对天国之美的一种疯狂追求"。而通俗地解读，"人间之美"就是"活得好"，"天国之美"就是"死得好"。也就是说，人类所焦渴的实际上就是人这一辈子和下辈子的问题，是宗教维度上的救赎问题。在坡看来，人类还是担心原罪论带来的压抑；而诗歌却能帮助人类化解焦渴，为人类寻求那泓解渴的清泉，从而帮助人类获得救赎。根据宗教的思维，人类要想获得救赎，首先得明白自己的罪孽，尤其是清教主义和加尔文教等强调的原罪。这一点刚好解释了坡的诗歌和小说为何总是与忧郁和怪诞相关。这也是坡对整个艺术背后的终极目标与众不同的认识。美国著名诗人威廉·卡洛斯·威廉姆斯认为："罗威尔、布莱恩特等人从文学的角度考虑诗歌，而爱伦·坡是从心灵的角度来写诗。"[1]关注人类的焦渴，考虑人类内心的救赎心声，无疑是"从心灵角度来写诗"的真实写照。人类心灵深处藏着对美的焦渴，诗人的职责就是去创造解渴的美。坡实际上是回答了为何有诗的问题。

二、创造震撼灵魂的忧郁之美

正如上文所说，人类的不朽在于对美的"焦渴"，身边物质世界的"形状、声音、色彩、气味和情趣"可以让人产生愉悦，体会美感，但天国之美是要靠诗歌来创造。美之于坡就如同上帝之于基督信徒。

首先，美是诗歌唯一合法的领地。

在坡的思想中，诗歌首先必须是美的，诗歌与美是有不解之缘的，坡对诗歌的终极目标的考量里就确定了诗歌的领地，即"人间之美"和"天堂之美"。"一首诗的称号，只是由于它以灵魂的升华作为刺激。诗的价值和这种升华的刺激，是成正比的。"[2]而能激起灵魂升华的唯

---

[1] William Carlos Williams, "Edgar Allan Poe," in *Edgar Allan Poe: Critical Assessments*, edited by Graham Clarke, Mountfield: Helm Information Ltd., 1991, p. 241.

[2] 刘象愚编选：《爱伦·坡精选集》，济南：山东文艺出版社，1999 年，第 635 页。

有美。"美是诗歌唯一合法的领地"①,这是坡在《创作哲学》中提出的明确的命题。原文中,"领地"用的是"province"一词,它也含有职责的意思。坡的这个定义是在诗歌与情理的关系相区分的语境中提出的。他承认诗歌也可能涉足情理的领域,但两者不应该成为诗歌主要的合法领域。他曾写道:

> 至于"理"和"情"(或曰心智之满足和凡心之激动),虽说这两个目标也可通过诗来实现,但通过散文体作品则更容易实现。确切地说,理须精确,情须质朴(真正易动情者会懂我的意思),而这与我说的美是完全对立的,因为我坚持认为美是灵魂的激动,或者说是灵魂愉悦的升华……美才是诗的基调和本质。②

坡在这段论述中清楚解释了自己对诗歌领地界定的逻辑,"美是诗歌唯一合法的领地"并不是因为诗歌完全不涉及情和理,而是情和理可能在散文作品中更加容易实现。也就是说,相比较而言,诗歌没有散文作品那样容易实现情和理的目标,诗歌唯一容易实现的就是美。这种细腻的区分,对诗歌具体的认识、创作策略和技巧产生了具体可行的指导。

其次,诗歌是美的有韵律的创造。

文学思想中最为关键的莫过于对文学本质的认识和把握。一个诗人的诗风,一个小说家的叙事风格,无疑都是对诗歌和小说本质理解的具体体现。在《民谣及其他诗歌》("Ballads and Other Poems")和《诗歌原理》这两篇文章中,坡通过具体的分析,就诗歌的本质内涵也

---

① Edgar Allan Poe, *Selected Writings of Edgar Allan Poe*, edited with an introduction and notes by Edward H. Davidson, Boston: Houghton Mifflin Company, 1956, p. 455. 原文为:"Beauty is the sole legitimate province of the poem."。

② 爱伦·坡:《爱伦·坡精品集》,曹明伦译,合肥:安徽文艺出版社,1999 年,第661—674 页。

给出了自己的确切定义：

> 简而言之，诗歌可以定义为美的有韵律的创造（the rhythmical creation of beauty）。它的范围绝不超越美的界限。它的唯一鉴赏家就是审美力。它只与智力（intellect）和道德心（conscience）有附带关系。除非偶然，它与职责与真理并无关涉。①

从坡对诗歌的定义可以看出他对诗歌本质几个要点的把握：第一，诗歌就是创造美；第二，诗歌之美是一种音乐美，拥有音乐性，主要体现在韵律上；第三，诗歌不涉及真与善，只与美有关。需要引起注意的是，在"它的唯一鉴赏家就是审美力"这句话中，审美力原文中用的是"taste（品味或趣味）"，是他所三分的精神世界里的第二种，第一种和第三种分别是智力和道德感，分别与真和善关联，也就是说，唯有品味或趣味与美相关。坡的这个定义对爱默生等人所持有的那种认为"诗歌的终极目标就是展示真理"的观念是一种彻底颠覆，足见其在诗歌革新方面的勇气和洞见，也是他提出"为诗歌而诗歌"的纯诗理念的理论基础。当然，最为重要的是，坡独特的诗风与这个定义密切相关。坡通过这三点就把诗歌与其他体裁的文学形式相区分的独特性彰显出来了。坡认为科学著作是追求真理，那么科学论文就不必言美。区分诗歌与科学论文的标准就是看作品是指向真理还是指向美，但如何将诗歌与小说和散文相区分呢？坡的答案是音乐性，也就是韵律。这也是坡将诗歌定义为"美的有韵律的创造"的真正根源。坡认为诗歌和小说最大的不同就是获得的快感不同，小说的目的是获得明确的快感，因为小说"赋予可感知的意象确定的意义"，但诗歌的目的是获得朦胧的快感，因为"诗则赋予可感知的意象朦胧的感觉"。坡曾

---

① Edgar Allan Poe, *Selected Writings of Edgar Allan Poe*, edited with an introduction and notes by Edward H. Davidson, Boston: Houghton Mifflin Company, 1956, pp. 470–471.

写道：

> 要达到这一目的(诗歌赋予朦胧的快感,笔者按),音乐是本质的因素,因为我们对美妙的声音的领悟是一种最朦胧的观念。音乐与可以使人愉悦的思想结合便是诗。没有思想的音乐仅是音乐。没有音乐的思想,就其明晰性而言,则是散文。①

从这一段话中我们可以看出,坡认为音乐才能给人"朦胧的观念",与诗歌赋予朦胧的快感相符,所以音乐性应该成为诗歌的本质属性,音乐与思想结合方为诗。他还将诗歌与散文的区分也说清楚了,标准在于是否有音乐性。散文只提供思想,不具备音乐性。坡还指出诗歌与冒险故事的区别,那就是所追求的快乐的有形与无形。冒险故事追求有形的快乐,只有诗歌才追求无形的快乐。"就这一点来讲,音乐是基础,因为对美妙声音的理解是我们最无形的观念。"②无论是朦胧快感和确定快感的差异,还是无形快乐与有形快乐的差异,一言以蔽之,都是音乐性的差异。诗歌必须具备音乐性,而在诗歌当中,音乐性是靠韵律来体现的;所以,诗歌是"美的有韵律的创造"。

最后,诗歌之美最合适的基调是忧郁。

坡在确定了诗歌唯一的合法领地和"美的有韵律的创造"的定义之后,进一步确定了诗歌所呈现之美的内涵和基调,坡坚持不是所有的美都应该成为诗人追求的方向。坡的审美力是极具个性的,他所看重的、真正具有艺术价值的美与传统的观念也极度不一致,甚至可以显得怪诞,因此他认为最合适诗歌之美的基调是忧郁。且看他的论述：

---

① 刘象愚编选：《爱伦·坡精选集》,济南：山东文艺出版社,1999年,第629页。
② 罗伯特·E. 斯皮勒：《美国文学的周期》,王长荣等译,上海：上海外语教育出版社,1990年,第59—60页。

　　将美看作诗的领域,那我接下来的问题关涉美的最佳呈
现基调——所有经验都表明这种基调是一种悲伤。无论哪种
美达到极致都会刺激敏感的灵魂,让其落泪。伤感是所有诗歌
基调中最合乎常规的。

　　……

　　我问自己:"根据人类共识,所有伤感主题中,什么又是
最为伤感的呢?"答案显然是死亡。我又问:"那么什么时候
这种伤感最有诗意呢?从我已经花了不少篇幅的解释来看,
这个答案也是明显的——"当它与美结合最紧密时,也就是
说美女之死无疑是世上最有诗意的主题……"①

　　以上两段话清楚地概述了坡对诗歌之美的内涵界定,也道出了坡
所有诗歌以及小说忧郁之美的缘由。在坡看来,诗歌首先应该指向人
类的终极目标——对救赎的焦渴,诗歌是在寻求解渴的清泉。而能解
渴的清泉就是美,既有人间之美,也有天堂之美。美的作用又在于震
撼人的灵魂,提升人的灵魂。诗歌的价值与诗歌对灵魂的提升程度成
正相关关系,能对灵魂起到震撼和提升作用的美,就是那种能让人怆
然涕下的美,这种美就是到了极致,就是诗歌应该呈现的美。所以坡
一直追寻这样的美,用忧郁的笔调给读者灵魂以强烈的震撼,体现了
他诗歌艺术独特的审美基调和艺术价值。

三、确保在读者意识里的预定效果

　　对于坡来说,觉察到人类的那种焦渴,继而将寻求缓解焦渴的清
泉作为艺术背后的终极目标是他文学创作的源动力;认识到美是诗歌
唯一的合法领地则是他文学创作的指导思想;确保在读者意识里的预
定效果则是坡文学创作的艺术原则。他的作品,无论诗歌还是小说,

① Edgar Allan Poe, *Selected Writings of Edgar Allan Poe*, edited with an introduction and notes by Edward H. Davidson, Boston: Houghton Mifflin Company, 1956, p. 458.

气氛总是那么压抑,情节总是那么怪诞,读完后甚至产生一种劫后余生的感觉。因为坡的文学创作坚持了与众不同的艺术原则,即"唯效果论"。他坚信,艺术创作就是要达到预定的效果,艺术效果才是每个艺术家的最高追求,而其他所有的一切都是为达到某种特定的艺术效果而服务。他笃信:"实际上,当人们谈到美时,他们所指的精确含义并非人们所以为的一种品质,而是一种效果。"①可以说,坡的文学创作直接指向的是"一种效果",而并非产生这种效果的文本或其他。詹姆斯·索撒尔·威尔逊(James Southall Wilson)曾在自己的论文《坡的创作哲学》("Poe's Philosophy of Composition")中将坡对艺术效果的观点进行了独到的总结:

> 任何艺术作品首要的同时也是终极的目标是在读者或者看客的心里和情感上创造出一种具体的效果。在文学作品中,第一个以及任何一个词语都必须服务于那种效果的创造。艺术创作的核心理念必须是选择确保达到那种效果。构思中的每一个事件,写作的语气,甚至每一个词语自身,必须共同效力一个目标,那就是创造一种单一心理印象以达到那种整体效果。应用于具体的诗歌艺术,坡的这种艺术哲学必须结合他的诗歌定义来思考。②

---

① Edgar Allan Poe, *Selected Writings of Edgar Allan Poe*, edited with an introduction and notes by Edward H. Davidson, Boston: Houghton Mifflin Company, 1956, p. 456.

② James Southall Wilson, "Poe's Philosophy of Composition," *The North American Review*, 223.833 (Dec., 1926 - Feb., 1927), p. 677. 原文为:"The first as well as the ultimate aim in the creation of any work of art is to produce one definite effect upon the mind and feelings of the reader or observer. In literary art the first word and every word must help produce this effect. The central idea of the composition must be chosen to secure the effect desired; each incident in the working of the plan, the tone of the writing, and even each word itself, must contribute to the one end of creating a single mental impression to accomplish this totality of effect. As applied specifically to poetry, this description of Poe's philosophy of technique in art must be considered in relation to his definition of poetry."。

结合他对诗歌的定义，我们可以推断出，坡是借助美的创造以及审美体验在读者意识中形成一种预定的艺术效果。按照威尔逊的话来说，这种效果就是"在其读者的意识里创造一种明确的心态"①。这不只是关乎诗的美之本身，同时关乎人类灵魂的提升和自身的救赎。对于坡来说，这种预定的效果就是诗歌的价值核心，它统领了诗歌一切要素。爱德华·H. 戴维森（Edward H. Davidson）曾指出："爱伦·坡的心理和艺术都集中于一个特定的前提，即不管是诗歌还是散文，都不是表现的'形式'或者将不同思想和存在简化为秩序井然的方式，而是艺术是'另一个生命'。"②也就是说，对坡来说，文学的形式和方式都不是最重要的东西，而是服从并服务于艺术生命力，他所追求的是让自己的作品在读者的意识里活起来，从而达到既定的效果。当然这种效果也具备一定的多样性，它可能会是不同的事物或因素。正如威尔逊所指出的那样：

> 那种想要达到的艺术效果可能是一种对美或敬畏，或恐惧，甚至厌恶三者之中任何一种具体心理的细腻感觉；也可能是对诗歌或故事中的事件、气氛、语气、词语的感受，这些曾是文学的瑰宝，为众多大师传承；还可能是催眠师强化精神状态的手段，这些都是他所追求的目标。③

---

① James Southall Wilson, "Poe's Philosophy of Composition," *The North American Review*, 223.833（Dec., 1926–Feb., 1927）, p. 678. 原文为："Today we should say that Poe sought to create a definite psychological state upon the consciousness of his readers."。

② Edward H. Davidson, *Poe, A Critical Study*. Cambridge：Harvard University Press, 1957, p. 257. 原文为："One certain premise in which Poe's mind and art were centered was that art, where poetry or prose, was not a 'form' of expression or a means of reducing the variables of idea and existence to order but that art was 'another life'."。

③ 同①，原文为："The effect desired might be an exquisite sense of beauty, of a peculiar phase of fear, or horror, or even disgust; the incidents of the poem or tale, the atmosphere and tone, the words, were the bright jewel, the passes of the hands; the mesmerist's means of superinducing the mental condition which is his aim."。

　　由此可见,在具体不同的作品中,坡希望或所能实现的具体预定的艺术效果并非千篇一律。它可以是一种感觉,也可以是某些具体的文学元素,还可以是某些心理手段。但有一点是确定的,任何一个文学作品产生之前,都会选择这众多因子中的一个作为明确的目标,然后在这个具体目标的指引下采取具体的创作方式或策略达到此目标。坡在自己的文学生涯中做到了。他的作品艺术效果非常明显,都有一种特别强烈的艺术张力。他本人在《诗歌原理》中以《乌鸦》("The Raven")为例解释了自己创作思路的独特性。他首先选定要表达的一种效果,即"永不再来"(nevermore)的不断重复。他最初准备选用的形象是鹦鹉,但因为考虑到鹦鹉没有他所希望达到的那种震撼灵魂的效果,所以后面改为乌鸦这个恐怖而怪异的形象来为预定的效果服务。这可以说是坡的一贯的艺术思维模式。几乎所有他的作品中的场景和气氛都给人一种忧郁怪异的感觉,但这就是坡的文学思想的逻辑结果。

　　坡对浪漫主义思潮的传统是有所继承的。他的思想中有浪漫主义关于精神世界和物质世界两者之间的区分与互动。他也承认文学作品会有对物质世界之美的体验与呈现。但需要指出的是,坡的成长经历是凄惨而忧郁的。他命途多舛,自小亲生父母双亡,收养他的家庭却不能弥补父爱和母爱的缺失,后来又经历爱情婚姻的打击,虽然他将文学创作作为自己的正当职业,却没有稳定的收入。也就是说,现实世界是一个不完美的世界,是一个对坡来说恶魔般的怪物。这个事实显然影响了他的审美模式,让他对这个世界的不完美和阴暗面特别的敏感。另外,他本来就相信达到极致的美总是让人怆然涕下,而艺术必须追求完美和极致。他用完美的艺术形式表现不完美的现实世界,形成了忧郁怪异的风格。戴维森也曾指出:

　　　　坡的伟大在于他对人类意识以及潜意识的阴暗面的探索——超越于生命和知识的冥思、梦想和恐惧三个不同世界。坡最好地描绘了这个世界的不完美和灰暗的维度,在这个维度上我们从来不知为何"乌鸦"中的学生和罗德里克·厄舍被逼疯了,也不知为什么"人群中那个人"沉醉于在现代城市的街道上闲逛。①

对于坡的作品,我们不能只停留在其怪异风格的表面。研究坡的文学思想,更应该深入其一切表象的背后,因为所有表象都只是坡为确保读者意识里的预定效果的手段。

坡是伟大的,他在诗坛、小说界以及文学评论界都占有非常重要的位置。他的文学是独特的,也是有见地的,不但在诗歌史上,同时也在小说史上都开启了新的时代,启迪了新的智慧。他关注人类的焦渴,力图为人类的这种焦渴探寻解渴的清泉。而在他的思想里,这种清泉就是诗歌。诗歌能够创造一种忧郁而让人怆然涕下的美,震撼人的灵魂,提升人的境界。但坡又是不幸的,现实生活给了他太多的折磨,现实世界没有给他应有的完美,那种恐怖的现实生活犹如白日梦一般亦真亦幻,让他的文学思想也产生了与众不同、打破传统的判断。他将美放到了至关重要的位置,几乎是将美当宗教信仰一般对待,但总是用忧郁的基调来呈现。总而言之,怀着一颗高尚救赎的心,用忧郁怪异的文学形式震撼也提升着人类的灵魂,一代又一代,这也是他的文学思想的价值所在。

第四节

沃尔特·惠特曼:诗歌创作的平民意识

作为美国 19 世纪著名的诗人和人文主义倡导者,沃尔特·惠特

---

① Edward H. Davidson, *Poe, A Critical Study*. Cambridge: Harvard University Press, 1957, p. 260. 原文为 "Poe's greatness lies in his few explorations into the dark underside of human consciousness, and subconsciousness — that variable world of thought, dream, and terror beyond life and knowledge. Poe best limned this world in incompleteness, in the gray dimension of our never knowing why the student in ' The Raven' or Roderick Usher were driven mad or why the Man of the Crowd was obsessed to wander the streets of a modern city."。

曼(Walt Whitman, 1819—1892)通过诗集《草叶集》、散文作品《典型的日子》(*Specimen Days and Collect*, 1883)和《民主远景》(*Democratic Vistas*, 1872)等作品给后人留下宝贵的精神财富,其中也包括他独特的文学思想。在超验主义思想的影响下,他开创了美国民族诗歌的新时代,创造了"自由体"诗歌的新形式,有美国"现代诗歌之父""自由诗之父"等美称。惠特曼把歌唱自己,歌唱普通大众,歌唱世界上普普通通的万事万物作为自己的使命,在民主和自由的气息里平添了几分平民意识。惠特曼在诗歌和散文中呈现了他很多与众不同的文学思想,也体现了他的平民意识。

一、诗人之重,国之所需

19世纪的美国,虽建国不久,但经济开始腾飞,物质文明开始发展,同时人们的物质欲望也在膨胀。人们在奔忙中,似乎忘却了原有的精神追求,忘记了自己原定的方向。宗教的力量也在削弱,宗教界自身的问题也不断暴露,就连爱默生这种颇有影响力的神职人员也似乎放弃了对上帝的虔诚,质疑上帝的启示,他还退出了自己效力的一神论教堂。上帝的感召力越来越弱,牧师变得无足轻重。崭新的合众国及其国民的救赎成了一个难题。惠特曼将这一切看得清清楚楚,因此他将焦点转向了文学,他相信诗人的力量。他曾写道:

> 牧师走了,神圣的文学来了。美国此时此地,对于一个现代诗人的需要,或者对于一个伟大的现代文学界的需要,甚于一切。任何一个民族的核心,不管它是由外力支配,还是它支配外力,都是国族文学,特别是以本民族为原型的诗歌。超越所有先前的国土,一种伟大的原创文学定将成为美国民主的理由和(在某方面唯一的)依靠。①

---

① Walt Whitman, *The Portable Walt Whitman*, edited with an introduction by Michael Warner, New York: Penguin Group, 2004, p. 399. 原文为:"The priest departs, the divine literature comes. Never was anything more wanted than, today, and (转下页)

从这段话可以看出,惠特曼不仅将文学的功用与美国民主挂钩,同时将国族文学提到了至高无上的地位,相信新的国度应该有自己的诗人。这与超验主义大师爱默生的观点也极其一致。爱默生呼吁,每个时代都需要自己的诗人。在惠特曼的思想中,诗人是完全可以替代牧师的。崭新的合众国或许可以不需要牧师,但按照当时的形势,不能没有诗人,尤其是歌唱本民族、本国度万事万物的诗人。他还说:"在世界上古往今来的一切民族中,美国人是具有最充分的诗人气质的。合众国本身实质上就是一首伟大的诗。"①

惠特曼是热爱美国这个崭新的合众国的,他相信自己祖国的伟大,相信自己的祖国脱离欧洲传统控制之后会带来一系列变化,但他最为关注和担忧的还是精神和信仰。他坚信:"大自然和国家的广大如果没有一种渊博和大度的公民精神与之相适应,那就显得荒谬了。"②同时,他还提出:"信念是灵魂的防腐剂……它渗透于老百姓中并保护他们……他们从不放弃信仰、期待和信任。"③所以,他要寻求这种"渊博和大度的公民精神"。在他看来,这种公民精神应该只有诗人才具备或者才能发现,并将其传给国人。惠特曼之所以这样看问题,是因为他强烈地感觉到,诗人"看得最远,他有最大的信念。他的思想是事物美德的圣歌。离开了他的平等立场来侈谈灵魂、永恒和上帝,他是不发言的"④。也就是说,在惠特曼看来,合众国在精神维度上需要诗人且诗人可以满足合众国的需求。诗人所具备的博大精神正是国家所需。惠特曼既看出了国家的需求,也看出了诗人的伟大:

（接上页）here in the states, the poet of the modern is wanted, or the great literatus of the modern. At all times, perhaps, the central point in any nation, and that whence it is itself really swayed the most, and whence it sways others, is its national literature, especially its archetypal poems. Above all previous lands, a great original literature is surely to become the justification and reliance（in some respects the sole reliance）of American democracy."。

①　惠特曼:《草叶集》,楚图南等译,北京:人民文学出版社,1997年,第1075页。
②　同①,第516页。
③　同①,第518页。
④　同①,第518页。

"在世界各国中,其血管充满着新素质的合众国最需要诗人,而且无疑将拥有最伟大的诗人并最大限度地发挥他们的作用。他们的总统还不如他们的诗人那样能成为共同的公断人。伟大的诗人是整个人类中最稳定而公平的人。"①诗人是伟大的,合众国是年轻的,这样年轻的国度需要自己的诗人来歌唱。但惠特曼并不依循传统去歌唱祖国的伟大或关注战争的残酷,所有宏大场面和伟大事件似乎都与他无关。他要关注万事万物,但焦点只有自己一人。他要成为宇宙的声音,行使牧师的职能,传达上帝的旨意。"宇宙是有机的,人类是宇宙的缩影,而诗人刚好是宇宙的声音,是牧师们的继承者,而牧师的日子已经终结。"②从这里可以看出,惠特曼所谓国家对诗人的需要,与传统的理解是完全不一样的。当然,19世纪的美国也已经发生翻天覆地的变化,经济腾飞导致精神贫穷,这是惠特曼等人所真正关注和担忧的。"简单说来,我们所需要的是激励的文学,因为娱乐和消磨时间的书籍我们已经拥有很多了。"③罗伯特·C.惠特莫尔(Robert C. Whittermore)的这句话解释了当时惠特曼的处境,也说明了惠特曼的创作动机。他带着一种革新的精神,努力为自己崭新的祖国去创造一种合乎时宜的精神财富,也就是他自己所说的伟大的诗。"一首伟大的诗为许多许多个时代所共有,为所有各个阶层、各种肤色、各个部门和派别所共有"④,那些让人娱乐消遣的诗已经无法满足当时合众国的需求。诗能启迪智慧,诗人对合众国的重要性更是无人可以替代。

二、普众入诗,凡夫受扬

惠特曼不仅将诗人的地位提到了国家需求的层面,也对表现或展

---

① 惠特曼:《草叶集》,李野光译,北京:北京燕山出版社,2003年,第517页。

② Robert C. Whittermore, *Makers of the American Mind*, New York: William Morrow & Company, 1964, p. 253. 原文为:"The cosmos is organic; man is its microcosm and the poet is its voice, the successor to that tribe of priests whose day is over."。

③ 同②,第259页。原文为:"We require, in short, a literature to inspire, for of books designed to amuse us and pass away the time we have more than enough."。

④ 惠特曼:《草叶集》,楚图南等译,北京:人民文学出版社,1997年,第1096页。

现国家的方式提出了自己独有的看法。他认为：“别的国家通过它们的代表来显示自己……但是合众国的天才表现得最好最突出的不在行政和立法方面，也不在大使或作家，高等学校或教堂、客厅，乃至它的报纸或发明家……而是常常最突出地表现在普通人民中间。”①也就是，诗人要歌唱祖国，其实就是应该歌唱“普通人民”。他这种思想的根源主要来自超验主义思想。

　　虽然学界研究惠特曼诗歌的超验主义特色的人为数不少，但把惠特曼当成超验主义成员的人却不多。但不管怎么样，超验主义思想对惠特曼的影响是无法否认的。爱默生受东西方不同文化的影响，改变了基督教上帝是唯一的看法，坚信上帝有很多，而且可以重复出现。他在很多诗歌和散文中都将上帝一词用了复数形式。受爱默生这种思想的影响，惠特曼也在《草叶集》的序言中提出上帝不止一个的理念。他写道：“你设想过只能有一个上帝吗？我们认定有无数个上帝，而且一个并不与另一个相抵消，犹如一道目光并不抵消另一道那样……同时人们只有意识到自己内在的至尊时才能是好的或崇高的。”②承认多个上帝的存在，实际上解构了上帝的权威。这与强调人们内在的至尊其实是一个硬币的两面。上帝的至尊和权威可以被分到每一个普通的老百姓身上。

　　超验主义对惠特曼的影响，不只在于如何看待上帝，同样也影响了惠特曼的艺术观。科斯特对此曾提出过自己的看法：

　　　　超验主义的另一个教条就是认为艺术家有必要将自己全身心投入到普遍存在中去，惠特曼也同意这样的观点。神圣的统一遍及所有艺术和所有生命是《草叶集》中的恒久主题。所有事物按照自己的权利都是这个统一的象征。这样一来，自我就经常被认同为别的任何存在的事物，惠特曼给这个伟大的统一性通过多样性来表现和个体就是世界缩影

----

①　惠特曼：《草叶集》，李野光译，北京：北京燕山出版社，2003 年，第 515 页。
②　同①，第 521—522 页。

的超验主义观点举出了一个又一个的例子。因此他会对妓女、重罪犯、白痴、蠕虫以及岩石产生认同,因为每一个都是神圣统一体的一个部分,那么他必须把他们看作自己的一部分来接受。①

在超验主义思想的启示下,惠特曼削弱了传统宗教权威的影响,将神性看成了一种统一体,一种每个个体都是其中一个分子的统一体,这样一来,这种统一体还可以在普通大众身上看见。同时,他所看重的博大的精神,也是从普通大众中才能寻找到;因为按照他的观点,再普通的事物都有权利成为这种精神的代表。也就是说,得益于超验主义思想的影响,惠特曼形成了一种国家需要诗人,而诗人歌唱的对象却是普通大众,即"普众入诗"的文学思想。他在自己的诗歌里面,也表明了这样的观点:

> 我不愿意歌唱关于部分的诗歌,
> 我愿意使我的诗歌,思想,关涉全体,
> 我不愿唱仅关于一天的,而要唱关于每天的诗歌,
> 我作的任何一首诗,或一首诗的最小的一部分,都关涉灵魂,
> 因为看过了宇宙中的万物;我发现任何个体,任何个体
> 之一部分都关涉灵魂。②

惠特曼需要自己的诗歌关涉全体,但却采取关注个体或者最小部分的策略,大有一种大处着眼、小处着手的风范。惠特莫尔在评论惠特曼的《草叶集》时,就曾注意到了该诗集的不同之处:

---

① Donald N. Koster, *Transcendentalism in America*, Boston: Twayne Publishers, 1975, p. 63.

② Walt Whitman, "One's Self I Sing," in *Leaves of Grass*, The "Authorized" edition, edited by Emory Holloway, Garden City: Doubleday, Page & Company, 1925, pp. 18 - 19.

　　这个诗集写得好的原因是多方面的：它既生机勃勃，又粗俗不堪，粗俗到生性比较拘谨的人都想压制这种粗俗；它写作粗糙，节奏撞击耳目的时候是不舒服的。而这一点本来就应该是这样，因为《草叶集》本身就是对凡夫俗子的诗意颂扬，颂扬精神的神圣，颂扬普通美国人、农夫、体力劳动者、妻子和母亲、工厂和办公室里的劳动者，甚至是流浪汉的肉体——正如一个人所见所觉，这个人比任何一个人都更有资格被称为美国民主的诗人哲学家。①

　　他肯定了《草叶集》是对"凡夫俗子的诗意颂扬"，这也是对惠特曼"普众入诗"文学思想的重要印证。惠特曼在自评中更是明确指出了他本人与其他诗人的区别，"其他诗人颂扬伟大事件、名人、浪漫故事、战争、爱情、激情，以及他们国家的胜利和强大，或者一些真正或想象的事变——然后再润色作品，得出结论，满足读者。而这位诗人颂扬自己的习性，这也是他颂扬所有万事万物的方式"②。他将自己这位凡夫俗子放入诗歌当中，变成唯一颂扬的对象，同时又依据超验主义思想中万事万物的相互联系，来完成对一切事物颂扬的使命。他抛开所有与伟大相关的任何话题或主题，专注平凡的自己，转换了诗歌传统，开启了新

---

　　① Robert C. Whittermore, *Makers of the American Mind*, New York：William Morrow & Company, 1964, p. 251. 原文为："It is remarkable for many reasons：it is vigorous and earthy, so earthy that the prudish have often sought to suppress it；it is crude, its cadences bang harshly on the ear. And this is as it should be, for *Leaves of Grass* is the poetic celebration of the common man, the apotheosis of the mind and flesh of the average American, the farmer, laborer, wife and mother, toiler in factory and office, yes even the bum — as seen and felt by the man who more than anyone else is entitled to be called the poet-philosopher of the American Democracy."。

　　② Walt Whitman, "Whitman Reviews Himself," in *Critical Essays on Walt Whitman*, edited by James L. Woodress, Boston：G. K. Hall, 1983. 原文为："Other poets celebrate great events, personages, romances, wars, loves, passions, the victories and power of their country, or some real or imagined incident—and polish their word, and come to the conclusions, and satisfy the reader. This poet celebrates natural propensities in himself；and that is the way he celebrates all."。

的诗风。而从后面的发展来看,他的这种转换无疑是成功的。

三、美有依凭,诗寓灵魂

惠特曼的诗性主张也是与众不同的,他认为:"最精美的诗歌或音乐或讲演或朗诵的流畅性和装饰不是独立而是有所凭依的。一切的美都来自美的血液和一个美的头脑。"[1]而所谓的"最精美的诗歌或音乐或讲演或朗诵的流畅性和装饰"都可以概括为"艺术"二字,但艺术之美却无法独立存在,它需要凭借具体的载体。这里的艺术之美所凭依的并非大艺术家,只要是"美的血液和美的头脑"就可以成为艺术之美的凭依。因为惠特曼看重的是艺术的本质,而不是艺术的层级。他还明确指出:"诗人能确切地看出,一个并非大艺术家的人也完全可以像最大的艺术家那样神圣而完美。"[2]这里可以明确地看出惠特曼关于艺术美的逻辑,艺术之美不是源自伟大的艺术创造,而是源自人的天性与灵魂,也就是"美的血液和美的头脑"。对惠特曼而言,因为美有凭依,因此也就具备了相应的必然性和绝对性,"美的成果不是或得或失的偶然之事……它是像生命一样必然发生的……它是像重力一样精确而绝对的"[3]。也就是说,美绝不是一种概念或抽象的东西,惠特曼的美是具体的,犹如具体的、活生生的事物。对于诗人的艺术创造,惠特曼也提供了自己的见解:

> 你必须做的是:爱地球、太阳和动物,鄙弃金钱,给每个乞求者以施舍,给愚人和疯子以保护,以你的收入和劳力为别人办事,憎恨暴君,不要争论有关上帝的事,对人民耐心而厚道,不要对任何已知或未知的东西或对任何一个人或一群人脱帽致敬,同那些有能力而没有受过教育的人、同年青人和家庭主妇们自由相处,在你的一生每年每季地在户外朗诵

---

[1]　惠特曼:《草叶集》,李野光译,北京:北京燕山出版社,2003年,第519页。

[2]　同[1],第518页。

[3]　同[1],第520页。

　　这些诗,检查你从学校、教堂或书本上得来的一切知识,抛弃那些凡是侮辱你灵魂的东西,那时你的身体本身就会成为一首伟大的诗,不仅在它的言语上,而且在它嘴上和脸上的无声线条中,在你的眼睫毛之间和你身体的每个动作和关节之中,都有了最丰富的流畅……①

　　这里的诗人作诗并非词语的精选、韵律的设计、主题的凝练等传统诗人所做的遣词造句;因为这里的诗人也并非传统意义上的诗人,而就是凡夫俗子。作诗也并非写出美丽的诗句,而是做一个伟大的人和伟大的灵魂。一个人的身体可以变成一首伟大的诗篇。"诗的特性并不在于韵脚或形式的均匀或对事物的抽象的表白,也不在于忧郁的申诉或善意的教诲,而是这些以及其他许多内容的生命,并且是寓于灵魂之中的。"②我们完全可以这样理解,惠特曼其实给诗歌提出了一个崭新的定义,即诗歌就是生命的表征,且寓于灵魂之中。哪里有生命,哪里就有诗歌。《草叶集》的命名佐证了这样的观点:哪里长着野草,哪里就有诗歌。这也同样符合惠特曼的表现手法的质朴表征:"艺术的艺术,表现手法的卓越和文字光彩的焕发,全在于质朴。没有什么比质朴更好的了……过分明确或不够明确都是无法补救的。"③这与超验主义诗歌语言观也是极其吻合的,爱默生指出,最原始的语言最有诗意。以最质朴的方式将宇宙中万事万物以其最真实的面貌呈现,就是最好的诗。事物本身都是精神的象征,也都是最美的诗歌。惠特曼曾对自己有一个评论,里面这样评论自己及诗歌:

　　他并未提及书本和作者;这些作者的精神似乎没有打动他;他对他们本人,或者他们的理论和习惯没有一句称赞或批评的话语。他从不呈现他人,他一直在呈现的就是布鲁克

———————

① 惠特曼:《草叶集》,李野光译,北京:北京燕山出版社,2003年,第519页。
② 同①。
③ 同①,第521页。

林人们所熟知的这个人。①

对于惠特曼来说,最重要的就是诗人要真正变成"自己想要在诗中呈现的自己",而且是那种不带任何杂质的自己。正如前文所提及的,作诗必须忘掉身上所有会侮辱自己灵魂的东西。他还接着上段引文,花了很长的篇幅来描述自己,从年龄到长相、习性和穿着,等等。他想告诉大家的是,诗歌只要呈现诗人自己就已经足够,就是最好的诗歌。惠特莫尔也这样评价惠特曼:"他的意图是想让诗歌映照诗人,他所做的一切都是意在此目的。"②他也的确做到了,所以他的诗歌最终获得了承认,而他自己也成了一位影响深远的诗人,开一代诗风。

总之,惠特曼的文学思想侧重于对诗歌创作的思考,他热衷于诗歌创作的革新,对诗歌的主题和形式提出了新的看法,他认为美国作为年轻的合众国,需要诗人来梳理一种新的精神和信仰。诗歌歌唱的对象不是伟大题材和宏大叙事,而是面向凡夫俗子、平民百姓,诗歌之美在于美的血液和美的头脑,寓于人的灵魂之中。一个获得了良好精神和宗教信仰的人,本身就是一首最美的诗。

第五节

詹姆斯·罗塞尔·罗威尔的"颂歌与说教"的文学思想

詹姆斯·罗塞尔·罗威尔(James Russell Lowell, 1819—1891)出

---

① Walt Whitman, "Whitman Reviews Himself," in *Critical Essays on Walt Whitman*, edited by James L. Woodress, Boston: G. K. Hall, 1983. 原文为:"He makes no allusions to books or writers; their spirits do not seem to have touched him; he has not a word to say for or against them, or their theories or ways. He never offers others; what he continually offers is the man whom our Brooklynites know so well."。

② Robert C. Whittermore, *Makers of the American Mind*, New York: William Morrow & Company, 1964, p. 253. 原文为:"It was his intention that the poems mirror the poet, and everything he did was calculated to this end."。

身于美国一个早期移民望族家庭,毕业于哈佛大学法律系,却因美国作家、批评家、编辑及外交官等身份而知名。他推崇民主精神,反对奴隶制度,热衷于文化传播与学习,以"不做传统式的绅士,而要做有文化的人,有知识才能的人,有为公众服务精神的人,有修养的人,有来自思想觉悟的高尚情趣,而觉悟源自灵魂的高尚"为人生终极目标。据说他兼有亨利·沃兹沃斯·朗费罗(Henry Wadsworth Longfellow)的热情和奥利弗·温德尔·霍尔姆斯的才智,成为坎布利奇(Cambridge)乃至全美国崇拜的偶像。罗威尔 1838 年大学毕业,1843 年与罗伯特·卡特(Robert Carter)创办了文学杂志《先驱者》(*The Pioneer*),1848 年出版第一部系列作品《比格罗诗稿》(*The Biglow Papers: Poems*),1854 年被任命为哈佛大学现代语言学史密斯教授(Smith Professor),1857 年成为《大西洋月刊》的第一位编辑。1864 到 1872 年间,罗威尔与查尔斯·艾略特·诺顿(Charles Eliot Norton)合编《北美评论》(*North American Review*)。1877 至 1880 年,罗威尔被拉塞福德·B·海斯(Rutherford B. Hays)总统任命为美国驻西班牙公使,1880 至 1885 年转任英国,在此期间他创作了被认为其最优秀的作品之一的《论民主及其他演讲稿》(*Democracy and Other Addresses*, 1887)。由此可见,罗威尔一生都在从事文学创作、编辑和批评的相关工作。他的文学立场相对保守,主张文学的"颂歌与说教"功能。

一、时代需要诗人

作为诗人和批评家,罗威尔显然受到了超验主义思潮的影响,他的很多观点与爱默生的诗学观念极度吻合,特别是罗威尔也坚信每一个时代都需要自己的诗人,因为这是由诗人的本质、诗歌的作用和每个时代自身的特点决定的。

首先,关于诗人的本质,罗威尔形成了自己系统的理解,他曾专门撰写《诗人的效用》("The Function of the Poet")一文表达自己的观点。在他有关诗人的思想观念中,最为重要的是他接受了爱默生的观点,认为诗人从根源上来看,是"预言者"(the seer),最初与人类的宗教信仰以及知识智慧的获得有关。以下两段引言是他对诗人本质最为精辟的论述:

> 不管我们回溯多远,我们都发现这一点——诗人与牧师最初是结合在同一个人身上的;这也就是说,诗人是一个既意识到精神世界存在又意识到感知世界的人,是上帝给人派来的大使。这是诗人的最高功能,诗人的名字应该是"预言者"。①
> ……
> 现在所有这些名称下——赞美者、预言者、占卜者——我们发现了潜藏的共同理念。诗人是对理想的内涵看得最清说得最明的人——而理想是属于灵魂和美的范畴。不管诗人是在赞颂勇敢的好人,还是上帝,或者是在人或自然界展示出来的美丽,一种宗教特性的东西始终萦绕着他,他是神性的呈现者。②

对于罗威尔来说,诗人最本质的身份就是"预言者"和"神性的呈现者"。因为诗人最初与牧师是同一人,充当了上帝的信使,向人类展示神性,完成启迪人类智慧的重任;所以诗人具备了一般人所没有的特殊能力,那就是洞见上帝的智慧。罗威尔还清楚地指出,我们珍惜诗人最主要的原因就是他具备那种叫"洞见(insight)的眼光",因为"伟大诗人们的生活经历告诉我们,他们是时代之子,对现在的意义认识最深刻"③。

其次,罗威尔相信诗人以及诗歌拥有对社会时代不可或缺的

---

① James Russell Lowell, *The Function of the Poet and Other Essays*, Boston: Houghton Mifflin Company, 1920, p. 4.
② 同①,第9页。
③ 同①,第32页。

独特效用,可以引导人类社会积极向上。他曾写道:"不管是谁读了伟大诗人的作品,必然会得到提升,因为伟大的诗人总是将他带入到更高的社会和更加伟大的行为和思维方式中。"①也就是说,对罗威尔而言,诗人就是社会进步的一种积极推动力。他还指出:"最早的历史是用诗歌写成的,而且是在宴会或集会上演唱的,这些诗歌在人们心中激发起对声誉的欲望,而这种欲望又是勇气和自信最初的催化剂,因为它教会人们逐渐地从现在转向将来。"②诗人之所以能推动社会进步,激发人们积极向上,就是通过激发人们对声誉的最初欲望,这也是最原始的推动力,是人与动物相区别的本质差异。

最后,关于时代,罗威尔坚持用一种发展的眼光看问题。他不否认时代的变迁,也觉察到了世人对时代变迁的认识差异。"我们的世界是一个自然历史博物馆,而我们祖先的世界则是超自然历史博物馆。"③因此,他对以前的时代需要诗人的说法持肯定态度,也否认现代社会已经不需要诗人的说法。在他看来:"任何一个时代总有空间和时机留给诗人,正如曾经那样,他可以继续不偏不倚地做一个'预言者'。"④他对 19 世纪美国社会的本质变化把握精准,也表现了与超验主义者同样的担忧,即经济发展促发的人类的物质欲望变得过于强盛。他还写道:"千真万确,这是一个物质至上的时代,也正因为这个原因,我们更需要诗人。"⑤而他这样肯定"物质至上"观念的产生更增加了对诗人的需求,是因为他相信"自然坚持平衡高于一切",自然"一直努力维持物质与精神的平衡"⑥。即便在 19 世纪科学技术得到了长足发展,但仍然不会对诗歌的需求产生影响,因为罗威尔还提出

---

① James Russell Lowell, *The Function of the Poet and Other Essays*, Boston: Houghton Mifflin Company, 1920, p. 9.

② 同①,第 4 页。

③ 同①,第 19 页。

④ 同①,第 14 页。

⑤ 同①,第 14 页。

⑥ 同①,第 23 页。

了科学是诗的观念。他说："以前科学是诗。"①这个简单的定义其实是说科学在本质或者源头上也是诗歌,这样就可以消除科学发展对诗歌的消极作用。

正是基于对诗人本质、诗人对于社会的独特效用和时代的清晰认识,罗威尔才得出结论:任何一个时代都是需要诗人的,过去需要,当时19世纪的美国更加需要。他甚至认为:"要让人没有诗歌地活在这个世界上是不可能的。"②他也警觉到了物质欲望的膨胀和实用主义思绪对人类带来的负面影响,如果人类失去诗意,意识被过紧地束缚于实用主义效用的事情,人类就会"要么变得很木讷迟钝,要么就冲进各种'主义'的狂野之中"③。这可能也是梭罗大声呼唤回归自然、主张简单生活、诗意生存的原因。需要诗人,不只是罗威尔一个人的呼声,而是整个19世纪的呼声。

二、道德正义为艺术之源

罗威尔是艺术家,更是卫道士,他的创作彰显了强烈的道德指向;他的作品中处处洋溢着道德热情,如没有道德考量,他的艺术创作简直不知何去何从。道德信仰既是罗威尔文学创作的起点,也是罗威尔文学创作的终点;既是他的成功之处,也是他文学创作的问题所在。这就是罗威尔作为文学艺术家的独特之处。

首先,罗威尔的文学创作源自他天生的道德正义,更与他第一任妻子有千丝万缕的联系。1840年,罗威尔与玛丽亚・怀特(Maria White)女士订婚,并与她相濡以沫地生活了12年。在这12年里,他的生活受到她极其深广的影响。根据描述:"她自己作为一位力量纤弱的诗人,对于他的作品给予了知性的同情;然而,正是她那种强烈的道德热情以及对纯洁和公正的高尚理念,点燃了他的精神,给一个容易被激发却很可

---

① James Russell Lowell, *The Function of the Poet and Other Essays*, Boston: Houghton Mifflin Company, 1920, p. 18.

② 同①,第22页。

③ 同①,第22页。

能向另一个方向耽误表达活力的人物以力量和方向。"①

从以上的描述中,我们可以断言,如果没有玛丽亚,罗威尔的文学创作之路或许就会改变方向,甚至会走向相反的方向。而玛丽亚真正能影响到罗威尔的正是她本人对道德的热情以及对公正纯洁的高尚理念。也可以说,罗威尔与玛丽亚两人是情投意合的,玛丽亚刚好充当了一次火花,点燃了罗威尔整个小宇宙的道德热情以及由此而产生的创作激情。

其次,罗威尔善于思考道德家的艺术关联。罗威尔有着坚定的道德信仰,因此他也善于发现道德学家与艺术家之间的关联,同时也思考如何通过自己的艺术途径来完成自己的道德诉求。他曾清楚明白地总结了艺术家与道德家之间多层维度上的区别:

> 我们可以在一个适当的范围内确认艺术家与道德学家的本质区别。对一个来说,形式就是全部,而对另外一个来讲,作品的旨趣才是全部。一个的目标是怡情,另一个的目标是说服。一个是其目标的主人,另一个由其目标掌控。所有知觉和思想对一个的价值在于其效力想象,而对另一个的价值在于其为观点之需。对于道德学家来说,效用就是美,但只限于当它服务于特殊目的时;而对于艺术家来说,美是效用,本质如此,自为存在。②

最后,罗威尔坚信,艺术创作离不开道德信念。罗威尔创作过很

---

① James Russell Lowell, *The Complete Poetical Works of James Russell Lowell*, edited by Horace Elisha Scudder, Boston: Houghton, Mifflin, 1896, p. viii. 原文为: "Herself a poet of delicate power, she brought an intellectual sympathy with his work; it was however, her strong moral enthusiasm, her lofty conception of purity and justice, which kindled his spirit and gave force and direction to a character which was ready to respond and yet might otherwise have delayed active expression."。

② James Russell Lowell, "James Russell Lowell and Modern Literary Criticism," *The International Review* (1874 - 1883), 4(1877), pp. 269 - 270.

多作品,特别是《比格罗诗稿》,它作为政治和社会弊端的讽刺作品也不乏幽默机智。但无论是讽刺还是幽默,罗威尔都没有忘记作品背后的真正目的。他坚持艺术创作与道德信仰的结合。他在《诗人的效用》一文中解释了自己人物创作的前因后果。"因为我相信真正的幽默是离不开道德信念的,当发现我需要一个纯粹滑稽故事的代言人不久,我就为自己的小木偶戏创造了萨文先生这么一个丑角形象。"①由此可知,罗威尔创造的人物形象只是他的代言人而已,他没有放弃文学作品背后更高层次的目标,即向人传递道德信念。没有道德因素的幽默,不是真正的幽默。没有道德信念的艺术,也就不是真正的艺术。道德是艺术之源。

总而言之,罗威尔强烈的道德观念,基于天生的性格倾向,爆发于新婚妻子的激发,成熟于对艺术与道德关系的理性分析,最后演变为他独有的艺术创作原则——艺术为道德。

三、诗歌的教化功能

任何一个时代都需要诗人,诗歌创作须与道德相关。这两种观点其实又都关涉另外一个话题,诗歌的功能。可以说,在罗威尔的文学思想中,前两种观点最后都落脚于诗歌的功能观。

从历史发展来看,诗人的作用也在不断发生变化。而最为明显的就是罗威尔所指出的:"作为'预言者'的诗人慢慢地屈居于作为'制造者'(the maker)的诗人之下了。诗人的功能由教育者变成了娱乐者。"②罗威尔始终认为,在人类社会的初期,诗人与牧师的功能基本一致,即传达上帝的旨意,启迪人类的智慧,是一种纯粹的教育功能。他还指出:"莎士比亚自己也没有意识到自己作为教育者和深奥的道

---

① 参见 https://www.poetryfoundation.org/poets/james-russell-lowell,访问日期: 2024 年 5 月 24 日。原文为:"Finding soon after that I needed someone as a mouthpiece of mere drollery, for I conceive that true humor is never divorced from moral conviction, I invented Mr. Sawin for the clown of my little puppet-show."。

② James Russell Lowell, *The Function of the Poet and Other Essays*, Boston: Houghton Mifflin Company, 1920, p. 6.

德学家的地位。"①从这句话中我们还可以推测出,在罗威尔的思想里,历史上著名的诗人都是伟大的教育家和道德学家,而这不需要诗人自己承认或清楚地意识到此事。但诗人作为"预言者"的身份,因受到新思潮尤其是实用主义思想的影响,加上人类在经济腾飞的现实中日益增强的物质欲望,诗人也不再以观察世界、看透真理为己任了,渐渐变成参与物质创造的"制造者"了,而且这种身份大有愈演愈烈之势;所以教化功能慢慢丧失,娱乐功能愈发增强。

但罗威尔一直没有忘记诗人的独特之处,那就是想象力的作用。罗威尔指出,想象力是诗人的翅膀,而理解力是诗人的根基。更为重要的是,"想象可以定义为不可见世界里的常识,因为理解是可见世界的常识"②。但我们都知道,认识世界,就是认识很多我们无法见到的部分,只有诗人才能看见那不可见的世界。没有诗人,我们就会丧失那不可见世界的常识。这是科学也无法弥补的。对于罗威尔而言,科学并不能够解决很多问题,尽管人类早期的科学也是诗歌。但 19 世纪的科学已经发生了质的变化,即丧失了诗意,完全由理性主导。他写道:"所有一切都是因为科学已是理智得可怕,从而让自己与人类道德和想象完全脱节。"③

罗威尔的文学思想是保守的,是秉承传统和正统的文学本质和功用观。他看重道德信仰对文学创作的指引作用,重视诗人最初与牧师的共同身份,坚信想象与理解是诗人的翅膀和双足,向人们展示那不可见的世界和传达上帝的旨意。罗威尔的文学思想涉及了诗人诗歌的本质观、功用观和诗歌创作的过程观,而三个方面的聚合成体系,直接指向的就是他独有的说教文学主张。

---

① James Russell Lowell, *The Function of the Poet and Other Essays*, Boston: Houghton Mifflin Company, 1920, p. 6.
② 同①,第 9 页。
③ 同①,第 20 页。

第二章　美国现实主义文学思想[1]

---

[1] 本章由宁宝剑撰写。

美国现实主义文学思想发端于 19 世纪末,式微于 20 世纪 20 年代。它的产生,概而言之,一方面是美国经济高速发展的产物,另一方面也与美国作家的创作实践密切相关。早在美国现实主义文学思想产生之前,具有现实主义文学色彩的创作就已经存在。正如美国文学批评史家韦勒克所言:"现实主义理论很迟才从欧洲引进美国,不过在实践方面,地方色彩小说中仔细观察的作风,现实主义的技巧,西部幽默甚至感伤主义小说,早已盛行开来。"[①]据此,我们认为美国文学中的观察实践、技巧实践、西部幽默与感伤主义小说的实践,是美国文学思想家接受与传播欧洲现实主义文学思想的"前见"与"前理解"。

美国的工业化与城市化所取得的成功,激发了美国作家从事现实主义文学创作的热情和构想美国版现实主义文学理论的激情。与韦勒克所讲的文学实践相比,美国繁荣的现实是美国现实主义文学思想产生的重要基础。"19 世纪 90 年代,美国成为世界上最大的工业国,世纪末成为世界上经济最发达的国家。"[②]正是在这种背景下,美国作家豪威尔斯提出"微笑现实主义"理论,致力于讴歌美国的繁荣与富强。

---

① 雷纳·韦勒克:《近代文学批评史》(第四卷),杨自伍译,上海:上海译文出版社,2009 年,第 282 页。

② 萨科文·博科维奇主编:《剑桥美国文学史》(第三卷),蔡坚等译,北京:中央编译出版社,2010 年,第 40 页。

　　19 世纪末至 20 世纪 20 年代的美国现实主义的文学思想,一方面
继续从欧洲文学传统与文学思想传统中吸收有益的养分;另一方面不
断开拓进取,在吸收的基础上演绎出具有美国特色的现实主义文学理
论。美国现实主义文学思想的奠基人豪威尔斯向俄国、意大利与西班
牙的现实主义文学思想家取经,[①]建构美国的现实主义文学思想。另
一位美国现实主义文学思想的奠基人詹姆斯在美国文学思想中开启了
现实主义的心理转向,开创了美国现实主义文学思想的新时代。

　　豪威尔斯与詹姆斯的文学思想对美国现实主义文学思想的发展
产生了重大的、根本性的影响。具体来讲,豪威尔斯与詹姆斯对美国
现实主义文学思想家加兰、华顿、凯瑟与格拉斯哥产生了重要的影响:
豪威尔斯的现实主义文学思想在加兰、凯瑟与格拉斯哥的文学思想中
有不同程度的体现,詹姆斯的现实主义文学思想则在华顿的文学思想
中有所体现。

　　本章在以下的行文中试图归纳豪威尔斯与詹姆斯的文学思想,总
结加兰、华顿、凯瑟与格拉斯哥的文学思想,厘清豪威尔斯与詹姆斯对
加兰、华顿、凯瑟、格拉斯哥的文学思想所产生的影响。

第一节

威廉·迪恩·豪威尔斯建构的批评原则与创作准则

　　威廉·迪恩·豪威尔斯(William Dean Howells, 1837—1920)
1891 年出版的《批评与小说》为美国文学制定了批评原则与创作准
则。《批评与小说》收录了豪威尔斯为《哈珀月刊》(*Harper's Monthly*)
专栏"编辑研究"撰写的一些文章。[②] 埃弗雷特·卡特(Everett Carter)

---

　　① 　参见雷纳·韦勒克:《近代文学批评史》(第四卷),杨自伍译,上海:上海译文
出版社,2009 年,第 283 页。

　　② 　参见 M. A. R. Habib, *A History of Literary Criticism and Theory: From Plato to
the Present*, Malden: Blackwell Publishing, 2005, p. 482。

认为《批评与小说》是"一个仓促的剪刀加糨糊的制品"①。韦勒克在《近代文学批评史》第四卷的豪威尔斯研究中,参考了卡特的观点,并评论说,"薄薄一本《批评与小说》,可谓杂感录,通常被大家视为美国的现实主义宣言,其实只是大张旗鼓宣扬个人学说时的一次摊牌而已",但他也承认豪威尔斯"成功地为当时的美国系统阐述了一套现实主义理论"②。韦勒克又在《近代文学批评史》第六卷中称:"即使在十九世纪八九十年代,詹姆斯和豪威尔斯也远谈不上在批评界叱咤风云。"③综合卡特与韦勒克的观点,可以发现《批评与小说》虽然不是一部精心撰写的著作,但由于它是为美国量身定做的现实主义理论,在当时影响巨大,因此这套现实主义的基本原则有深入讨论的必要。此外,韦勒克提醒我们,豪威尔斯的现实主义并未统治当时的文学思想界,这要求我们的研究要适当考虑当时的"温雅传统"对现实主义的限制。

一、小说批评的原则

豪威尔斯在《批评与小说》中为小说制定了批评的三个原则:科学的原则;朴实、自然与真诚的原则;文学进化史观。科学的原则指小说应该追求真实的品格。朴实、自然与真诚的原则指小说的风格应该是朴实的、自然的、真诚的,而不是古典主义式的矫揉造作或浪漫主义的无病呻吟。文学进化史观是一种文学历史观,认为后出的文学对先前的文学有所继承与发展。M. A. R. 哈比布(M. A. R. Habib)在《文学批评史: 从柏拉图到现在》(*A History of Literary Criticism and Theory: From Plato to the Present*, 2005)的第18章"现实主义与自然

---

① Everett Carter, *Howells and the Age of Realism*, Philadelphia: J. B. Lippincott Company, 1954, p. 190.
② 雷纳·韦勒克:《近代文学批评史》(第四卷),杨自伍译,上海:上海译文出版社,2009年,第283页。
③ 雷纳·韦勒克:《近代文学批评史》(第六卷),杨自伍译,上海:上海译文出版社,2009年,第1页。

主义"("Realism and Naturalism")中曾独具慧眼地描述科学的精神与直觉的原则对豪威尔斯建构现实主义的重要性:"未来的文学将利用'科学精神',并将'以更加直觉的确定来理解朴实、自然和真诚之物'。"①也许是篇幅的原因,哈比布没有系统地阐述豪威尔斯的科学精神与直觉原则。

(一) 科学的原则

科学的原则和朴实、自然与真诚的原则,与 19 世纪的英国诗人、批评家约翰·阿丁顿·西蒙兹(John Addington Symonds)有一定的联系。《批评与小说》开篇的第三句话就引用了西蒙兹的长文,告诉人们这种联系的存在。

> 那么在所有感性的、学术化追求的那种理想与求新猎奇的理论癖好都被废除后;在没有什么东西被认可就只有接受具有可靠性又证据确凿的事实之后,我们希望未来完美的审美品味是科学精神应该让人们持续地意识到这些永恒的关系(bleibende verhältnisse),越来越有能力生活在整体之中。②

如引文所示,所谓"求新猎奇的理论癖好"指的是社会中的时尚,虽然能各领风骚三五天,却无法据此产生批评标准。所谓"感性的、学术化追求的那种理想"指的是浪漫主义与古典主义。西蒙兹认为"癖好"与"感性的、学术化追求的那种理想"无法作为批评的始基,相反,"未来的审美品味"应该建立在真实、可靠与持久的品质之上。所谓真实、可靠与持久的品质,这是科学具有的品质。在某种程度上,豪威尔

---

① M. A. R. Habib, *A History of Literary Criticism and Theory: From Plato to the Present*, Malden: Blackwell Publishing, 2005, p. 482.

② John Addington Symonds, *Renaissance in Italy: The Catholic Reaction*, Part Ⅱ, pp. 230 – 231.转引自 William Dean Howells, *Criticism and Fiction and Other Essays*, edited with introductions and notes by Clara Marburg Kirk and Rudolf Kirk, New York: New York University Press, 1959, p. 9。

斯在此正是以科学作为尺子,度量文学批评。

豪威尔斯引用西蒙兹论述的部分原因是他的个人偏好。他做过意大利的领事,对这个地方有很深的感情。西蒙兹这段话出自《文艺复兴在意大利》(*Renaissance in Italy*, 1935)。豪威尔斯因为喜欢意大利,关注西蒙兹研究意大利的书籍,也在情理之中。今天看来,西蒙兹关于科学精神的论述其实并没有太多的新意,只是老调重弹。科学精神在19世纪的欧洲日益受到重视,以至于要以科学精神铸造新的文学思想接管浪漫主义占领的领地。欧内斯特·勒南(Ernest Renan)曾经在《科学的未来》(*The Future of Science*, 1968)中指出过这种倾向:"科学向我们揭示的新世界比想象力创造出来的离奇世界,更胜一筹。"①受到时代风气的熏染,豪威尔斯为美国制定现实主义文学思想,企图以科学的精神与方法对文学问题进行思考。

翻阅《批评与小说》,"科学"在开篇出现了一次后,又出现过三次。第一次出现在《批评与小说》的第24章,"如果小说家打算处理生活的某一阶段,人们尊重的小说家是严肃认真地产出完美校样的小说家,并需要这样的小说家。人们要求一种科学的得体(scientific decorum)。"②这里的"科学的得体"指小说家应该以一种认真的态度从事写作。无独有偶,詹姆斯在文章《小说的艺术》中也曾要求人们严肃认真地看待自己小说写作的职业。③ 如果说"科学的得体"指以一种认真的态度从事写作可以成立,那么不得不承认这里"科学"一词的用法有些泛化,不太符合豪威尔斯自己所言的科学精神。"科学"一词的泛化用法也出现在《批评与小说》的第12章中:

---

① Ernest Renan, *The Future of Science*. 转引自 Roland N. Stromberg, ed., *Realism, Naturalism, and Symbolism: Modes of Thought and Expression in Europa, 1848-1914*, London: Palgrave Macmillan, 1968, p. 25。

② William Dean Howells, *Criticism and Fiction and Other Essays*, edited with introductions and notes by Clara Marburg Kirk and Rudolf Kirk, New York: New York University Press, 1959, p. 73.

③ 参见亨利·詹姆斯:《小说的艺术:亨利詹姆斯文论选》,朱雯、乔佖、朱乃长等译,上海:上海译文出版社,2000年,第5页。

我们有研究当代文学的学者,他们温和、冷静、科学,从不认为他们能引导文学,但我们意识到文学是从民族的天性中生长出来的植物,从民族的生活中获得文学的力量,意识到文学的根源是在民族的品格中,而且文学从民族的意志和品味中获得形式。①

与科学精神几乎具有等值的词语是"科学的方法",它出现在《批评与小说》的第四章中:"与告诉人们一件事情为什么这样,或另一件事来自哪里相比,讲你不喜欢这、不喜欢那是很容易的事情;如果科学的方法出现,到那时批评家将必须知道他一直很狭隘的想法之外的事情,许多流行的批评家将必须完全失业。"②豪威尔斯在此明确告诉美国的读者,具有科学精神的批评家将会取代过去以感性为基础的批评家。

豪威尔斯为小说批评制定的科学原则,在某种程度上,更像是对科学批评的宣传,而不讲科学的批评是什么。他未能超越时代,讲清楚科学的批评究竟是什么样子。

(二) 朴实、自然与真诚的原则

朴实、自然与真诚的原则是豪威尔斯非常重视的原则。这一原则同样出自西蒙兹的《文艺复兴在意大利》:

这种希望也在于我们更加有把握地控制我们在世界中的位置时,我们应该以更加直观的方式确信学会理解什么是朴实(simple)、自然(natural)和真诚(honest),高兴地欢迎所有显示这些品质的作品。那么启蒙人士的观念将是明智者

---

① William Dean Howells, *Criticism and Fiction and Other Essays*, edited with introductions and notes by Clara Marburg Kirk and Rudolf Kirk, New York: New York University Press, 1959, p. 31.

② 同①,第24页。

追求的目标,后者要熟悉在艺术与社会中进化的法则,通过区别作品中存在的真实、真诚和自然的活力,能够检验从不成熟到腐朽的任何阶段中的优秀作品。①

　　朴实、自然与真诚的批评原则被豪威尔斯用以证明作家为什么应该写真实的蚱蜢,而不是理想的蚱蜢。真实的蚱蜢字面意义上是指人们在某一草丛中遇到的蚱蜢,而理想的蚱蜢指"这种通常以相当大的努力和代价从蚱蜢中演化而来"②的抽象概念。描写真实的蚱蜢,自然要根据作者见过的蚱蜢如实进行描写。如实描写蚱蜢的作品,具有朴实、自然和真诚的美学品质。豪威尔斯认为美国现实主义文学应该放弃理想的蚱蜢,而在真实的蚱蜢上下功夫。他呼吁美国的艺术家应该"拒绝理想的蚱蜢,无论这是在科学、文学和艺术中发现它,因为它不是'朴实、自然和真诚',因为它不是真正的蚱蜢"③。由此可见,朴实、自然和真诚是豪威尔斯评价现实主义创作的重要标准。

　　豪威尔斯赞同埃德蒙·伯克(Edmund Burke)的主张,即朴实、自然与真诚的原则来自人所固有的一种直觉体悟的能力。伯克的观点"人的能力是艺术评价标准的来源"是豪威尔斯形成这种认识的重要来源。他的《批评与小说》引用了伯克的著作《我们崇高与优美观念起源的哲学探究》(*A Philosophical Enquiry into the Origin of Our Ideas of the Sublime and Beautiful*, 1757)的原文:

　　　　至于所谓艺术家的这些人,他们通常在错误的地方寻找

<hr />

　　① John Addington Symonds, *Renaissance in Italy: The Catholic Reaction*, Part Ⅱ, pp. 230 - 231. 转引自 William Dean Howells, *Criticism and Fiction and Other Essays*, edited with introductions and notes by Clara Marburg Kirk and Rudolf Kirk, New York: New York University Press, 1959, p. 9。

　　② William Dean Howells, *Criticism and Fiction and Other Essays*, edited with introductions and notes by Clara Marburg Kirk and Rudolf Kirk, New York: New York University Press, 1959, p. 11.

　　③ 同②,第13页。

艺术规则;他们在诗歌、绘画、雕刻、雕塑和建筑中寻找艺术
规则;但艺术从来不能给予变成艺术的规则。我相信那就是
为什么常常艺术家与诗人大部分局限在如此小的圈子中,他
们与其说是自然的模仿者,不如说是彼此相互模仿。[**这是
如此忠实于统一性,这对应的是如此遥远的年代,以至于很
难说谁给了一个模型**]批评家追随模仿者,因此几乎不能当
向导。当我评断任何事情,除了事情自身以外没有其他的标
准,我只能对这件事作出糟糕的判断。真正的艺术标准存在
于每个人的感官能力(power)中。①

在这段引文中,豪威尔斯最欣赏的观点是"艺术的真正标准存在
于每个人的感官能力中"。这体现为此观点在《批评与小说》的第二
章中强调了三次。他赞同伯克的主张,即衡量作品的艺术品质不能求
助于权威的艺术家、诗人,而应该诉诸人类所具有的直觉体悟的能力。
最好的证据莫过于这句话:"在我们的能力中,我们所有人都有朴实、
自然和真诚的能力。"②

(三) 文学进化史观

《批评与小说》有明显的文学进化论的影子,其中最为明显的例子

---

① Edmund Burke, *A Philosophical Enquiry into the Origin of Our Ideas of the Sublime and Beautiful*, edited with an introduction and notes by Adam Phillips, Oxford: Oxford University Press, 1990, p. 49. 参见 William Dean Howells, *Criticism and Fiction and Other Essays*, edited with introductions and notes by Clara Marburg Kirk and Rudolf Kirk, New York: New York University Press, 1959, p. 11。

在笔者翻译的引文中,中括号的粗体字引文在豪威尔斯的《批评与小说》中删去了,豪威尔斯没有交代原因,克拉拉·马尔堡·柯克(Clara Marburg Kirk)与鲁道夫·柯克(Rudolf Kirk)编辑的《批评与小说》也没有校勘这段引文。从文本校勘的角度看,无论是豪威尔斯或者柯克都应该交代删减过这段引文,否则会影响豪威尔斯论证的可信性。从豪威尔斯引用的目的而言,他删掉的文字对于他的论点影响不大。

② William Dean Howells, *Criticism and Fiction and Other Essays*, edited with introductions and notes by Clara Marburg Kirk and Rudolf Kirk, New York: New York University Press, 1959, p. 14.

是豪威尔斯论述古典主义如何取代浪漫主义,现实主义如何取代浪漫
主义。

> 在世纪之初,浪漫主义一样同衰落的古典主义进行斗
> 争,正如今天现实主义同衰落的浪漫主义进行斗争。意大利
> 诗人蒙蒂(Monti)称"浪漫主义是美丽的冰冷坟墓",那么现
> 实主义现在应该是浪漫主义的坟墓。那时的浪漫主义与此
> 时的现实主义在某种程度上是相同的。那时的浪漫主义,如
> 今天的现实主义一样,寻求拓宽同情的范围,扫平不利于美
> 学自由的一切障碍,逃离传统的麻痹。浪漫主义在冲动中消
> 耗殆尽,留给现实主义的是这一主张:忠实于经验,忠实于
> 动机的可能性是富有创造力的伟大文学存在的基本条件。
> 它不是一种新理论,但此前从未被普遍作为文学尝试的特
> 征。当现实主义成为错误,当它只是堆积事实,像绘制地图
> 一样绘制生活而不是像描绘图画一样描绘生活,现实主义也
> 将消亡。①

豪威尔斯这段论证背后的理论是文学进化论。文学进化论背后
更大的理论是进化论。进化论的重要代表人物是查尔斯·罗伯特·
达尔文(Charles Robert Darwin),豪威尔斯对他有一定的认识和了
解。豪威尔斯的《批评与小说》提到过达尔文。"谁将称乔治·华盛
顿(George Washington)为天才呢? 本杰明·富兰克林(Benjamin
Franklin)、奥托·冯·俾斯麦(Otto Von Bismarck)、卡米洛·奔索·
加富尔(Camillo Benso Cavour)、克里斯托弗·哥伦布(Christopher
Columbus)、马丁·路德(Martin Luther)、达尔文、亚拉伯罕·林肯

---

① William Dean Howells, *Criticism and Fiction and Other Essays*, edited with introductions and notes by Clara Marburg Kirk and Rudolf Kirk, New York: New York University Press, 1959, pp. 14 - 15.

（Abraham Lincoln）是天才吗？"①从理论上来讲，豪威尔斯在引文中已经使用了进化论证明现实主义存在的合理性。"浪漫主义一样同衰落的古典主义进行斗争"所用的修饰语"衰落的"已经蕴含进化论的核心原则"物竞天择，适者生存"。以此原则为基础，浪漫主义代替古典主义是一种必然的文学现象，现实主义代替浪漫主义也是一种必然的文学现象。更进一步讲，在他看来，现实主义作为文学思想进化链条上的一个环节，同样必将走向衰落。

二、现实主义的创作准则

豪威尔斯界定的现实主义创作原则是忠实、微笑、方言。具体来讲，忠实是忠实于材料、经验、生活，忠实于动机的可能性；微笑指书写美国生活中微笑的方面；方言指作品中要有美国方言。豪威尔斯的忠实讲的是写作方法，而微笑与方言讲的是写作的内容与语言表达方式。

（一）忠实于材料、经验、生活，忠实于动机的可能性

忠实于生活是现实主义的核心原则，豪威尔斯也遵守这个原则。

忠实于生活的原则，虽然没有被刻意强调，却隐而不彰地成为豪威尔斯建构美国现实主义的重要基础。《批评与小说》的第二章讲过去美国文人对文学、艺术与生活关系的错误理解。这种错误的理解是"文学与艺术根本不是表现生活，衡量文学与艺术的标准，除了忠实于生活的原则外，可以是任何其他的标准"②。忠实于生活的原则也出现在豪威尔斯对巴尔扎克的评语中："因为他过去写作时，小说刚刚开始核查生活的外部世界，忠实地勾画人和物的外围世界。"③根据上述

---

①　William Dean Howells, *Criticism and Fiction and Other Essays*, edited with introductions and notes by Clara Marburg Kirk and Rudolf Kirk, New York：New York University Press, 1959, p. 45.

②　同①，第11页。

③　同①，第19页。

材料,如下的解释似乎是合理的：在豪威尔斯看来,建构美国现实主义文学,首先应该批判过去美国人评判文学与艺术的标准,然后正确地理解文学与生活的关系,这样才能建设具有美国性的现实主义文学。

"忠实于经验,忠实于动机的可能性"出现于《批评与小说》的第二章："忠实于经验,忠实于动机的可能性,这是富有创造力的伟大文学存在的基本条件。它不是一种新理论,但此前从未被普遍作为文学尝试的特征。"①唐纳德·皮泽尔(Donald Pizer)在《美国现实主义与自然主义文献》(*Documents of American Realism and Naturalism*,1998)的序言中指出,豪威尔斯认为"忠实于经验和动机的可能性"②再次强调了现实主义的核心原则："表现生活。"与皮泽尔一样,"忠实于经验与动机的合理性"也被常耀信强调。他认为"豪威尔斯把现实主义界定为'忠实于经验与动机的合理性',界定为寻求普通与惯常之事,而不是特例与不同寻常"③。在我们看来,"忠实于经验与动机的可能性"是豪威尔斯现实主义的一个主要原则。

豪威尔斯认为现实主义是"一点不多一点不少,忠实地处理素材"④,可以作为"忠实于经验"原则的补充。在英国文学家中,豪威尔斯认为简·奥斯丁(Jane Austen)是最伟大的文学家,其原因是她"完全忠实地处理素材"⑤。在奥斯丁之后,沃尔特·司各特(Walter Scott)、爱德华·布尔沃·利顿(Edward Bulwer Lytton)、狄更斯、夏洛蒂·勃朗特(Charlotte Bronte)、威廉·梅克比斯·萨克雷(William

①　William Dean Howells, *Criticism and Fiction and Other Essays*, edited with introductions and notes by Clara Marburg Kirk and Rudolf Kirk, New York: New York University Press, 1959, p. 15.

②　Donald Pizer. "The Late Nineteenth and Early Twentieth Centuries, 1874－1914," in *Documents of American Realism and Naturalism*, edited by Donald Pizer, Carbondale and Edwardsville: Southern Illinois University Press, 1998, p. 3.

③　常耀信:《美国文学简史》(第三版),天津:南开大学出版社,2012年,第119页。

④　同①,第38页。

⑤　同①,第38页。

Makepeace Thackeray）与乔治·艾略特（George Eliot）都未能达到她的高度。在这些作家中，"英国中产阶级生活的唯一观察者，自简·奥斯丁之后，能与其相提并论之人，并不是乔治·艾略特，后者除了在艺术最为本质的形式和方法层面，其他方面均超越了奥斯丁，但无法与奥斯丁比肩"①。豪威尔斯这段引语，意在表明艾略特若不能在忠实处理素材方面超越奥斯丁，就注定无法与她相媲美。

皮泽尔认为豪威尔斯对现实主义的定义是"忠实地处理素材"，并评论说它没有多少新意。② 这一判断大体是正确的，因为把这个定义放到欧洲现实主义理论的发展史中去思考，确实难以发现它有任何创新之处。从豪威尔斯现实主义理论的发展来考察，"忠实地处理素材"与他 1866 至 1881 年担任《大西洋月刊》编辑时的主张一脉相承。在那一时期，他就坚持"作者不介入、完全客观的展现这条原则"③。

（二）书写美国生活中微笑的方面

一些学者认为豪威尔斯文学思想的缺点是表现美国现实时溢美之词太多。沃浓·路易·帕灵顿（Vemon Louis Parrington）在《美国思想史》（*Main Currents in American Thought*, 1927）中认为，豪威尔斯"平和的笔调、强人所难的道德观、明快的乐观主义，以及不愿意直视丑陋现实等方面，在今天，对于那些专门提供使我们感到恶心的事实的作家来说，都是太过时了"④。盛宁也认为"豪威尔斯的

---

① William Dean Howells, *Criticism and Fiction and Other Essays*, edited with introductions and notes by Clara Marburg Kirk and Rudolf Kirk, New York: New York University Press, 1959, p. 39.

② 参见 Donald Pizer, "Introduction," in *The Cambridge Companion to American Realism and Naturalism: From Howells to London*, edited by Donald Pizer, Cambridge: Cambridge University Press, 1995, p. 4。

③ 雷纳·韦勒克:《近代文学批评史》（第四卷），杨自伍译，上海：上海译文出版社，2009 年，第 283 页。

④ 沃浓·路易·帕灵顿:《美国思想史》，陈永国等译，长春：吉林人民出版社，2002 年，第 986 页。

‘现实主义’有一个致命的弱点——粉饰现实”①。帕灵顿和盛宁的批判锋芒指向豪威尔斯“美国小说应该描写美国生活中微笑的方面”的主张。

若要审视帕灵顿与盛宁对豪威尔斯的现实主义的批评，则首先需要对豪威尔斯的“微笑现实主义”进行复核。“微笑现实主义”出现于《批评与小说》的第二十一章：

> 我们的小说家要关心生活中更加微笑的方面，这是更加美国化的，并且要在个人兴趣而不是社会兴趣中去寻找普遍性。关注生活中微笑的方面，忠实于我们富有的现实，即使有被称为平凡的危险，也是值得的；过去的环境至少并没有冤枉任何人，尝试限制任何人，否定他们合法的欲望，而是减弱、缓和了这种平凡的激情。②

这是豪威尔斯关于“微笑现实主义”最明确的表述。有两点值得关注：首先，美国小说家应该关注生活中积极向上的一面，而不是丑陋的一面；其次，美国小说家描写的微笑生活是美国独有的。19世纪末至20世纪初的美国人生活在经济繁荣的时代，“忠实地处理素材”就需要表现这种富足的生活。豪威尔斯非常自豪生活在这样的时代。

> 事实上，美国人选择充分地享受与生俱来的权利，生活在一个完全不同于英国人的世界，（常常是通过他的鼻子）说另一种语言：他呼吸着纯净而又清爽的空气，这种空气闪耀着各种可能和承诺。这些更少被赞同的岛上居民，他们的烟

---

① 盛宁：《二十世纪美国文论》，北京：北京大学出版社，1993年，第20—21页。

② William Dean Howells, *Criticism and Fiction and Other Essays*, edited with introductions and notes by Clara Marburg Kirk and Rudolf Kirk, New York: New York University Press, 1959, p. 62.

雾肺（fog-soot-clogged）劳而无功地试图呼吸美国的那种空气。①

毋庸置疑，豪威尔斯的"微笑现实主义"确实有粉饰现实的缺陷。门肯和德莱塞早就指出了这个问题，帕灵顿在这个问题上只是延续了门肯和德莱塞的思路。承认缺陷的同时，从历史的发展来看，豪威尔斯倡导的"微笑现实主义"确实推动了美国现实主义小说的发展。这可以从美国自身的发展与当时的美国文学思想界的发展来解释。从美国自身的发展讲，1865 年美国内战结束后，美国蒸蒸日上，这是不争的事实。美国当时繁荣的局面向美国作家提出了在作品中表现这种繁荣的要求。豪威尔斯提出"微笑现实主义"的主张符合美国现实对作家所提出的这种要求。从美国文学思想的发展讲，20 世纪初的"温雅传统"在美国的精神领域中还占有统治地位，现实主义只有处理好与"温雅传统"的关系，才能发展得更顺利。"微笑现实主义"的提法与"温雅传统"在赞美现实与符合传统的道德观念之间达成了一种有限的契合。许多人"看不到他提倡现实主义遇到的来自两个方面的阻力：一方面是上流社会的读者，他们渴望理想主义的文学；另一方面是通俗文学的读者，按照豪威尔斯的说法，他们想要的是'陈腐的浪漫主义的鸦片'"②，自然发现不了豪威尔斯现实主义的价值。在承认粉饰现实具有某种程度的合理性后，我们也不反对门肯、德莱塞、帕灵顿等人批判豪威尔斯的现实主义，因为美国的工业化与城市化导致了一些社会问题，才引起了德莱塞等自然主义者的注意。

（三）倡导以美国方言创作

豪威尔斯希望美国现实主义作家要努力创制出美式英语，书写

---

① William Dean Howells, *Criticism and Fiction and Other Essays*, edited with introductions and notes by Clara Marburg Kirk and Rudolf Kirk, New York: New York University Press, 1959, p. 61.

② 埃默里·埃利奥特主编：《哥伦比亚美国文学史》，朱通伯等译，成都：四川辞书出版社，1994 年，第 415 页。

美国的生活。美国文学发展到 19 世纪末,依然面临使用英语而带来的难题:美国文学用英语书写,有何独特性? 当豪威尔斯意识到这个问题时,爱默生与惠特曼已经开始解答这个问题。他们已经意识到美国文学描写的对象应该是美国的人与物,才能表现出美国文学的独特性。他们主张美国作家应书写美国元素、美国风格和美国特征。在他们的基础上,豪威尔斯一方面在理论上倡导小说写作应该融入方言,强化美国小说中的美国性;另一方面高度评价当时的美国女性作家库克夫人、默费里女士、玛丽·E. 威尔金斯·弗里曼、萨拉·奥恩·朱厄特(Sarah Orne Jewett)在短篇小说实践中融入方言的行为。在《批评与小说》的第二十二章中,豪威尔斯表扬了美国女作家弗里曼与朱厄特等人在短篇小说创作中融入方言的尝试。

> 我应该表扬她们,而不是批评她们自由地运用我们不同地方的用语,或"方言",正如人们所称呼的那样。我喜欢这种行为,因为我希望我们继承的英语也在不断地更新和复兴。我们文学的去中心化将帮助我们对本土资源保持开放。我将承认当我翻阅来自费城、纽约、新墨西哥、波士顿、田纳西、有乡村特色的新英格兰、纽约的小说,每个地方色彩(local flavor)的措辞都给我勇气与愉悦。[1]

豪威尔斯呼吁:"让小说讲方言,大部分美国人都知道的语言——每个地方未受影响人士的语言——毋庸置疑,此举不但可以怡情,而且具有实用性,借此小说将拥有光明的未来。"[2]美式英语词典的编撰专家韦伯斯特认为:"事实上已经产生了一种真正的美国

---

[1]　William Dean Howells, *Criticism and Fiction and Other Essays*, edited with introductions and notes by Clara Marburg Kirk and Rudolf Kirk, New York: New York University Press, 1959, p. 64.

[2]　同[1],第51页。

式英语,现在需要做的是在提高这种语言的水平和使之标准化上面下功夫。"①豪威尔斯与韦伯斯特在发展美式英语这一点上形成共识,有效地反驳了 19 世纪流行的贬低美国文学的论调:"美国人没有他们自己的语言,所以他们不可能有独具特色的文学。"②

豪威尔斯主张现实主义文学应该重视方言书写,这也已经引起了其他美国作家的重视,并且践行这一主张。美国现实主义文学家马克·吐温的《哈克贝利·费恩历险记》曾解释过该小说的方言书写:

> 这本书使用了大量的方言,即密苏里黑人方言,西南边远地域方言的极端形式,普通的"派克县"(Pike County)方言,最后一个是四种改良过的变体。这些细微差别并不是随意完成的,或推测完成的;而是大费周折,在值得信任之人的指导和熟悉这几种口语形式人士的支持下完成的。③

马克·吐温的自述是否值得信任呢? 一种有效的检验方案是看他《哈克贝利·费恩历险记》的手稿中是否留下了方言写作的踪迹。根据芭芭拉·施密特(Barbara Schmidt)的研究,"翻阅手稿表明完美的方言写作对吐温而言并不是一件容易的事。他连续地修改、更正音节、语音和措辞"④。另外值得注意的是,豪威尔斯与马克·吐温是好友,后者的打字稿曾被前者阅读。⑤ 这就留下一个有趣的问题,即关于

---

① 埃默里·埃利奥特主编:《哥伦比亚美国文学史》,朱通伯等译,成都:四川辞书出版社,1994 年,第 147 页。

② 同①。

③ Phillip J. Barrish, *The Cambridge Introduction to American Literary Realism*, Cambridge: Cambridge University Press, 2011, p. 77.

④ Barbara Schmidt, "Review of The Works of Mark Twain Forum. Volume 8. *Adventures of Huckleberry Finn*, by Mark Twain," http://www.twainweb.net/reviews/hf2003.html,访问日期: 2024 年 4 月 22 日。

⑤ 参见 Barbara Schmidt, "Review of The Works of Mark Twain Forum. Volume 8. *Adventures of Huckleberry Finn*, by Mark Twain," http://www.twainweb.net/reviews/hf2003.html,访问日期: 2024 年 4 月 22 日。

美国方言书写,二者是互相影响,还是影响者与被影响者的问题。鉴于篇幅原因,对于这个问题,本节不予具体讨论。

豪威尔斯主张美国现实主义文学应该用美国方言写作的倡议,不但有马克·吐温在文学实践中的响应,而且有加兰在理论上的深化、拓展和克莱恩在文学创作中的实践。后两者将在其余的章节中讨论。

三、豪威尔斯现实主义文学思想的影响

埃弗雷特·卡特在《豪威尔斯与现实主义时代》(*Howells and the Age of Realism*,1954)中曾探讨过豪威尔斯对同时代作家的影响:

> 尽管加兰家族(the Garlands)、博伊森家族(the Boyesens)、赫里克家族(the Herricks)、富勒家族(the Fullers)的忠实是连续而乏味的,仍然有年轻的作家把豪威尔斯作为他们的向导,一直到某一时间,伴随他的祝福,单独进入森林:这些年轻的作家是哈罗德·弗雷德里克(Harold Frederic)、斯蒂芬·克莱恩、德莱塞、弗兰克·诺里斯。他们都在19世纪90年代出版了有前途的作品。[1]

卡特所描述的豪威尔斯对美国作家的影响,大体上是准确的。对美国现实主义文学思想的研究而言,我们要稍稍调整卡特所界定的影响范围,厘清哪些作家受到豪威尔斯现实主义文学思想的影响。具体来讲,这些作家大概包括加兰、克莱恩、德莱塞与诺里斯。在这些思想家中,加兰赞同与发展豪威尔斯的现实主义,而克莱恩、德莱塞与诺里斯则反对豪威尔斯的现实主义。无论是赞同,还是反对,在某种意义上,豪威尔斯的现实主义都对他们的文学思想产生了影响。

---

[1]　Everett Carter, *Howells and the Age of Realism*, Philadelphia：J. B. Lippincott Company, 1954, p. 226.

（一）影响的前提

豪威尔斯能影响其他作家的重要原因是他不但先后执掌过美国三个高质量文学期刊，而且也是 1904 年成立的美国艺术文学院（American Academy of Arts and Letters）的首任院长。刊物主编与官方机构主席的身份让他有机会对当时的文坛产生影响。

豪威尔斯担任刊物主编期间，大力提携文学才俊。在美国现实主义文学酝酿与发展的时候，三家在文坛上较有影响力的刊物倡导高雅文学。① 这三家刊物分别是 1857 年创立于波士顿的《大西洋月刊》、创立于 1850 年的《哈珀新月刊》（Harper's New Monthly）、创立于 1870 年的《斯克莱不纳月刊》（Scribner Monthly，1881 年改名为《世纪杂志》[The Century Magazine]）。豪威尔斯最初执掌的《大西洋月刊》，刊物的定位是为"高雅文学的优雅风气"服务。②

> 所有 19 世纪的刊物都由某个人来管理；但由于高质量的刊物把刊物内容当作文化本身来展现，它的管理者就享有一种其他机构的编辑所不及的威望。标志 19 世纪中期分离出来的高雅文学文化建立的一个产物就是：编辑以引人注目的文学人的形象出现。③

著名文学期刊主编的身份让他有机会在《哈珀月刊》④的"编者研究专栏"上开设专栏，倡导现实主义。⑤ 占有如此显赫的"高位"，他先

---

① 参见萨科文·博科维奇主编：《剑桥美国文学史》（第三卷），蔡坚等译，北京：中央编译出版社，2010 年，第 26 页。
② 同①。
③ 萨科文·博科维奇主编：《剑桥美国文学史》（第三卷），蔡坚等译，北京：中央编译出版社，2010 年，第 27 页。
④ 《哈珀新月刊》后更名为《哈珀月刊》。
⑤ 参见埃默里·埃利奥特主编：《哥伦比亚美国文学史》，朱通伯等译，成都：四川辞书出版社，1994 年，第 386 页。

后帮助过同辈作家詹姆斯、马克·吐温、加兰、查尔斯·W.切斯纳特（Charles W. Chesnutt）、保罗·劳伦斯·邓巴（Paul Laurence Dunbar）等；先后扶持过德莱塞、克莱恩、诺里斯等晚辈。不可否认，一些作家最后对豪威尔斯的现实主义可能有所保留，但无论出于何种原因，他们在某一时间都曾在一定程度上赞同豪威尔斯的现实主义理论。

豪威尔斯对詹姆斯有提携之恩，他们也共同推进了美国现实主义的发展。在现实主义方面，根据现有的材料，人们可以认为他们共享了现实主义最基本的原则——文学应该表现生活。作为批评家，二者也有一些相似性。研究者罗伯·戴维森（Rob Davidson）对他们作为批评家之间的相似性的理解，对我们认识这个问题大有裨益。

作为年轻的批评家，亨利·詹姆斯和威廉·迪恩·豪威尔斯拥有大量重要的批评方面的共识（sympathies），主要是高度评价欧洲现实主义及其影响，并把它作为美国发展的新阶段。在更大的美学观点上，诸如小说中需要生动可信的人物形象——这两位朋友能达成共识。①

（二）豪威尔斯对加兰文学思想的影响

豪威尔斯对加兰的文学创作有提携之恩，这为他影响加兰的文学思想提供了条件。根据基思·纽林（Keith Newlin）的研究论文《我一直是您的门徒：哈姆林·加兰与豪威尔斯的友谊》（"I am as Ever Your Disciple：The Friendship of Hamlin Garland and W. D. Howells"）：1881 年，文学青年加兰偶然读到了豪威尔斯的小说《隐秘的国度》（*The Undiscovered Country*, 1880）；1887 年，50 岁的豪威尔斯与 26 岁的加兰在现实中相遇；此后豪威尔斯一直对加兰的文学生涯

① Rob Davidson, *The Master and the Dean: The Literary Criticism of Henry James and William Dean Howells*, Columbia and London：University of Missouri Press, 2005, p. 33.

产生持续性的影响。①

　　豪威尔斯对加兰文学思想的影响,讨论的范围主要围绕豪威尔斯的《批评与小说》和专栏中的批评与加兰的《坍塌的偶像:主要讨论文学、绘画和戏剧的艺术十二论》(*Crumbling Idols: Twelve Essays on Art Dealing Chiefly with Literature, Painting and the Drama*, 1894,下文简称《坍塌的偶像》)而展开。概而言之,加兰倡导的地域主义与写真实主义(veritism)都有豪威尔斯的影子。在地域主义上,加兰在小说中融入方言的元素与豪威尔斯是有联系的。简·约翰逊(Jane Johnson)认为:"文坛的前辈曾经教导和引导过加兰。加兰引用的大部分作者和批评家已经被豪威尔斯讨论过。"②约翰逊以豪威尔斯曾经引用阿曼多·帕拉西奥·巴尔德斯(Armando Palacio Valdes)为例,证明"这一观点可能影响了加兰提倡的写真实主义"③。豪威尔斯引用巴尔德斯的原话如下:"巴尔德斯先生解释优美存在于人的精神中,优美就是美的效果,美从事物真实的意义中接收美的效果。"④约翰逊的分析表明豪威尔斯对加兰的写真实主义产生了影响,其论证和结论大体上是可以成立的。

(三)豪威尔斯现实主义对自然主义的"影响"

　　豪威尔斯现实主义受到美国自然主义者德莱塞、辛克莱和刘易斯的批判。诚然豪威尔斯的现实主义与美国的自然主义分歧不小,但不能否认的是批判也是影响的一种形式。

---

　　①　参见 Keith Newlin, "'I Am As Ever Your Disciple': The Friendship of Hamlin Garland and W. D. Howells," *Papers on Language & Literature*, 42.3 (2006), pp. 264 – 290。

　　②　Jane Johnson, "Introduction," in *Crumbling Idols: Twelve Essays on Art Dealing Chiefly with Literature, Painting and the Drama*, by Hamlin Garland, edited by Jane Johnson, Cambridge, MA and London: Belknap Press of Harvard University Press, 1960, p. XIII.

　　③　同②,第 XIV 页。

　　④　William Dean Howells, *Criticism and Fiction and Other Essays*, edited with introductions and notes by Clara Marburg Kirk and Rudolf Kirk, New York: New York University Press, 1959, p. 62.

首先,豪威尔斯的现实主义对德莱塞"讲真话"的文学思想应该有所启发。德莱塞热情洋溢地赞美过豪威尔斯的为人。[1] 但豪威尔斯倡导的"微笑现实主义"与德莱塞所主张的"讲真话"的文学思想存在巨大的分歧,所以前者持有的文学观念后来又受到后者的批判。豪威尔斯受到德莱塞的尖锐批判是在《伟大的美国小说》中:

> 作为人和作为当代现实主义的代表,我会因詹姆斯书中对所描写的事情的狭隘的和毫不掩饰的阶级立场而把几乎所有他写的书都扔到一边;我同样也会因豪威尔斯的书中人物没有社会性格,更糟糕的是没有文化,而把豪威尔斯的所有书都扔到一边[《结婚旅行》(*Their Wedding Journey*, 1872)是例外]。尽管豪威尔斯写过象《塞拉斯·拉帕姆的发迹》(*The Rise of Silas Lapham*, 1885)这样的书,仍然可以从值得注意的作家的数目中毫不客气地把他除去。[2]

豪威尔斯在《批评与小说》中主张真实是道德性与艺术性的统一。他认为艺术中的"这种真实(truth)必然是最高的艺术性与最高的道德性的统一"[3]。德莱塞文学思想的核心是"讲真话",要书写"真实的生活、真正的感受、真正的人、真正的凄惨的事情、真正的悲剧"[4]。德莱塞的真实强调的是书写过去被遮蔽的悲惨事件、丑陋的现实。豪威尔斯强调的真实是一种被处理过的真实、微笑的真实。

在承认豪威尔斯对现实的理解与德莱塞对现实的理解区别的同

---

[1]　参见 Theodore Dreiser, "The Real Howells," in *Theodore Dreiser: A Selection of Uncollected Prose*, edited by Donald Pizer, Detroit: Wayne State University, 1977, pp. 141–146。

[2]　西奥多·德莱塞:《伟大的美国小说》,肖雨潞译,载刘保端等译《美国作家论文学》,北京:三联书店,1984 年,第 273 页。

[3]　William Dean Howells, *Criticism and Fiction and Other Essays*, edited with introductions and notes by Clara Marburg Kirk and Rudolf Kirk, New York: New York University Press, 1959, p. 49.

[4]　同[2],第 282 页。

时，我们也要承认两位文学大师之间的文学思想是有对话空间的。这个对话空间就是现实。豪威尔斯所理解的现实是一种积极向上的现实，这与当时美国经济的蓬勃发展，整个社会呈现出积极向上的势头有关。但是到了德莱塞创作的时代，美国经济发展所具有的负面影响逐渐显露，所以这样的时代自然要求德莱塞写被"微笑现实"所遮蔽的事实。从这一点来理解，在文学与现实关系的处理上，德莱塞在新的时代中改造了豪威尔斯的文学思想，建构了自己"讲真话"的文学思想。遗憾的是，人们往往只看到了他们的文学思想存在的差异，而没有看到他们的文学思想所具有的隐微联系。

辛克莱与刘易斯的文学思想也是在批判豪威尔斯的文学理论的基础上形成的。辛克莱在《拜金艺术》中多少有些简化豪威尔斯的思想，把描写美国生活中微笑的方面当作豪威尔斯现实主义的全部："为了美化描写更加微笑的，因此也更加美国化的生活方式的方案，豪威尔斯把这个方案命名为'现实主义'。"①这种把部分概括为整体的论述方式，我们暂且不论。需要强调的是他对"微笑现实主义"的嘲讽，其实也是辛克莱批判性建构自己文学思想的一个起点。

刘易斯在诺贝尔文学奖授奖词《美国人对文学的担忧》（"The American Fear of Literature"，1930）中多少有些狭隘地把美国作家分为两派：豪威尔斯派与德莱塞派。② 刘易斯认为自己属于德莱塞阵营中的一分子。在他看来，豪威尔斯"深恶痛绝的不仅是亵渎神明、淫乱污秽的行径，而且包括 H. G. 威尔斯（Herbert George Wells）称之为'生活中快活的粗鲁'的一切言行"③。在某种程度上，他主张，美国文学若要发展，必须批判豪威尔斯的"微笑现实主义"。

豪威尔斯的现实主义是美国现实主义与自然主义发展的基础，只

---

① Upton Sinclair, *Mammonart: An Essay in Economic Interpretation*. Pasadena & California：Self, 1925, p. 334.

② 参见刘易斯：《授奖演说：美国人对文学的担忧》，载赵平凡编《授奖词与受奖演说卷》（上），杭州：浙江文艺出版社，1998年，第221页。

③ 刘易斯：《授奖演说：美国人对文学的担忧》，载赵平凡编《授奖词与受奖演说卷》（上），杭州：浙江文艺出版社，1998年，第219页。

不过对前者而言,在某种程度上,它是建构性生成的基础;对后者而言,在某种意义上,它是批判性生成的基础。

豪威尔斯从西蒙兹与伯克那里征用了科学的原则和朴实、自然与真实的原则,又借助于进化论的学说,建立了进化文学史观,为美国现实主义制定了批评的标准。在现实主义方法论建构的层面上,他主张小说应该忠实地表现生活,动机要有合理性,表现"美国生活中微笑的方面",倡导以美式英语写作。他的现实主义对美国文学有贡献,只不过随着时间的推移,其负面效果逐渐显现。美国批评家门肯与自然主义者都察觉到了过度强调伦理道德的现实主义所带来的缺陷,因而批判他的现实主义观念。要注意的是,他们部分代替整体的批判方式也存在问题。

豪威尔斯现实主义的最大贡献是促进了美国现实主义文学的发展与繁荣。从批评原则看,他为美国文学制定的批评原则几乎都是借用来的原则,并不是他自己制定的原则。从方法论的角度看,忠实的原则——忠实于材料、经验、生活与动机的合理性——也是从他人处征用,并没有多少新意。书写美国生活中微笑的方面,倡议用美式英语写作,这两个原则是他对现实主义文学的大贡献。这两个原则对美国文学的积极作用是延续了爱默生等文坛前辈的创作理念,让美国文学本土化的进程继续发展。但也有学者对豪威尔斯的文学理论不以为然。例如,文森特·B. 里奇(Vincent B. Leitch)在《20 世纪 30 年代至 80 年代的美国文学批评》(*American Literary Criticism from the Thirties to the Eighties*, 1988)中不以豪威尔斯倡导的美国现实主义作为起点讨论文学批评。[①] 里奇的处理方式在 20 世纪美国文学思想史的研究中也不是孤例,效仿者为数不少。诚然我们有理由反驳里奇截断众流,从 20 世纪 30 年代开始讲述 20 世纪美国文学思想是有问题的,但豪威尔斯现实主义文学思想在创新方面的不足,也是无法回避

---

① 参见 Vincent B. Leitch, *American Literary Criticism from the Thirties to the Eighties*, New York: Columbia University Press, 1988。

的硬伤。在某种程度上,豪威尔斯现实主义完成了美国那个时代赋予的历史使命,但是并没有超越那个时代。

第二节

亨利·詹姆斯现实主义小说理论的心理转向

亨利·詹姆斯(Henry James, 1843—1916)是否是一位杰出的现实主义小说批评家,可谓是一个见仁见智的问题。有学者认为詹姆斯是一位成功的批评家,如 20 世纪文论家韦勒克就主张"詹姆斯是十九世纪卓越的美国批评家"[1];也有学者对此持不同的看法,例如 T. S. 艾略特(Thomas Stearns Eliot)认为詹姆斯"不是一位成功的文学批评家。他论说作家作品的批评,不足为道。……亨利不是文学批评家"[2]。我们无意介入韦勒克与艾略特之争,探讨詹姆斯在小说评论方面的成就,而是从小说理论的角度出发,意在指出詹姆斯是一位有创见的小说理论家,影响了美国的现实主义文论、现代主义文论与西方现代小说理论的发展。为了实现这一研究目的,下文将全面考察《小说的艺术》中关于小说概念的含义,论证詹姆斯如何完成了现实主义小说理论的心理转向。

詹姆斯在《小说的艺术》中曾给小说下过两个影响深远的定义:1)小说的本质是"试图表现生活";2)小说在某种意义上是"个人的、直接的对生活的印象"。《小说的艺术》是为了反驳皮赞特的同名文章而作,驳论颇多,多少有些遮蔽了这两个定义在现实主义小说理论的心理转向过程中所产生的建构力量。系统深入地在现实主义小说理论史中探讨詹姆斯对小说概念的界定,有助于描述概念生成过程中存在的改写行为,揭示詹姆斯对已有现实主义理论话语的借鉴与批判,揭开詹姆斯

---

[1] 雷纳·韦勒克:《近代文学批评史》(第四卷),杨自伍译,上海:上海译文出版社,2009 年,第 291 页。

[2] 同[1]。

不愿提及自己所征用的重要理论话语。虽然詹姆斯不愿意承认他的小说理论受过威廉·詹姆斯心理学说的影响，并极力遮掩这种征用行为，但是有学者将此征用视为理所当然，又没有在学理上给出令人信服的证据与理由。遮掩与想当然都不可取，只能让这个问题更加扑朔迷离。

一、小说作为艺术的科学基础：“试图表现生活”

《小说的艺术》的英文标题是“The Art of Fiction”，其关键词是“小说”与“艺术”。这两个关键词已经隐含着詹姆斯的现实主义小说理论所要解决的一个重要问题：小说是艺术吗？如果小说是艺术，那么反驳过去的小说观是重要的，因为小说在很长时间里被认为不登大雅之堂。但更重要的是重建小说观，让小说成为艺术大家庭中的一员。为了达到这个目的，詹姆斯在《小说的艺术》中继承已有的现实主义小说理论，再次重申小说创造的世界具有客观、真实的属性，从而表明其存在的合法性。

作为关键词的小说(fiction)“出现于14世纪，最接近的词源为法文 fiction，拉丁文 fictionem；可追溯的最早词源为拉丁文 fingere，其意为 fashion 或 form(制作、形成)”[1]。该词的含义一般被理解为想象的(imaginative)文学或虚构的文学。[2] 无论是想象的文学，还是虚构的文学，从本质上看，都是不真实的文学。在詹姆斯看来，小说家应该放弃这种错误的小说观念，建立一种新的小说观。这种错误的小说观念在詹姆斯生活的时代依然存在。“虽然人们或许耻于出口，但是他们仍然认为，一部毕竟只是‘虚构’(不然的话，‘故事’又能是什么呢?)的作品，理应有所歉疚——必须放弃自命的以意在真实地反映生活的姿态。”[3]这种轻视或怠慢小说的态度在汉语世界也存在

---

① 雷蒙·威廉斯：《关键词：文化与社会的词汇》，刘建基译，北京：三联书店，2005年，第181页。

② 参见雷蒙·威廉斯：《关键词：文化与社会的词汇》，刘建基译，北京：三联书店，2005年，第181页。

③ 亨利·詹姆斯：《小说的艺术：亨利·詹姆斯文论选》，朱雯、乔伽、朱乃长等译，上海：上海译文出版社，2000年，第5页。

过。古汉语"小说"一词最初的词义就含有轻视与怠慢之意。据鲁迅考证,"小说"一词最早见于《庄子·外物》:"饰小说以干县令,其于大达亦远矣。"①这里的"小说"指的是"偏颇琐屑的言论"②。恒谭(大约23—50)也与庄子有类似的认识:"小说家合残丛小语,近取譬喻,以作短书,治身理家,有可观之辞。"③张衡在《西京赋》中写道:"小说九百,本自虞初",此处的"小说"被薛综注为:"小说,医巫厌祝之术。"④由此可见,汉语"小说"中一词中蕴含的贬低色彩不少。进而言之,这个词在中英语中都包含轻视之意。詹姆斯的《小说的艺术》试图为小说(fiction)正名,纠正人们对它的偏见。

艺术(art)是另一个关键词,从古希腊到 19 世纪,其内涵与外延不断发生变化。它出现于 13 世纪,最接近的词源是中古法语里的 art,可追溯到的拉丁词源是 ars,而 ars 又出自古希腊语 τέχνη。⑤古希腊语 τέχνη 与拉丁语 ars 在希腊、罗马时代最常见的含义是技能。在古希腊的语义场中,技能(τέχνη)通常指按照规则制作某物,既包括艺术品,也包括生产生活用品。⑥ τέχνη 的含义被拉丁语 ars 所承担。亚里士多德的《诗学》(Περὶ Ποιητικῆς)是在谈论悲剧的制作的技巧,而贺拉斯(Horatius)的《诗艺》(Ars poetica)谈论的也是技巧问题。"在中世纪期间,ars 没有进一步的限制,一直被认为是较完美的一类艺术,那也即是被人誉为自由的艺术。当时的自由艺术计有:文法、修

---

① 郭庆藩:《庄子集释》(下),王孝鱼点校,北京:中华书局,1961 年,第 925 页。参见鲁迅:《中国小说史略》,上海:上海古籍出版社,2006 年,第 1 页。

② 罗竹风主编:《汉语大词典》(第 2 卷),上海:汉语大词典出版社,1988 年,第 1635 页。

③ 萧统编:《文选》,李善注,北京:中华书局,1977 年,第 444 页。

④ 萧统编:《六臣注文选》(上册),李善等注,北京:中华书局,1987 年,第 55 页。

⑤ 参见雷蒙·威廉斯:《关键词:文化与社会的词汇》,刘建基译,北京:三联书店,2005 年,第 17 页。又参见瓦迪斯瓦夫·塔塔尔凯维奇:《西方六大美学观念史》,刘文潭译,上海:上海译文出版社,2006 年,第 13 页。

⑥ 参见亚里士多德:《诗学》,陈中梅译,北京:商务印书馆,2005 年,第 212 页,第 234—245 页。

辞、逻辑、算术、几何、天文与音乐。"①在文艺复兴时,艺术概念的外延发生了重大改变:手工艺与科学不再属于艺术的范围,而诗歌被纳入艺术的范围。② 艺术接纳诗歌是因为古希腊时期把诗歌制作看作技艺,也就是当作艺术来看;中世纪时这种联系被遗忘;文艺复兴以后,随着亚里士多德《诗学》的再发现,人们重新获得"诗歌是一门技艺"的认识。③ 17 世纪以后,艺术领域发生的另一个重大转变是"优美"走进艺术的场域,由此导致艺术观念的近代变革。"一直到十七世纪,美学问题和美学概念才开始从关于技巧的概念或关于技艺的哲学中分离出来。到了十八世纪后期,这种分离越来越明显,以至于确定了优美艺术和实用艺术之间的区别。"④从 18 世纪后期以后,技巧与优美成为艺术内涵的组成部分。小说被看作艺术,要在技巧与优美之间做出选择。《小说的艺术》认为小说用一定的技巧表现生活,也就是在技巧与优美之间,选择了技巧,以之作为进入艺术宫殿的钥匙。

在詹姆斯看来,要把小说纳入艺术的领域,不但要证明小说拥有自己独特的表现技巧,而且要证明另一个更为根本的问题——小说存在的本质是什么。

詹姆斯 1884 年认为小说的本质是"与生活竞争",1888 年修正了这个观点,改为小说的本质是"试图表现生活"。1884 年 4 月 25 日,英国小说家皮赞特在英国科学知识普及会(the Royal Institution)发表以"小说的艺术"为题的演讲,随后被整理成文,以小册子的形式印刷出版。詹姆斯有感于皮赞特谈论小说的艺术已经引起了广泛关注,想借此与皮赞特在小说的问题上进行商榷。为此,詹姆斯 1884 年 9 月在《朗文杂志》(Longman's Magazine)发表同名文章《小说的艺术》,指出"一部小说

---

① 瓦迪斯瓦夫·塔塔尔凯维奇:《西方六大美学观念史》,刘文潭译,上海:上海译文出版社,2006 年,第 16 页。

② 参见瓦迪斯瓦夫·塔塔尔凯维奇:《西方六大美学观念史》,刘文潭译,上海:上海译文出版社,2006 年,第 17 页。

③ 同②,第 17—18 页。

④ 罗宾·乔治·科林伍德:《艺术原理》,王至元、陈华中译,北京:中国社会科学出版社,1987 年,第 7 页。

之所以存在,其唯一的理由是与生活竞争(does compete with life)"①。詹姆斯在《小说的艺术》中赞美了斯蒂文森的《金银岛》(*Treasure Island*, 1883)。"我近来在阅读罗伯特·路易斯·斯蒂文生先生写的《金银岛》那个极有趣的故事","我曾经是一个孩子来着,但是我从未寻找过什么埋藏着的财宝"②。有趣的是,斯蒂文森对詹姆斯"与生活竞争"的小说观和对自己的溢美之词,都提出了异议。1884年12月,斯蒂文森在《朗文杂志》撰写《谦卑的抗议》("A Humble Remonstrance")作为回应,责备詹姆斯并没有读懂他的《金银岛》。斯蒂文森反驳詹姆斯:"这里确实有个任性的矛盾;因为如果他从没有追寻过一个埋藏过的宝藏,这证明他从来不是一个孩子。"③斯蒂文森也反驳了詹姆斯"与生活竞争"的小说观。王丽亚认为《谦卑的抗议》在小说理论方面有两个重要的观点,分别是"小说是叙事的艺术"与"文学模仿语言"④。该研究提醒人们关注斯蒂文森在叙事学、文学与语言的关系方面对小说理论的贡献。对我们的研究而言,重要的问题是"小说是叙事的艺术"的论断提出后,斯蒂文森如何反驳詹姆斯的"与生活竞争"论。首先,斯蒂文森认为文学无法表现生活的全部。在他看来,小说只是众多艺术门类中的一个,它无法表现出生活的全部,更无法与生活竞争。"生活在艺术的表现中展现这种材料与方法,并不仅仅是一种艺术所独有,而是所有艺术的材料与方法。"⑤斯蒂文森的这种看法,并不是特例,黑格尔(G. W. F. Hegel)也有类似的看法。

---

① Henry James, "The Art of Fiction," in *Victorian Criticism of the Novel*, edited by Edwin M. Eigner and George J. Worth, Cambridge: Cambridge University Press, 1985, p. 196.

② 亨利·詹姆斯:《小说的艺术:亨利·詹姆斯文论选》,朱雯、乔佲、朱乃长等译,上海:上海译文出版社,2000年,第26—27页。

③ Robert Louis Stevenson, "A Humble Remonstrance," in *Victorian Criticism of the Novel*, edited by Edwin M. Eigner and George J. Worth, Cambridge: Cambridge University Press, 1985, p. 218.

④ 王丽亚:《被忽略的 R. L. 斯蒂文森——斯蒂文森小说理论初探》,《外国文学评论》2001年第2期,第23—29页。

⑤ 同③,第216页。

"艺术在所有的媒介方面是有局限性的,它只能产生片面的幻相,比方说,只能把现实的外形提供给某一种感官。"①其次,小说存在的合法性是因为它与生活不同。斯蒂文森认为文学"并不模仿生活,而是模仿言语(speech)"②。言语所创作的另一个世界,不同于生活的世界,才是文学存在的原因。"小说作为艺术品而存在,并不是依据它与生活的相似性,而是根据它与生活不可估量的差异性。小说与生活的相似性是被迫的、物质的,就像鞋子是由皮革组成一样。小说与生活的差异性是设计好的、有意义的。这种差异性既可作为作品的方法,又可作为作品的意义。"③

也许是在与斯蒂文森的讨论后,詹姆斯在 1888 年出版的论文集《不完整的肖像》(*Partial Portraits*)中,把《小说的艺术》稍做修改,然后收入其中。新版《小说的艺术》修正了"与生活竞争"的表述,改为"试图表现生活"。"一部小说之所以存在,其唯一的理由就是它确实试图表现生活。"④《朗文杂志》版的"与生活竞争"论与《不完整的肖像》版的"表现生活"论,具有文献学意义。爱德温·M. 艾格纳(Edwin M. Eigner)与乔治·J. 沃斯(George J. Worth)选编的《维多利亚时代的小说批评》(*Victorian Criticism of the Novel*, 1985)收录的是《朗文杂志》上发表的《小说的艺术》,而利昂·埃德尔(Leon Edel)主编的《亨利·詹姆斯:文学批评》(*Henry James: Literary Criticism*, 1984)收录的是《不完整的肖像》版的《小说的艺术》,同时在注释中详细交代该版《小说的艺术》哪些地方被修正。艾格纳与沃斯收录《朗文杂志》上发表的《小说的艺术》,也许是为了再现维多利亚时代小说批评的历史,尤其是再现詹姆斯与斯蒂文森所展开的关于小说本质的

---

① 黑格尔:《美学》(第一卷),朱光潜译,北京:商务印书馆,2008 年,第 53 页。

② Robert Louis Stevenson, "A Humble Remonstrance," in *Victorian Criticism of the Novel*, edited by Edwin M. Eigner and George J. Worth, Cambridge: Cambridge University Press, 1985, p. 217.

③ 同②。

④ 亨利·詹姆斯:《小说的艺术:亨利·詹姆斯文论选》,朱雯、乔伹、朱乃长等译,上海:上海译文出版社,2000 年,第 5 页。

辩论。埃德尔对《小说的艺术》的处理,不但展现了文献定型后的结果,而且兼顾文献的最初形态。艾格纳、沃斯对《小说的艺术》的处理方式有不少赞同者,埃德尔的处理方式亦有追随者。对詹姆斯《小说的艺术》的研究应该兼顾这两种不同的版本。

詹姆斯最终把小说的本质界定为"试图表现生活",其实是对西方模仿论传统的继承和对英法现实主义文学思想的发展。根据陈中梅的考证,公元前 4 世纪时,艺术模仿生活的观念已经很普遍,演说家鲁库尔戈斯(Lukourgos)曾讲过"诗人摹仿生活"①。亚里士多德《诗学》的第六讲中也有"悲剧摹仿的不是人,而是行动和生活"②。中世纪时期,模仿论观念被忽视。至新古典主义时,它再次引起人们的关注。以上的简单梳理似乎表明"文学模仿生活"观念在古希腊文学传统中就存在,并且是演说术与诗学传统中的重要观念。这一观念在中世纪时候受到压制,但文艺复兴运动时期,它再次被激活。英国文学思想传统大约在 18 世纪中期接续了古希腊关于文学与生活的探讨,主张文学表现生活。按照伊恩·P. 瓦特(Ian P. Watt)的考证,路易·德·伯纳德(Louis de Bonald)"似乎是第一个运用'文学是社会的表现'这一公式的批评家"③。塞缪尔·约翰逊博士(Samuel Johnson)在 1765 年发表的《莎士比亚戏剧·前言》("Preface to the Plays of William Shakespeare")中明确说明"莎士比亚的戏剧是生活的镜子"④。"戏剧是生活的镜子"的观念已经孕育了现实主义的核心原则,表明生活在建构文学本体论过程中所具有的价值。詹姆斯·菲茨詹姆斯·斯蒂芬(James Fitzjames Stephen)在《小说与生活的关系》("The Relation

---

① 亚里士多德:《诗学》,陈中梅译,北京:商务印书馆,2005 年,第 70 页。"摹仿"通"模仿"。

② 同①,第 64 页。

③ 伊恩·P. 瓦特:《小说的兴起》,高原、董红钧译,北京:三联书店,1992 年,第 345 页。

④ Samuel Johnson, "Preface to the Plays of William Shakespeare," in *Samuel Johnson: Selected Writings*, edited by Peter Martin, Cambridge: Belknap Press of Harvard University Press, 2009, p. 357.

of Novels to Life")中曾经指出小说家"没有完美表现生活"（the imperfect representations of life），"其中最主要的原因是传统的情节，即只有用很多扭曲的事实才能编出来的情节。大多数这样的情节由两种成分构成：历险与情爱"①。现实主义文学思想不但在英国得到蓬勃发展，而且在法国也取得了重大进展。詹姆斯发表《小说的艺术》的时候，现实主义文学思想已经深入人心，"表现生活"已经被确立为现实主义文论的核心原则。正如雷蒙·威廉斯（Raymond Williams）所讲，19世纪中叶以后，"表现生活"中的"表现"（represent）已经成为辨识现实主义的一个核心要素。②

　　文学要"表现生活"的文学理念是在科学与实证主义盛行的环境下产生的。19世纪30年代，科学与实证主义在欧洲学界的影响很大，无论是哲学，还是文艺批评，都自觉地向科学与实证主义倡导的研究理念看齐。黑格尔在《精神现象学》（*The Phenomenology of Mind*，1807）中声称要以科学的形式来论述哲学，以此作为自己哲学研究的追求。③ 实证主义者奥古斯德·孔德（Auguste Comte）曾经批评艺术在他生活的时代还没有达到科学的程度。④ 面对科学与实证的时代氛围，现实主义努力把科学精神引入文学思想中，建构了一种科学的文学思想。现实主义的核心原则"忠于事实，忠于感官感受、实际经验而得的真实"⑤很好地体现了文学中的科学与实证精神。乔治·J. 贝克（George J. Becker）对此有清醒的认识，明确指出："现实主义产生于科

---

① James Fitzjames Stephen, "The Relation of Novels to Life," in *Victorian Criticism of the Novel*, edited by Edwin M. Eigner and George J. Worth, Cambridge：Cambridge University Press, 1985, pp. 113 - 114.

② 参见雷蒙·威廉斯：《关键词：文化与社会的词汇》，刘建基译，北京：三联书店，2005年，第409页。

③ 参见黑格尔：《精神现象学》（上），贺麟、王玖兴译，北京：商务印书馆，1997年，第3页。

④ 参见奥古斯德·孔德：《论实证精神》，黄建华译，北京：商务印书馆，1996年，第23页。

⑤ 琳达·诺克林：《现代生活的英雄：论现实主义》，刁筱华译，桂林：广西师范大学，2005年，第41页。

学与实证主义的思维中。"①诚然现实主义的这种忠实原则还只是简单地在文学与生活之间建立联系,但确实让文学思想具有了科学精神的萌芽。

二、小说作为艺术的心理学基础:"小说是个人的、直接的对生活的印象"

"小说是个人的、直接的对生活的印象"是詹姆斯对小说所下的第二个定义。詹姆斯对小说的第一个定义是在小说与生活之间建立联系,第二个定义从逻辑上讲,它立足于"小说的本质是试图表现生活"这个定义,企图推导出小说是作家的社会生活经验的结晶,与生活事实本身有重大区别。由此看来,"小说是个人的直接印象"这一命题,为心理现实主义与现代主义的出场提供了学理依据。

在詹姆斯以前,英法的现实主义是以主体要符合客体的符合论框架作为背后的学理依据。詹姆斯主张"小说存在的唯一理由是试图表现生活",同样恪守了传统现实主义的符合论框架。在此框架下,很多人没有发现,虽然任何作家要表现生活都要求助于自己的直接经验或间接经验,但此经验与生活本身是有距离的。美国学者哈里·莱文(Harry Levin)对此有清醒的认识。他指出:"当现实主义既不求助于本体论的论证,也不求助于科学的实验,而是求助于人类的经验,哲学家认为它是'朴素的'。"②毋庸讳言,"试图表现生活"论是一种朴素的经验论,但朴素的另一层含义是这种认识有待于深化,而不是说不正确。在传统现实主义小说的定义,即"小说存在的唯一理由是试图表现生活"中,小说与生活的关系是一种机械的关系。詹姆斯在"小说是个人的直接印象"的定义中已经重释经验,表明小说与生活中存在扩

①   George J. Becker, "Introduction: Modern Realism as a Literary Movement," in *Documents of Modern Literary Realism*, edited by George J. Becker, Princeton: Princeton University Press, 1963, p. 6.

②   Harry Levin, *The Gates of Horn: A Study of Five French Realists*, New York: Oxford University Press, 1963, p. 65.

展的空间。具体来说,在被扩展的空间中,如下三个表述值得关注:

首先,詹姆斯认为小说表现的生活是作者主观印象中的生活,是被加工过的生活。詹姆斯在指出"小说存在的唯一理由是试图表现生活"后,已经意识到小说试图表现的生活虽然具有真实性,但也是小说家建构后的产物,因为小说家看到并反映于人的意识中的人、物与事或许已经并不是客观的人、物与事。换而言之,作家写出来的小说,虽然具有客观属性,但写出来后,这部小说与小说家的主观印象有某种解不开的联系。这一点詹姆斯在《小说的艺术》中有明确表述,从最宽泛的定义讲:"小说是一种个人的、直接的对生活的印象:首先,这种印象构成了小说的价值,其价值的大小要根据印象的程度而定。除非有感觉与言说的自由,否则将根本不会有印象的强度,那么也不会有价值。"[1]

显而易见,这个定义是在承认"小说表现生活"的前提下,彰显小说所绘制的世界是作家主观建构的世界。它在承认小说世界是由生活世界生成的基础上,表明小说家与生活接触后,由此获得经验。作家获得的经验,有的强些,有的弱些,有的可能被忽视。在詹姆斯看来,作家个人印象的强弱决定了作品魅力的大小,甚至决定了小说价值的大小。这种个人的印象如何获得呢? 詹姆斯的答案是要对每件事都产生印象。[2] 若要更好地理解印象,就不得不涉及詹姆斯小说理论的另一个重要概念——经验。

其次,詹姆斯讲的经验不是客观的经验,而是人与生活世界相遇过程中所形成的具有主观感受的经验。詹姆斯用文学家的语言描述这种独特的经验:

经验是无止境的,它也从来不会是完整无缺的;它是一

---

[1] Henry James, *Partial Portraits*, London and New York: Macmillan and Co., 1888, p. 384.

[2] 参见亨利·詹姆斯:《小说的艺术:亨利·詹姆斯文论选》,朱雯、乔佖、朱乃长等译,上海:上海译文出版社,2000年,第15页。

种漫无边际的感受,是悬浮在意识之室里的用最纤细的丝线织成的一种巨大无比的蜘蛛网,捕捉着每一颗随风飘落到它的怀中来的微粒。它就是头脑的氛围;当头脑富于想象力的时候——如果碰巧那是一个有天才的人的头脑的话,就更是如此——它捕捉住生活的最模糊的迹象,它把空气的脉搏转化为启示。①

从这段话中,我们可以知道:1) 经验是一种感受;2) 经验具有残缺性,因为并不是所有经过的事物都能在人脑中留痕,即使全部事物都能留痕,意识也不一定会显示出事物的全部;3) 富有天赋的艺术家才能捕捉到生活留下的痕迹。在这段引语的同一段落中,詹姆斯论述了小说家独特的能力在处理经验方面的作用:

从已经看见的东西中揣摩出从未见过的东西的能力、探索出事物的含义的能力、根据模式判断出整体的能力,对于普遍的生活感受得如此全面以至你能够接近于了解它的任何一个特殊的角落的这种品质——几乎可以说,这一组才能构成了经验。②

诚然这里说作家举一反三、根据已知推断未知、从部分推测整体的能力并不是经验范畴的内容,但是小说家的独特能力确实在处理这种感性的经验方面具有得天独厚的优势。

詹姆斯认为真实感(the air of reality)是小说最好的品质。

予人以真实之感(细节刻画的翔实牢靠)是一部小说的至高无上的品质——它就是令所有别的优点(其中包括

① 亨利·詹姆斯:《小说的艺术:亨利·詹姆斯文论选》,朱雯、乔佖、朱乃长等译,上海:上海译文出版社,2000 年,第 13—14 页。
② 同①,第 15 页。

皮赞特先生谈到那个自觉的道德方面的目的）都无可奈何
地、俯首帖耳地依存于它的那个优点。如果没有这个优点，
别的优点就全部变成枉然，而如果有了这些优点，那么它们
所产生的效果就归功于作者在制造生活的幻觉方面所取得
的成功。①

这段论述几乎是《小说的艺术》最精彩的一段，对现实主义小说的理论
与实践和现代主义小说的理论与实践，都产生了重要影响。从现实主
义的发展讲，法国的现实主义文学运动从产生之日起，就以客观再现
作为自己的理念。法国现实主义理论家尚夫勒利（Champfleury），笔
名朱尔·于松（Jeles Husson），是法国现实主义运动的第一个理论家。
他与埃德蒙·杜朗蒂（Edmond Duranty）认为，文学的现实主义应该
"对人们的生活环境进行确切、完整、真实的再现，因为这种研究方
向得到了理性、智力的需求及公众的兴趣的证实，并且没有谎言或任
何弄虚作假的行为"②。尚夫勒利的现实主义忽视形式也值得我们注
意。③　不但法国现实主义者认为现实主义就是客观地表现生活，美国
现实主义者也持类似看法，代表人物豪威尔斯认为"现实主义是不多
不少忠实地处理素材"④。詹姆斯与豪威尔斯在文学方面有许多交
流，并且在一些方面有共识，但差异也很明显。后者与很多传统的现
实主义者一样，认为按照科学的方式能够再现生活，但并未反思这种
再现的生活是否是生活本身；詹姆斯提出真实感的概念，从认识论的
角度讲，正是察觉到了文学表现的生活已经不是我们拥有过的生活，

①　亨利·詹姆斯：《小说的艺术：亨利·詹姆斯文论选》，朱雯、乔佖、朱乃长等
译，上海：上海译文出版社，2000 年，第 15 页。

②　法埃尔·布吕奈尔等：《19 世纪法国文学史》，郑克鲁等译，上海：上海人民出
版社，1997 年，第 206—207 页。

③　参见法埃尔·布吕奈尔等：《19 世纪法国文学史》，郑克鲁等译，上海：上海人
民出版社，1997 年，第 206 页。

④　William Dean Howells, *Criticism and Fiction and Other Essays*, edited with
introductions and notes by Clara Marburg Kirk and Rudolf Kirk, New York: New York
University Press, 1959, p. 38.

而是借助于语言呈现的生活。

真实感概念可以在华顿、克莱恩与诺里斯的文学思想中发现踪迹。真实感概念被华顿借鉴,进而提出逼真性(verisimilitude)的概念。"詹姆斯把眼睛固定在他的画面中的每个细节上,限制在一定范围中,限制在一定的空间中,这是为了寻求逼真性的效果。"①如果说这是真实感在其作品中存在的直接证据,那么另一个直接证据是华顿也像詹姆斯一样主张"逼真性是艺术的真理"②。克莱恩在《战争记忆》("War Memories")中已经认识到作家书写生活所面临的困境。"'但到达真正的事物!……'这似乎是不可能的! 这是因为战争既不是高尚的,也不是肮脏的;它只是生活,表现生活总是逃避我们。我们决不能讲述生活,从一个生活到另一个生活,虽然有时我们认为我们能讲述生活。"③在诺里斯看来,现实主义者一直被一种错误的倾向所笼罩,错把精确(accuracy)当作真实。④

三、心理转向的心理学考察

在《小说的艺术》中,詹姆斯反驳皮赞特的经验论观点有心理学的思想或观念作为支撑。皮赞特认为作家根据自己的经验进行创作,詹姆斯认为这条法则有其合理的地方,也有偏颇之处。在皮赞特看来,经验就是作家的生活经历。根据自己的经验进行写作,就是写自己耳熟能详的事情。詹姆斯认为作家创作的经验是一种复杂的现象,不能这么简单地理解。经验不但数量巨大,而且残缺不全。经验是人们的一种主观的感受。人们在生活中看到或听到大量的信息流,但并不是

---

① Edith Wharton, *The Writing of Fiction*, New York: Charles Scribner's Sons, 1925, pp. 89 - 90.

② 同①,第89页。

③ 转引自 Lars Ahnebrink, *The Beginnings of Naturalism in American Fiction: A Study of the Hamlin Garland, Stephen Crane, and Frank Norris with Special Reference to Some European Influences*, New York: Russell & Russell Inc., 1961, p. 152。

④ 参见 Frank Norris, "Zola as a Romantic Writer," in *Norris: Novels and Essays*, edited by Donald Pizer, New York: Library of America, 1986, p. 1140。

所有的信息都在人们的心中留有印象,形成经验。那些令人印象深刻的信息流才是人们能够提取的经验,而其他的信息流在人们的记忆中只是短暂地停留。詹姆斯对经验的这些理解征用了专业的心理学知识。如果用概念概括的话,就是意识流(stream of consciousness)。

詹姆斯在小说思想方面的心理现实主义转向,需要从文学史的层面进行理解,更需要结合19世纪的心理学转向进行解读。从理论层面讲,德国与美国学者在心理学领域所发表的极有启发性的研究成果,为詹姆斯建构心理现实主义小说理论提供了重要的理论资源。

詹姆斯在《小说的艺术》中认识到真实感对小说有重大价值。这种认识可以在欧洲文学史上的经典作品中找到依据。在诸多经典作品中,不乏具有真实感书写的例子。这种真实感比较明显的特征是叙述者精准地把握了作品人物内心的世界。从西方古代的荷马史诗到英国的现代小说,都有精彩的心理状态描写。虽然人物的心理状态不少是由作家虚构的,但仍然让人身临其境,如在现场。

有学者认为亨利·詹姆斯是有心理学情怀的现实主义小说家。例如,埃德尔认为"亨利·詹姆斯是我们时代的第一个伟大的心理现实主义者,具有比他的前辈屠格涅夫(Ivan S. Turgenev)、托尔斯泰和陀思妥耶夫斯基(Fyodor M. Dostoevsky)更加复杂、微妙的主观程度"[1]。亨利·詹姆斯有一个心理学家哥哥威廉·詹姆斯,同样在文学领域造诣匪浅。有人甚至认为"亨利像心理学家一样写小说,而威廉是写得像小说家的心理学家"[2]。詹姆斯兄弟对文学与心理学的兴趣让他们经常交流关于文学、心理学的问题。应该承认,他们在学术上既竞争,又对话,彼此激励,彼此成就。他们的"竞争"关系曾引起人们的关注。埃德尔就指出他们的关系像是雅各和以扫的关系,

[1] Leon Edel, *Henry James*, Minneapolis: University of Minnesota Press, 1960, p. 6.

[2] William DeLoach, "The Influence of William James on the Composition of 'The American'," *Interpretations*, 1 (1975), p. 38.

互不服气。① 他们在学术上相互对话，互相成就，同样值得关注。对亨利·詹姆斯来讲，他与威廉·詹姆斯在文学与心理学上的交流，特别是在心理学上的交流，为其思考现实主义小说的理论问题，提供了新视角。他们的书信留下了詹姆斯兄弟交流文学问题的证据。1873年4月9日，亨利·詹姆斯给威廉·詹姆斯写信，极为认可哥哥对乔治·艾略特的小说《米德尔马契》(*Middlemarch*, 1872)的理解与评价。② 1876年7月29日，亨利·詹姆斯给威廉·詹姆斯写信，交流对绘画的看法。③

威廉·詹姆斯对亨利·詹姆斯的影响，尤其表现在前者的意识流观念对后者小说思想的建构上。《小说的艺术》的经验论中体现出了明显的心理学元素，正如前文所言，可能与其心理学家哥哥威廉·詹姆斯有密切关系。美国学者梅·弗里德曼(Melvin Friedman)曾经仔细梳理过威廉·詹姆斯最重要的概念"意识流"的形成过程，对于我们理解《小说的艺术》为什么具有心理学的色彩，具有重要的参考价值。他在《意识流：文学手法研究》(*Stream of Consciousness: A Study in Literary Method*, 1957)中曾经令人信服地考证出威廉·詹姆斯的《心理学原理》(*The Principles of Psychology*, 1890)第九章中"意识流"概念至少出现了五次，并指出这一概念应该是在1874至1890年间思考、形成的，在1884年发表于《心灵》(*Mind*)杂志上的论文《论内省心理学所忽略的几个问题》("On Some Omissions of Introspective Psychology")是对意识流概念进行思考的阶段性成果。④ 毋庸置疑，弗里德曼的考证对意识流小说意义重大，但同样重要的是，威廉·詹

① Leon Edel, *Henry James, The Untried Year, 1843 - 1870*, New York: Lippincott, 1953, pp. 240 - 252. 转引自 William DeLoach, "The Influence of William James on the Composition of 'The American'," *Interpretations*, 1 (1975), p. 38。

② 参见 Henry James, *Henry James: Selected Letters*, edited by Leon Edel, Cambridge: Belknap Press of Harvard University Press, 1987, p. 114。

③ 同②，第130页。

④ 详见梅·弗里德曼：《意识流：文学手法研究》，申丽平等译，上海：华东师范大学出版社，1992年，第2页，第70页。参见李维屏：《英美意识流小说》，上海：上海教育出版社，1996年，第4—5页。

姆斯的这篇论文对《小说的艺术》也具有不可忽视的影响。《小说的艺术》在经验论方面的论述受惠于威廉·詹姆斯是很明显的事实。威廉·詹姆斯反对现代心理学之父威廉·冯特（William Wundt）的意识经验可以进行量化研究的主张，开启了心理学研究的新思路。① "心理生活是一个整体，是变化着的总体经验。意识是一种连续不断的流动，任何把意识分成独立的、暂时的阶段的尝试都注定扭曲意识。詹姆斯创造了**意识流**（Stream of Consciousness）这个词组来表示这一观念。"②亨利·詹姆斯的"经验是从无止境的，它也从来不是完整无缺的"论断，几乎是"意识是一种连续不断的流动"的再述。

　　亨利·詹姆斯与构想意识流思想时期的威廉·詹姆斯交往密切。极有可能的是，亨利·詹姆斯发表《小说的艺术》时应该对哥哥所构想的意识流思想有所了解。从时间范围讲，在威廉·詹姆斯从1864年转到哈佛医学院（Harvard's Medical School）攻读学位到1869年获得医学博士学位期间，他们有比较密切的书信往来。根据亨利·詹姆斯的回忆，威廉·詹姆斯是"1878年6月，他结婚之前的那个月，与亨利·霍尔特出版公司（Henry Holt & Company）的先生们签订合同，为他们正在出版的'美国科学丛书'（American Science Series）写一部心理学著作"；1878年6月，威廉·詹姆斯与出版社签订了出版《心理学原理》的合同。③此后，威廉·詹姆斯陆续把出版成果发表在刊物上。毫无疑问，1884年发表的《论内省心理学所忽略的几个问题》是威廉·詹姆斯心理学研究方面的重要成果。巧合的是，同年亨利·詹姆斯发表了《小说的艺术》。如果兄弟二人交流心理学方面的思想，其时间范围应该是在1864—1884年之间。从兄弟二人现有的书信材料来看，亨利·詹姆斯对于威廉·詹姆斯转向心理学研究及其研究进展的

---

　　① 参见杜·舒尔兹：《现代心理学史》（第8版），叶浩生译，南京：江苏教育出版社，2005年，第151页。

　　② 杜·舒尔兹：《现代心理学史》（第8版），叶浩生译，南京：江苏教育出版社，2005年，第151—152页。引语中字体加粗并不是笔者所加。

　　③ 同①，第148页。

情况,都应有所了解。不可否认,亨利·詹姆斯对目前所出版的詹姆斯兄弟通信集做过修改,并曾引发威廉·詹姆斯儿子的怒火。① 即使亨利·詹姆斯修改了他与哥哥的通信,依然可以发现亨利·詹姆斯长期关注威廉·詹姆斯的心理学研究。亨利·詹姆斯在 1869 年 4 月写给威廉·詹姆斯的信中,曾经描述他在 29 日的晚上见到威廉从事心理学研究的朋友查尔斯·罗宾(Charles Robin)。② 据此可知,亨利·詹姆斯在 1869 年前后对哥哥所从事的心理学研究领域有一定的了解。虽然已经指出的信件材料还不是特别有说服力,但是我们在 1872 年 8 月 24 日威廉·詹姆斯写给亨利·詹姆斯的信中发现了直接的证据:他告诉亨利·詹姆斯他即将教授生理学,附带提到了自己一直从事的内省心理学的研究。

> 现在教授生理学的任命是上天赐予的完美礼物,工作的外部动机,还不会限制我——处理的是人而不是我自己的内心,从这些近来已经让我有点哲学臆想病的内省(introspective)研究中转移注意力。停下来一年也确实对我有益处……③

J. C. 霍尔曼(J. C. Hallman)基于对詹姆斯兄弟书信的考察,指出威廉的《心理学原理》出版后,亨利·詹姆斯期待拥有该书。"到 1890 年,亨利承认他'相当渴望'拥有《心理学原理》。它出版发行的两个月后,威廉·詹姆斯给他的弟弟订购了一本。他提醒'此书大部分是相当枯燥的',并建议弟弟阅读'论自我意识章'。"④这显示出威廉·

---

① 参见 Greg W. Zacharias, "Timeliness and Henry James's Letters," in *A Companion to Henry James*, edited by Greg W. Zacharias, Oxford: Blackwell, 2008, p. 262。

② 参见 Henry James, *Henry James: Selected Letters*, edited by Leon Edel, Cambridge: Belknap Press of Harvard University Press, 1987, p. 31。

③ William James, *The Letters of William James*, Vol. 1, edited by Henry James, New York: Atlantic Nonthly Press, 1920, p. 230.

④ J. C. Hallman, *Wm & H'ry: Literature, Love, and the Letters between William and Henry James*, Iowa City: University of Iowa Press, 2013, p. 18.

詹姆斯认为论述自我意识的章节,也就是与意识流相关的章节,可能对弟弟的小说创作有所帮助。

亨利·詹姆斯对文学表现生活的再认识,指出它是一种个人的直接印象,与威廉·詹姆斯可能有一定的联系,也与他对小说理论的思考,尤其是思考印象在文学创作中的作用,有重要的关系。

综上所述,亨利·詹姆斯认为小说的本质是"试图表现生活";小说是"个人的、直接的对生活的印象"。小说的本质是"试图表现生活",这是亨利·詹姆斯对传统现实主义小说理论的继承,也是他建构小说观念的基础。无论亨利·詹姆斯是否承认小说的本质是"试图表现生活",从逻辑上讲,人们应该意识到只有承认小说是在努力描写现实生活,才能进而谈论开掘现实世界的精神面向的可能性。小说是"个人的、直接的对生活的印象"作为亨利·詹姆斯对小说的定义,在欧洲小说理论史中具有重要的理论价值与实践价值,前人对此已经有比较深入的认识与理解。我们在继承前人研究的基础上,指出"现实感"思想的产生极有可能是受到了亨利·詹姆斯的哥哥威廉·詹姆斯的机能心理学的影响或启发。亨利·詹姆斯在《小说的艺术》中不愿意承认自己的小说理论受到哥哥的影响,涉及该问题时言辞闪烁、讳莫如深,为研究带来了困难与挑战。幸运的是,詹姆斯兄弟的书信集提供了重要材料,至少在一定程度上揭示了亨利·詹姆斯的"现实感"理论与其兄长威廉·詹姆斯的心理学说,特别是关于意识流的见解,关系密切。

第三节

哈姆林·加兰论进化观念、地方主义与写真实主义

哈姆林·加兰(Hamlin Garland,1860—1940)是 19 世纪末至 20 世纪初美国著名的小说家与批评家。他的现实主义思想主要集中于 1894 年出版的《坍塌的偶像》中。在这本文集中,他以进化观念作为

批判的理论武器,倡导地方主义(provincialism)与写真实主义。

一、进化观念

简·约翰逊在《坍塌的偶像》的"绪论"(Introduction)中,曾论及加兰的文学思想不具有原创性:"在《坍塌的偶像》中,我们把加兰理解为一个饱含激情的传播者,而并不能完全将他理解为富有原型性的思想家。这些论文中许多他所推荐的文学观念是由东部文学当权派的领导所提出的。"①此种看法有一定的合理性。其实不只是加兰的文学思想原创性弱,文学领袖豪威尔斯的文学进化观念也不具有原创性。任何民族文学的发展,其早期阶段都无法摆脱处于更高阶段的民族在文学方面的影响。这种进化观念的源头是达尔文的生物进化论、赫伯特·斯宾塞(Herbert Spencer)的社会进化观、伊波利特·A. 泰纳(Hippolyte A. Taine)的文学进化观。

根据前文所述,略加推论,似乎可以得出如下观点,加兰并没有要创制出一种新的文学进化观,而是用这种文学进化观批判美国文学自殖民地时代以来的模仿倾向,推动美国地方文学的发展,从而产生具有美国性的美国文学。

(一)进化的文学史观

在《坍塌的偶像》的第四章中,加兰认为在斯宾塞和达尔文之前,文学家并不考虑文学的未来问题,也不对未来做任何预言。相反,在古典主义影响下,复古倾向仍然存在。以亚历山大·蒲伯(Alexander Pope)为例,加兰指出他并没有对文学的发展有任何预言,即使是悲观的预言。他的文学思想是独裁的、专制的,并没有考虑文学未来的发展空间。"他的独裁是在英国文学史上最独断的专制与持续性的独

① Jane Johnson, "Introduction," in *Crumbling Idols: Twelve Essays on Art Dealing Chiefly with Literature, Painting and the Drama*, by Hamlin Garland, edited by Jane Johnson, Cambridge, MA and London: Belknap Press of Harvard University Press, 1960, p. XⅢ.

裁。他能被原谅,因为他从来没有想到真实的花朵比金色、红色的纸玫瑰更令人愉悦,所有的似乎都是相似的。毫不奇怪,他在令人愉悦的双韵体中没有预见到惠特曼或亨里克·易卜生(Henrik Ibsen)的到来。"[1]蒲伯的文学思想有复古主义的倾向,希望效仿古希腊文学和罗马文学进行创作。蒲伯"实质上要求返回到过去,返回到古典时期的价值观,而他所哀叹的各种世俗化运动早已压倒了他试图恢复的对自然、人类的看法"[2]。加兰以进化主义为理论武器,批判蒲伯的复古主义。

在加兰看来,文学应该描写当代,美国文学应该描写美国人的行为与思想,而不是沉浸于过去的荣耀中不能自拔。在批判了蒲伯的复古主义文学思想后,加兰又以莎士比亚时代的文学观、德莱顿时代的文学观、后古典时期的文学观为例,指出这些文学思想是时代精神的反映。

> 因为莎士比亚及围绕他为中心的文学圈子是封建主义的,并不相信永恒的人性;因为德莱顿时代的批评家相信莎士比亚是一个野蛮人;因为每个时代都相信自己的艺术和其周围的思想世界,因此每个时代的文学都或多或少忠实于其自己的生活观。如果不自大,最后平静地走进坟墓,对未来图书馆为其准备的绿色尘埃幸运地一无所知。[3]

莎士比亚时代的文学思想与德莱顿时代的文学思想都是各自时

---

① Hamlin Garland, *Crumbling Idols: Twelve Essays on Art Dealing Chiefly with Literature, Painting and the Drama*, edited by Jane Johnson, Cambridge, MA and London：Belknap Press of Harvard University Press, 1960, p. 35.

② M. A. R. 哈比布:《文学批评史:从柏拉图到现在》,阎嘉译,南京:南京大学出版社,2017年,第270页。

③ Hamlin Garland, *Crumbling Idols: Twelve Essays on Art Dealing Chiefly with Literature, Painting and the Drama*, edited by Jane Johnson, Cambridge, MA and London：Belknap Press of Harvard University Press, 1960, pp. 36–37.

代精神的产物,它们承担了时代赋予文学思想的使命与责任,随后成为历史记录的一部分,进入文学思想史。

(二)进化的文学理论

加兰认为只有进化理论才能让美国的作家、批评家和美国人更好地理解美国文学的过去、现在与未来。在他看来,过去的文学家和批评家并未理性地审视过去、憧憬未来,其根本原因是他们缺少进化理论的指导。"直到人们理解体系和发展,像理解地理学的改变一样理解在艺术与文学中连续而又明确的继承性;直到进步的法则被阐明,未来观念的缺失和理性理解历史的匮乏才能被阐释。一旦证明文学与艺术附属于社会状况、社会环境和社会形态,史诗统治一个时代,戏剧统治另一个时代,这才变得容易理解,容易推测人类历史的其他事实。"①正如引文所言,进化理论可以理解过去,诠释现在,解释未来。他认为:"进化的研究已经让现在成为所有时代中最有批判性和自我解剖性的。它前所未有地解放个人的思想,传统的力量的强化逐渐减弱。"②美国文学只有经受住"最有批判性与自我解剖性"的进化论的洗礼,才能为美国文学的发展奠定思想的基础。

根据进化理论,加兰认为当时的美国应该大力发展小说。他认为小说的第一个优点是:"小说作为一种表达的媒介,其地位已经高于诗歌与戏剧。它如此灵活,容许如此多的观点,包含如此之多(融合了绘画、戏剧的节奏和纯粹的叙事),已经被看作俄国、德国、挪威、法国的最高的表达形式。"③对加兰而言,小说处理材料更为灵活,能涵盖更多的观念。此外,小说在俄国、法国、德国和挪威都取得了巨大的成功,使加兰做出大胆的预言:美国未来的时代是小说的时代。加兰认

---

① Hamlin Garland, *Crumbling Idols: Twelve Essays on Art Dealing Chiefly with Literature, Painting and the Drama*, edited by Jane Johnson, Cambridge, MA and London: Belknap Press of Harvard University Press, 1960, p. 37.

② 同①,第37—38页。

③ 同①,第38页。

为小说的第二个优点是它是时代的表征。小说不但可以讲述美国的过去与现在的关系,而且可以对未来做出预言。① 小说还可以记录时代的进步,特别是敏锐地记录人类在政治民主、性别平等和保护儿童等方面的进步。"如果过去是封建性的,未来是民主的。如果过去忽视又践踏女性,未来将是男女平等。如果过去儿童被忽视,未来将珍视儿童。小说将会记录这些事实。"②加兰认为小说在推进时代进步,敏锐地选择、记录和弘扬时代的新声音与新力量上,具有得天独厚的优势。他反复呼吁美国人重视小说、书写时代的精神、创作出真正的美国文学的呼喊跃然纸上。从小说的主题方面讲,加兰认为小说的第三个优点是未来小说的写作重心不再关注神与英雄,而是人。过去的浪漫主义小说,例如司各特和维克多·雨果(Victor Hugo)等作家的作品,在加兰看来,确实有其贡献,反映了文艺复兴以来人的觉醒的观念,并用文学的方式记录人之觉醒的最强音。但浪漫主义忽视了人首先是现实中的人,生活中的人,人际关系之中的人。加兰所处的时代,现实主义文学经过豪威尔斯等人的努力,已经逐渐把人的属性从神和英雄的层面拉回到现实生活的层面。"正如小说越来越多地处理人,更少地处理抽象,应该有把握地推测这将会继续存在。"③加兰认为在具体的生活世界中理解人才能把握人的本质。小说正在努力实践这种观念,因此它是未来的。

二、地方主义观念

在某种程度上,加兰的地方主义受过豪威尔斯的启发。豪威尔斯在文学方面曾经给予这个来自西部的文学青年以无私的帮助。豪威

① 参见 Hamlin Garland, *Crumbling Idols: Twelve Essays on Art Dealing Chiefly with Literature, Painting and the Drama*, edited by Jane Johnson, Cambridge, MA and London：Belknap Press of Harvard University Press, 1960, p. 38。

② Hamlin Garland, *Crumbling Idols: Twelve Essays on Art Dealing Chiefly with Literature, Painting and the Drama*, edited by Jane Johnson, Cambridge, MA and London：Belknap Press of Harvard University Press, 1960, p. 39。

③ 同②,第41—42页。

尔斯"以朋友的态度对待这个有一点狂妄的年轻人,鼓励他追随自己的过激的倾向,写自己的故乡——写它怎样憎恨怎样妒忌城市,写它荒凉的贫困,写它的未老先衰的女人"①。因为这段经历,加兰对豪威尔斯的主张——"每个具有地方风味的措辞(local flavor of diction)都给我们以勇气与愉悦"②应该有所了解。

加兰的地方主义,关键词是地方主义,与其相关的词有地方艺术(local color in art)与地方小说(the local novel)。所谓的地方色彩(local color),根据加兰的论述,指"意味着作家自发地反映以他为中心的生活。它是一种自然而又没有限制的艺术"③。"小说中的地方色彩意味着它具有这样一种神韵(texture)与背景,它不能被本民族之外的其他任何地方或其他人所书写。"④对于三者之间的关系,虽然加兰没有具体论述,但根据他在《坍塌的偶像》中的言论,我们大致可以就其联系与区别做出如下谨慎的推论:地方主义是一种理论的倡导,而地方艺术与地方小说则是地方主义的具体内容。

(一) 地方色彩与地方文学

从欧洲文学史的发展来看,加兰认为地方色彩也是伟大作家身上最显著的标志之一。"从历史上讲,诗人和戏剧家的作品中有地方色彩才具有最重要的价值。"⑤地方色彩能否作为伟大文学家最显著的一个标志,这个问题可以商榷;但在加兰看来,这一点无可置疑。荷马(Homer)、贺拉斯、北方的萨迦(Saga)和英国的杰弗里·乔叟

---

① 马库斯·坎利夫:《美国的文学》(下卷),方杰译,香港:今日世界出版社,1975年,第196页。

② William Dean Howells, "Selections from the 'Editor's Study'," in *Documents of American Realism and Naturalism*, edited by Donald Pizer, Carbondale and Edwardsville: Southern Illinois University Press, 1998, p. 72.

③ Hamlin Garland, *Crumbling Idols: Twelve Essays on Art Dealing Chiefly with Literature, Painting and the Drama*, edited by Jane Johnson, Cambridge, MA and London: Belknap Press of Harvard University Press, 1960, p. 52.

④ 同③,第53—54页。

⑤ 同③,第49页。

（Geoffrey Chaucer）创作出名垂千古的伟大文学，其原因都是他们文学作品中的地方色彩。① 加兰所处的时代，挪威文学和俄国文学已经取得巨大的成功，在他看来，这也是因为它们的文学中具有地方色彩。"今天每个令人感动的文学都充满了地方色彩，正是这种元素让挪威人和俄国人几乎位于现代小说创作的顶峰，也正是比较缺乏这种独特的风味让英国人和法国人在真实和真诚方面不如挪威人和俄国人。"②

从美国文学的发展来看，加兰认为把美国 19 世纪初到 19 世纪 60 年代的文学称为美国文学，很可能是名不副实的，因为当时缺少地方色彩的美国文学，无法彰显美国文学的独特性。按照加兰的看法，殖民地时期的作家并不关注美国人民的生活，而是按照英国批评家的标准，从事文学创作。③ 独立战争和内战期间产生的文学虽然表达了美国人的一些行为和思想，但是其文学形式和内在的精神仍然是英国式的。④ 模仿而产生的美国文学，在加兰看来，并不是真正的美国文学。他批判美国文学中的模仿阶段，呼吁美国作家应该表现美国人的行为和思想。"大部分美国艺术的致命困境已经存在，并且今天仍然如此，这就是它的模仿品质，这让美国艺术平凡而又不自然——一种外力培育的玫瑰文化，而不是本土植物的自由之花。"⑤在加兰看来，美国作家的使命是创造一种新文学："我们的任务不是模仿，而是创造。"⑥

自内战结束以后，美国地方文学方崭露头角，这让加兰对美国文

① 参见 Hamlin Garland, *Crumbling Idols: Twelve Essays on Art Dealing Chiefly with Literature, Painting and the Drama*, edited by Jane Johnson, Cambridge, MA and London：Belknap Press of Harvard University Press, 1960, p. 49。

② Hamlin Garland, *Crumbling Idols: Twelve Essays on Art Dealing Chiefly with Literature, Painting and the Drama*, edited by Jane Johnson, Cambridge, MA and London：Belknap Press of Harvard University Press, 1960, p. 50.

③ 同①，第 7 页。

④ 同①，第 8 页。

⑤ 同②，第 51 页。

⑥ 同②，第 12 页。

学的未来充满希望。内战以后,地方艺术和地方小说的数量虽然很少,但已经存在,因为"杰奎因·米勒(Joaquin Miller)已经给予我们触摸这种生活的优秀诗行,爱德华·埃格尔斯顿(Edward Eggleston)、约瑟夫·柯克兰(Joseph Kirkland)、奥佩·里德(Opie Read)、奥克塔夫·坦南特(Octave Thanet)已经或多或少地处理这种生活的某一阶段;但幅员辽阔的西部的主要地方,伴随着几百万人的蜂拥而入,在小说、戏剧与诗歌中却一片空白"①。杰奎因·米勒是辛辛纳特斯·海恩(或海涅)·米勒[Cincinnatus Hine(Heine) Miller]的笔名,他曾经去过西部,有边疆诗人之称。②《坍塌的偶像》对米勒和布莱特·哈特(Bret Harte)有专门的描述:"他们来到这片陌生而又新奇的土地,年轻又令人印象深刻的土地。他们被同样真诚有力的生活和风景所充塞,好像他们生活在当地似的。特别是,米勒尽其所能地穿过表面的奇观,获得了对其主题的热爱。这种热爱对真诚的艺术是极其重要的。"③毫无疑问,加兰把米勒和哈特看作地方小说创作中比较重要的先驱者,尤其是米勒,虽然今天文学史很少提到他,但在加兰看来,米勒对地方文学的启示和贡献是不能遗忘的。

(二) 美国地方文学中心的转移

在美国文学史上,美国文学的中心曾由波士顿向纽约转移。美国文学的第一个中心是波士顿,代表作家有爱默生、霍桑、朗费罗等。"波士顿声称其在美国文学中具有至高无上的地位已经有半个多世纪了。其杰出代表是爱默生、霍桑、惠蒂尔(Whittier)、朗费罗、霍尔姆斯、罗威尔和新英格兰作家群,波士顿很容易作为美国最重

---

① Hamlin Garland, *Crumbling Idols: Twelve Essays on Art Dealing Chiefly with Literature, Painting and the Drama*, edited by Jane Johnson, Cambridge, MA and London: Belknap Press of Harvard University Press, 1960, p. 16.

② 参见哈特、莱宁格尔编:《牛津美国文学词典》(第 6 版),北京:外语教学与研究出版社,2005 年,第 433 页。

③ 同①,第 22 页。

要的文学中心而存在。"①纽约是美国文学的第二个中心。② 波士顿作家群更大程度上是模仿的文学、贵族的文学。纽约作为文学的中心不是像波士顿作家群那种意义上的文学中心。纽约作家群的作家其实是来自不同地域的作家，他们来到纽约，带着各自充满地方色彩的作品，在纽约的刊物上发表，从而进入美国读者的视野。这些作家拥有美国本土的生活经验和思想，急切地表达他们对于文学、生活、社会以及美国大地所发生的一切事情的看法。对于这群作家，加兰曾有过详细且精彩的论述："俄亥俄送出威廉·D. 豪威尔斯；弗吉尼亚送出托马斯·尼尔森·佩奇和阿米莉·里夫斯（Amelie Rives），印第安纳送出爱德华·埃格尔斯顿、詹姆斯·惠特科姆·莱利（James Whitcomb Riley）、卡瑟伍德夫人（Mrs. Catherwood）。田纳西由麦弗瑞姐妹（Murfree sisters）代表。佐治亚由乔尔·哈里斯（Joel Harris）与理查德·马尔科姆·约翰斯顿（Richard Malcolm Johnston）代表。路易斯安那由乔治 W. 凯布尔和鲁斯·麦克埃纳里·斯图尔特（Ruth McEnnery Stuart）代表。阿肯色和肯塔基由爱丽丝·法伦奇（Alice French）与詹姆斯·莱恩·艾伦所表现，借助于重要的名单而得到表现。这些仅仅是一些最著名作家的名字。这样，美国西部或南部类似的每一个部分都是在纽约的统治下被表现。"③加兰作为作家兼批评家，对于同时代作家的评论难免有主观之处，但后来的学者也得出相同的结论，说明加兰的判断被学者认可和接受。美国当代著名的小说家马尔科姆·布拉德伯利（Malcolm Bradbury）关于美国地方小说也有类似的论述："自从美国南北战争以后，这种现实主义以多种形式繁荣起来——譬如在爱德华·埃格勒斯特的《一位印第安纳州的教书先

① Hamlin Garland, *Crumbling Idols: Twelve Essays on Art Dealing Chiefly with Literature, Painting and the Drama*, edited by Jane Johnson, Cambridge, MA and London: Belknap Press of Harvard University Press, 1960, p. 115.

② 参见 Hamlin Garland, *Crumbling Idols: Twelve Essays on Art Dealing Chiefly with Literature, Painting and the Drama*, edited by Jane Johnson, Cambridge, MA and London: Belknap Press of Harvard University Press, 1960, p. 115。

③ 同①，第 116—117 页。

生》(*A Hoosier Schoolmaster*, 1871) 和萨拉·俄恩·裘威特的《有冷杉树的乡村》(*The Country of the Pointed Firs*, 1896) 中表现出的富于地方色彩的现实主义;还有反映持续增长的社会愤怒的小说,象亨利·亚当斯自己的《民主》(*Democracy*, 1880) 和加兰的《猎官》(*A Spoil of Office*, 1892);还有象布莱特·哈特和马克·吐温这样的用西部方言写作的作家。"①引文中的这种现实主义指的是具有地方色彩和美国民族特色的文学。虽然布拉德伯利的概括有些混乱,但他仍指出了具有地方色彩的现实主义小说是当时重要的文学现象。

(三) 地方主义在美国文学中的意义

根据加兰的理解,地方主义作为批评术语在美国文学中并不具有贬义色彩,而是美国文学区别于英国文学,以英语表达美国人的经验和思想的一种方式。"通过地方主义,我的意思是依靠祖国作为艺术生产的模型。泰纳和维隆(Véron)正是在这种意义上使用这个词,保守的人所哀悼的'地方主义'并不是地方主义,而是本土文学的开始。"②加兰对"地方主义"的界定表明他赞同发展美国本土文学,反对保守人士所维护的英国文学传统。为了证明自己观点的正确性,加兰引用当时流行的文艺思想家泰纳和维隆的观点,增强自己观点的权威性。此外,加兰也引用哈钦森·麦考莱·波斯奈特(Hutcheson Macauley Posnett)的言论,意在表明弘扬地方主义才能产生具有独特性的、真正的美国文学。加兰引用的是波斯奈特的《比较文学》(*Comparative Literature*, 1886)的一段话:

民族文学真正的创造者是民族自身的行为和思想。它

---

① 马尔科姆·布拉德伯利:《美国现代小说论》,王晋华译,太原:北岳文艺出版社,1992 年,第 4 页。

② Hamlin Garland, *Crumbling Idols: Twelve Essays on Art Dealing Chiefly with Literature, Painting and the Drama*, edited by Jane Johnson, Cambridge, MA and London: Belknap Press of Harvard University Press, 1960, p. 7.

们的位置决不能被文化阶层的同情心取代,也不能被核心学院的同情心取代。文化阶层太宽泛而不能是民族的,最重要的学术圈太精致而不是地方的。地方主义并不禁止真正的民族文学。①

从引文中不难看出,加兰应该在"民族文学真正的创造者是民族自身的行为和思想"的论述中,发现了倡导地方主义文学思想的依据:美国文学若要屹立于世界文学之林,需要书写美国民族的行为与思想,写出美国文学的独特性。毫无疑问,加兰征用泰纳、维隆与波斯奈特的观点,较为令人信服地说明地方主义文学思想是美国文学形成与发展的重要源泉。

三、写真实主义

写真实主义是加兰自己构造的概念。它由"verit"与"ism"构成,词根"ver"的意思是真实。根据加兰的解释,写真实主义的内涵,其实是对词根"ver(真实)"意义的发挥与阐发。

(一) 写真实主义的定义

《坍塌的偶像》对写真实主义的定义如下:"这种写真实主义者的理论最重要的是陈述对真实和个人表达的激情。这种激情并不是源自理论;写真实的理论源自爱真实,这一点在美国西部中似乎日益增长。"②我们把《坍塌的偶像》对写真实主义的界定称为定义一。加兰1894 年 8 月在《论坛》(*Forum*)上发表的文章《美国文学的生产状况》

① Hutcheson Macauley Posnett, *Comparative Literature*, London: Kegan Paul, Trench, 1886, p. 345; Hamlin Garland, *Crumbling Idols: Twelve Essays on Art Dealing Chiefly with Literature, Painting and the Drama*, edited by Jane Johnson, Cambridge, MA and London: Belknap Press of Harvard University Press, 1960, p. 7.

② Hamlin Garland, *Crumbling Idols: Twelve Essays on Art Dealing Chiefly with Literature, Painting and the Drama*, edited by Jane Johnson, Cambridge, MA and London: Belknap Press of Harvard University Press, 1960, p. 21.

("Productive Conditions of American Literature")也是加兰建构写真实主义的重要文献。美国学者皮泽尔认为这篇文章"恰当地概述了《坍塌的偶像》一书中最重要的观点"[1]。一方面,《美国文学的生产状况》确实概括了《坍塌的偶像》一书中的观点;另一方面,这篇论文对写真实主义理论也有所修正。"我自己的现实主义(或写真实主义)概念是个人印象的真实陈述,这种真实陈述根据事实而调整。"[2]我们把《美国文学的生产状况》对写真实主义的界定称为定义二。《坍塌的偶像》的编者简·约翰逊在"文本的注释"(Note on the Text)中追溯过这本书的成书经过:"编者已经发现《坍塌的偶像》的八篇文章是加兰在 1890—1893 年发表的四篇文章的部分或者全部。"[3]在定义一中,加兰意识到个人表达和真实在美国现实主义中有重要意义,并在美国中西部文学中露出端倪。定义二比定义一更加精确,把"个人表达的激情"修改为"个人印象",明确以"个人印象"陈述真实。

(二)写真实主义是对现实主义的深化

对加兰来说,现实主义与写真实主义概念在某种程度上具有相似性,后者是对前者的深化。简·约翰逊在《坍塌的偶像》的"绪论"中主张加兰的"现实主义""写真实主义"和"美国主义""几乎是同一件事"[4]。在这三个概念中,加兰认为现实主义概念在使用中有泛化的倾向,写

---

① Hamlin Garland, "Productive Conditions of American," in *Documents of American Realism and Naturalism*, edited by Donald Pizer, Carbondale and Edwardsville: Southern Illinois University Press, 1998, p. 151.

② 同①,第 152 页。

③ Jane Johnson, "Note on the Text," in *Crumbling Idols: Twelve Essays on Art Dealing Chiefly with Literature, Painting and the Drama*, by Hamlin Garland, edited by Jane Johnson, Cambridge, MA and London: Belknap Press of Harvard University Press, 1960, p. XXIX.

④ Hamlin Garland, *Roadside Meeting*, New York: The Macmillan Company, 1930, pp. 252-253.转引自 Jane Johnson, "Introduction," in *Crumbling Idols: Twelve Essays on Art Dealing Chiefly with Literature, Painting and the Drama*, by Hamlin Garland, edited by Jane Johnson, Cambridge, MA and London: Belknap Press of Harvard University Press, 1960, p. XXIII。

真实主义的概念则更加完美地表达了现实主义的核心原则：真实原则。"豪威尔斯先生称现实主义是'忠实地处理素材'。维隆将其陈述为对真实之事的逼真模仿。费瑞司特查金(Verestchagin)建议年轻的艺术家让每一事件均与所选择的时间、地点与视角协调一致。巴尔德斯建议艺术家处理他喜欢的事情,事情将不会单调无趣。"[1]虽然加兰并未言辞犀利地批判上述学者的现实主义文学观,但他重新界定现实主义概念的行为,已经暗示他们理解的现实主义并不能令他满意。"我使用这个词'写真实主义者',因为'现实主义'已经无差别地运用于每件事,从基督教的小册子到暴力剧。我请求多包容这个词,没有其他的词,以这种新的文学方法,表达我的意义。"[2]

加兰认为写真实主义与现实主义除了在真实的程度方面有所差别外,还在情节与人物关系上表现出差异。按照加兰的理解,写真实主义在情节和人物关系上轻视情节而重视人物。在《坍塌的偶像》的第七章"戏剧的转变"(The Drift of the Drama)中,加兰陈述了写真实主义者如何看待文学中情节与人物关系的问题。"毋庸置疑,如印象主义已经改变了绘画一样,写真实主义对戏剧也有影响,改变了文学的潮流。写真实主义不相信情节与让其复杂的规定性因素。它直面生活,快速地、确定地、一如既往地来自具有独特性的艺术家的立场。人物与人物群体中的关系将被认为具有更大的价值。"[3]加兰主张小说应该关注人物,而不应该关注情节。

(三)抛弃模仿的传统,书写美国性

在对待文学传统的问题上,加兰主张抛弃美国的模仿传统,关注生

---

① Hamlin Garland, "Productive Conditions of American," in *Documents of American Realism and Naturalism*, edited by Donald Pizer, Carbondale and Edwardsville：Southern Illinois University Press, 1998, p. 152.

② 同①,第151—152页。

③ Hamlin Garland, *Crumbling Idols: Twelve Essays on Art Dealing Chiefly with Literature, Painting and the Drama*, edited by Jane Johnson, Cambridge, MA and London：Belknap Press of Harvard University Press, 1960, p. 76.

活,关注现实,关注当下,从而创造出具有地域特色和表现时代民主与进步主题的文学作品。抛弃过去的文学传统,即使在美国文学史中,也不是加兰的创见。在此,我们只要读读爱默生的《论自然》就会发现关于抛弃美国已有文学传统的论述。"我们的时代是怀旧的。它建构父辈的坟墓,它撰写传记、历史与评论。先人们同上帝和自然面对面地交往,而我们则通过他们的眼睛与之沟通。为什么我们不该同样地保持一种与宇宙的原始联系呢? 为什么我们不能拥有一种并非传统的、而是有关洞察力的诗歌与哲学,拥有并非他们的历史、而是对我们富有启示的宗教呢?"①这是爱默生《论自然》"导言"的开篇语,振聋发聩。从爱默生起,这种希望打碎偶像、在自己经验的基础上创造一种崭新的美国文学的愿望日益强烈。加兰也是如此。"如我理解的那样,写真实主义不考虑任何写作模式,甚至是在世作家的写作模式。"②由于要打破传统规则的一些藩篱,建构新规则就被提上日程。加兰的写真实主义持有写真实主义作家必须依据生活、面向未来的观点。"现实主义或写真实主义确实是乐观主义者、梦想家。他从可能是什么的角度看待生活,也从它现在是什么的角度看待生活;但他写的是现在是什么,又通过比较暗示什么将要发生。"③"生活是模型,真相是主人,人本身的内心是他的动力。在大自然的意象中再创造的愉悦是艺术家经久不衰的奖赏。"④"因此,对写真实主义而言,现在是最重要的主题。"⑤

　　关于美国文学的民族性问题,加兰的写真实主义亦有论述。在加兰看来,民族性就是美国性,美国性由地方性构成,地方性的呈现程度决定作家的创作是否具备美国性。在《坍塌的偶像》的第二章"新领域"(New Fields)中,加兰"坚信每个地方必须创作出自己的文学记

---

　　①　爱默生:《论自然·美国学者》,赵一凡译,北京:三联书店,2015 年,第 3 页。

　　②　Hamlin Garland, *Crumbling Idols: Twelve Essays on Art Dealing Chiefly with Literature, Painting and the Drama*, edited by Jane Johnson, Cambridge, MA and London: Belknap Press of Harvard University Press, 1960, p. 23.

　　③　同②,第 43 页。

　　④　同②,第 64 页。

　　⑤　同②,第 65 页。

录,每个具体的生活阶段必须发出它自己的声音"①。对加兰而言,作家必须写出具有地域特色的文学。这是一种理论的倡导、一种呼吁、一种信念。在该书第五章"艺术中的地方色彩"(Local Color in Art)中,加兰进一步指出地域色彩是小说艺术的生命。"毋庸置疑,小说中的地域色彩是小说的生命。它是与生俱来的要素、区别性的成分。"②必须指出的是,加兰一再强调书写具有地域色彩的小说是美国作家的责任与义务,地域色彩是小说的生命。从本质上讲,这是一种有些狭隘的主张,但从它产生的时代语境来讲,为了让美国文学走向独立,发出自己的声音,美国确实需要这样一种诗学主张。

美国小说研究专家布拉德伯利认为,加兰的写真实主义是地方现实主义加上印象主义的混合物。这一理解很有见地,察觉到了加兰写真实主义建构的两种本质的成分。"写真实主义是一种地方现实主义的形式,它描写周围的以及可能发生的事物。可是它也是一种'印象主义'的形式,一种形式上的感应,这一感应'建立在瞬间体验的基础上,感受得强烈,表达得及时'。"③确实,加兰反复强调忠实于地方,描述作者熟悉之物与人,这是地方现实主义。布拉德伯利看重"个人印象的真实陈述"与印象主义之间的关系,自然是正确的。对我们的论题而言,我们更愿意强调"个人印象的真实陈述"与詹姆斯的主张"小说是个人印象的直接陈述"二者之间在学理上的联系。

加兰的现实主义理论性与体系性并不强。虽然上文指出的进化主义、地方主义与写真实主义,每一个概念都可以建构出一个理论的体系;但由于种种原因,加兰最后并没有建构出成体系的理论。这三个主义的论述比较零散,我们只是把零散的论述中一些具有洞见的想

---

① Hamlin Garland, *Crumbling Idols: Twelve Essays on Art Dealing Chiefly with Literature, Painting and the Drama*, edited by Jane Johnson, Cambridge, MA and London: Belknap Press of Harvard University Press, 1960, p. 21.

② 同①,第49页。

③ 马尔科姆·布拉德伯利:《美国现代小说论》,王晋华译,太原:北岳文艺出版社,1992年,第11页。此处为了行文的统一,引文原文的"写真主义"被改为"写真实主义"。

法挑选出来,试图为美国现实主义文学思想提供一些有参考价值的资料。在这三个主义中间,写真实主义理论更加具有理论价值。

伊迪丝·华顿的逼真性诗学及其小说分类学

伊迪丝·华顿(Edith Wharton,1862—1937)的本名是伊迪丝·纽波尔·琼斯(Edith Newbold Jones),生于望族之家,幼年受过良好的教育。1905 年发表的《欢乐之家》(*The House of Mirth*)是她的成名作。1911 年发表的《伊坦·弗洛美》(*Ethan Frome*)广受好评。1921 年,《纯真年代》(*The Age of Innocence*)获美国普利策小说奖,华顿是美国第一个获此殊荣的女作家。1925 年,华顿发表《小说写作》(*The Writing of Fiction*),阐述她对小说的认识与理解。在该书中,华顿有所创见的现实主义大致可以分为两部分:逼真性诗学与小说分类学思想。逼真性诗学是衡量叙事技巧是否呈现逼真效果的标准,小说分类学提出了小说分类的其他方式。

一、"逼真性"概念的历史

"逼真性"的英文是"verisimilitude",其词根"veri"来自拉丁语,是单词"verum"的属格形式,对应的法语词"verisimilitude"出现于 1540 年前后。英文词"verisimilitude"出现于 1600 年左右。逼真性在不同语言中的反复出现,在一定程度上表明它是西方语言领域中的关键词。

在文学领域,逼真性也是重要的关键词。在古希腊诗学中,模仿论是最重要的观念之一,已经蕴含逼真性理念。虽然柏拉图认为模仿与理式有三重距离,但亚里士多德认为模仿可以抵达真实。M. H. 艾布拉姆斯(M. H. Abrams)对此有极为有启发性的论述:"《诗学》以及柏拉图对话中的模仿都表示,一件艺术品是按照事物本质中的先后模式制成的,但由于亚里士多德在《诗学》中摒弃了理式原则之彼岸世界,所以在上述事实中就不再有任何令人反感的东西了。"①基于引文,似乎可以做如下推论:文学通过语言向现实靠近,靠近的程度越高,逼真性越高,可信度也越高。中世纪以后,意大利的批评家主要关注文学中的三种要素:"统一(unity),即情节片段之间的因果连贯性;体统(decorum),即人物的语言与其所处各种社会地位相契合;再现的真实,或者逼真性,叙述中的事件,不管多么被理性化,依靠它,在现实世界中就被认为是可能的。"②据此可以认为,华顿从文学思想史中拎出的逼真性概念,是一个有传统、有内涵的概念。

无论华顿是否了解逼真性概念的历史,她在创作实践中已经发现逼真性概念对小说创作的决定性影响。在《小说写作》的第三卷"小说的构思"(Constructing a Novel)中,华顿谈及她对逼真性的认识。"逼真性是艺术的真实(truth),显而易见,任何阻碍这一认识的任何传统都是在错误的道路上。"③逼真性被提升到如此的高度,这是华顿基于自己的小说创作经验,又经过对现实主义小说的理论反思后总结出的经验。

二、呈现逼真性的两种方式:叙事视角与"镜厅"

华顿不但意识到逼真性概念在小说思想中的重要性,而且也总结了逼真性呈现的技巧。根据她的看法,在逼真性技巧的探索中,詹姆斯与康拉德的探索尤为值得关注。华顿把他们探索的技巧分别概括为:詹姆斯的叙事视角与康拉德的"镜厅"技巧。

詹姆斯呈现逼真性的方式是限制性的叙事视角。华顿认为限制性叙事视角并不只是技巧,更是与主题密切相关。限制性叙事技巧

---

① M. H. 艾布拉姆斯:《镜与灯:浪漫主义文论及批评传统》,郦稚牛等译,北京:北京大学出版社,2004 年,第 8 页。

② 戈登·特斯基:《文艺复兴时期理论与批评》,杜维平译。参见迈克尔·格洛登、马丁·克雷斯沃思、伊莫瑞·济曼编:《霍普金斯文学理论和批评指南》(第 2 版),王逢振等译, 北京:外语教学与研究出版社,2011 年,第 1240 页。引文中的译文略有改动,原译文中的"verisimilitude"被翻译为"真实性",笔者为行文的统一,将其改为"逼真性"。

③ Edith Wharton, *The Writing of Fiction*, New York & London: Charles Scribner's Sons, 1925, p. 89.

"植根于主题;并且总是在最后的问题上——主题必须决定且限制"①它的作用。由此可见,华顿在主题与技巧(或者是内容与形)问题上并没有走极端,而是坚信主题决定技巧,技巧服务于主题。马克·肖勒(Mark Schorer)认为:"现代批评已经向我们显示谈内容本身根本不是谈艺术,而是谈体验;只有当我们谈已经完成的内容,即形式,艺术作品才是艺术作品,我们才作为批评家而言说。"②在理论层面上,华顿反对肖勒的形式至上论的主张,欣赏詹姆斯对主题与形式的辩证理解。"詹姆斯寻求逼真性的艺术效果是借助于把其画面的每个细节严格地限制在一定的范围,把固定在画面上的视角也严格地限制在一定的能力内。"③这种限制性的叙事视角呈现出部分真实,实为小说技巧理论的新发展。华顿又以詹姆斯的小说《在笼子中》(*In the Cage*, 1898)、《尴尬岁月》(*The Awkward Age*, 1899)、《鸽翼》(*Wings of the Dove*, 1902)、《金碗》(*The Golden Bowl*, 1904)为例,分析这些作品是如何从技巧方面限制叙述者的视角。

康拉德呈现逼真性的技巧,不同于詹姆斯的限制性叙事技巧。华顿把康拉德呈现逼真性的方式称为"镜厅":"一系列反思性的意识,所有这些意识都属于外在于故事的人,而又偶然被拉入当前的故事,像亚辛汉姆一家一样,进入故事并不只是为了扮演侦探与偷听者。"④在康拉德之前,也有人探索过以"镜厅"呈现逼真性。华顿发现巴尔扎克的短篇小说《大望楼》(*La Grande Bretèche*, 1831)已经蕴含了"镜厅"技巧。《大望楼》作为巴尔扎克所有短篇小说中写得最完美的,表明仅仅通过一系列偶然参与者或者是旁观者的头脑中反映出来的一点内容,就可以讲述深度、神秘与逼真性的故事。⑤ 在巴

① Edith Wharton, *The Writing of Fiction*, New York & London: Charles Scribner's Sons, 1925, p. 89.
② Mark Schorer, "Technique as Discovery," *Hudson Review*, 1 (1948), p. 67.
③ 同①,第 89—90 页。
④ 同①,第 92 页。
⑤ 参见 Edith Wharton, *The Writing of Fiction*, New York & London: Charles Scribner's Sons, 1925,第 92 页。

尔扎克之后,乔治·梅瑞狄斯(Gerorge Meredith)和乔治·桑(George Sand)继续丰富和发展了"镜厅"技巧。

不可否认,华顿的逼真性诗学既有成功的经验,也留下一些尚待解决的问题。华顿根据自己的创作经验,从感性的角度讲逼真性,对认识现实主义的核心概念"真实"提供了有益的启示——小说应追求艺术真实。这种认识既突破了传统现实主义真实论的窠臼,又为建构心理现实主义提供了认识基础。然而,华顿的逼真性诗学也留下了不少可以继续探讨的空间。例如,从人认识现实的能力出发,小说表现出的真实如何成为可能,是否只有詹姆斯的限制"叙事技巧"与康拉德的"镜厅"技巧才能取得"逼真性"的效果? 衡量真实的标准在哪里? 由于人们所处的环境、认识能力、社会发展程度不同,人与人之间的认识能力也存在差异,对同一事物的认识肯定也不同。文学若要表现人们这种具有认识差异的真实,向逼真性靠拢,一方面,应该在经典作品中发现逼真效果呈现的技巧,另一方面,应该积累生活经验,探索新的写作技巧,力图在生活中发现真实,用技巧表现真实。

三、小说的三分法

华顿认为合理的小说分类可以让读者更好地理解小说史,让研究者更好地认识小说的本质。不可否认,许多人认为小说分类可有可无,似乎是一种陈旧的知识,好像与小说的创作与批评关系不大。[1] 华顿在《小说写作》的第三卷"小说的构思"中批判了这种错误的观念。"在某种意义上,分类总是武断的和令人轻视的;然而对小说家的思维来说,这样的分类是对有机现实的展示。教导在校的女学生把《名利场》(*Vanity Fair*, 1847)置于何种标题之下,这并不重要,但是从创作者的视角,分类意味着选择方法与视角。"[2]为了更好地解释这个问

---

[1] 参见 Edith Wharton, *The Writing of Fiction*, New York & London: Charles Scribner's Sons, 1925,第 69 页。

[2] Edith Wharton, *The Writing of Fiction*, New York & London: Charles Scribner's Sons, 1925, p. 69.

题,她以萨克雷为例,说明作家如何根据主题分类,把小说分成历险记、浪漫的爱情或历史小说,或三者的混合。①

根据华顿的看法,诞生于法国的心理小说(the novel of psychology)与诞生于英国的风俗小说(the novel of manners)在巴尔扎克的作品中得到统一体现。"从划分的传统讲,可以说心理小说诞生于法国,风俗小说诞生于英国。不可思议的变色龙似的创造物,即现代小说,产生于心理小说与风俗小说的统一,统一在巴尔扎克杰出的大脑中。依照主题处理的需要,这种现代小说改变它的形状与色彩。"②心理小说是偏重描写人物内心世界的小说。风俗小说指"再现社会世界的小说作品,这类作品致力于通过细致入微的观察,传达一个高度发达且复杂的社会的风俗、价值和道德观念"③。19 世纪末至 20 世纪初,美国小说家詹姆斯、华顿在风俗小说领域取得突出成绩。现代小说指的是产生于英法的现实主义小说。华顿认为风俗小说对现代小说的作用最大。④ 一般而言,现实主义文学成就最高的作家被认为是法国小说家巴尔扎克。对于这一点,华顿并不否认。在此基础上,她指出了英国作家司各特对巴尔扎克的影响以及塞缪尔·理查逊(Samuel Richardson)与劳伦斯·斯特恩(Laurence Sterne)对法国小说的影响。至此,华顿开始考察风俗小说的起源。在华顿看来,多比亚斯·史莫莱特(Tobias Smollett)与亨利·菲尔丁(Henry Fielding)的创作,而不是理查逊与斯特恩的创作,才是风俗小说的起源。华顿对于风俗小说起源的论断,限于篇幅,我们无意继续深入考察。这里需要指出的是,华顿从小说起源的角度,结合自己的创作体验与文学史知识,敏锐地判断出对后世影响最大的两种小说类型:风俗小说与心理小说。

---

① 参见 Edith Wharton, *The Writing of Fiction*, New York & London: Charles Scribner's Sons, 1925, p. 69。

② Edith Wharton, *The Writing of Fiction*, New York & London: Charles Scribner's Sons, 1925, p. 61。

③ The Editors of Encyclopaedia Britannica, "Novel of Manners," in *Encyclopedia Britannica*, https://www.britannica.com/art/novel-of-manners,访问日期: 2024 年 4 月 22 日。

④ 同①,第 61 页。

在二分法的基础上,华顿提出小说的三分法:风俗小说、人物(或心理)小说和历险小说(the novel of adventure)。"大部分小说,为了考察的方便,也许被分在如下三种类型中的一种或另一种类型中:风俗小说、人物(或心理)小说、历险小说。这些命名也许被认为是充分地描述了不同的方法;但每类都指出一个典型的例子:第一类是《名利场》,第二类是《包法利夫人》(*Madame Bovary*, 1857),第三类是《罗伯·罗伊》(*Rob Roy*, 1817)或《巴伦特雷少爷》(*The Master of Ballantrae*, 1889)。"①在现实主义小说家的观念中,由于历险小说不表现真实,因而受到忽视。华顿并不是从真实性来评价历险小说,而是从小说史的视域考察它,得出了一些有趣的见解。

> 历险小说最不重要,因为它最不现代。这意味着对历险小说类型的任何贬低都不会被作家承认,因为作家的记忆中回响着大仲马(Alexandre Dumas)、赫尔曼·麦尔维尔、马瑞特船长(Captain Marryat)、史蒂文森的欢笑声;但这些作家所写的勇敢故事也许已经在罗兰(Roland)及其同行面前被唱给了吟游诗人的竖琴,在巴比伦的集市被讲给约瑟(Joseph)和他的同胞:历险故事本质上是后来各种各样的所有小说的母体(parent-stock),历险小说的现代讲述者在这个早已是完美的公式中引入了很少的创新。这个公式由古老的世界在黎明时发明:"给我们讲另一个故事。"②

在华顿看来,历险故事是后来小说的母体,给人们提供了无尽的愉悦。不过,依照现实主义文论来理解,模仿已有写作模式的历险小说应该被批判。

---

① Edith Wharton, *The Writing of Fiction*, New York & London: Charles Scribner's Sons, 1925, pp. 66 - 67.
《罗伯·罗伊》是司各特的作品,《巴伦特雷少爷》是苏格兰作家斯蒂文森的作品。
② 同①,第68页。

华顿以詹姆斯的真实感学说为基础,提出了逼真性的概念,总结了取得逼真性表达效果的两种技巧。这是在小说真实性方面的有益探索。在小说分类学方面,她提出小说的三分法:风俗小说、心理小说与历险小说。

第五节

薇拉·凯瑟论现实主义的物质事物与写作技巧

文学思想的表述可能有两种:作家型表述与哲学家型表述。作家型表述的主体是有创作经验的作家。哲学型表述的主体为哲学家、思想家或偏爱思考的作家。作家表述的文学思想往往是描述创作体验,表述风格偏感性;哲学家表述的文学思想通常有一个体系,由一个主概念加几个核心概念构成,表达自己对文学的认识与理解。一些作家的文学思想,可能二者兼而有之。薇拉·凯瑟的文学思想是作家表述的文学思想。她的文学思想主要存在于《没有家具的小说》(*The Novel Démeublé*, 1922)及其评论集中。前者发表在 1922 年的杂志《新共和国》(*The New Republic*)上,后被收入 1936 年出版的论文集《人过四十》(*Not under Forty*),也被收录于《薇拉·凯瑟论写作:对写作艺术的批评》(*Willa Cather on Writing: Critical on Writing as an Art*, 1949)中。

一、薇拉·凯瑟对现实主义的批判

薇拉·凯瑟(Willa Cather, 1873—1947)对现实主义的批判从界定小说是什么开始。她明确排除娱乐性质的小说,把讨论范围限定在18 世纪以来的新小说之内,由此展开对现实主义的批判。她担任过享誉美国的《麦克鲁尔》(*McClure's Magazine*)①杂志的主编,知晓市民

---

① 该杂志的创始人是萨缪尔·西德尼·麦克鲁尔(Samuel Sidney McClure)与约翰·桑伯恩·菲利普斯(John Sanborn Phillips),创刊于 1893 年,休刊于 1929 年。它以插图月刊的形式出版,是揭露丑闻运动的开创者。为该杂志撰稿的作家包括 (转下页)

阶层需要娱乐小说;同时她又是一名职业作家,追求小说表达的艺术。为了艺术追求,她放弃《麦克鲁尔》杂志主编的职位,专心从事小说创作。"在任何小说的讨论中,你必须弄清楚你谈论的是娱乐小说还是艺术小说;因为它们服务的目的非常不同,并且以不同的方式进行服务。"①根据凯瑟的解释,娱乐小说服务大众,是可以暂时令人愉悦的廉价复制品,而不是具有原创性的艺术品。② 凯瑟如此区分的重要原因是人们似乎混淆了娱乐小说与艺术小说的界限,忽视了艺术小说的使命是突破自己,不断创新。"任何人都能观察,任何人都能用英语写作,任何人都能写小说,我们已经把这看得理所当然。"③艺术小说追求的是创新,而不是对旧有模式的模仿。

　　凯瑟认为现实主义文学过于关注物质事物与生动呈现物质事物。凯瑟是有个性的作家,不太喜欢传统的概念与术语,经常按照自己的创作体验与阅读经验对文学及其相关现象进行解释。"物质事物"与"生动地呈现它们"是凯瑟式的语言、凯瑟式的概念。根据凯瑟概念使用的场域,这一组概念,如果按照小说的三要素进行还原,物质事物是环境描写的一部分,生动地呈现似乎与现实主义中的典型环境与细节真实的观点密切相关。凯瑟在《没有家具的小说》中把小说家比喻为道具管理员,认为他们过于重视"物质事物与生动地呈现它们"④。环境的塑造与细节的真实一直是现实主义作家不断强调与突出的重点。凯瑟认为这种观念有一定的偏颇。在凯瑟看来,物质事物与对其进行生动地呈现是构成小说艺术的必要条件,而不是充分条件。一个优秀

（接上页）薇拉·凯瑟、亚瑟·柯南·道尔（Arthur Conan Doyle）、赫米尼·T. 卡瓦纳（Herminie T. Kavanagh）、鲁德亚德·吉普林（Rudyard Kipling）、杰克·伦敦（Jack London）、林肯·史蒂芬斯（Lincoln Steffens）、罗伯特·路易斯·斯蒂文森与马克·吐温等。

　　① Willa Cather, *Willa Cather on Writing: Critical on Writing as an Art*, Lincoln and London: University of Nebraska Press, 1988, pp. 35–36.

　　② 参见 Willa Cather, *Willa Cather on Writing: Critical on Writing as an Art*, Lincoln and London: University of Nebraska Press, 1988, p. 36。

　　③ 同①,第35页。

　　④ 同①,第35页。

的小说家必须具有良好的观察能力与描写能力,但是并不是具有良好的观察能力与描写能力的人就是优秀的小说家。"身为艺术家的每个作家都知道,'观察的力量'与'描写的力量'只构成了他装备的底层。确实他必须两者都要具备;但他知道不入流的作家常常也有优秀的观察能力。"①现实主义之所以过度迷恋物质事物及其呈现,凯瑟认为这是在实证主义影响下的人们的迷信观察。

> 有一种流行的迷信,断言"现实主义"是在大量的实物目录中,在解释机械过程中,在制造与贸易的运转方法中,在争分夺秒、不遗余力地描写身体的感受中。但现实主义不是任何其他东西,而是就作家而言,一种处理材料的方法吗? 一种他接受而不是选择主题时,伴随着同情与坦率的模糊暗示吗?②

凯瑟这段话表明她认为现实主义不但是一种处理材料的方法,而且要有人文的情怀和关怀。只沉迷于物质事物,生动呈现物质事物,并不是真正的现实主义。

虽然现实主义文学在科学的观察方法的基础上呈现物质事物,力图让呈现的对象具有客观的属性,但是这种客观究竟是一种逼真的假象,还是再现了真实呢? R. 雅各布森(R. Jakobson)认为"现实主义作品既表示作者提供了逼真型作品,也表示评价者发现其逼真性的作品"③。凯瑟对现实主义的思考并不太看重呈现的事物是否具有客观性,而是看重如何让冰冷的现实有感情。一再强调客观真实的现实主义,在凯瑟看来,只是写作中的初级层次。

---

① Willa Cather, *Willa Cather on Writing: Critical on Writing as an Art*, Lincoln and London: University of Nebraska Press, 1988, p. 36.
② 同①,第37页。
③ R. 雅各布森:《论艺术上的现实主义》,转引自让·贝西埃等编:《诗学史》(下),史忠义译,天津:百花文艺出版社,2002年,第574页。

《没有家具的小说》的标题已经把批判的范围限制在具有故事性与现实性的小说上。《没有家具的小说》的标题是"The Novel Démeublé"，这是一个英语和法语混合的标题。凯瑟用如此怪异的组合似乎传达了某种意图。关于 novel，威廉斯在《关键词：文化与社会的词汇》（*Keywords: A Vocabulary of Culture and Society*, 2005）中的"fiction（小说、虚构）"词条里对其词源与词义的变迁有扎实的考证。根据他的梳理：

> Novel（小说）现在几乎与 fiction 同义，存在有趣的历史。它有两种词性，分别是名词（prose fiction——散文体小说）和形容词（new，innovating——新的、创新的；novelty 源自此意涵），代表着两个不同演变的分支，可追溯的最早词源是拉丁文 novus——其意为 new。前者（名词）最接近的词源为意大利文 novella 和西班牙文 novela；后者（形容词）源自于古法文 novelle。直到 18 世纪初，novel 作为一个名词它包含两种意涵：第一是 tale（故事），第二个是 news（新闻、消息）——这与我们现在的说法相同……到了 19 世纪初期，novel 这个词已成为散文体小说作品的标准词汇。①

另外一个具有小说含义的英语单词是 fiction，它"具有有趣的双重意涵，一方面是想象的（imaginative，参见本书）文学（literature，参见本书），另一方面是纯然的——有时候是刻意欺骗的——虚构"②。从词源讲，凯瑟选择"novel"表明她对故事、新闻和消息情有独钟。凯瑟钟情于故事、新闻和消息在其他地方也有体现。她曾经在为《萨拉·奥恩·朱厄特最好的故事》（*The Best Stories of Sarah Orne Jewett*, 1927）撰写的前言中，列举出三部具有永恒价值的小说：《红字》（*The*

① 雷蒙·威廉斯：《关键词：文化与社会的词汇》，刘建基译，北京：三联书店，2005 年，第 182—183 页。
② 同①，第 181 页。

Scarlet Letter, 1850)、《哈克贝利·费恩历险记》与《尖尖的枞树之乡》（*The Country of the Pointed Firs*, 1896)。① 凯瑟提到的最有价值的三部作品,竟然有两部是罗曼司(romance),令人吃惊的同时,也透露出《没有家具的小说》的标题选用"novel"的用意。在詹姆斯的《小说的艺术》中,"小说"使用的英语是"fiction"。凯瑟在创作生涯的早期是詹姆斯的信徒,对于詹姆斯的作品应该耳熟能详,但是却没有选择使用 fiction 一词,由此可见凯瑟可能并不是太赞同 fiction 具有的想象与虚构之意义,所以拒绝使用它。

二、现实主义文学评价的新维度:物质事物

达米安·格兰特(Damian Grant)认为:"'现实主义'的词源归根到底是'事物'(res)。……它产生于对外在世界明显的真实的要求,以科学的训练和特权维持自身的存在。"②"res"是一个拉丁语单词,其常见的含义既指事物,也指真实、真相、事实,又指物质。从语境中,上述引文似乎应该翻译为:"'现实主义'的词源归根到底是'真实'(res)"似乎更为准确一些。现实主义的词源"res"包含物质的含义,据此,现实主义文学重视物质也有了学理依据。

凯瑟认为现实主义文学的杰出代表人物巴尔扎克与托尔斯泰是极少数关注物质的作家。也是在这个维度上,凯瑟对他们作品的评价令人耳目一新。巴尔扎克在物质事物呈现方面的贡献主要是逼真地再现了法国物质文化,物质事物在他的作品中得到了最大程度的描述。由于巴尔扎克一直以卖文为生,为贫困所累,他对物质事物的描写可能有凑字卖钱之嫌,但他对事物的详细而又逼真的描写,让后人有机会认识法国当时的物质文化,却是一大功绩。巴尔扎克曾在《人间喜剧》(*La Comédie Humaine*, 1842)的前言中颇为自豪地自述自己

① 参见 Willa Cather, *Willa Cather on Writing: Critical on Writing as an Art*, Lincoln and London：University of Nebraska Press, 1988, p. 58。
② 达米安·格兰特:《现实主义》,周发祥译,北京:昆仑出版社,1989 年,第55 页。

的作品无所不包。"这套作品有它的地理,也有它的谱系与家族、地点与道具、人物与事实;还有它的爵徽、贵族与市民、工匠与农户、政界人物与花花公子,还有它的千军万马。总之,是一个完整的社会!"①对于雄心万丈的巴尔扎克来讲,他不会想到描写物质事物对于后世作家具有何种作用,但凯瑟却从他的描写中看到了现实主义文学发展的新可能。19世纪杰出的文学批评家格奥尔格·勃兰兑斯(Gerog Brandes)盛赞巴尔扎克对巴黎世界的描绘:"巴尔扎克对巴黎的一切——房屋的建筑,室内的陈设,财产的系属,珍贵艺术品的几代转手的珍藏家,贵妇人的梳妆打扮,花花公子的缝纫账单,分家的诉讼,不同阶级居民的健康状态、谋生手段、需要和愿望等等,无不了如指掌。他通过每一个毛孔摄取着这座城市。"②房屋建筑与室内陈设等物质事物是巴尔扎克绘制的巴黎风俗史的重要组成部分。作为女性作家,凯瑟很是看重巴尔扎克对房间以及室内家具的书写。在凯瑟看来,巴尔扎克描写巴黎、巴黎的房屋、室内的家具、酒、娱乐、经济与金融,并不能让他成为伟大的作家。③"巴尔扎克笔下创造的贪心、贪婪、野心、虚荣与失去纯真的内心等类型,在今天与其过去一样,具有生命力。但他辛苦的汗水耗费在这些东西的物质上……人们对此已经视而不见。自从巴尔扎克时代以来,我们已经有大量的房屋内部修饰者和'经济传奇'。建立在文字基础上的城市已经坍塌。"④这里鲜明地传达出凯瑟对巴尔扎克的赞扬与批评:巴尔扎克笔下个性鲜明的人物形象是他对小说最大的贡献,但其短处也是由此造成,因为他对物质事物的描写并未服务于人物形象塑造,忽视了下笔要有情地书写物

---

① 巴尔扎克:《〈人间喜剧〉前言》,丁世中译,载巴尔扎克《巴尔扎克论文艺》,艾珉、黄晋凯编,袁树仁等译,北京:人民文学出版社,2003年,第268页。

② 勃兰兑斯:《十九世纪文学主流》(第五分册),李宗杰译,北京:人民文学出版社,1997年,第218页。

③ 参见 Willa Cather, *Willa Cather on Writing: Critical on Writing as an Art*, Lincoln and London: University of Nebraska Press, 1988, p. 38。

④ Willa Cather, *Willa Cather on Writing: Critical on Writing as an Art*, Lincoln and London: University of Nebraska Press, 1988, pp. 38–39。

质事物,导致物与人未能有机融合。

凯瑟认为托尔斯泰是另一个描写物质事物的现实主义大师。"另一个伟大的名字在讨论中自然地浮现。托尔斯泰像巴尔扎克一样,差不多是物质事物的伟大爱慕者。"①在凯瑟看来,托尔斯泰是与巴尔扎克并驾齐驱的描写物质事物的大师,但是前者与后者不同,托尔斯泰笔下的物质事物(material things)藏有情感,是文本世界中人物情感与性格不同程度的外化。与巴尔扎克的冷静客观相比,托尔斯泰对莫斯科城的处理则流露出几许同情和一些温暖。这与托尔斯泰对艺术本质的理解密切相关。在他看来,"一个人若要创造真正的艺术品,必须具备很多条件。这个人必须具有他那个时代最高的世界观的水平,他必须体验过某种感情,而且他有愿望、也有可能把这种感情表达出来,同时,他还必须在某一种艺术方面具有一定的才能……我所谓的才能是就能力而言:在文学中,指的是善于把自己的思想和印象表达出来,能够观察并记住富有特性的细节"②。凯瑟尤为欣赏托尔斯泰对于艺术的理解,努力学习了托尔斯泰有情地呈现细节的思想。"服饰、餐具、令人魂牵梦绕的莫斯科老房子的内部,总是人们感情的一部分,以至于他们似乎被完美地综合了;这些东西的存在,与其说是作者的精神,不如说是人物性格本身情感的半个影子。"③凯瑟 1927 年对《死神来迎大主教》(Death Comes for the Archbishop)创作过程的解释,颇能说明她偏爱在物质对象描写中融入感情。

我过去常常希望当教堂被建之时,有一些对其所处时代的书面描述;但我不久就发现没有任何记录能够像教堂本身一样真实。它们是自己的故事,我们必须让每件事都用书面

① Willa Cather, *Willa Cather on Writing: Critical on Writing as an Art*, Lincoln and London: University of Nebraska Press, 1988, p. 39.

② 列夫·托尔斯泰:《什么是艺术》,何永祥译,南京:江苏美术出版社,1990 年,第139 页。

③ 同①,第 39—40 页。

语向我们解释是愚蠢的传统。有其他的方式讲述人们感觉到的东西,建造并装饰这些小教堂的人将会找到方法,留下他们的信息。①

物质事物自身中隐藏着建造者及其时代的要素,需要后人在客观的基础上,用心观察事物,从中了解事物所处时代的代码、建造者的密码及其物质本身的编码。

凯瑟在进行文学批评时,关注作家对房间内部的书写,创作时也偏爱书写房间内部。斯蒂芬·坦南特(Stephen Tennant)在1949年为《薇拉·凯瑟论写作:对写作艺术的批评》撰写的序言《房间之外》("The Room beyond")中曾经指出,房间之外的事物对凯瑟的作品与批评具有特殊的意义。

越过邻近的房间的观看对我而言具有深刻的象征意义——或者看向天空、大海、高山,或者看向房间之外的事物……薇拉·凯瑟的艺术本质上是越过附近的场景凝视永恒的天空或万古常新的房间,在此未来与过去,未被言说的与已经被知道的事情,永远召唤幸福的读者。②

毋庸置疑,坦南特的观察自有其道理,但其实凯瑟同样关注房间内部的事物。

《没有家具的小说》的标题已经表明凯瑟对房间内部物质事物的偏爱。正如前文所言,《没有家具的小说》的英文标题是"The Novel Démeublé",我们前文已经就第一个词"novel"进行了探讨,但是没

① Willa Cather, *Willa Cather on Writing: Critical on Writing as an Art*, Lincoln and London: University of Nebraska Press, 1988, pp. 6 - 7.

② Stephen Tennant, "The Room beyond: A Foreword on Willa Cather," in *Willa Cather on Writing: Critical on Writing as an Art*, by Willa Cather, Lincoln and London: University of Nebraska Press, 1988, p. v.

有对第二个法语单词"Démeublé"进行探究。"Démeublé"是动词
"démeubler"的过去分词,动词的含义是"搬走家具"。《没有家具的小
说》开宗明义,第一句话就讲"小说在很长一段时间内已经被配置了太
多的家具"①,第二句就对第一句话进行解释:"道具管理员在纸张上
已经如此繁忙,物质事物的重要性和对它们的生动呈现已被强调到如
此程度,以至于任何人都能观察,任何人都能用英语写作,任何人都能
写小说,我们已经把这看得理所当然。"②通过开篇两句话对标题的解
释,我们可知凯瑟认为小说像房间一样,有待家具的装饰。此外,凯瑟
也对房间本身的描写十分感兴趣。

凯瑟对于房间内部家具的关注在20世纪80年代以后也引起了
物质文化研究者的关注。英国新文化史家彼得·伯克(Peter Burke)
甚至主张住宅是大部分物质文化史研究的三大经典主题之一。③

三、论现实主义的写作技巧

凯瑟在1912年发表《亚历山大之桥》(*Alexander's Bridge*),1913
年出版《啊,拓荒者!》,1915年推出《云雀之歌》,1918年写出《我的安
东尼娅》等作品,积累了比较丰富的小说创作实践。这让她有资格对
小说的写作技巧也发表看法。

首先,她主张小说家应该选择素材,尤其要选择具有永恒价值的
素材。19世纪现实主义文学的一个重要特征就是描写日常生活中的
普通人。美国现实主义的奠基人豪威尔斯几乎毫不犹豫地宣称现实
中存在之物自有其存在的道理。

> 现实主义者在生活中没有不重要的事情;所有的事情都
> 讲述自己的命运与特征;上帝制作的事情中没有一件事要被

---

① Willa Cather, *Willa Cather on Writing: Critical on Writing as an Art*, Lincoln
and London: University of Nebraska Press, 1988, p. 35.

② 同①。

③ 参见 Peter Burke, *What Is Cultural History*, Malden: Polity, 2004, p. 68。

蔑视。现实主义者不能以这种方式看待人类的生活,不能宣称这件事或那件事不值得关注,正如科学家不能不顾自己的尊严宣称物质世界的事实不值得关注一样。①

凯瑟不赞同豪威尔斯的这种主张。在她看来,作家应该具有剪裁的能力,选择有意义的材料。"从现在这种大量的、闪闪发光的潮流中,小说必须选择具有永恒性的艺术材料。"②

其次,小说家应该重视暗示而不是强调列举。真实一直是现实主义的最高追求。英国现实主义小说的奠基人笛福在《鲁滨孙漂流记》的序言中强调真实的重要性:"编者相信这本书完全是事实的记载,毫无半点捏造的痕迹。"③菲尔丁在《弃儿汤姆·琼斯的历史》(*Tom Jones, The History of A Foundling*, 1984)中也一再申明真实性:"我们这部书与那些无聊的传奇不同之处就在于它的真实性。"④法国现实主义的伟大小说家巴尔扎克把真实性作为自己写作的追求。美国现实主义小说家豪威尔斯与加兰等作家同样强调真实性。虽然呈现真实性的方式不少,但列举是一个比较重要的方法。列举可以增加小说的真实性,但可能会影响小说的表达效果。有鉴于此,凯瑟提出解决这一问题的办法,即小说家要运用暗示的技巧。"一些有希望的迹象是美国年轻的小说家努力放弃逼真性至上……以暗示而不是以列举呈现他们的场景。"⑤

再次,凯瑟认为小说家的自我锤炼之路是:学习、忘记与寻路。

① William Dean Howells, *Criticism and Fiction and Other Essays*, edited with introductions and notes by Clara Marburg Kirk and Rudolf Kirk, New York: New York University Press, 1959, p. 15.

② Willa Cather, *Willa Cather on Writing: Critical on Writing as an Art*, Lincoln and London: University of Nebraska Press, 1988, p. 40.

③ 丹尼尔·笛福:《原序》,载《鲁滨孙漂流记》,徐霞村译,北京:人民文学出版社,2011年,第3页。

④ 亨利·菲尔丁:《弃儿汤姆·琼斯的历史》(上),萧乾、李从弼译,北京:人民文学出版社,1984年,第147页。

⑤ 同②。

"小说家必须学习写作,然后不再学习写作;正如现代的画家学习绘画,然后在适当的时候学会无视他的成绩,学会在适当的时候追求更高、更真实的艺术效果。小说只有在这个方向上,才能发展得比过去的小说更加多样与完美。"①若要成为小说家,首先要学习如何写作。以凯瑟自己为例,在学徒阶段,她的学习对象是詹姆斯与华顿。学习到一定地步之后,要忘记自己所学的小说写作技巧。凯瑟曾经面临重复别人而无法写出满意的作品的困境,此时朱厄特劝告凯瑟写自己熟悉的题材,她接受了朱厄特的建议,找到了自己熟悉的内容与主题。寻路指形成自己独特的写作风格。从少年时代起,凯瑟就个性十足。凯瑟的好友、作家伊迪丝·刘易斯(Edith Lewis)曾回忆过凯瑟少年时代的个性十足:"这是一个个性鲜明、敢想敢做、勇往直前的年轻人,没人能够忽视她;她要么激起别人热烈的爱,要么招致别人强烈的恨。"②这种性格是凯瑟形成自己的小说风格的重要原因。

最后,凯瑟认为简约(simplification)是重要的创作方法。她在《论小说的艺术》中曾经提及她偏爱简约艺术。"艺术似乎对我而言应该简约(simplify)。它几乎是更高级的艺术方法的全部;你能处理掉发现过的形式传统与细节传统,但需保留整体精神——结果你压制与删掉的东西显现在读者的意识中,好像它已经被出版一样。"③她又以画家让-弗朗索瓦·米利特(Jean-François Millet)的素描为例,指出他一般先绘制很多种谷物的农民,然后把这些素描简约为一幅画。④ 在简约的过程中,作家试图寻找对于这一主题最好的表达,前人没有实践

---

① Willa Cather, *Willa Cather on Writing: Critical on Writing as an Art*, Lincoln and London: University of Nebraska Press, 1988, pp. 40 - 41.

② James Leslies Woodress, *Willa Cather: A Literary Life*, Lincoln: University of Nebraska Press, 1987, p. 49. 转引自李莉:《威拉·凯瑟的记忆书写研究》,成都:四川大学出版社,2009年,第41页。

③ 同①,第102页。

④ 参见 Willa Cather, *Willa Cather on Writing: Critical on Writing as an Art*, Lincoln and London: University of Nebraska Press, 1988, p.102。

过的表达。两年以后发表的论文《没有家具的小说》继续坚持简约是小说重要方法的观点。"更高级的艺术方法是简化所有的方法。"①

　　凯瑟的现实主义思想,最重要的理论价值在于对传统现实主义机械地描写物质事物,却未能站在物质文化的高度上有情地书写物质事物的批判。这样的批判大致可以成立。从今天的角度看,她先于今天的物质文化研究理论,以自己的创作经验与批评家的敏锐思考现实主义如何表现物质文化,确实有其功绩。然而,她对现实主义写作技巧的论述新意不多。

第六节

艾伦·格拉斯哥的美国南方风俗史诗学

　　艾伦·格拉斯哥(Ellen Glasgow, 1874—1945),全名艾伦·安德森·戈尔森·格拉斯哥(Ellen Anderson Gholson Glasgow),生于美国弗吉尼亚州的首府里士满(Richmond)的贵族家庭。儿时的格拉斯哥身体极差,无法上学。通过阅读,她广泛"涉猎哲学、社会与政治理论、欧洲及英国的文学"②,为以后的文学创作奠定了基础。1897 年出版的处女作《后裔》(*The Descendant*)是她 40 多年文学生涯的开端。她一生创作了 20 部小说,1925 年出版的《不毛之地》是其代表作,1941 年出版的《我们如此生活》(*In This Our Life*)荣获 1942 年的普利策小说奖。《一定之规:散文小说的解释》(*A Certain Measure: An Interpretation of Prose Fiction*, 1943)体现了她的文学思想。美国当代小说家玛利亚·西姆斯(Marian Sims)于 1943 年 10 月 17 日在《亚特兰大日报》(*Atlanta Journal*)上发表的文章认为格拉斯哥的这部作品

---

　　① Willa Cather, *Willa Cather on Writing: Critical on Writing as an Art*, Lincoln and London: University of Nebraska Press, 1988, p. 40.

　　② Ellen Glasgow, *A Certain Measure: An Interpretation of Prose Fiction*, New York: Harcourt, Brace and Company, 1943, p. 287.

既是对自己过去创作成绩的客观评价,也向读者交代了自己文学思想的核心主张:书写美国弗吉尼亚的社会史。"《一定之规》并不仅仅是一部对格拉斯哥作品不带感情色彩的评价与文献。格拉斯哥女士概括了她在弗吉尼亚社会史方面不朽的计划,通过追溯十三部小说与几乎四十年的完成过程,而且这本书也是其文学信条及其总结;我们时代最杰出的小说家之一对散文化小说的解释。"①

一、美国南方风俗史的构成

格拉斯哥是一位有抱负的女作家,渴望以小说的形式书写美国南方的风俗史。这种想法很可能是受巴尔扎克的影响。根据她的自述:"我已经读了巴尔扎克的作品。"②杨仁敬在《20 世纪美国文学史》中对格拉斯哥的作品略有论述:"她的长篇小说全部加起来,构成了一幅弗吉尼亚 1850 年至 20 世纪 40 年代生动的风俗画。"③杨仁敬把格拉斯哥的全部小说比作一幅风俗画,察觉到风俗在格拉斯哥文学创作中的中心地位,遗憾的是未展开更深入的探讨。

格拉斯哥文学思想的核心,一言以蔽之,是要建构美国南方的风俗史(chronicle of manners)。建构的风俗史包括社会史(social history)与社会编年史(social chronicle)。格拉斯哥认为《平民浪漫记》与《人民的声音》是她的"风俗史的继续"④。由于《人民的声音》与《平民浪漫记》是"南方联邦小说"的第三部与第四部,上承《战地》与《解救》(The Deliverance, 1904),那么可以推断《战地》与《解救》也是风俗史。令人困惑之处在于,格拉斯哥已经说《战地》是社会史建构的一部分,即《战地》是"南部邦联成立前十年以后的弗吉尼亚的社会

① Marian Sims, "Ellen Glasgow's Appraisal," *Atlanta Journal*, 17 October 1943, sec. C, p. 8. 转引自 Dorothy M. Scura, ed., *Ellen Glasgow: The Contemporary Reviews*, Cambridge: Cambridge University Press, 1992, p. 455。
② Ellen Glasgow, *A Certain Measure: An Interpretation of Prose Fiction*, New York: Harcourt, Brace and Company, 1943, p. 16.
③ 杨仁敬:《20 世纪美国文学史》,青岛:青岛出版社,1999 年,第 124 页。
④ 同②,第 66 页。

史(a social history of Virginia)"①。这两则材料已经充分地显示出格拉斯哥的言论似乎自相矛盾。作家应该不会犯如此低级的错误,那么我们不妨推断,在格拉斯哥的心目中,风俗史极有可能统摄社会史。

格拉斯哥创作美国南方风俗史的构想产生于 1900 年至 1910 年之间。② 根据格拉斯哥的观察,当时的美国小说热衷于历史题材,而她"开始书写风俗史,后者拥抱她所熟悉的南方生活层面"③。对于南方风俗史的写作意图,格拉斯哥曾有如下陈述:"我打算处理乡村静态的习俗与小城镇中变化的地方时尚。此外,我计划描绘不同的社会秩序;特别是,这一部分将会构成我的编年史的重要主题,即中产阶级作为南方民主政治的统治力量而崛起。"④

格拉斯哥在对《战地》的评论中曾明确指出,她的作品可以分为三个系列:南方联邦小说(novels of the Commonwealth)、乡村小说(novels of the Country)、城市小说(novels of the City)。

南方联邦小说包括《战地》《解救》《人民的声音》《平民浪漫记》《弗吉尼亚》《生活与加布里拉》。《战地》涵盖的时间范围是 1850 年至 1865 年,《解救》涵盖的时间范围是 1878 年至 1890 年,《人民的声音》涵盖的时间范围是 1870 年至 1898 年,《弗吉尼亚》涵盖的时间范围是 1884 年至 1912 年,《生活与加布里拉》涵盖的时间范围是 1894 年至 1912 年。⑤ 由此看来,南方联邦小说涵盖的时间范围大致在 1850 年至 1912 年。

南方联邦小说只是格拉斯哥建构南方风俗史的初步成绩,她的乡村小说与城市小说则写得更成熟、更有深度。她的乡村小说由《老教会的磨坊》(*The Miller of Old Church*, 1911)、《不毛之地》与《铁的气

---

① Ellen Glasgow, *A Certain Measure: An Interpretation of Prose Fiction*, New York: Harcourt, Brace and Company, 1943, p. 3.

② 参见 Ellen Glasgow, *A Certain Measure: An Interpretation of Prose Fiction*, New York: Harcourt, Brace and Company, 1943, p. 4.

③ 同①,第 4 页。

④ 同①,第 4 页。

⑤ 同②。

质》组成。《老教会的磨坊》涵盖的时间范围是 1898 年至 1902 年,《不毛之地》涵盖的时间范围是 1894 年至 1924 年,《铁的气质》涵盖的时间范围是 1901 年至 1933 年。① 由此推算,乡村小说涵盖的时间范围是 1894 年至 1933 年。

城市小说由四部小说构成,分别是《受庇护的生活》(The Sheltered Life, 1932)、《浪漫的喜剧家》(The Romantic Comedians, 1926)、《他们屈身干蠢事》(They Stooped to Folly, 1929)和《我们如此生活》。根据格拉斯哥所言,《受庇护的生活》涵盖的时间范围是 1910 年至 1917 年,《浪漫的喜剧家》涵盖的时间范围是 1923 年,《他们屈身干蠢事》涵盖的时间范围是 1924 年,《我们如此生活》涵盖的时间范围是 1938 年至 1939 年。② 从乡村小说与城市小说涉及的时间范围及其对这两个系列小说的命名来讲,格拉斯哥似乎力图忠实记录美国南方从农业文明、奴隶制度转向工业化、城市化的资本主义历史进程。

格拉斯哥并没有清晰地界定南方风俗史是什么,我们根据她的描述,作如下归纳:南方风俗史是在 1850 年至 1939 年的时间范围内,以弗吉尼亚作为书写的对象,以现实主义作为创作的核心方法,同时适当地借鉴浪漫主义与现代主义的写作技巧,书写美国南方从农业文化向工业化转型过程中南方乡村、城市与人的变化。

二、建构美国南方风俗史的方法

格拉斯哥建构美国南方风俗史的方法包括:1) 占有一手材料;2) 创作需要剪裁;3)"鲜血与反讽"。

首先,为了更好地表现美国旧南方向新南方的过渡,呈现真实感,格拉斯哥的小说创作非常重视一手材料,为此她查阅文献,时常走访小说人物居住与生活的地方。格拉斯哥在反思《战地》创作的得失时,曾精辟地总结:"如果不是十分确定,也许这些最初的作品,现在对我

---

① 参见 Ellen Glasgow, *A Certain Measure: An Interpretation of Prose Fiction*, New York: Harcourt, Brace and Company, 1943, p. 4。

② 同①。

而言,似乎在世俗智慧与人生体验的意义上是如此欠缺,但比我现在更忠实于小说真实的时间与地点。这些最初的作品希望记录那段消逝的历史的一切。"①虽然格拉斯哥这里没有言明早期小说创作中的现实主义之表述,但是致力于让小说在具体的时空中营造出真实感,记录过去时代的一切,现实主义倾向已经十分明确。格拉斯哥回顾《战地》的创作历程时曾提到,她"参观了每个叙事场景,研究过每个叙事角度"②,"掌握了从1860到1865年的完整档案,即《里士满问询报》(*The Richmond Enquirer*)、《里士满检查报》(*The Richmond*)与《纽约先驱报》(*The New York Herald*)"③。这类表述在格拉斯哥的《解救》中也被强调:"我发现叙述的正确的环境后就决定回到农场,在租赁农民的旁边追溯其全景。"④格拉斯哥为了实现自己的创作理想,观察农民的播种与收获,亲自体验了农民的艰辛,对所要书写的环境有了直观而又深刻的认识。《解救》成书后,广受好评。根据格拉斯哥的自述,一些南方读者认为这部作品具有浓厚的烟草味道。⑤

其次,格拉斯哥认为现实主义不能是一味模仿现实,也需要剪裁,选择令人印象深刻的、融入作家情感与体验的情与景、人与物。格拉斯哥说:"在我所规划的社会史中,最初三卷,我总是收集印象,而不是事实。"⑥格拉斯哥表达过自己不是一个纯粹的现实主义者:"我不是一个纯粹的浪漫主义者,也不是一个纯粹的现实主义者。"⑦格拉斯哥在《解救》的序言中曾谈及她对小说的看法:"我认为这部小说的主要目标确实像所有的文学一样,是增加我们理解生活的能力,强化我们的意识。为了做到这一点,文学不仅要呈现经验,还必须诠释和强化

---

①　Ellen Glasgow, *A Certain Measure: An Interpretation of Prose Fiction*, New York：Harcourt, Brace and Company, 1943, p. 7.

②　同①,第13页。

③　同①,第21页。

④　同①,第32页。

⑤　参见 Ellen Glasgow, *A Certain Measure: An Interpretation of Prose Fiction*, New York：Harcourt, Brace and Company, 1943, p. 32。

⑥　同①,第21页。

⑦　同①,第27页。

日常的生活过程。"①格拉斯哥认为现实主义"意味着具有简洁的笔
调、轮廓鲜明、浸透着深沉体验的方式"②。至此,格拉斯哥的现实主
义主张中似乎存在某种危机,因为她一方面强调忠实于现实,另一方
面又强调现实之景、物与人必须经过体验加工。这种理解在某些现实
主义者看来有些离经叛道。按照美国现实主义的代表人物豪威尔斯
的观点,现实主义就是"一点不多,一点不少忠实地处理素材"。格拉
斯哥对豪威尔斯的观点并不陌生,毕竟她曾经在《战地》的序言中评价
过现实主义在美国的传播,认为豪威尔斯是美国文学的教务长。③ 今
天看来,豪威尔斯所谓的现实主义就是忠实地处理素材的主张,讲的
只是处理材料的方法。只要忠实地处理材料,就可以客观地再现现
实。豪威尔斯对现实主义文学的理解忽视了文学创作者与文学欣赏
者的情感维度。一段时间里,美国以豪威尔斯为代表的现实主义者所
讲的真实性,曾经让读者与研究者误以为笔端的"幻象"就是客观性。
乔治·J. 贝克主编的《现代文学现实主义文献》(*Documents of Modern
Literary Realism*, 1963)是欧洲现实主义文学思想研究的重要文献。
这部书的序言中对现实主义的定义如下:"现实主义是一种艺术公式,
以某种方式理解现实,或多或少在规则的基础上承诺再现现实的影
像。"④韦勒克认为现实主义的定义是"当代现实的客观再现"⑤。贝克
淡化客观性的方式,指向客观性是作家构想出来的产物,而韦勒克则
一针见血地指出客观性是现实主义文学的终极追求之一。韦勒克在
《文学研究中的现实主义概念》(*The Concept of Realism in Literary*

①　Ellen Glasgow, *A Certain Measure: An Interpretation of Prose Fiction*, New York: Harcourt, Brace and Company, 1943, p. 30.

②　同①,第 17 页。

③　参见 Ellen Glasgow, *A Certain Measure: An Interpretation of Prose Fiction*, New York: Harcourt, Brace and Company, 1943, p. 17。

④　George J. Becker, "Introduction: Modern Realism as a Literary Movement," in *Documents of Modern Literary Realism*, edited by George J. Becker, Princeton: Princeton University Press, 1963, p. 36.

⑤　雷内·韦勒克:《批评的概念》,张今言译,杭州:中国美术学院出版社,1999年,第 231 页。

Scholarship, 1961)中指出,"现实主义的理论从根本上讲是一种坏的美学,因为一切艺术都是'创作',都是一个本身由幻觉和象征形式构成的世界"[1]。与韦勒克对现实主义的分析相类似,格拉斯哥对现实主义也有犀利的批判:"完整的真实必须拥抱内部世界与外在的形象。行为只是性格的外部表现;这就是为什么文献式的现实主义、笔记簿式的文体,只产生表面现象的原因。"[2]今天看来,格拉斯哥对现实主义的看法,可能是一种更富有见地的现实主义。作为一个作家,她察觉到机械复制的现实主义导致感情的匮乏,无法让外在现实与人的情感产生内在的契合。

再次,格拉斯哥指出建构美国南方风俗史需要"鲜血与反讽"。美国南方文学需要"鲜血与反讽"是格拉斯哥一直坚持的创作主张。格拉斯哥的《一定之规:散文小说的解释》的第一部分"南方联邦小说"的题词是"南方需要鲜血与反讽",旗帜鲜明地表明自己要改造孱弱的南方文学。"南方需要鲜血,因为南方文化已经偏离它的大地之根太远,长得瘦弱不堪;它满意于在借来的观念中存在,抄袭而不是创造;反讽是批判性观念的必然组成部分;反讽是对情感腐蚀的最安全的解药。"[3]

根据格拉斯哥的论述,南方需要鲜血指南方文化需要抛弃古老的南方精神,例如种植园文化、骑士文化、感伤主义文化,立足于美国南方大地之上,生长出一种健康、茁壮、富有生命力的文化;反讽是解构古老的南方文化的一种艺术手法,是祛除南方文学中情感主义泛滥的一剂良药。格拉斯哥"南方需要鲜血与反讽"的论断是她的核心主张,自然有反复强调的必要性。在《一定之规:散文小说的解释》中的第二部分"乡村小说"的结束卷《铁的气质》中,格拉斯哥再次谈到"鲜血

---

① 雷内·韦勒克:《批评的概念》,张今言译,杭州:中国美术学院出版社,1999年,第245页。

② Ellen Glasgow, *A Certain Measure: An Interpretation of Prose Fiction*, New York: Harcourt, Brace and Company, 1943, p. 28.

③ 同②。

与反讽"对南方文学的重要性:"早些年,我已经说南方文学需要鲜血与讽刺;在对已经固化僵硬、变得没有生命力的社会传统的书写中,我发现只有通过注入讽刺(satire),枯萎的骨髓才能出现生机。"①格拉斯哥一再坚持美国南方文学需要"鲜血与反讽"的主张,根本原因是 19 世纪美国南方文学中感伤主义与浪漫主义是主流,这个传统过于强大,导致南方文学不能立足于南方本土,生成一种刚健的文学。②

三、格拉斯哥风俗史诗学的来源与问题

格拉斯哥风俗史诗学的来源有外在来源与内在来源。外在来源是以法国巴尔扎克为代表的现实主义小说家,内在来源是美国现实主义文学的发展与南方文学的进步。

格拉斯哥风俗史诗学的建构得益于她所阅读的法国现实主义,尤其是巴尔扎克倡导的风俗史诗学。格拉斯哥曾有如下的自述:"我阅读了一点托尔斯泰的作品,没有读屠格涅夫、契诃夫和陀思妥耶夫斯基的作品。但我已经读了巴尔扎克的作品,我已经读了福楼拜,我已经读了莫泊桑的作品,我已经读了每一部用英语写的著名小说。阅读这些作品对我产生了一些影响。"③根据她的自述,俄国现实主义文学家的作品,她只读了托尔斯泰的部分作品,不熟悉其他人的作品;她对法国现实主义文学思想家的作品非常了解,阅读了巴尔扎克、福楼拜、莫泊桑的作品。在一定程度上,她对法国现实主义文学的阅读已经比较系统,对法国现实主义文学的发展有相对清晰的认识。更为重要的是,她从现实主义中获得了拆解南方浪漫主义文学传统的勇气与力量:"如果我不是在艺术经典中早已理解这种基本原则,从这些勇敢的探索者中,即真正的现实主义者中,知道了理念系统促使对生活具有

① Ellen Glasgow, *A Certain Measure: An Interpretation of Prose Fiction*, New York: Harcourt, Brace and Company, 1943, p. 179.

② 参见 Sarah E. Gardner, *Blood and Irony: Southern White Women's Narratives of the Civil War, 1861 - 1937*, Chapel Hill & London: The University of North Carolina Press, 2004, p. 123。

③ 同①,第 16 页。

真情实感的小说与依靠贫瘠传统的小说相分离。所有这些,作为一个年轻的作家,我感谢小说中的现实主义理论,感谢我从现实主义理论获得的战斗力量。"[①]现实主义让格拉斯哥认识到南方文学的发展必须依靠表现南方的现实:书写这块神奇土地的沧桑与巨变,呈现"伟大事业"失败所带来的心理创伤,描述奴隶制的解体与工业化进程的展开。此外,必须再次强调的是,格拉斯哥的风俗史写作的构想可能受到巴尔扎克的启发。格拉斯哥应该知道巴尔扎克如下的论述:"法国社会将是历史家,我只应该充当它的秘书。编制恶习与美德的清单,搜集激情的主要表现,刻画性格,选取社会上的重要事件,就若干同质的性格特征博采约取,从中糅合一些典型;做到了这些,笔者或许就能够写出一部许多历史家所忽略了的那种历史,也就是风俗史。"[②]令人遗憾的是,格拉斯哥的《一定之规:散文小说的解释》虽然论及巴尔扎克,但是却没有提及他的风俗史思想。南方风俗史诗学的建构是格拉斯哥最主要的文学思想,虽然她几乎没有提及这种文学思想来自何处,但是通过提及巴尔扎克,我们推测巴尔扎克《人间喜剧》标举的风俗史思想,应该影响了格拉斯哥的南方风俗史诗学。

格拉斯哥建构的南方文学风俗史的思想,它的内在来源是美国南方文学自身的发展。按照她的梳理,南方文学有需要研究的、值得重视的作家。这些作家包括托马斯·尼尔森·佩奇、查尔斯·埃格伯特·克拉多克、詹姆斯·莱恩·艾伦、威廉·吉尔摩·西姆斯、乔治·W. 凯布尔等。格拉斯哥认为"托马斯·尼尔森·佩奇早期的方言故事坚实、圆润,像干玫瑰花瓣一样芬芳;查尔斯·埃格伯特·克拉多克数量众多的幽默人物,令人耳愉目悦;詹姆斯·莱恩·艾伦描绘的人物更加朴素,没有庄严的理性主义,至关重要且妙趣横生。虽然威

---

① Ellen Glasgow, *A Certain Measure: An Interpretation of Prose Fiction*, New York: Harcourt, Brace and Company, 1943, p. 17.

② 巴尔扎克:《〈人间喜剧〉前言》,丁世中译,载《巴尔扎克论文艺》,艾珉、黄晋凯编,袁树仁等译,北京:人民文学出版社,2003 年,第 258—259 页。

廉·吉尔摩·西姆斯的骑士浪漫主义已经失去作品曾经拥有的生活的气息,但乔治·W. 凯布尔的克里奥尔人(the Creole)小说仍然充满它们自己的魅力"①。此外,她认为詹姆斯·布兰奇·卡贝尔(James Branch Cabell)也是值得重视的南方作家。不可否认,这些作家的作品世界中存在一些值得批判的因素,但是批判的锋芒所向,也是南方文学的生机所在。正是在这个意义上,格拉斯哥主张不能抛弃南方文学旧有的传统。她称抛弃南方文学传统的激进主义做法是愚蠢的。她认为"抛弃这种丰富的遗产,转而追求标准的功利表达,对南方小说家而言,是纯粹的愚蠢"②。格拉斯哥既在理论上倡导向南方文坛的前辈学习,也在创作实践中向前辈学习。鉴于篇幅的原因,此处以佩奇为例,简要分析格拉斯哥如何继承与发展佩奇对南方的书写。佩奇是美国文学地域运动(Local Color Movement)的领袖,他的小说有三个重要特征:以弗吉尼亚作为小说的背景;使用黑人方言;情感上与老弗吉尼亚有无法割舍的联系。这三个特征大部分被格拉斯哥在创作中消化与吸收。

格拉斯哥的风俗史构想的提出与她对进化论的接受有关。进化论是美国现实主义文学运动的核心观念之一,是批判文学传统的有力武器。毫不例外,格拉斯哥也接受了进化观念。"格拉斯哥姐姐的丈夫是一名学者,他让她研究《物种起源》,直到了解'书的每一页内容'。"③莉莎·霍利巴格(Lisa Hollibaugh)根据朱利叶斯·罗恩·雷珀(Julius Rowan Raper)的《无所庇护:艾伦·格拉斯哥的早期创作生涯》(*Without Shelter: The Early Career of Ellen Glasgow*, 1971)与小卡林顿·C. 塔特怀勒(Carrington C. Tutwiler Jr.)的《艾伦·格拉斯哥的藏书》(*Ellen Glasgow's Library*, 1967)的统计,比较详细地指出哪些

① Ellen Glasgow, *A Certain Measure: An Interpretation of Prose Fiction*, New York: Harcourt, Brace and Company, 1943, pp. 140–141.

② 同①,第142—143页。

③ Louis Auchincloss, *Ellen Glasgow*, Minneapolis: University of Minnesota Press, 1964, p. 6.

学人的著作影响过格拉斯哥的进化观:

> 格拉斯哥阅读的书籍不仅包括达尔文的《物种起源》
> (*On the Origin of Species*,1859) 和《人类的起源》(*The Descent of Man*,1871),而且也包括恩斯特·黑克尔(Ernst Haeckel)、托马斯·亨利·赫胥黎(Thomas Henry Huxley)、赫伯特·斯宾塞、威廉·格雷厄姆·萨纳姆(William Graham Sumner)和奥古斯特·韦斯曼(August Weissman)等人的作品。格拉斯哥广泛的阅读还包括有兴趣吸收或改造达尔文理论的作家,例如福楼拜、易卜生、约翰·斯图尔特·密尔(John Stuart Mill)、弗里德里希·W. 尼采(Friedrich W. Nietzsche)与阿图尔·叔本华(Arthur Schopenhauer)。①

在某种意义上,这些书开阔了她的视野,使她用进化的武器关照弗吉尼亚,审视加尔文教对南方的制约。需要加以说明的是,格拉斯哥作品中呈现的进化论观念,主要存在于她早期的创作生涯中,从1893年发表《后裔》到1906年发表《生活之轮》(*The Wheel of Life*)期间。②

格拉斯哥的文学思想不可避免地存在一些问题。比如:城市小说部分未能充分展示风俗史是如何体现的。格拉斯哥似乎有些后继乏力,未能说明其城市小说的风俗史诗学究竟是什么。阿尔弗雷德·卡津(Alfred Kazin)指出格拉斯哥的作品对南方阶层的刻画是成功的,而对其他阶层的刻画则逊色不少。"格拉斯哥的几部小说——尤其是《不毛之地》——写到了她所在的南方的其他阶层,但她的主要兴

① Lisa Hollibaugh,"'The Civilized Use of Irony':Darwinsm,Calvinism,and Motherhood in Ellen Glasgow's *Barren Ground*," *Mississippi Quarterly*,59(2005),p. 32.

② 参见 Lisa Hollibaugh,"'The Civilized Use of Irony':Darwinsm,Calvinism,and Motherhood in Ellen Glasgow's *Barren Ground*," *Mississippi Quarterly*,59(2005),pp. 31-32。

趣是写她非常了解的贵族阶层。她忽视了比贵族阶层知识的贫乏更加有危害的事情,但她的机智所表达的有节制的辛酸却远不能说明她的不安和困惑有多深。"①格拉斯哥在《一定之规:散文小说的解释》的城市小说部分花费大量的篇幅探讨小说的技巧与回顾自己的创作历程,而对工业化过程中的新兴阶层,她着墨极少。应该说格拉斯哥对于老弗吉尼亚的描写是成功的,但对新南方中的新兴阶层,应该如何表现、如何书写,她有些不知所措。

---

① Alfred Kazin, *On Native Grounds: An Interpretation of Modern American Prose Literature*, New York: Reynal & Hitchcock, 1942, p. 205.

第三章　美国自然主义文学思想①

---

① 本章由宁宝剑撰写。

　　美国自然主义的发展与美国的社会、经济问题有密切的联系,决定了其具有浓厚的美国性。这一密切联系是美国自然主义文学思想最为显著的特征,也让美国自然主义与欧洲的自然主义相区别。1865年对美国而言是具有重大历史意义的一年,因为南北战争的结束,不仅意味着美国的北方战胜南方,更意味着制约美国工业发展的障碍已经被扫清,从此美国进入经济高速发展的时代。不可否认,经济的发展,往往伴随着腐败、剥削、垄断、投机与堕落等一系列问题,但同样不容忽视的问题是美国经济的发展造就了许多富人。这类腐败、剥削与垄断让很多人获得了成功,让他们实现了美国梦。美国自然主义就是对这些社会与经济问题的直接回应。[1] "美国自然主义的兴起源自社会和经济问题,其中并无某一显著的外来影响,这一点使它有别于欧洲自然主义运动。"[2]

　　令人遗憾的是,美国自然主义文学思想的研究多少有些被研究者所忽视。在美国文学的研究中,美国自然主义文学的研究频繁见诸纸端,但美国自然主义文学思想的研究大部分时间处于无人关注的状态。这种状态既与法国自然主义的传统太过强势有关,又与美国自然主义文学

------

　　① 参见利里安·R. 弗斯特、彼得·N. 斯克爱英:《自然主义》,任庆平译,北京:昆仑出版社,1989 年,第 40 页。
　　② 利里安·R. 弗斯特、彼得·N. 斯克爱英:《自然主义》,任庆平译,北京:昆仑出版社,1989 年,第41 页。

思想不成体系有联系。由于美国自然主义文学在美国文学史与世界文学史上都具有独特的价值,而美国的自然主义文学又与美国的自然主义文学思想具有密不可分的联系,所以无论是为了更好地研究美国自然主义文学,还是为了更好地梳理西方自然主义文学思想史,都有必要研究美国自然主义文学思想。此外,由于美国自然主义文学思想具有浓厚的美国性,因此研究它也有利于让读者更好地认识美国的某些特征。

本章的研究对象是美国自然主义文学思想的杰出代表克莱恩、诺里斯、德莱塞、辛克莱的文学思想。克莱恩的文学思想位于现实主义与自然主义之间,诺里斯倡导自然主义要兼备精确与真实,德莱塞主张文学要"讲真话",辛克莱在美国提倡"马克思式"的自然主义。在以下的行文中,将尽可能归纳出克莱恩、诺里斯、德莱塞与辛克莱的自然主义文学思想。

第一节

斯蒂芬·克莱恩站在现实主义与自然主义之间

研究斯蒂芬·克莱恩(Stephen Crane, 1871—1900)的自然主义,需要面对三个挑战:第一,克莱恩生前公开出版的作品涉及的几乎都是现实主义,几乎没有论述自然主义的变化;第二,克莱恩的文学作品中存在自然主义思想及其表现的技巧,但是将其合理地归纳、提炼,让其显示出逻辑,难度不小;第三,在现实主义、浪漫主义和印象主义、表现主义等交汇处,剥离出克莱恩自然主义的意义与价值,也有难度。挑战一主要是材料方面的问题,其他挑战主要是对研究者素养的挑战。解决这三个挑战的可行方案是把克莱恩的文学思想作为美国现实主义、自然主义与现代主义文学思想发展的过渡环节,在过渡处诠释他的自然主义。拉尔斯·阿内布林克(Lars Ahnebrink)在《美国小说的自然主义的开端:关于哈姆林·加兰、斯蒂芬·克莱恩和弗兰克·诺里斯所受某些欧洲影响的研究》(*The Beginnings of Naturalism in American Fiction: A Study of the Hamlin Garland, Stephen Crane, and Frank Norris with Special Reference to Some European Influences*，1961，后简称为《美国小说的自然主义的开端》) 的第四章第四节"斯蒂芬·克莱恩与他的文学信条"中，翔实地考证了克莱恩的现实主义与自然主义诗学。阿内布林克最后得出的结论是：

> 克莱恩的文学信念……在理论上，他是现实主义者——而不是自然主义者。然而，在实践中，他的自然主义故事，例如《街头女郎玛吉》和《乔治的母亲》(*George's Mother*, 1896)，超越了詹姆斯、豪威尔斯的现实主义，加兰的写真实主义。[①]

阿内布林克的研究很有见地，但如何深化这一观点，值得思考。本节将主要从克莱恩文学思想演进的维度，深化阿内布林克的见解。

一、克莱恩与豪威尔斯现实主义的相遇

生于 1871 年的克莱恩从事文学创作之时正是美国现实主义蓬勃发展之际。1893 年他以笔名约翰斯顿·史密斯(Johnston Smith) 自费出版《街头女郎玛吉》，虽然不被普通读者所认可，却受到当时美国著名作家加兰与豪威尔斯的热烈赞赏。豪威尔斯认为："克莱门斯先生做不到的，克莱恩先生做到了。"[②] 1894 年 4 月 15 日，《费城新闻》(*Philadelphia Press*) 引用了豪威尔斯对《街头女郎玛吉》的评价。

> 迄今为止，斯蒂芬·克莱恩写了一部小说，我认为《街头女郎玛吉》作为对纽约贫民区生活的研究，是一本非常精彩

[①]　Lars Ahnebrink, *The Beginnings of Naturalism in American Fiction: A Study of the Hamlin Garland, Stephen Crane, and Frank Norris with Special Reference to Some European Influences*, New York：Russell & Russell Inc., 1961, p. 155.

[②]　朱刚：《新编美国文学史》(第二卷)，上海：上海外语教育出版社，2002 年，第 133 页。

的作品。这本书的某种现实主义（realism of a certain kind）是如此之多，以至于我们不想把它放在我们客厅的桌子上，但我希望任何一本书都能完全地像《街头女郎玛吉》一样，安全地说实话。①

1895 年，豪威尔斯在《哈珀周刊》（*Harper's Weekly*）的生活与读者专栏再次论及克莱恩的《街头女郎玛吉》。

> 上周我谈到了崔米·法邓（Chimmie Fadden）故事的作者，以"粗野的"纽约方言所写的作品，但斯蒂芬·克莱恩在《街头女郎玛吉》的故事中已经以这样的纽约方言进行写作。《街头女郎玛吉》几年前被出版，但不能说它已经出版，它几乎没被认可。这本书受到冷遇，因为它令人沮丧，并不是它讲了污秽的真相，而是有教养的耳朵听不惯这种粗野的方言。这种方言书写的文本存在大量的污言秽语。书中所有的良知与艺术气息都不能拯救它自己。它将来也许不被世人所知，但它也许体现了尚未为文坛认可的最粗野的方言特征。②

豪威尔斯对克莱恩的《街头女郎玛吉》评价很高，认为它是现实主义文学的杰出成就。在与马克·吐温的对比中，豪威尔斯指出克莱恩开掘了马克·吐温尚未触及的题材。作为文坛的领袖，豪威尔斯重视《街头女郎玛吉》对美国纽约贫民区的描写，认为这推动了美

① Edward Marshall, "A Great American Writer," *Philadelphia Press*, 15 April, 1894. 转引自 George Monteiro, "Introduction," in *Stephen Crane: The Contemporary Reviews*, edited by George Monteiro, Cambridge：Cambridge University Press, 2009, p. xiii。

② William Dean Howells, "Life and Letters," *Harper's Weekly*, 8 June, 1895. 转引自 George Monteiro, "Introduction," in *Stephen Crane: The Contemporary Reviews*, edited by George Monteiro, Cambridge：Cambridge University Press, 2009, p. xiii。

国现实主义文学的发展。这里存在一个令人困惑的问题,即豪威尔斯赞扬书写底层人民的现实主义似乎与他所主张的"微笑现实主义"相抵牾。"微笑现实主义"是豪威尔斯在《批评与小说》中提出的观点,最初发表于 1886 年 9 月的《哈珀月刊》上。[①] 至 1888 年,这一观点似乎有所改变。在他 1888 年 10 月写给詹姆斯的一封信中能够发现他对美国的批判与不满:"我自己对'美国'并不十分满意。它似乎是天底下最荒唐、最不符合逻辑的东西。我以为,我对美国感情单薄是因为它不让我爱它。我并不愿意借助笔墨充分表述我那些放肆的社会观念。"[②]

根据阿内布林克的梳理,克莱恩 1894 年 10 月 28 日在《纽约时报》(*The New York Times*)上发表采访豪威尔斯的报道,标题是"现实主义者们必须等待的忧虑"(Fears Realist Must Wait)。"与威廉·迪恩·豪威尔斯进行了一场有趣的谈话。这名杰出的小说家依然坚守现实主义的信仰,但怀疑现实主义是否已经到来。最近几个月他已经在这个国家文学的脉搏中观察出改变——一股反动的风。"[③]这篇文章后来被收录到《斯蒂芬·克莱恩:散文与诗歌》(*Stephen Crane: Prose and Poetry*, 1984)中,标题为《豪威尔斯担心现实主义者必须等待》("Howells Fears the Realists Must Wait")。克莱恩对豪威尔斯的报道,可以概括为如下内容:首先,小说写作应该有目的,但不是说教。豪威尔斯"相信每部小说应该有目的……但在另一方面,小说绝不应该说教、痛斥与怒骂",阿内布林克把这段话概括为:"在这场采访中,豪威尔斯被报道,主张小说本应该有目

---

① 参见 William Dean Howells, "Selection from the 'Editor's Study'," in *Documents of American Realism and Naturalism*, edited by Donald Pizer, Carbondale and Edwardsville: Southern Illinois University Press, 1998, p. 75。

② Mildred Howells, ed., *Life in Letters of William Dean Howells*, New York: Doubleday, Doran, 1928, p.417.转引自 Larzer Ziff:《一八九〇年代的美国——迷惘的一代人的岁月》,夏平等译,上海:上海外语教育出版社,1988 年,第48 页。

③ 转引自 Lars Ahnebrink, *The Beginnings of Naturalism in American Fiction: A Study of the Hamlin Garland, Stephen Crane, and Frank Norris with Special Reference to Some European Influences*, New York: Russell & Russell Inc., 1961, p. 155。

的,但不应该是说教。仅仅为了娱乐人民大众而写作的作家是不值得任何作家尊重的作家。"①克莱恩的报道可作如下解读:首先,豪威尔斯批判通俗文学;其次,豪威尔斯认为现实主义文学应该描写日常生活。根据克莱恩的报道,豪威尔斯认为"小说的责任是以尽可能精确的术语,用绝对明晰的均衡感(sense of proportion),描绘日常生活"②。最后,高雅的现实主义文学与以娱乐为目的的历史罗曼司处于对立的状态。在报道中,克莱恩认为现实主义文学面临某种危机,危机源自历史罗曼司在美国文学中有复苏的迹象。"例如去年的冬季,似乎现实主义将捕捉一些事情,但我认为最近看到了即将到来的反对浪潮,一种不同于现实主义的浪潮——事实上是一种抗拒。"③阿内布林克认为所谓的浪潮指19世纪90年代非常有影响力的历史罗曼司。④

二、文学追求真实的困境

克莱恩已经公开发表的文字与私人书信等资料显示,现实主义是他文学思想的一部分。他总结自己的创作目标:"我大部分的散文创作,其目标部分地在现实主义这个被误解与误用的词语中被描述。"⑤他认为作家应该接近生活与现实,但这是一个美好的理想,可以一直向现实与生活的象限靠拢,但是又不可能抵达。

---

① Lars Ahnebrink, *The Beginnings of Naturalism in American Fiction: A Study of the Hamlin Garland, Stephen Crane, and Frank Norris with Special Reference to Some European Influences*, New York: Russell & Russell Inc., 1961, p. 151.

② Stephen Crane and J. C. Levenson, *Stephen Crane: Prose and Poetry*, New York: The Library of America, 1984, p. 616.

③ 同②。

④ 参见 Lars Ahnebrink, *The Beginnings of Naturalism in American Fiction: A Study of the Hamlin Garland, Stephen Crane, and Frank Norris with Special Reference to Some European Influences*, New York: Russell & Russell Inc., 1961, p. 151。

⑤ Stephen Crane, *The Red Badge of Courage*, Mod. Lib. ed., New York, 1925.转引自 Lars Ahnebrink, *The Beginnings of Naturalism in American Fiction: A Study of the Hamlin Garland, Stephen Crane, and Frank Norris with Special Reference to Some European Influences*, New York: Russell & Russell Inc., 1961. p. 152。

　　克莱恩曾被当时的文坛领袖豪威尔斯所欣赏,也曾极力主张发展现实主义。他称豪威尔斯与加兰为"文学之父",称保卫现实主义之战是"一场美丽的战争"①。他大约在 1896 年给莉莉·布兰登女士(Miss Lily Brandon)写过一封信,主张文学要接近现实与生活。

　　　　你知道,当我离开之时,我宣布远离文学中的聪明学派。在我看来,与坐下来冥思苦想机智的权宜之计相比较,生活中一定有更美好的办法。因此我曾独立地发展出一点儿艺术原则,还以为它是不错的原则。后来我发现我的原则与豪威尔斯与加兰的原则相一致,在这种方式下,我卷进了一场美丽的战争。这场战争的一方主张,当我们最大限度地接近自然与真理,艺术就是人为自然选择的替代物,在艺术中我们是最成功的艺术家;另一方,我不知道他们说什么……他们讲得不多,但是邪恶地把加兰和我排除在大杂志之外。②

　　"尽管克莱恩的创作思想难以归纳统一,但有一个创作基本点是他一生都坚持的。这就是,文学要接近生活,接近现实。"③在此基础上我们认为,文学要接近现实与生活的思想,既是他明确提出的文学思想,也是他能被当时美国主流的现实主义文学小说家接受与认可的重要原因。

　　这封信表明他思考了一些基本文学观念,也批判了当时的一些观

　　①　这句话来自 1896 年克莱恩写给莉莉·布兰登的信,其具体日期已经不可考。经 Ames W. Williams 的允许,阿内布林克复制了这封信的内容。转引自 Lars Ahnebrink, *The Beginnings of Naturalism in American Fiction: A Study of the Hamlin Garland, Stephen Crane, and Frank Norris with Special Reference to Some European Influences*, New York: Russell & Russell Inc., 1961, p. 61。
　　②　同①,第 151—152 页。
　　③　方成:《美国自然主义文学传统的文化建构与价值传承》,上海:上海外语教育出版社,2007 年,第 158 页。

念。他认为自己的文学观念与当时文坛领袖豪威尔斯和加兰的文学观念有很多相似的地方。阿内布林克认为："这封信显示克莱恩欣赏豪威尔斯和加兰,协助他们为美国的现实主义而战。克莱恩的文学理论也在许多方面与这两位作家所倡导的理论相一致。"①显而易见,在克莱恩看来,他参加现实主义之战,根本原因是豪威尔斯与加兰的文学观念能与他的文学思想相契合,而不是为了获得文坛前辈的认可。

克莱恩加入现实主义之战的根本原因,可以从这封没有日期的信入手进行更加详尽地解读。"当我们最大限度地接近自然与真理,艺术就是人为自然选择的替代物,在艺术中我们就是最成功的艺术家。"这里的自然是大自然吗? 如果是,那么克莱恩似乎是说作家接近大自然,其作品就是大自然的替代物,顺理成章,我们就变成了艺术家。不可否认,这样的理解是一种可能。但是这种理解面临两个方面的困境:一方面,这种文学观念明显与豪威尔斯和加兰的文学思想相抵牾;另一方面,这种理解与克莱恩在1895年所表述过的文学观念相冲突。1895年克莱恩曾经给《莱丝里周刊》(*Leslie's Weekly*)的编辑写过一封信,谈到他的艺术信念:"我感觉到,作家越接近生活,他作为艺术家就越伟大……"②在这封信中,克莱恩认为作家应该以生活作为创作的基础,生活是作家的不竭动力。中国学者方成认为阿内布林克对信中的这句话的解读是:"克莱恩不但反对他所生活的那个时代的社会环境,而且讨厌温雅文学传统那种虚伪的自我满足。他抨击美国文

---

①　Lars Ahnebrink, *The Beginnings of Naturalism in American Fiction: A Study of the Hamlin Garland, Stephen Crane, and Frank Norris with Special Reference to Some European Influences*, New York: Russell & Russell Inc., 1961, p. 152.

②　Stephen Crane, *The Red Badge of Courage*, Mod. Lib. ed., New York, 1925.转引自Lars Ahnebrink, *The Beginnings of Naturalism in American Fiction: A Study of the Hamlin Garland, Stephen Crane, and Frank Norris with Special Reference to Some European Influences*, New York: Russell & Russell Inc., 1961, p. 152。

根据方成的考证,这句话原出自"克莱恩1895年给《莱丝里周刊》(Leslie's Weekly)的编辑的信件",他转引自Milne Holton, *Cylinder of Vision: The Fiction and Journalistic Writing of Stephen Crane*, Baton Rouge: Louisiana State University Press, 1972, p. 55。

学的传统创作标准,反对追求轰动效应或煽情主义,讨厌生活轻喜剧
与浪漫主义,因为这一切都远离他对生活的理解。他渴望'简洁、直接
的艺术',贴近生活,表现个体真实。"①核对阿内布林克的《美国小说
的自然主义的开端》,可以发现,这并不是他解读克莱恩写给《莱斯里
周刊》信件的内容,而是对克莱恩文学思想的概括。

如何理解"当我们最大限度地接近自然与真理"呢? 问题的关键在
于如何理解"自然"的语义。美国学者 A. O. 洛夫乔伊(A. O. Lovejoy)
1927 年发表在《现代语言评论》(*Modern Language Review*)上的文章
《作为美学规范的"自然"》("'Nature': As Aesthetic Norm"),虽然是
以 17 至 18 世纪作为语义分析的时间范围,但对理解 19 世纪的自然
概念,依然很有帮助,因为在这 200 年左右的时间内,自然概念的内涵
与外延发生了变化,但有些含义没有改变。按照洛夫乔伊的理解,作
为美学规范的"自然"可指"艺术作品的要素",其中就包括"文学现实
主义,忠实地再现客观对象或被模仿的事件"②。根据洛夫乔伊的界
定,克莱恩讲的"自然"应该是对现实主义文学观念的表述。

作家一生也许都面对一种困境:一方面,他必须依据现实与生活
进行创作,这就要强调创作中的真实属性;另一方面,一些作家意识到
作家笔下的现实只是现实的一部分,而不是现实的全部。在美国作家
中,克莱恩与诺里斯是较早认识到这种困境的两位作家。作家所描写
的现实,其实只是作家接触到的现实或观察到的现实,从范围上讲,这
种现实也不是现实的全部。在某种意义上,作家所描述的现实只能在
象征的意义上作为现实,才可能具有一种普遍性的意义。作家即使只

---

① Lars Ahnebrink, *The Beginnings of Naturalism in American Fiction: A Study of
the Hamlin Garland, Stephen Crane, and Frank Norris with Special Reference to Some
European Influences*, New York: Russell & Russell Inc., 1961, 第 151—152 页。此处采
用方成的译文,请参见方成:《美国自然主义文学传统的文化建构与价值传承》,上海:
上海外语教育出版社,2007 年,第 158 页。译文略有调整,把"斯雅文学"改为"温雅
文学"。

② A. O. 洛夫乔伊:《观念史论文集》,吴相译,南京:江苏教育出版社,2005 年,
第 70 页。

把很小的范围作为自己的描写范围,也无法描写出现实的全部。倘若作家执意如此描写,事无巨细,那么就会以伤害作品的艺术性作为代价。认识作家能力的局限和语言文字表达的局限,利用这种局限,从而更好地进行创作,在某种意义上,克莱恩对于作家与生活的论述,对今日的作家仍然有启示。

三、反对说教

克莱恩在比较托尔斯泰与左拉的时候,对二者的创作特征有过准确的总结:托尔斯泰说教;左拉真实,但笔端缺少节制。克莱恩在采访豪威尔斯时,豪威尔斯曾主张作家写作要有目的,但目的不应该是说教。克莱恩赞同豪威尔斯的观点。按照阿内布林克的考证,克莱恩写出第一部成功的战争小说后,曾经给他的朋友写过一封信,其中论及文学是否应该说教,内容如下:

> 我一直非常仔细,不让我的任何理论或我所偏爱的理论偷偷进入我的作品。说教对文学艺术是致命的伤害。我努力奉献给读者生活中的某一层面;并且如果生活中有任何道德或教训的内容,我也不会凸显它们。我让读者自己发现它们。这个结果令读者与我自己都很满意。正如爱默生所言:"故事下面应该有很长的逻辑,但应该让它不易被察觉。"①

克莱恩认为文学应该避免说教,即使材料中有说教的成分,也不要凸显出来,而要让它们自然地隐藏在故事中,留下蕴藉的空间,留给读者自己去体悟。在克莱恩看来,托尔斯泰偏爱说教的风格,损害了作品的艺术成就。克莱恩在 1897 年对托尔斯泰有如下的评价:"我承

---

① Anonymous, "Some Letters of Stephen Crane," *Academy*, LIX (August 11, 1900), p. 116.

认托尔斯泰小说的一些结论和演讲的一些结论是他插进去的结论,让我感到他把自己的天才看作结尾的方式。"① 克莱恩肯定《安娜·卡列尼娜》(*Anna Karenina*, 1877)是一部优秀的著作,但这部小说"太长,因为他必须停下来说教,但它是一部绝好的著作"②。他认为《战争与和平》(*War and Peace*, 1869)与《塞瓦斯托波尔》(*Sebastopol*, 1855)的说教在艺术方面处理得也不得体。③ 克莱恩对左拉的《娜娜》(*Nana*, 1880)的评价也极为有趣。他认为左拉是一位真实的作家,但又认为左拉下笔不能休,导致篇幅冗长。"左拉是一个真实的作家,但他是一个优秀的作家吗? 他把一件事附在另一件事上,他的故事以此展开,但我发现他有点令人厌倦。"④真实是克莱恩评价文学非常重要的标准,以此评价左拉,可以看出他对左拉的欣赏,但他也对左拉"下笔不能休"的做法提出了批评。阿内布林克认为克莱恩倡导创作短篇小说,这是他批评左拉下笔没有节制的原因。⑤

四、真诚面对禁忌题材

克莱恩认为作家表现生活应具备一种真诚(sincerity)的品质。克莱恩以前,现实主义文学理论往往关注表现现实生活。表现现实生活并不意味着所有的现实生活都可以进入作家创作的视野。换句话说,现实生活是被选择的现实生活。不符合伦理道德观念的现实生活是

---

① Anonymous, "Some Letters of Stephen Crane," *Academy*, LIX (August 11, 1900), p. 116.

② Thomas Beer, *Stephen Crane: A Study of American Letters*. New York: Alfred A. Knopf, 1923, p. 157. 转引自 Lars Ahnebrink, *The Beginnings of Naturalism in American Fiction: A Study of the Hamlin Garland, Stephen Crane, and Frank Norris with Special Reference to Some European Influences*, New York: Russell & Russell Inc., 1961, pp. 153 – 154。

③ 参见 Lars Ahnebrink, *The Beginnings of Naturalism in American Fiction: A Study of the Hamlin Garland, Stephen Crane, and Frank Norris with Special Reference to Some European Influences*. New York: Russell & Russell Inc., 1961, p. 154。

④ 同②。

⑤ 同③。

禁区,不能写。克莱恩提出了作家应该真诚地表现生活,在美国文论史乃至西方文论史,都对现实主义文学思想构成了冲击与挑战,因为他试图突破现实主义为文学创作所设立的禁区。

阿内布林克认为"豪威尔斯、加兰、克莱恩、诺里斯,都为解放美国文学而奋斗,他们因要求作家真实(truthfulness)与真诚而被联系在一起"[1]。他还认为"最重要的是,克莱恩把真实看作最重要的原则。作者应该忠实于自己、忠实于身边的生活"[2]。阿内布林克敏锐地察觉到"真实"与"真诚"在克莱恩的文学思想中具有某种联系。在某种意义上,作家越接近生活,作家也就越接近真实,接近得越多越真实。需要强调的是:接近只是让表现真实具有可能性,而让可能性变为必然性就必须对作家有所要求。虽然现实主义强调的是日常生活中的普通人、普通事,但通常避开日常生活中饮食男女的性问题、人的兽性问题、人的堕落问题等。克莱恩认为作家应该忠实于自己,客观再现这些问题。

> 我的文学生涯中,有一样东西令我极为高兴——尽管简明却又可耻——它是有见识的人相信我真诚(sincere)……因为我带着自己的眼睛来到这个世界上借此理解人,他一点也不为他的个人诚实的品质负责。坚守诚信(honesty)是我最大的雄心。涉及诚信时,一种崇高的自我中心主义是存在的。然而,我并不是说我诚信,我仅仅讲我像一个有缺陷的机械一样,几乎是诚信的。我认为生活中的这个目标是唯一值得的事情。人在这个目标中确实会失败,但失败中依然存在一些事情。[3]

---

① Lars Ahnebrink, *The Beginnings of Naturalism in American Fiction: A Study of the Hamlin Garland, Stephen Crane, and Frank Norris with Special Reference to Some European Influences*, New York: Russell & Russell Inc., 1961, p. 153.

② 同①,第 152 页。

③ Anonymous, "Some Letters of Stephen Crane," *Academy*, LIX (August 11, 1900), p. 116.

这一则材料讲了三个方面的内容。第一,克莱恩因为诚实被有见识的人赞扬。有见识的人或许是豪威尔斯与加兰。第二,克莱恩认为诚信(honesty)是他作为作家最大的追求。在克莱恩的文学理论中,"诚信"与"诚实"是可以交替使用的概念。第三,克莱恩认为在生活或创作中诚实是一种终极追求。之所以是终极追求,是因为难,有情有欲的人做不到,所以才值得追求。科莱特·贝克尔(Colette Becker)与让·贝西埃(Jean Bessière)对类似克莱恩等作家不停地强调作家的"真诚""诚实"等问题的原因,有过极为透彻的分析。

> 如果说现实主义者使文学向截至当时以平庸、庸俗、粗野或毫无意义而闻名的主题(下层阶级、身体、疾病、疯癫、生理痛苦等)开放,他这样做并非出于调唆,出于惊世骇俗的趣味,而是为了满足真实的要求,为了全面地揭示真实。然而,社会指责他们不道德,对他们进行新闻审查,审判他们。道德何在?[①]

克莱恩不停地强调自己是一个真诚与诚实的人,自然可以被解读为这是为《街头女郎玛吉》辩护。他期待人们理解这本书的初衷是真诚地书写现实主义尚未开发的题材。不可否认,以作家描写对象与内容判定作家人品高下的做法,并不能令人信服。但可以理解的是,抨击作家人格的做法给作家的生活与声誉造成了许多不利的影响。也许是一种无奈,克莱恩只有强调自己道德上的真诚,才能让读者理解与接受。"现实主义作者首先应该以其严肃性征服读者,使读者相信他的叙述是真实的,有据可查。"[②]克莱恩希望读者理解,贫民窟妓女的生存状态、人类原始的兽性等问题都是人类生活中的真实,只是我们不愿意面对而已。如此为自己辩护的方式也被德莱塞使用过。由于出

---

① 科莱特·贝克尔、让·贝西埃:《现实主义》,载让·贝西埃等编《诗学史》(下),史忠义译,开封:河南大学出版社,2010年,第436页。

② 同①。

版《嘉莉妹妹》受到人们的道德攻击,德莱塞在《真正的艺术要表现得直截了当》中提出要"讲真话"①,努力为自己辩护。

五、克莱恩小说创作中的自然主义属性

阿内布林克认为,"讨论克莱恩文学理论的材料很少,除了他作品的暗示之外,一些书信,加上至少有一篇文章,对其文学信念给过一些信息"②。在这个意义上,美国著名文学批评家布拉德伯利认为克莱恩是"一个伟大的艺术家,较弱的理论家"③,是有一定道理的。由于克莱恩对自己的自然主义文学思想只有寥寥几笔,缺少深入的解释,而他的小说与诗歌却不断暗示自然主义的文学思想,这必然要求深入分析克莱恩的小说与诗歌,从这些作品中归纳文学思想,并与其有限的自然主义文学思想论述相互对观与比较,最后提炼其自然主义文学思想。

(一) 环境塑造人

在克莱恩的小说中,环境决定人的命运。环境决定论是自然主义的核心原则。自然主义文学思想家左拉曾经分析过环境重要的两个原因:一是自然主义小说家们"投身于详情的描写加上环境来补足人物的公式的缘故"④;二是与对人的理解有关。自然主义者认为人"是能思想的动物,是大自然的组成部分,处于他所生长和生活的土壤的种种影响之下,这就是何以某种气候,某个国家,某个环境,某种生活条件,往往都会具有决定性的重要作用"⑤。左拉讲的第一个原因是从环境与人物关系的维度讲述环境在小说书写技巧方面的重要性,第

---

① 德莱塞"讲真话"的诗学,请参见本章第三节的内容。

② Lars Ahnebrink, *The Beginnings of Naturalism in American Fiction: A Study of the Hamlin Garland, Stephen Crane, and Frank Norris with Special Reference to Some European Influences*, New York: Russell & Russell Inc., 1961, p. 150.

③ 马尔科姆·布拉德伯利:《美国现代小说论》,王晋华译,太原:北岳文艺出版社,1992 年,第 11 页。

④ 左拉:《戏剧中的自然主义》,载朱雯等编选《文学中的自然主义》,上海:上海文艺出版社,1992 年,第 199 页。

⑤ 同④。

二个原因是自然主义崇尚实证主义。正如前文所讲,克莱恩对左拉的作品与文学思想应该有一定的了解,也接受了左拉的环境决定论。在克莱恩的小说世界中,人是受环境影响的动物,而不是有批判性思维的主体。人仿佛被抛弃到这个世界上,像海上的一叶孤舟,随波逐流,无法主宰自己的命运。这些思想在《红色的英勇标志》(*The Red Badge of Courage*, 1895)和《街头女郎玛吉》中体现得非常明显。他在赠给加兰的《街头女郎玛吉》的题词中明确表达了环境决定论的思想。

> 这本书免不了使你感到大为震惊。可是请你务必鼓起最大的勇气继续下去,一直读到底。因为这本书企图表明,<u>环境是世界上的一个强有力的东西,它不管怎样,总是在塑造着人们的一生</u>。如果一个人证明这一点,他就为各式各样的灵魂(特别像偶然碰到的一位街头妓女之类)在天堂里安排了一席之地,而不少出类拔萃的人士并不是有把握地认为这些灵魂也会进入天堂。①

我们可以从题词中分析出以下内容:1) 世人对这本书的不理解导致他的忧虑;2)《街头女郎玛吉》的创作目的;3) 受环境影响的人有进天堂的权利。题词的核心内容是环境塑造决定人的一生。这个说法已经充分表明克莱恩赞同自然主义环境决定论的主张。

《街头女郎玛吉》的环境由两个世界构成:家庭世界与朗姆巷世界。家庭的世界由玛吉、吉米、汤米、父亲老约翰逊和母亲构成,这是作品聚焦的核心。朗姆巷世界是一个贫民窟的世界,由酒吧伙计皮特、街坊的老太太、其他的街坊邻居、朗姆巷的小孩、魔王街的小孩以及与玛吉家相接触的人构成。朗姆巷的环境又决定了玛吉一家的命运。

《街头女郎玛吉》开篇的第一句是:

---

① Edwin Harrison Cady, *Stephen Crane*, New York: William Sloane Associates, 1962, p. 108. 转引自 Larzer Ziff:《一八九〇年代的美国——迷惘的一代人的岁月》,夏平等译,上海:上海外语教育出版社,1996 年,第 196 页。引文的画线是笔者所加。

"A VERY LITTLE BOY stood upon a heap of gravel for the honor of Rum Alley."①

("一个小小的男孩站在一堆砾石上面,正为捍卫朗姆巷的荣誉而战斗。")②

这句话可以被解读为捍卫朗姆巷与哀悼朗姆巷。小男孩、砾石、朗姆巷世界是解读这句话的关键词。在《街头女郎玛吉》中,小男孩是被第一个提到的人。从后文可知,这个小男孩是吉米。用小男孩而不是吉米作为小说的开始,意在强调这个小男孩是众多朗姆巷男孩中的一个,这样的男孩不是个例,而是有很多。朗姆巷对应的英文是 Rum Alley,朗姆是根据音译的方式得出的译名。Rum 的含义是朗姆酒,那么 Rum Alley 则可以被理解为喝酒的小巷、酒鬼众多的小巷。小男孩吉米为朗姆巷的荣誉而战斗,就是为了酒巷子而战斗。詹姆斯·R. 贾尔斯(James R. Giles)认为"暴力弥漫在克莱恩的文本中,开篇就表明暴力将继续。朗姆巷与魔王街的小男孩为了地盘而战,揭露出植根于邻里矛盾与冲突的道德困境。然而克莱恩在某种程度上把这个文本中弥漫的暴力想象为鲍厄里街③(Bowery)居民及其贫穷的症候。这个文本的描写与其说是全局性的,不如说是隐喻性的。朗姆巷和魔王街的名字承载着哥特式的含义,特别是当你想起流行的短语酒鬼(demon rum)时"④。在此基础上,贾尔斯认为小男孩吉米为一个酒鬼满地的地方而战斗是荒谬的,充满反讽的意味。⑤ 不可否认,暴力充斥

---

① Stephen Crane and J. C. Levenson, *Stephen Crane: Prose and Poetry*, New York: The Library of America, 1984, p. 7.

② 斯蒂芬·克莱恩:《街头女郎玛吉》,孙致礼译,沈阳:辽宁教育出版社,2000年,第1页。

③ 鲍厄里街是纽约一个充斥着酒徒的街区。

④ James R. Giles, "The Grotesque City, the City of Excess, and the City of Exile," in *The Oxford Handbook of American Literary Naturalism*, edited by Keith Newlin, New York: Oxford University Press, 2011, p. 324.

⑤ 参见 James R. Giles, "The Grotesque City, the City of Excess, and the City of Exile," in *The Oxford Handbook of American Literary Naturalism*, edited by Keith Newlin, New York: Oxford University Press, 2011, p. 324。

于《街头女郎玛吉》，研究暴力确实有其合理性。然而，另一个不能忽视的维度也许是更为重要的，即环境对人的影响。在《街头女郎玛吉》中，小男孩形象除了讽刺朗姆巷世界以外，还有捍卫、哀悼朗姆巷的含义。"为了朗姆巷的荣誉"，英语原文是"for the honor of Rum Alley"，孙致礼的翻译加上了"战斗"，察觉到下文中朗姆巷与魔王街小孩子之间的战斗，但是忽略了克莱恩"为了朗姆巷的荣誉"中存在的也许更深刻的内涵：小男孩吉米为捍卫酒鬼之街朗姆巷而进行"战斗"。另外一个有趣的词是砾石（gravel），这个词也有坟墓的含义。那么整个句子可以理解为：小男孩站在坟墓上，正捍卫酒鬼之街朗姆巷的荣誉。小男孩的父亲是酒鬼、母亲是酒鬼、隔壁的老太太也酗酒，在这样的环境的影响下，小男孩吉米长大后也酗酒。家庭与朗姆巷都充满了酗酒之人。吉米的弟弟在第四章中去世，然后父亲老汤姆逊去世，最后是玛吉的去世。了解这些以后，那么小说开篇的吉米站在坟墓之上也可以是在哀悼生活在朗姆巷的人。他们靠酒精麻醉自己，对改变外在的世界无能为力，只能在这个残酷的世界中等待死亡的降临。在某种意义上，环境决定了吉米的命运。小男孩吉米是朗姆巷世界的产物，既捍卫这个世界，也哀悼这个世界。

　　《街头女郎玛吉》以玛吉为中心可以分为三部分：第一至四章讲述玛吉成年以前，第五至十七章讲述玛吉的堕落与死亡，第十八至十九章讲述玛吉死后的事情。第一至四章描写的朗姆巷已经为全书定下了叙事的基调：贫穷、暴力、酗酒，令人触目惊心，吞噬着弱小的人。在这个环境下，弱小者注定死去。作者虽然以温情的笔调描述这个残忍的世界，但是残忍的法则一直是叙述的主调。这种温情而残忍的笔调让人对弱小者的命运黯然伤神。按照克莱恩的叙述，第一个死去的人是最小的孩子汤米。"汤米死了。他给装进一具小棺材送走了，一只蜡黄的小手里还抓着一朵花，那是姐姐玛吉从意大利人那里偷来的。"①（"THE

---

　　① 斯蒂芬·克莱恩：《街头女郎玛吉》，孙致礼译，沈阳：辽宁教育出版社，2000年，第12页。

BABE, TOMMIE, died. He went away in a white, insignificant coffin, his small wax hand clutching a flower that the girl, Maggie, had stolen from an Italian.")①克莱恩简明的语言中蕴含着爆炸性的力量。"THE BABE, TOMMIE, died"仅有四个单词,其中一个是定冠词,三个是实词,这四个词的排列组合被置于第四章的篇首,强调汤米的死,在满是酒鬼的朗姆巷死亡,不是个体的死亡,而是一种带有普遍性意义上的死亡。汤米被放在小棺材中,蜡黄的手拿着姐姐偷来的一朵花。诚然汤米的死亡,有一种可能,而且可能性很高,是时代的普遍悲剧,毕竟那个时代贫民窟的儿童死亡率很高。必须要指出的是,这类高死亡率,假若是自然的生老病死引起的死亡,自然无可非议,然而汤米的死亡,可能并不是因为贫困,而是因为生活在家庭暴力频发的家庭中,受到精神的创伤,惊恐致死。父母家庭暴力不止、"战斗不息",哥哥好勇斗狠,姐姐懦弱,无力阻挡他们。面对父母家庭暴力所营造出来的恐怖氛围,姐姐玛吉极为恐惧,弟弟汤米也是。

穿得破破烂烂的小姑娘浑身直打哆嗦。她哭得面色憔悴,两眼露出恐惧的神色。她用颤抖的小手抓住男孩的胳膊,两人把身子偎成一团,坐在一个角上。由于受到某种力量的驱使,他们的眼睛直瞪瞪地盯着母亲的脸,因为他们感到,只要母亲一旦醒来,所有的魔鬼都会从地下爬出来。他俩一直蜷缩着身子,直到黎明的迷雾来到窗口,贴近玻璃,往屋里探视着席地而卧、身子剧烈起伏的母亲。②

这是《街头女郎玛吉》第三章的最后一段。在这一段中,母亲已经

---

① Stephen Crane and J. C. Levenson, *Stephen Crane: Prose and Poetry*, New York: The Library of America, 1984, p. 7.

② 斯蒂芬·克莱恩:《街头女郎玛吉》,孙致礼译,沈阳:辽宁教育出版社,2000年,第12页。

不是爱的化身,而是人形野兽的化身。"席地而卧""身子剧烈起伏"强调的都不是母亲爱的属性,而是彰显动物的兽性。玛吉"浑身直打哆嗦""哭得面色憔悴""两眼露出恐惧"描写的都是自然主义强调的人的动物属性。"由于受某种力量的驱使"强调姐弟二人心中有爱,担心母亲的安危。令人遗憾的是,在朗姆巷这个贫民窟的世界中,关心他人就是对自己的残忍。贫民窟中的人们只能关心自己的生存,其他的都是奢望。

玛吉试图挣脱自己的命运,却被朗姆巷吞噬。生于朗姆巷的玛吉,长大后,希望"出淤泥而不染"。然而想要摆脱朗姆巷,她面临的除了堕落,就是死亡。

小姑娘玛吉在泥潭里长成了一朵花。她出落成一位漂亮的少女,成为公寓区一个极其罕见的奇迹。朗姆巷的污垢似乎与她是绝缘的。全楼上下左右的哲人们无不对此感到迷惑不解。当她还是个孩子,在街上与顽童玩耍打架时,泥土掩盖了她的容貌。只因她穿得又脏又破,不被人们所注意。①

小姑娘玛吉在泥潭里长成了一朵花,其对应的英文是"THE GIRL, Maggie, blossomed in a mud puddle."。《街头女郎玛吉》第四章的开篇"小男孩汤米死了"("THE BABE, TOMMIE, died.")与第五章的开篇存在一种结构上的呼应关系。这种对应关系向我们彰显了二者之间存在某种联系。相互呼应的形式暗示玛吉也要死去。了解清楚这一联系后,读者将会清楚作家为什么会以"小姑娘玛吉在泥潭里长成了一朵花"作为这第五章的开篇之句。"泥潭"描绘的是玛

① 斯蒂芬·克莱恩:《街头女郎玛吉》,孙致礼译,沈阳:辽宁教育出版社,2000年,第15页。译文略有改动,把"她就厌恶泥污"改为"泥土掩盖了她的容貌"。改动之处对应的英文是"dirt disguised her"。参见 Stephen Crane and J. C. Levenson, *Stephen Crane: Prose and Poetry*, New York: The Library of America, 1984, p. 24。

吉的生长环境。玛吉在这样的环境下绽放为一朵花,令街坊邻居百思不得其解。哥哥吉米对邻居们谈论玛吉的美丽多少有些不满,便对妹妹讲"'麦格,你听我说! 你得找事干了,要么去当婊子,要么去做工!'她凭着女性的本能,厌恶前一种选择,于是便决定去找工作。"①这表明玛吉出淤泥而不染,并不想做妓女。

　　玛吉是一个矛盾体,不想做妓女,但又爱慕虚荣。克莱恩在给读者的一封回信中,提及玛吉有爱虚荣的一面。② 玛吉喜欢花花公子皮特是她爱慕虚荣的开始。

　　　　皮特本是个生活拮据的酒店小伙计,第一次去她家找她哥哥时,只因穿了一件带有"双排纽扣"的蓝外套和一双"看上去像是两件兵器"的漆皮鞋,再加上油嘴滑舌,善于大吹大擂,便被她尊为"超级勇士"和"金色的太阳"。她留神大街上穿戴讲究的女人,羡慕温雅的举止,柔嫩的手掌,渴望五光十彩的首饰。③

生于贫民窟的玛吉羡慕考究的生活,为了过上这种生活,想依靠皮特却被抛弃。为了维持生计,她操起皮肉生意,却又不甘心。除了死亡这条终极归路,她还有什么路呢!

　　自然主义文学理论和实践的代表左拉,曾经明确希望自然主义者能够创造出具有优美的形式与完美的风格的文学作品。他认为福楼拜对自然主义的发展作用巨大:福楼拜"给自然主义带来了它所最缺少的最后的力量,即能帮助作品生存下去的完美而不朽的形式。从

　　① 斯蒂芬·克莱恩:《街头女郎玛吉》,孙致礼译,沈阳:辽宁教育出版社,2000年,第16页。
　　② 参见孙致礼:《第一个现代美国作家》,载斯蒂芬·克莱恩《街头女郎玛吉》,孙致礼译,沈阳:辽宁教育出版社,2000年,第2—3页。在辽宁教育出版社出版的《街头女郎玛吉》中,译者孙致礼所写的前言并没有页码,这个页码是笔者所加,将《第一个现代美国作家》的开篇作为第1页。
　　③ 同②,第3页。

此,公式已经确立下来,对新涌现的小说家们来说,他们只要在这艺术的真实大道上前进就行了。小说家们将继续巴尔扎克的调查研究,将在环境作用下的人进行深入分析方面不断前进;不过,他们同时又是艺术家,他们应当兼备独创性和文体方面的科学性,他们将以他们文风的强大生命力,赋予真实以再生的力量"①。克莱恩在创作实践中,正如前面所分析的,以优美、有韵味的语言和独特的文体形式揭露美国生活中被遮蔽的真实,近乎完美地实现了自然主义文学的创作理想。

(二) 身份真实

克莱恩注重用独特的文体传达真实——身份真实与环境真实。身份真实指克莱恩笔下人物讲的有些语言,没有被转化为书面英语,而是根据他们的发音造词。环境真实指用语言构造出贫穷、愚昧的朗姆巷世界。

克莱恩的小说追求符合人物身份的语言。在美国文学史中,地域文学是现实主义文学的重要组成部分,注重表现美国不同地域的方言特征。马克·吐温在《哈克贝利·费恩历险记》中对南方方言和黑人俚语的精彩运用,探索出以方言表现人物身份的技巧②。在此基础上,克莱恩汲取美国地域文学在方言和俚语等方面对真实的深化与探索,尝试在写作中用人物的方言表现他的身份。

《红色的英勇标志》第一章中的高个子士兵讲的生活语言,目的是表现他的身份:"We're goin' t' move t' morrah—sure," he said pompously to a group in the company street. "We're goin'' way up the river, cut across, an' come around in behind ' em."。③ 这段话的译文

①　左拉:《戏剧中的自然主义》,载朱雯等编选《文学中的自然主义》,上海:上海文艺出版社,1992年,第175—176页。

②　参见马尔科姆·布拉德伯利:《美国现代小说论》,王晋华译,太原:北岳文艺出版社,1992年,第5页。

③　Stephen Crane and J. C. Levenson, *Stephen Crane: Prose and Poetry*, New York:The Library of America, 1984, p. 81.

如下:"'咱们明天就要开拔了,真的,'他对连队驻地通道的士兵们夸夸其谈起来。'咱们要沿河而上,抄小路,再绕到他们的背后。'"①

这段高个子士兵的讲话包括了两个直接引语和一个第三人称叙述者。前者和后者是一种互补的关系,前者直接表明大个子士兵讲话的方式、其所属的阶层,后者是对前者讲述状态和细节的深化和拓展。二者共同完成对高个子士兵身份的描写。破折号以前的句子是根据高个子士兵的发音写成,试图最大限度地、真实地呈现他的身份。破折号以前的英语句子,有四个省音符号,另外还有一个疑难词"t'morrah"(即明天),共同构成了这个简单句外在的显著特征。克莱恩的这种非书面语表达方式,一方面,实现了陌生化表达效果,另一方面,这种陌生化的效果造成理解的延拓,让读者发现高个子士兵文化素养不高的身份属性。

(三) 环境真实

布鲁姆断言:"克莱恩在出版《街头女郎玛吉》之前,几乎没有遇到过鲍厄里街下层社会的生活及行为。"②这个论述的言外之意是,克莱恩的朗姆巷世界几乎是想象的产物,而不是他的经验或实地调查的产物。布鲁姆的论断颇有争议,有讨论的空间。拉泽尔·齐夫(Larzer Ziff)和保罗·索伦蒂诺(Paul Sorrentino)认为,克莱恩在雪城大学求学期间已经开始创作《街头女郎玛吉》。相比较而言,齐夫的论述比较简明扼要,后来者索伦蒂诺对此问题的研究考证更为仔细和全面。按照齐夫的研究,克莱恩 1891 年在雪城大学求学之时,已经开始着手写作《街头女郎玛吉》。"在雪城的时候,他已经开始写一部关于一名纽约街头妓女的小说《麦琪》,当时他还没有多少机会对纽约的贫民窟进

---

① 斯蒂芬·克莱恩:《红色的英勇标志》,刘世聪、曲启楠译,北京:人民文学出版社,2005 年,第 3 页。

② Harold Bloom, "Introduction," in *Maggie: A Girl of the Streets*, by Stephen Crane, edited with an introduction by Harold Bloom, Philadelphia: Chelsea House Publishers, 2005, p. 7.

行深入观察,也还没有多少机会了解妓女的实际体验。"①无论索伦蒂诺是否了解齐夫的这段论述,至少从克莱恩学术史研究而言,齐夫的研究是索伦蒂诺思考的起点或基础。索伦蒂诺在《斯蒂芬·克莱恩:激情岁月》(*Stephen Crane: A Life of Fire*,2014)中认为克莱恩于1893年正式出版《街头女郎玛吉》之前,曾修订过自己的书稿,补充了他在纽约的鲍厄里街的见闻与感受。这个书稿至少曾给加兰和威利斯·弗莱彻·约翰逊(Willis Fletcher Johnson)看过,希望得到他们的鼓励或帮助。"在阿斯伯里帕克,克莱恩在八月份之前已经向哈姆林·加兰出示了手稿的更早的版本。"②加兰向《世纪杂志》(*Century Magazine*)的编辑理查德·沃森·吉尔德(Richard Watson Gilder)推荐了这部手稿。"然而在克莱恩寄出稿件之前,他基于自己在纽约城的体验,修改手稿,加了副标题'纽约故事'(Story of New York)。"③威利斯·弗莱彻·约翰逊集作家、新闻记者、演讲者之身份于一身。此外,值得注意的是,约翰逊与克莱恩家私交甚笃。经过克莱恩的哥哥汤力(Townley)的推荐,约翰逊接受了克莱恩的作品。此后,克莱恩把《街头女郎玛吉》的草稿交给约翰逊,请他斧正。根据索伦蒂诺的推测,这件事情发生的时间应该是在1891或1892年的夏季。④ 齐夫和索伦蒂诺的研究对于我们理解克莱恩的自然主义文学思想有至关重要的作用,涉及人们如何理解自然主义文学创作中的真实性问题。如果上述的论据都有所本,那么在1892年,克莱恩的《街头女郎玛吉》已经处于待出版的状态。

　　据索伦蒂诺的考证,克莱恩1892年10月搬到纽约后,对纽约的鲍厄里街应该有所考察。在19世纪末至20世纪初,纽约、费城和波

---

① Larzer Ziff:《一八九○年代的美国——迷惘的一代人的岁月》,夏平等译,上海:上海外语教育出版社,1988年,第193页。

② Paul Sorrentino, *Stephen Crane: A Life of Fire*, Cambridge, MA and London: Belknap Press of Harvard University Press, 2014, p. 106.

③ 同②。

④ 参见 Paul Sorrentino, *Stephen Crane: A Life of Fire*, Cambridge, MA and London: Belknap Press of Harvard University Press, 2014, p. 91。

士顿是美国贫民窟现象最为严重的三个地方,其中纽约的贫民窟鲍厄里街尤为严重。① 有研究者认为克莱恩在纽约贫民窟鲍厄里街的经历,被作家创造性地写进《街头女郎玛吉》。"克莱恩于1892年10月末搬到位于纽约曼哈顿1064大街的A公寓[过去是东大街,现在是萨顿广场(Sutton Place)],他在四年纽约生活中众多住处中的第一个住所。"②"克莱恩和他的室友们探查过鲍厄里街,这里的剧院、露天啤酒馆、音乐厅提供各种类型的娱乐活动,从各种表演到古典的小歌剧。"③按照索伦蒂诺的理解,克莱恩修订《街头女郎玛吉》时,把纽约的生活体验有机地融入朗姆巷世界之中。一个最典型的例子是:克莱恩在纽约的住处时看到小孩子打架,让其印象深刻,经他加工处理后,变成《街头女郎玛吉》的开篇的第一句话。

索伦蒂诺的论述也有欠缺,例如他引用了加兰写给《世纪杂志》编辑吉尔德的信的内容,但并未给出材料的来源,降低了材料的可信度。

左拉关于想象力和现实的关系的论述现在看来依然闪耀着智慧的光芒。他在《论小说》中对想象力有过犀利批判的同时,也对在自然主义诗学下如何发展想象力,提出了建设性的见解。④

撷取你在自己周围观察到的真实事实,按逻辑顺序加以分类,以直觉填满空缺,使人的材料具有生活气息,这是适合于某种环境的完整而固有的生活气息,以获得奇异的效果,这样,你就会在最高层次上作用你的想象力。我们的自然主

① 参见 Lars Ahnebrink, *The Beginnings of Naturalism in American Fiction: A Study of the Hamlin Garland, Stephen Crane, and Frank Norris with Special Reference to Some European Influences.* New York:Russell & Russell Inc., 1961, p. 150。

② Paul Sorrentino, *Stephen Crane: A Life of Fire*, Cambridge, MA and London: Belknap Press of Harvard University Press, 2014, pp. 104-105.

③ 同②,第105页。

④ 参见左拉:《戏剧中的自然主义》,载朱雯等编选《文学中的自然主义》,上海:上海文艺出版社,1992年,第205—207页。

义小说正是将记录分类和使记录变得完整的直觉的产物。①

　　作家在观察生活的基础上,通过逻辑的分类方式,发现文本世界的断裂处,然后用想象力的方式填充断裂之处,从而把文本世界建构为艺术世界。虽然布鲁姆指出克莱恩对纽约贫民窟的切身体验是在其作品问世以后,但是这一点并不能证明克莱恩就不能写出具有真实感的贫民窟生活。人对世界的认识,可以来自直接经验,也可以来自间接经验。克莱恩现存的一些生平资料证明他对牧师家庭以外的世界有一定程度的了解。他还是一个孩子时,就非常爱打听家庭以外世界的生活:"他老是爱打听他那牧师家教显然使他无法身历其境的那种生活。"②克莱恩少年时代在纽约住过,能了解纽约城的相关信息。克莱恩的父母是卫理公会的牧师。这个教会的一个重要教义是关心底层社会人民的生活。克莱恩的父母在纽约居住时非常了解纽约底层人民的生活。"克莱恩在新泽西和纽约成长于牧师家庭环境。他的父亲,根据其所属教会的惯例,每 2 至 3 年,需要从一个职位调到另一个职位。"③克莱恩的父亲让他有机会间接了解到纽约贫民窟的生活。另外,纽约的贫民窟和新泽西的贫民窟是有共性的,这也可以为他书写纽约贫民窟提供素材。1891 年克莱恩进入了新闻行业,这也有利于他了解贫民窟的人民及其生活状况。在从事新闻行业时,他逐渐形成一种克莱恩式的写作方式:未充分掌握事物或材料,就可以运用自己天才般的想象力,把现有的材料组织成文。

　　他与其他记者不一样,把一件真人真事的故事或一篇独

---

　　① 左拉:《戏剧中的自然主义》,载朱雯等编选《文学中的自然主义》,上海:上海文艺出版社,1992 年,第 243—244 页。

　　② Larzer Ziff:《一八九〇年代的美国——迷惘的一代人的岁月》,夏平等译,上海:上海外语教育出版社,1988 年,第 191 页。

　　③ Jean Cazemajou, *Stephen Crane*, Minneapolis:University of Minnesota Press, 1969, pp. 6 - 7.

家新闻［报］道不看成从外界传来的一则消息，而是看成一篇
他呕心沥血写出来的小说。他迫不及待，没耐心等一天天发
生的事来供给他写作的材料。他对这些事件的反应是，事件
还没有发生，他先构思好了。①

尚未充分占有材料，克莱恩就可以构思成文，可见想象发挥了重要作用。

如果说上述内容可以说明克莱恩对纽约的贫民窟多少有一些了
解的话，那么他喜欢运用自己的艺术天赋，特别是想象力，加工已经了
解的贫民窟素材，这种在事实基础上以想象加工而成的文本，应该具
有真实感。克莱恩所书写的朗姆巷世界令人印象深刻。这种印象与
其独树一帜的自然主义有某种内在的联系。从开篇起，克莱恩笔下的
朗姆巷世界就充满了血腥与暴力、贫穷与愚昧、狡诈与残忍。查尔
斯·蔡尔德·瓦尔卡特(Charles Child Walcutt)主张克莱恩的《街头女
郎玛吉》"在暴力与残忍中的语境中，融合了贫困、无知和偏执，创造了
游离于幻觉与歇斯底里之间的令人恐惧的世界(a nightmarish world)。
语言通过暴力的动词、扭曲的场景和感知的转移，确立了这种氛
围"②。按照瓦尔卡特的看法，《街头女郎玛吉》开篇三页充满了如下
的一些词汇：

"咆哮的"(howling)、"疯狂的围成一圈"(circling madly
about)、"攻击"(pelting)、"疼痛而扭动身体"(writhing)、"因
战争的怒火而脸色铁青"(livid with the fury of battle)、"愤怒
的攻击"(furious assault)、"痉挛的"(convulsed)、"齐声尖叫
地咒骂"(cursed in shrill chorus)、"发疯的小恶魔"(tiny
insane demon)、"猛扔"(hurling)、"barbaric"(野蛮的)、

---

① Larzer Ziff：《一八九〇年代的美国——迷惘的一代人的岁月》，夏平等译，上
海：上海外语教育出版社，1988年，第193页。
② Charles Child Walcutt, *American Literary Naturalism: A Divided Stream*,
Westport and Connecticut: Greenwood Press, 1977, p. 67.

"smashed"（烂醉的）、"志得意满的野蛮人"（triumphant savagery）、"幸灾乐祸地看"（leer gloating）、"狂乱的"（raving）、"shrieking"（尖叫的）、"习惯性的嘲笑"（chronic sneer）、"怒火中烧"（seethed）、"踢、抓、扯"（kicked, scratched and tore）。①

瓦尔卡特的统计结果中,频繁地出现与血腥、暴力休戚相关的词语。在此需要指出的是,他的统计虽然已经能够说明克莱恩所营造的暴力与血腥的世界,但是依然有所遗漏。血腥与暴力相关词语的频繁出现为克莱恩笔下的纽约贫民窟的环境真实提供了绝好的例证。朗姆巷世界不是一种忠实的客观再现,而是用他天才的艺术直觉力,选择最令人印象深刻的典型细节进行描绘,最大限度地再现纽约的贫民窟。这是克莱恩吸收欧洲的自然主义、印象主义、表现主义、象征主义等艺术手法,结合自己的才情,发展出的克莱恩式的自然主义写作风格。布拉德伯利对此有极为清醒的认识:"克莱恩在其作品中把直面'真实事物'——处所、事实、经验——与对事物被感觉、被描述的方式的强调结合起来。"②布拉德伯利所讲的直面"真实的事物",这是普通自然主义作家的常规做法,但把事物的感觉和印象等也描述出来,则是对自然主义的突破,给读者带来了较新的阅读体验。就《街头女郎玛吉》而言,假如事无巨细地描述玛吉一家的毁灭,其内容肯定比克莱恩现在这个版本要充实,然而这是以牺牲作品的艺术表现力为代价的。正如左拉所言,自然主义并不是要放弃艺术表现力。克莱恩的作品具有巨大的艺术表现力,这是以左拉为代表的自然主义作家所希望的。这种对事物的感受和感知,我们将其称为想象。克莱恩在事物真实的基础上,运用想象,写出了独树一帜的美国自然主义的

① Charles Child Walcutt, *American Literary Naturalism: A Divided Stream*, Westport and Connecticut: Greenwood Press, 1977, p. 68.
② 马尔科姆·布拉德伯利:《美国现代小说论》,王晋华译,太原:北岳文艺出版社,1992年,第5页。

传世之作。

克莱恩是一位具有艺术天赋的作家,可惜英年早逝,令人遗憾。在理论方面,他还是在现实主义与自然主义的框架内进行思考;在创作方面,他把自然主义思想与独特的艺术表现方式相结合,推动了美国自然主义小说的发展。可惜,他还没来得及在理论上总结自己的创作经验,就已离开。

第二节

弗兰克·诺里斯倡导精确与真实兼备的自然主义

弗兰克·诺里斯(Frank Norris, 1870—1902),是美国自然主义文学的代表人物。他的小说代表作是 1899 年出版的《麦克提格:一则旧金山的故事》(*McTeague: A Story of San Francisco*)、1901 年出版的《章鱼》(*The Octopus*)、1903 年出版的《陷阱》(*The Pit*)和 1914 年出版的《范多弗与兽性》(*Vandover and the Brute*)。1903 年出版的《小说家的责任以及其他文学论文》(*The Responsibilities of the Novelist and Other Literary Essays*)表达了他的自然主义文学观。"这些内容繁杂的论文被整理成册,题为《小说家的责任以及其他文学论文》于 1903 年出版。"①中国学者盛宁称"这部专著被当时年轻作家们誉为表达他们的美学观念的宣言书"②。有鉴于此,本节将以《小说家的责任以及其他文学论文》为研究对象,探讨诺里斯的自然主义。

一、走进直觉型文学思想家弗兰克·诺里斯的世界

诺里斯不是一个学者型的文学思想家,而是直觉型的文学思想家。他理解文学思想主要依靠自己直觉式的天才,而不是依靠其他

---

① 王丽亚:《弗兰克·诺里斯的小说理论及其倡导的"美国小说"》,《外国文学研究》2004 年第 2 期,第 37 页。
② 盛宁:《二十世纪美国文论》,北京:北京大学出版社,1993 年,第 26 页。

作家和理论家阐发的文学思想。他坚持以自己的阅读体验与写作的感受来体悟文学思想,其中一些理解不乏洞见。

美国学者皮泽尔认为"诺里斯把现实主义、浪漫主义和自然主义放在辩证法中,现实主义与浪漫主义是对立的力量,而自然主义是超越性的综合"①。这是非常有见地的判断,指出了诺里斯建构自然主义的方式。但令人遗憾的是,皮泽尔的论述不够细致,没有深入论述诺里斯的批判式解读何以成为可能,更没有对其中的感性洞见予以理性的分析。在以下的行文中,我们在皮泽尔研究的基础上,做如下讨论:首先,探讨诺里斯对现实主义的理解;其次,讨论他对浪漫主义的解读;再次,分析他如何综合现实主义与浪漫主义,生成自然主义;最后,阐释诺里斯批判式解读中的洞见,将其放在欧美现实主义与自然主义的脉络中进行再解读,重新认识诺里斯自然主义。

二、追求精确的现实主义

诺里斯认为现实主义是一种如实描述日常生活的文学思想。这些思想散见于《左拉作为浪漫主义小说家》("Zola as a Romantic Writer")、《浪漫主义小说的诉求》("A Plea for Romantic Fiction")与《弗兰克·诺里斯的每周书信》("Frank Norris' Weekly Letter")中。前两篇评论涉及现实主义的描述与界定,最后一篇评论主张现实主义崇尚的"真实"原则只不过是"精确"的代名词。

豪威尔斯是美国现实主义的重要代表人物。诺里斯对豪威尔斯的现实主义有如下描述:"这是真正的现实主义。它是日常生活较小的琐事,事情可能是在午餐与晚餐之间发生的小激情、被限制的感情、客厅剧、午后拜访悲剧、喝茶危机。"②类似的表述在诺里斯的评论《浪

---

① Donald Pizer, *Realism and Naturalism in Nineteenth-Century American Literature*, New York: Russell & Russell, 1976, p. 33.

② Frank Norris, "Zola as a Romantic Writer," in *Norris: Novels and Essays*, edited by Donald Pizer, New York: Library of America, 1986, p. 1106.

漫主义小说的诉求》中也曾出现:"现实主义是小细节,它是关于一只被打碎的茶杯具、沿着街区散步的悲剧、午后拜访的激动、就餐邀请的历险。"①诺里斯察觉到豪威尔斯现实主义的重要特征,即只关注日常生活事物的现象层面,但他并不赞同把描写的范围局限在日常生活的事物中。"现实主义只关注事物的表面"(It notes only the surface of things.)②是诺里斯对现实主义的理解,简洁的七个英语单词既抓住了现实主义的本质,也指出了它的问题。在《浪漫主义小说的诉求》中,现实主义被界定为"把自己限制在日常生活类型的小说"③。诺里斯所指出的现实主义只关注事物的表象,把自己限制在日常生活之中的问题,是带有普遍性意义的问题。本来关注日常生活中的事物是现实主义的优点,不过优点达到临界值后,也会变成缺点,即限制了小说的其他特征,例如情感因素、想象因素、伦理道德因素等。"实际上,'浪漫的'与'现实的'之区别比批评理论所暗示的还要捉摸不定。'现实的'与'浪漫的'融合,在浪漫主义诗人华兹华斯身上明显可见,现实主义小说家福楼拜也是如此。"④在某种意义上,现实主义与浪漫主义的区分只是认识论的区分,在文学创作中往往你中有我,我中有你。现实主义的兴起是对浪漫主义的反驳,但过分迷恋现实主义也像过度迷恋浪漫主义一样,会引起其他文学思想的反驳。

在诺里斯看来,现实主义者一直被一种错误的倾向所笼罩,错把精确(accuracy)当作真实。为了解释自己的观点,他以描述绵羊为例,说明为什么现实主义文学呈现的是精确,而不是真实:

大小、形状、习性、体重、所产羊毛的质量以及与此类似

① Frank Norris, "A Plea for Romantic Fiction," in *Norris: Novels and Essays*, edited by Donald Pizer, New York: Library of America, 1986, p. 1166.
② 同①。
③ 同①。
④ 利里安·弗斯特:《浪漫主义》,李今译,北京:昆仑出版社,1989 年,第 83 页。

的,这些都与其他绵羊一样——但它是黑色的。我请你注意
这些特征。我没有伪造任何事情,没有掩藏任何事情。我精
确地呈现这个物种的每个细节、每个不寻常的地方。总而言
之,我是精确的。但结果是什么呢? 在你的观念中,所有的
羊都是黑色的,这是不真实的。[①]

诺里斯这段以绵羊为例的引文,探讨精确与真实,值得深思与继
续探讨。诺里斯所用的这种列举的方式其实是不完全归纳法。按照
诺里斯的意见,这种不完全归纳法总有归纳不到的地方,这自然有道
理,但也表明诺里斯忽视了完全归纳法。进一步讲,诺里斯的观点蕴
含着不可知论的因素,认为人不可能描述出事物的全部特征。值得注
意的是,诺里斯对精确与真实的讨论已经提及,现实主义文学致力于
表现的"真实"可能只是一个美好的愿望。

三、探究人类精神世界的浪漫主义

诺里斯关于浪漫主义的论述主要分散于 1901 年 12 月 18 日发表
在《波士顿晚间抄送》(Boston Evening Transcript) 上的《浪漫主义小说
的诉求》、1901 年 8 月 3 日发表在《美国芝加哥文学评论》(Chicago
American Literary Review) 上的《弗兰克·诺里斯的每周书信》中。诺
里斯对浪漫主义的理解由两个部分构成:一方面,他在《弗兰克·诺
里斯的每周书信》中区分了浪漫主义与感伤主义(sentimentalism) ;另
一方面,他论述了浪漫主义是什么。这里需要重点解决的问题是左拉
被理解为浪漫主义作家是否合理。

诺里斯认为人们对浪漫主义文学的误解,根源在于不知道浪漫主
义与感伤主义的区别。为了辨明两者的区别,他先解释了为什么浪漫
主义排除的内容是感伤主义涵盖的内容。根据诺里斯的解释,只有身

---

① Frank Norris, "Frank Norris' Weekly Letter," in *Norris: Novels and Essays*,
edited by Donald Pizer, New York: Library of America, 1986, pp. 1139 - 1140.

穿斗篷、腰挎刀剑、如水月光、金色头发等内容,显然不是浪漫主义,而是感伤主义的内容。① 此外,浪漫主义的一些看似浪漫的艺术手法,其实缺少浪漫主义的本质特征。诺里斯认为"浪漫主义并不仅仅只是魔术师的魔术箱、充满信口雌黄的庸医、华而不实的东西、哗众取宠的语言,只是为了娱乐而存在,为了达到娱乐而依靠欺骗"②。

诺里斯认为浪漫主义的本质是对日常生活的偏离,探究人类的性、灵魂、生命等问题。从文学思想史的发展讲,浪漫主义处于古典主义与现实主义之间,因此对它的界定要有两个重要的参照系:古典主义与现实主义。英国当代学者利里安·R. 弗斯特(Lillan R. Furst)认为"'古典的'和'现实的'在文艺批评中都扮演着'浪漫的'之对立面的角色。"③诺里斯界定浪漫主义是按照它与现实主义的对立,而不是按照它与古典主义的对立。按照诺里斯的理解,浪漫主义"注意到正常生活类型的各种变化"④。这是诺里斯所理解的浪漫主义的核心思想。根据他的定义,日常生活是浪漫主义与现实主义的中位线。现实主义是在日常生活的范围之内,浪漫主义则突破到日常生活的范围之外。皮泽尔以诺里斯的浪漫主义要探索"尚未探测到的人类内心的深度、性的神秘、生命问题、邪恶又未找到的人类灵魂的最深处"⑤为例,认为诺里斯的浪漫主义渴望"穿透经验的表层,获得对生命本质更好的概括"⑥。皮泽尔对诺里斯浪漫主义的判断大致可以成立,但是证据似乎并不能完美地支持结论,而且他的推理有二次推理之嫌。皮泽尔的引用并不完整,完整的全文是:"但更广阔范围的世界属于浪漫主义,尚未探测到的人类内心的深度、性的神秘、生命问题、邪恶又未找

① 参见 Frank Norris, "A Plea for Romantic Fiction," in *Norris: Novels and Essays*, edited by Donald Pizer, New York: Library of America, 1986, p. 1165。
② Frank Norris, "A Plea for Romantic Fiction," in *Norris: Novels and Essays*, edited by Donald Pizer, New York: Library of America, 1986, p. 1165.
③ 利里安·弗斯特:《浪漫主义》,李今译,北京:昆仑出版社,1989 年,第 83 页。
④ 同①,第 1166 页。
⑤ 同①,第 1168—1169 页。
⑥ Donald Pizer, *Realism and Naturalism in Nineteenth-Century American Literature*, New York: Russell & Russell, 1976, p. 33.

到的人类灵魂的最深处也属于浪漫主义。"皮泽尔根据诺里斯列举的浪漫主义的书写范围来概括浪漫主义的特质是可行的,但这样的概括是以诺里斯自己并没有对浪漫主义进行抽象概括为前提。其实诺里斯在 1901 年 8 月 3 日发表的《弗兰克·诺里斯的每周书信》中对于浪漫主义有更本质、更真实的概括:"浪漫主义者的目的是发现事物的概括性真相——让他笔下的人物讲出该说的话,只要这些话表达思想。"①

四、综合现实主义与浪漫主义的自然主义

诺里斯的自然主义综合了现实主义与浪漫主义的精华。他认为现实主义具有精确属性,而浪漫主义具有真实属性。由于自然主义兼备精确属性与真实属性,因而更值得把它作为创作的指导思想。皮泽尔引用诺里斯文学评论中两段重要的话,清楚地说明诺里斯的自然主义观念是如何综合了现实主义与浪漫主义的精华。②

> 允许说精确是现实主义,真实是浪漫主义吗? 我并不确信,但我感觉我们这里接近答案。这个划分似乎是与生俱来的和面向未来的。变得精确是不难的,但抵达真相是极度困难的;在最好的情况下,浪漫主义者仅仅能瞄准它;在另一方面,由于这个原因,作为容易获得结果的精确维度并不值得更多的关注……最重要的是真实"位于中间地带"吗? 那么什么学派位于现实主义者与浪漫主义者中间呢? 难道不是自然主义努力争取精确与真实吗?③
>
> 左拉的作品并不像雨果的作品一样,是纯粹的浪漫的,主要是因为作品环境的选择。这些巨大的、可怕的戏剧性事

---

① Frank Norris, "Frank Norris' Weekly Letter," in *Norris: Novels and Essays*, edited by Donald Pizer, New York: Library of America, 1986, p. 1141.

② 参见 Donald Pizer, *Realism and Naturalism in Nineteenth-Century American Literature*, New York: Russell & Russell, 1976, pp. 334–335。

③ 同①。

件不再发生在封建的、文艺复兴贵族人士之间,不再发生在时代的杰出人士中,而是更低的——几乎是最低的——阶层;这些从原有社会地位被推倒的人,在路中间摔下的人。这不是浪漫主义——人们的这种戏剧性事件,即在鲜血与粪便中消耗自己。这不是现实主义。这本身是一种流派,超越语言、独一无二的、忧郁的、强有力的,这就是自然主义。①

从诺里斯的表述中,如下推理似乎是合理的:现实主义追求精确,浪漫主义追求真实,自然主义追求精确与真实,那么自然主义身兼现实主义与浪漫主义的优点,更值得美国作家关注。

另外一个值得注意的现象是,对以左拉为代表的法国自然主义文学的一般特征,诺里斯并不是一无所知,但似乎所知也不甚多。诺里斯曾经去法国学习绘画艺术,有趣的是他对写作产生强烈的兴趣却并不是因为接触到左拉的自然主义。"诺里斯在巴黎期间似乎对法国文学了解不多。相反,他已经被一种浪漫式的中世纪精神所吸引。"②

诺里斯的自然主义观念是天才偏执的洞见,虽然能够给人们理解现实主义、浪漫主义与自然主义带来一些新视角,但不能过度强调它的价值。诺里斯的理解是自己的阐释。阐释能带来新见解,但同时也可能来自一时的心血来潮。

第三节

西奥多·德莱塞"讲真话"的诗学

西奥多·德莱塞(Theodore Dreiser, 1871—1945)是美国自然主

① Frank Norris, "Frank Norris' Weekly Letter," in *Norris: Novels and Essays*, edited by Donald Pizer, New York: Library of America, 1986, p. 1141.

② Wilbur Merrill Frohock, *Frank Norris*, Minneapolis: University of Minnesota Press, 1968, p. 6.

义文学的代表人物。他的自然主义观念主要体现在 1903 年 2 月发表在《爱书者杂志》(*Booklovers Magazine*)上的文章《真正的艺术要表现得直截了当》中。① 这篇文章共七段,在不计标点的情况下,总计 449 词。这篇文章的主题可以概括为文学应该讲真话。

一、文学与道德的实质是"讲真话"

德莱塞认为文学和道德的实质是"讲真话"。《真正的艺术要表现得直截了当》开门见山地提出了这个观念:

> 文学和道德的全部本质也许可以用三个词表达:讲真话。重要的不是批评家的议论,不是部分发达的社会或高度传统化的社会如何抱怨,而是作者和这个地球上的其他工作者的责任就是说出他们知道什么才是真实的东西,说完之后便耐心地等待结果。②

德莱塞并举文学和道德,认为文学应该"讲真话"。之所以并举文学与道德,是因为《嘉莉妹妹》的诋毁者站在道德的制高点上批判这部小说。1900 年出版的《嘉莉妹妹》,无论在出版前还是出版后,都被一些人从道德的立场批判。在它出版以前,"出版者弗兰克·达博岱(Frank Doubleday)注意到其编辑弗兰克·诺里斯的热情推荐,接受了《嘉莉妹妹》的手稿"③。合同签订以后,达博岱的夫人对这部小说充满忧虑,认为它违背了美国当时的伦理道德。签订出版合同时,达博岱先生人在欧洲,回国后发现这本书确实有些违反道德,遂想终止合同。④ 经过多

---

① Theodore Dreiser, "True Art Speaks Plainly," in *Documents of American Realism and Naturalism*, edited by Donald Pizer, Carbondale and Edwardsville: Southern Illinois University Press, 1998, pp. 179 - 180.

② 同①,第 179 页。

③ Charles Child Walcutt, ed., *Seven Novelists in the American Naturalist Tradition*, Minneapolis: University of Minnesota Press, 1974, p. 98.

④ 参见 Dr. Clarence A. Andrews, "Introduction," in *Sister Carrie*, by Theodore Dreiser, New York: Airmont Publishing Company, Inc., 1967, pp. 4 - 5。

番交涉,《嘉莉妹妹》终于在 1900 年问世。但是《嘉莉妹妹》并未被达博岱出版社推广,在这种情况下,它的销量大约在 900 册。① 克拉伦斯·A. 安德鲁斯博士(Dr. Clarence A. Andrews)认为它的销量在 600 册左右。② 无论是 900 册,还是 600 册,销量惨淡是不争的事实。《嘉莉妹妹》出版后销量爆冷的主要原因估计与此书违背当时的伦理道德有关。

面对站在道德制高点批判《嘉莉妹妹》的批判者,德莱塞旗帜鲜明地提出文学和道德的全部本质就是"讲真话"的观点,试图以此反驳从道德立场批判他的批评家与学者。道德的本质就是"讲真话"的提法,违背了人们在日常生活世界中对道德的一般理解。"作为一种社会调节的体系,道德一方面像法律,另一方面像习俗或陈规。所有这些体系多少都是社会性的……,对它们可以使用同样的表达方式,例如'正当'和'应当'。"③由引文可知,作为一种社会调节体系而存在的道德,在某种程度上与法律一样,对人们的行为具有一定的约束力,但这种约束力并没有强制性。虽然道德并没有如法律一样具有强制性力量,但又如一只看不见的手,在艺术领域中颇具影响力。德莱塞在《真正的艺术要表现得直截了当》中提出文学与道德的全部本质就是"讲真话"的观点,我们暂且不论如此截断众流、斩钉截铁的论述中存在的问题,至少这种冲破过去文学传统与道德世界的桎梏,其勇气是可嘉的。

德莱塞主张"讲真话"就是忠实地讲出观察到的事实。"真相就是是什么;真相就是看到的是什么,意识到真相。诚实地、没有任何花招地表达我们看到的:那就是道德和艺术。"④德莱塞要求作家应该勇

---

① 参见 Charles Child Walcutt, ed., *Seven Novelists in the American Naturalist Tradition*, Minneapolis: University of Minnesota Press, 1974, p. 98。

② 参见 Dr. Clarence A. Andrews, "Introduction," in *Sister Carrie*, by Theodore Dreiser, New York: Airmont Publishing Company, Inc., 1967, p. 5。

③ 威廉·K. 弗兰克纳:《伦理学》,北京:三联书店,1987 年,第 13 页。

④ Theodore Dreiser, "True Art Speaks Plainly," in *Documents of American Realism and Naturalism*, edited by Donald Pizer, Carbondale and Edwardsville: Southern Illinois University Press, 1998, p. 180.

敢地讲出自己看到的真实,写出过去被维多利亚时代的绅士传统和豪威尔斯的"微笑现实主义"传统所限制的内容。无论内容是多么污秽肮脏,都不应该过滤,而是如实地记录下来。

德莱塞提出文学要讲真话与他童年的经历有关。生于贫苦之家的德莱塞在幼年时代对芝加哥的贫民窟生活有过近距离的观察,非常同情在贫民窟中生活的人。此外,他也以悲情而无奈的笔触写下在麦迪逊街和华盛顿大街的贫民窟中看到的景象。

> 从河东的霍尔斯特德那儿起,华盛顿大街和麦迪逊街两边尽是罪恶的巢穴和破旧不堪的黄色及灰色木头房子,一片污秽肮脏、充满仇恨,没有解决和也许无法解决的贫困、堕落景象,满街全都是堕落、沮丧、可怜的人儿……穷人的困惑,紧跟着蠢事、软弱和失去控制的热情而来的丑事、腐化和身体的败坏,经常迷惑住我。[1]

在这种创作观念的指导下,德莱塞在题材的开拓方面取得进展:书写观察到的真相,表现被微笑遮蔽的丑恶。这为以后的揭露黑幕文学和现代主义文学的发展开辟了道路,影响了舍伍德·安德森(Sheerwood Anderson)和美国第一个诺贝尔文学奖获得者刘易斯等作家。[2]

二、开掘女性堕落的主题

性是一个神圣与堕落相伴相生的一个话题,社会中有性禁忌律令的存在,也不断有突破性禁忌的尝试。法国作家福楼拜和美国作家克莱恩分别涉足过通奸与少女堕落的题材,并引发不小的争议。福楼拜的《包法利夫人》因为描写包法利夫人与人通奸的故事而引起了诉讼。克莱恩1893年自费出版的《街头女郎玛吉》描写了一个少

---

① 　西奥多·德莱塞:《谈我自己》,主万译,上海:上海译文出版社,2003年,第70页。
② 　参见朱刚:《新编美国文学史》(第二卷),上海:上海外语教育出版社,2002年,第160页。

女的堕落。1899年凯特·肖邦(Kate Chopin)发表长篇小说《觉醒》
(*The Awakening*, 1899),像《包法利夫人》一样,描写的也是一个已婚
妇女艾德娜·蓬特利的通奸故事。①《包法利夫人》与《街头女郎玛
吉》具有一个共同特质,那就是以女主人公的自杀作为小说的结尾,即
便如此,出版后还是引发不小的争议。德莱塞的《嘉莉妹妹》在《包法
利夫人》与《街头女郎玛吉》的基础上,让一个失去贞操的女孩取得成
功,突破了前辈们在性禁忌领域所能探索的极限。即使是女性作家肖
邦,也只描写了蓬特利夫人"觉醒"而又无法实现的困境,而德莱塞则让
嘉莉直接表现美国社会的某种现实,堕落可以获得成功。

> 《嘉莉妹妹》之所以是一部使人不安同时又令人信服的
> 作品,不仅是因为德莱塞在嘉莉失去贞操之后提出了她究竟
> 失去了什么的这样一个问题,而且因为他提出问题并不是基
> 于它具有的传统价值的肤浅认识。他认为这是一种属于体
> 验范畴的事实,应当以充满惊奇的态度详细加以研究,就像
> 一个人对其自己家庭成员抱有偏爱也是一件令人感到奇怪
> 的事实,也应细细加以研究一样。②

嘉莉失去贞操确实是重要的事件,无论是对德莱塞的小说创作,还是
对美国小说的创作而言,都是如此。

《嘉莉妹妹》出版以后,围绕着如何评价的问题,美国文坛分裂为
保守派与激进派两派。激进派是德莱塞文学思想的拥护者,而保守派
则是他文学思想的批判者。保守派的代表人物是:

> 一批名流教授,如威廉·C.布朗奈尔(William C.

---

① 参见 Larzer Ziff:《一八九〇年代的美国——迷惘的一代人的岁月》,夏平等
译,上海:上海外语教育出版社,1988年,第313页。
② Larzer Ziff:《一八九〇年代的美国——迷惘的一代人的岁月》,夏平等译,上
海:上海外语教育出版社,1988年,第355页。

Brownell)，乔治·E. 伍德伯里(George E. Woodberry)，埃德蒙·C. 斯泰德曼(Edmund C. Stedman)，以及后来新人文主义批评的主要代表人物欧文·白璧德和保罗·埃尔默·莫尔(Paul Elmer More)等……在他们看来，基督教的伦理道德观，柏拉图关于文艺形式的论述，亚里士多德关于理性的教诲，这些才是文学批评的基础。因此，在批评实践方面，他们实际上仍然沿袭清教主义和绅士文学的传统，对现代文学采取排斥的态度，而尤其反对浪漫主义和自然主义这两种文学倾向。[①]

在保守主义者看来，"文学的功能并不是要复制社会现实生活，而是要净化人们的心灵，培养人们的崇高品质"[②]。德莱塞"从小是给按着教条主义的宗教和道德理论培养大的，或者至少一直是被迫细听这些"[③]。在传统的伦理道德的熏陶下成长起来的德莱塞，求学于"免费的教堂讲道或是伦理学学习班"[④]，服务于新闻媒体，应该知道文学保守派们倡导的伦理道德。德莱塞面对社会伦理道德法则的约束和自己观察到的社会现实，陷入了困境——遵循传统，还是捍卫自己的双眼看到的社会现实？面对压力，他还是选择相信自己双眼所看到的真相。为了揭开被保守主义者层层包裹起来的"真相"，德莱塞认为在文学题材方面要突破过去的窠臼，书写女性堕落的主题。他在这方面的贡献受到美国文学第一位获得诺贝尔文学奖的作家刘易斯的高度赞扬。

　　德莱塞常常得不到人们的赏识，有时还遭人忌恨，但跟

---

　　① 盛宁：《二十世纪美国文论》，北京：北京大学出版社，1993 年，第 27 页。
　　② 方成：《美国自然主义文学传统的文化建构与价值传承》，上海：上海外语教育出版社，2007 年，第 174 页。
　　③ 西奥多·德莱塞：《谈我自己》，主万译，上海：上海译文出版社，2003 年，第72 页。
　　④ 同③，第 28 页。

任何别的美国小说家相比,他总是独辟蹊径,勇往直前,在
美国小说领域里,为从维多利亚时期和豪威尔斯式的胆怯
与斯文风格转向忠实、大胆和生活的激情扫清了道路。没
有他披荆斩棘般开拓的功绩,我怀疑我们中间有哪一
位——除非他甘心情愿去坐牢——敢把生活、美和恐怖通
通描绘出来。①

三、挖掘性问题所遮蔽的问题

德莱塞主张真正的艺术家要直面性禁忌。

> 所谓真理或道德的审判者,很多时候真正猛烈抨击的,
> 不应该仅仅是关于性方面的淫荡讨论,因为没有作品仅仅以
> 淫秽作为基础却能成功,而应抨击审判者关于生活小理论的
> 烦恼与毁灭。因为这些事物与未来的幸福没有关系,所以在
> 某些例子中生活小理论不过是平静地接受事物。②

德莱塞的这段引文,可以概括为如下三点:首先,性只是文学作品中
的一个维度,并且只依靠性无法创作出伟大的作品。其次,真理与道
德的审判者,作为批判者,首先应该对自己进行批判。德莱塞的言外
之意已经很明显,审判者在批判之前,如果没有审视自己批判的前
提,即对生活中的烦恼和毁灭进行批判,那么是没有评判资格的。最
后,真理与道德的审判者应该直面性问题,而不是根据某种先在的禁
忌,对生活中的性问题视而不见。法国学者乔治·巴塔耶(Georges
Bataille)讲:"谈到色情,我的看法无法脱离对精神世界的思考,同样,

---

① 转引自朱刚:《新编美国文学史》(第二卷),上海:上海外语教育出版社,2002
年,第160页。

② Theodore Dreiser, "True Art Speaks Plainly," in *Documents of American
Realism and Naturalism*, edited by Donald Pizer, Carbondale and Edwardsville: Southern
Illinois University Press, 1998, p. 180.

对精神世界的思考也无法脱离色情。"①这一思考与德莱塞对性问题的思索不谋而合。巴塔耶的认识，理论色彩更浓，具有辩证法的气息。德莱塞的研究把性的问题引入文学创作领域后，意识到面对性问题与生活小理论之间的对立状态，书写前者就必须批判后者。

德莱塞认为性是一块遮羞布，其下掩藏着贫困问题、财富问题、无知问题等。性问题只是冰山的表面，其下是巨大的社会问题，尤为突出的社会问题是贫富分化问题和无知的问题。"不道德！不道德！在性的外衣之下，隐藏着财富的邪恶和巨大未被言说的贫困与无知的黑暗。"②性问题涉及一系列社会问题，德莱塞对此有着敏锐的感知和强大的批判能力。"但是不久，我就发现，正是这种好探索、爱深思的脾气竟然对我大有帮助。"③德莱塞的这种探索与深思的性情对他以后的创作生涯大有裨益，也让其文学思想具有某种深刻性与穿透力的品质。在《真正的艺术要表现得直截了当》中，德莱塞敏锐地察觉到："知识上的无知、物质与道德上的贪婪对个人德行的影响，共同导致了这个时代的主要悲剧。但反对讨论性问题的声势是如此巨大，以至于几乎阻止了处理全部的主题。"④从德莱塞的表述中，不难看出，他主张处理性问题是为了挖掘更深层次的社会问题，由此可以解剖贫富分化问题与民众的无知问题。

四、批判"微笑现实主义者"

道德和真相的评判者是中产阶级价值观的捍卫者。随着美国工业化进程的加速、城市的快速发展，美国的中产阶级开始崛起。中产阶级囿于自身的阶级局限，无法关注工业化进程和城市化进程所导致

---

① 乔治·巴塔耶：《色情史》，刘晖译，北京：商务印书馆，2004 年，第 14 页。

② Theodore Dreiser, "True Art Speaks Plainly," in *Documents of American Realism and Naturalism*, edited by Donald Pizer, Carbondale and Edwardsville: Southern Illinois University Press, 1998, p. 180.

③ 西奥多·德莱塞：《谈我自己》，主万译，上海：上海译文出版社，2003 年，第 70 页。

④ 同②。

的贫富分化问题。他们忘记自身也是人类共同体大家庭的成员,应该有博爱精神,应该关注社会中的弱势群体。德莱塞对道德和真理的评判者所代表的中产阶级价值观进行了委婉的批判。"生活对道德与真理的评判者而言,是由各种各样有趣的,但又永恒不变的形式组成的。任何企图绘制现代社会环境令人不愉快的方面,或者抨击现代社会环境的批判性的捍卫者,自然都被蔑视与厌恶。"①这类评判者,按照当时的历史语境来讲,很可能是以新英格兰为代表的绅士文学传统和豪威尔斯早期主张的微笑现实主义的拥护者。确实,无论是绅士文学传统,还是微笑现实主义,在美国文学史的发展中都有积极的和建构性的作用,但随着历史的发展,这种积极作用和建构性作用,也需要一种批判性与解构性的力量对其进行反驳,从而达到辩证发展的目的。"对于新英格兰绅士文学传统真正构成威胁的,却是由当时一批名不见经传的青年作家所提倡的自然主义文学。当时批评界的权威豪威尔斯,虽然也在提倡'现实主义'的文学,公允地说,他对这些青年作家也有过提携帮助,但是,他对他们的文学主张和创作倾向则持坚决否定的态度。"②无论是新英格兰绅士文学传统,还是美国现实主义文学的倡导者豪威尔斯,都无法突破自己的局限,看到工业化与城市化进程中所蕴含的贫民窟问题、贫富分化问题、大众的愚昧与无知问题、拜金主义问题等。德莱塞在克莱恩、诺里斯的现实主义的基础上,继续开掘工业化和城市化所引起的新问题,并以文学的手法表现出来。

德莱塞的文学思想是"讲真话"。"讲真话"直面 19 世纪末到 20 世纪初美国的性禁忌与贫富分化问题。德莱塞文学作品中实践的自然主义,是一个更复杂的问题,由于篇幅的原因,这里暂时存而不论。

① Theodore Dreiser, "True Art Speaks Plainly," in *Documents of American Realism and Naturalism*, edited by Donald Pizer, Carbondale and Edwardsville: Southern Illinois University Press, 1998, p. 180.

② 盛宁:《二十世纪美国文论》,北京:北京大学出版社,1993 年,第 26 页。

第四节

厄普顿·辛克莱的"马克思式"自然主义

厄普顿·辛克莱(Upton Sinclair, 1878—1968)是美国揭露黑幕运动(又称"扒粪运动")的代表作家,也是美国自然主义文学思想的代表。对于前者,似乎老调重弹,已成常识;对于后者,中外研究者对此虽有论及,但一些关键问题,如辛克莱的文学思想能否被看作"马克思式的"自然主义,仍存在争议。革命导师列宁与西方文论史研究者威廉·K. 卫姆塞特(William K. Wimsatt)和克林斯·布鲁克斯(Cleanth Brooks)对这个问题的理解就有不同看法。

列宁曾根据《社会主义与战争》(*Socialism and War*, 1915)中所收录的辛克莱的一篇文章,认为"辛克莱是一个好动感情而没有理论修养的社会主义者"①。由此可见,在列宁眼中,辛克莱并不是一个标准的马克思主义者。

辛克莱是"马克思式的"自然主义文学思想家。"马克思式的自然主义"出自卫姆塞特与布鲁克斯所著的《西洋文学批评史》(*Literary Criticism: A Short History*, 1957)的第二十一章"真实的与社会的:艺术作为宣传":"马克思式的自然主义,今日在美国的文坛坚守一角,但已经不是一个嚣张的文学信仰,而是一种根深蒂固的爱好(一种诺斯替式的乌托邦主义),在政治或文学的辩证过程的变化中,随时准备作新的努力。"②卫姆塞特与布鲁克斯是新批评理论的拥护者,对马克思式的自然主义颇有微词也在情理之中。但他们对马克思式的自然主

---

① 列宁:《英国的和平主义者和英国的不爱理论》,载《列宁全集》(第26卷)(第二版),中共中央马克思恩格斯列宁斯大林著作编译局编译,北京:人民出版社,1984年,第282页。

② 卫姆塞特、布鲁克斯:《西洋文学批评史》,颜元叔译,北京:中国人民大学出版社,1987年,第434页。为保持行文统一,引文中的"马克斯"被调整为"马克思",后同。

义的命名,又彰显出批评家的敏锐。他们关于辛克莱的另一个论断似乎也可以商榷。

> 在美国,富于积极的社会意识的文学,出现于二十世纪的初期,其时有所谓"扒粪运动"(Muekraking Movement),专事揭露社会的黑暗与污秽(一九二四年,辛克莱的 Mammonart,可为这个运动的象征),接着便是一九二〇年代与一九三〇年代的马克思主义文学批评。[1]

不可否认,辛克莱是美国揭露黑幕运动的代表人物,其文学理论有浓厚的社会批评色彩,但是一个不容否认的事实是他的《财富艺术》也是美国马克思主义文学批评的起点。卫姆萨特与布鲁克斯只看到揭露黑幕运动与马克思主义文学批评之间的差别,却忽视了二者之间具有某种内在的联系。连接的关节点是辛克莱——既是揭露黑幕运动的代表,也是早期美国马克思主义文学批评的代表。

有学者认为辛克莱继承了左拉的自然主义。[2] 杨仁敬正确地指出辛克莱和诺里斯"都受左拉自然主义的影响,但他(辛克莱)具有更多的现实主义色彩,在作品里更加关注工人的贫困和遭遇"[3]。在文学思想方面,辛克莱建构自然主义的基点是马克思主义的基本思想,例如唯物主义、阶级斗争和意识形态理论,以此丰富美国自然主义文学思想。"厄普顿·辛克莱毕生献身于文学艺术,创作生涯达 70 年,硕果累累。他早期接受自然主义,深入实地搞社会调查,忠实于生活,始终坚持进步的观点。后来,他受了马克思主义的影响,大胆地揭露时弊,赢得了社会各界的赞赏。"[4]这里杨仁敬把辛克莱文学艺术生涯分

---

① 卫姆塞特、布鲁克斯:《西洋文学批评史》,颜元叔译,北京:中国人民大学出版社,1987 年,第 432 页。
② 参见杨仁敬:《20 世纪美国文学史》,青岛:青岛出版社,1999 年,第 98 页。
③ 同②,括号内的文字是笔者所加。
④ 同②,第 101 页。

为前后两期,有合理之处。在此基础上,我们认为辛克莱文学生涯的前期与后期具有内在的一致性,即把马克思主义作为指导思想,重新审视欧美的自然主义,发现了自然主义文学理论发展的增长点。

一、批判要坚持以经济视角为中心

辛克莱从经济的视角出发,批判资本主义。资本主义社会建立在资本之上,资本对资本主义社会的意义和价值是无与伦比的。那么从资本的角度分析资本主义社会,尤其是对建立在资本之上的上层建筑进行分析,具有与生俱来的合法性。爱德华·韦克菲尔德(Edward Wakefield)认为"资本不是一种物,而是一种以物为中介的人和人之间的社会关系"①,马克思非常赞同这个观点,并在《资本论》(*Das Kapital*, 1867—1894)中引用了这一论断。资本,究其实质,体现的是资本主义社会中人与人的关系。生于败落之家的辛克莱饱尝人间冷暖后,对金钱在资本主义社会中如何主宰人与人之间的关系,有极为深入的认识。这种独特的生活经历让他认同马克思从经济的角度对资本主义社会的批判,并在"死亡之手"(The Dead Hand)六部曲中把这一认识作为理论建构的重要基点。

帕灵顿认为自然主义有两种典型的决定论:生物学决定论与经济决定论。决定论是一个新概念,"最早出现于1846年。它既然是一个新概念,自然就容易引起各种不同的理解。人们也许在这以前就已经感受到了宗教意义上的宿命或'命运之手'的支配,而决定论的精确的科学概念则意味着命运对人的更为隐晦和危险的制约。之所以如此,部分原因是由于这种制约弥漫于人的经济关系之间,深入到人的心理之中"②。"自然主义是19世纪思想的产物,是达尔文、马克思、孔德和泰纳等人思想的结晶。这场科学运动创造了科学态度,强调了因果律。由此产生了两种颇有见地的观点:生物的决定论和经济学

---

① 马克思:《资本论》(第一卷),中共中央马克思恩格斯列宁斯大林著作编译局编译,北京:人民出版社,2004年,第877—878页。

② 埃默里·埃利奥特主编:《哥伦比亚美国文学史》,朱通伯等译,成都:四川辞书出版社,1994年,第430页。

的决定论,分别以左拉和福楼拜为代表。"①在这两者中,生物决定论
较受关注,经济决定论有些被忽视。

辛克莱继承了克莱恩、诺里斯和德莱塞等人的自然主义思想,并
从经济决定论的角度发展它。在《金钱写作!》的扉页题记中,他认为:
"一个新时代来临了,除非你知道他的经济基础,否则你不能理解它的
文学与艺术。"②这是他艺术与文学思想的核心,即从经济基础的角度
探讨文学与艺术。

辛克莱认为建构一种合理的文学思想,关键在于认识到经济基础是
文学产生、发展、接受的基础。他在《财富艺术》中提过该书写作的宗旨:

> 本书在有产阶级和艺术家关系的基础上研究艺术家。
> 其论点是,自人类历史的黎明开始,艺术上的荣誉和成功来
> 自于服务歌颂统治阶级,让他们感到快乐,教育他们的下属
> 和奴隶仰畏他们……本书旨在研究艺术创造的过程,把艺术
> 功能和人类卫生、健康、进步联系起来。③

因此,他拒绝接受豪威尔斯主张的"微笑现实主义"。"作家的责任是
如其所是地显示情况,而不是按照他们也许或应该的样子;生活是静
止的,是存在的,不是变化与痛苦,不是意愿或行为。"④辛克莱明确反
对这种描述理想现实的文学思想,主张探索现实发生的原因。"但如果
你思考,试图弄清什么样的社会力量让男人变成醉鬼,让女孩儿走'错
路'——如果为这一目的,你甚至描绘任何一个人,而自己思考——那
么你就被这一公式所禁止,文学世界的门也在你面前关上了。"⑤在辛克

---

① 沃浓·路易·帕灵顿:《美国思想史》,陈永国等译,长春:吉林人民出版社,
2002 年,第 1052 页。

② Upton Sinclair, *Money Writes!*, London: T. Werner Laurie Ltd, 1931, p. 5.

③ Upton Sinclair, *Mammonart: An Essay in Economic Interpretation*, Pasadena &
California: Self, 1925. 转引自朱刚:《新编美国文学史》(第二卷),上海:上海外语教
育出版社,2002 年,第 338 页。

④ 同②,第 32 页。

⑤ 同②,第 32 页。

莱看来,这里所讲的社会背后的力量就是金钱。金钱引发的问题是美国一切问题的根源。"关于美国文明的最重要的简单事实是什么呢?答案是: 经济上的不平等。"①

拜金主义"chrysotropism"是辛克莱发明的一个新词,由"chryso"与"tropism"两部分组成。"chryso"是由古希腊语"χρυσός"拉丁化转写而来,其含义是黄金;"tropism"的含义是对外界刺激的一种回应,可以理解为趋向性。按照科学家雅克·洛布(Jacques Loeb)的解释,趋向性是"向某个方向运动的冲动"②。洛布认为,如果科学家能够进入生物的精神世界,将会理解这些生物行为背后的原因。③ 正如自然主义的奠基人左拉从医学、遗传学、生物学等领域中借鉴知识,从而为自然主义的创立提供理论基础一样,辛克莱从生物趋光性(heliotropism)的研究中受到启发,批判美国自然主义中的拜金主义倾向。

辛克莱自然主义文学思想的一个贡献是提出"金钱写作的命题"。弗斯特与彼得·N. 斯克爱英(Peter N. Skrine)认为"美国自然主义的产生正是本国的社会和经济问题的直接回应"④,这是一个十分有见地的判断。美国自然主义并不像法国自然主义文学那样突出生理或遗传的重要性,而是发展具有美国特征的自然主义。更准确地讲,就是从社会与经济问题的视角建构美国的自然主义。社会与经济问题都可以聚集到金钱上。在某种意义上,讨论金钱的问题是讨论美国的社会与经济问题最佳的研究切入角度之一。辛克莱的自然主义正是从金钱的角度研究美国文学。这一点他有过明确的交代。根据辛克莱的说法,他小时候就知道一个公式:"钱能讲话(Money talks)。"但 20 世纪以后,他认为这个说法有些过时,应该有所变化。"现在这个世界已经进步,讲话(talking)是过时了。世界受到印刷文字的控

---

① Upton Sinclair, *Money Writes!*, London: T. Werner Laurie Ltd, 1931, p. 13.

② 同①,第9页。

③ 参见 Upton Sinclair, *Money Writes!*, London: T. Werner Laurie Ltd, 1931, p. 9。

④ 利里安·R. 弗斯特、彼特·N. 斯克爱英:《自然主义》,任庆平译,北京: 昆仑出版社,1989 年,第40页。

制。因此这个公式必须改变:'金钱写作(Money writes)!'"①《金钱写作》"从经济的视角研究美国文学。它考虑我们在世的作家,翻空他们的口袋,追问:'你们怎么赚到这些钱和为什么这么做?'"②朱刚认为:"《财富艺术》讨论金钱影响下的艺术问题;《金钱写作!》讨论了美国文学的现状:由于经济压迫,美国作家悲观堕落,'说真话和英雄主义被官方命令禁止,他们只能或开玩笑或死亡'。"③这个看法抓住了辛克莱自然主义的核心:从金钱的角度讨论文学思想。

二、对资本主义社会上层建筑进行总体性批判

辛克莱的文学思想是其对资本主义上层建筑批判的一部分。辛克莱早期并不信奉马克思主义,而是崇拜哈姆雷特和珀西·比希·雪莱(Percy Bysshe Shelley)等人,④追随人文主义的主张。然而人文主义的思想并不能让他认识美国的资本主义。他在自己的实践中逐渐接触了马克思主义,并以此作为他文学思想的始基。马克思主义文学理论的一个重要特征是区分经济基础与上层建筑,在这两者的关系中研究文学是什么。

> 人们在自己生活的社会生产中发生一定的、必然的、不以他们的意志为转移的关系,即同他们的物质生产力的一定发展阶段相适合的生产关系。这些生产关系的总和构成社会的经济结构,即有法律的和政治的上层建筑竖立其上并有一定的社会意识形式与之相适应的现实基础。物质生活的

---

① Upton Sinclair, *Mammonart: An Essay in Economic Interpretation*, Pasadena & California: Self, 1925, title page.

② Upton Sinclair, *Money Writes!*, London: T Werner Laurie Ltd, 1931, p. 5.

③ 朱刚:《新编美国文学史》(第二卷),上海:上海外语教育出版社,2002 年,第334 页。

④ 参见哈特、莱宁格尔编:《牛津美国文学词典》(第 6 版),北京:外语教学与研究出版社,2005 年,第609 页。另见杨仁敬:《20 世纪美国文学史》,青岛:青岛出版社,1999 年,第99 页。

生产方式制约着整个社会生活、政治生活和精神生活的过程。不是人们的意识决定人们的存在,相反,是人们的社会存在决定人们的意识。随着经济基础的变更,全部庞大的上层建筑也或慢或快地发生变革。在考察这些变革时,必须时刻把下面两者区别开来:一种是生产的经济条件方面所发生的物质的、可以用自然科学的精确性指明的变革,一种是人们借以意识到这个冲突并力求把它克服的那些法律的、政治的、宗教的、艺术的或哲学的,简言之,意识形态的形式。①

　　这段话强调了马克思主义的一些基本原理,例如生产力决定生产关系,经济基础决定上层建筑,社会存在决定社会意识。根据引文,意识形态的形式包括"法律的、政治的、宗教的、艺术的或哲学的"形式。马克思在其著名的文章《路易·波拿巴的雾月十八日》("The Eighteenth Brumaire of Louis Bonaparte")中对上层建筑也有精彩的论述。

　　　　在不同的占有形式上,在社会生存条件上,耸立着由各种不同的、表现独特的情感、幻象、思想方式和人生观构成的整个上层建筑。整个阶级在它的物质条件和相应的社会关系的基础上创造和构成这一切。通过传统和教育承受了这些情感和观点的个人,会以为这些情感和观点就是他的行为的真实动机和出发点。②

　　根据这段引文,上层建筑是由"各种不同的、表现独特的情感、幻象、思想方式和人生观构成",建立在相应的物质条件和社会关系之

　　①　马克思、恩格斯:《马克思恩格斯选集》(第2卷),中共中央马克思恩格斯列宁斯大林著作编译局编译,北京:人民出版社,1995年,第32—33页。
　　②　马克思、恩格斯:《马克思恩格斯选集》(第1卷),中共中央马克思恩格斯列宁斯大林著作编译局编译,北京:人民出版社,1995年,第611页。

上。这些思想和观点借助于教育而体现在人们的言语和行动中。无论承认与否，它们或隐或现，影响和制约着人们的行动。

辛克莱写出《屠场》后，继续学习马克思的理论，并以此作为武器，批判资本主义的上层建筑。资本主义的上层建筑是资本主义经济与政治长期发展的产物，是一个体系性的构造。这决定了对资本主义上层建筑的批判，不能局限于资本主义文化领域的某一方面，而是要对它进行整体、全面、彻底的批判。换言之，诊断资本主义社会意识形态的症候，需要对其法律、宗教、政治、哲学等进行批判。辛克莱认为马克思与恩格斯已经为后世学者确立了批判的范式，后来者只需要坚持按照马恩所开创的道路继续前行。为了进行这种批判，辛克莱写出了"死亡之手"六部曲：《宗教利益：经济解释论》(*The Profits of Religion: An Essay in Economic Interpretation*, 1917)、《贿赂：美国新闻业研究》(*The Brass Check: A Study of American Journalism*, 1919)、《大鹅的步伐：美国教育研究》(*The Goose-step: A Study of American Education*, 1923)、《小鹅们：美国学校研究》(*The Goslings: A Study of the American Schools*, 1924)、《财富艺术》与《金钱写作!》。杨仁敬认为这些"伟大的小册子""试图用马克思主义观点剖析和诠释美国文化，无情地抨击金钱腐蚀了美国的文化和教育，教育、大学和报刊沦为资产者奴役大众的工具，呼唤他的同胞醒悟起来"①。《宗教利益》从经济的角度批判宗教，《贿赂》批判美国的新闻业，《大鹅的步伐》批判美国的高等教育，《小鹅们》批判美国的中小学教育，《财富艺术》批判美国的艺术，《金钱写作!》批判美国文学。辛克莱之所以把这六本书命名为"死亡之手"，是为了讽刺亚当·斯密的"看不见的手"概念。由上述分析，我们可知辛克莱批判的领域包括宗教、新闻、教育、艺术与文学，几乎涵盖了社会意识形态的大部分领域。

三、艺术的本质是宣传

辛克莱的艺术观由批判与建构两部分组成：批判了艺术中存在

① 杨仁敬：《20 世纪美国文学史》，青岛：青岛出版社，1999 年，第 99—100 页。

的六种错误观念;建构了艺术的本质是宣传的艺术观。

辛克莱归纳出六种传统的艺术观,并简明扼要地指出了这些观念的错误。这六种观念被他称为六种谎言:为艺术而艺术的谎言、自以为是的艺术谎言、艺术传统的谎言、艺术作为一种业余爱好的谎言、违背情理的艺术谎言、既得利益者的艺术谎言。

为艺术而艺术的观念认为"艺术的目的是在艺术作品中,且艺术家唯一的任务就是实现形式的完美"[1]。根据门罗·C. 比厄斯利(Monroe C. Beardsley)的研究,"'为艺术而艺术'(L' art pour I' art)这个短语最初显然是由本雅明·贡斯当(Benjamin Constant)在他的《心灵日记》(*Journal Intime*,1804 年 2 月 10 日完成,直到 1895 年才出版)中,在一个与康德理论联系起来的语境中首先使用的"[2]。伊曼努尔·康德(Immanuel Kant)的《判断力批判》(*Kritik der Urteilskraft*,1790)已经显示出审美自律的王国可能存在,弗里德里希·席勒(Friedrich Schiller)的《审美教育书简》(*Über die ästhetische Erziehung des Menschen*,1795)发展了审美自律的理论,法国的泰奥菲勒·戈蒂埃(Théophile Gautier)和沃尔特·佩特(Walter Pater)标举"为艺术而艺术"。[3] 辛克莱认为"这个谎言是艺术家的防御机制结出的果实,其流行意味着堕落,不仅体现在艺术中,而且体现在产生这种艺术的社会中"[4]。这个判断有其合理性,因为"为艺术而艺术"的萌芽确实开始于艺术家察觉自己与社会的格格不入。[5] 然而,认为这个观念的流行意味着堕落,则显得言过其实,没有看到艺术独立性主张的合理性。

---

[1]　Upton Sinclair, *Mammonart: An Essay in Economic Interpretation*, Pasadena & California: Self, 1925, p. 9.

[2]　门罗·C. 比厄斯利:《西方美学简史》,高建平译,北京:北京大学出版社,2006 年,第 258—259 页。

[3]　参见门罗·C. 比厄斯利:《西方美学简史》,高建平译,北京:北京大学出版社,2006 年,第 258—260 页。

[4]　同[1]。

[5]　同[3],第 256—258 页。

自以为是的艺术观主张"艺术是只有内行才懂的事情,大众之外的极少数人才能理解"①。辛克莱反驳道:"除了极少数的特例之外,伟大的艺术总是流行的艺术,伟大的艺术家总是影响人民。"②在辛克莱看来,这种艺术观是一种精英主义艺术观,认为艺术只能为少数有天赋的人所掌握,人民大众无法理解艺术。

艺术传统的观念认为"新艺术家必须遵循古老的模式,从经典作品中学习如何创作"③。辛克莱认为这种尊重传统的艺术观有如下问题:"重要的艺术家有他们自己的技巧,今天的技巧一定优于以前任何时期的艺术技巧。"④在他看来,后出的技巧常常更加精妙,但这并不是我们忽视技巧开创者的理由。形成自己的创作技巧与学习古老的艺术技巧并不矛盾,因为很多具有独特性的创作技巧都吸收过优秀的传统技巧,并由此形成新的艺术技巧。

艺术作为一种业余爱好的观念坚信"艺术的目的是娱乐和消遣,是对现实的一种逃离"⑤。艺术是娱乐的,具有逃避现实的功能。这是很多人的看法,但辛克莱认为这是谎言。"这种谎言是精神低人一等的产物,艺术的目的就是转移现实。"⑥

违背情理的艺术观念的主张是"艺术与道德问题无关"⑦。无论从哪一个角度来看,艺术都与道德问题有所关联。辛克莱坚信,"所有的艺术处理的都是道德问题,因为没有其他的问题"⑧。

既得利益者的艺术观念主张"艺术不涉及宣传,与自由和正义没有关系"⑨。辛克莱极力反对这种主张。艺术是在交流中实现自身,

---

① Upton Sinclair, *Mammonart: An Essay in Economic Interpretation*, Pasadena & California: Self, 1925, p. 9.
② 同①。
③ 同①。
④ 同①。
⑤ 同①。
⑥ 同①。
⑦ 同①。
⑧ 同①。
⑨ 同①。

交流在更大的意义上就扩展到宣传的层面。随着资本主义社会的发展,工业化、城市化与全球化的推进,商业在社会中的地位日益重要,艺术与宣传的关系也越加亲密。既然是宣传,那么必然涉及宣传何种主张,这就与自由、正义密切相关。

辛克莱批判了已有的六种错误的艺术观念,已经破除了旧有的谬说,但建立新的艺术观念还要面对两方面的挑战:艺术观念是什么,艺术的本质是什么。

辛克莱的艺术观是在读者、艺术家、作品和生活四要素的基础上,立足于艺术表现生活的立场,坚持发挥艺术家的主观能动性,弘扬艺术改造世界的功能。辛克莱认为"艺术表现生活,受艺术家的个性所影响,目的是改变其他人的品性,激励他们改变性格、信仰和行为"①。根据这个定义可以发现,第一,辛克莱拒绝接受为艺术而艺术的艺术观,坚持艺术的有用性原则,主张艺术具有影响人和改造人的功能。第二,艺术作品与生活之间并不是一种简单的复制关系,而是需要主动性参与,需要充分调动作家的主观能动性,将其融入作品世界中去。第三,艺术的根基在生活中,但是不等于生活,而是经过作家改造过的生活。

辛克莱认为艺术的本质是宣传。辛克莱并不否认艺术技巧在创作中的重要作用,但同时强调通过艺术技巧创作出来的作品,需要借助宣传,广为传诵后,才能成为经典。他的主张并不是没有道理。莎士比亚在世的时候名声不大,后来由于英国政府的需要,让其在社会上广泛传播,他才逐渐成为经典作家,其作品也成为伟大的名作。这正如辛克莱所说的:"根据所选的艺术,借助于艺术的技能(technical competence),有生命力、有意义的宣传,广为传播,伟大的艺术由此而生。"②他甚至极端地主张:"所有的艺术都是宣传。这是普遍的和不可避免的宣传;有时是无意识的,但常常是有意为之

---

① Upton Sinclair, *Mammonart: An Essay in Economic Interpretation*, Pasadena & California: Self, 1925, p. 10.
② 同①。

的宣传。"①即使主张艺术与宣传无缘,其实这种主张本身也是一种宣传。② 不可否认,辛克莱为了论证艺术的本质是宣传,到最后已经只管形式逻辑,忽视要在更复杂的系统中解释与论证这个命题,但其偏执的努力至少让人认识到艺术与宣传有解不开的联系。

"艺术开始是作为人类再现现实的努力;首先,为了让人类回想起现实,其次,为了让其他人也理解这个现实。"③辛克莱认为与其他人交流的动机是一种更重要的动机。"这种与他人交流观点与情感的冲动变成艺术中的主导动机,并且是伟大艺术的决定性因素。"④与他人交流,换言之,获得读者或者恩主的认同,需要写后者满意的作品。在这种情况下,作家通过自觉向恩主或者读者的意识形态靠拢,收获了名誉与金钱,失去自己的艺术追求。"任何时代大部分成功的艺术家都是与那个时代的精神和谐共存的人,认同于掌权的力量。"⑤

辛克莱认为作家具有双重特征:一方面,作家作为一种特殊的动物,具有动物的基本属性和特征;另一方面,作家是具有精神创造性的一种特殊性的动物,具有精神的属性与特征。在辛克莱看来,"艺术家也是一种生物,必须被填饱肚子,必须有衣服穿。他需要一个妻子或丈夫和孩子,他们必须有吃有穿"⑥。此外,"艺术的冲动是一种精神的外溢;艺术家吸收生活,研究生活,再创造生活,丰富并且使其他人的生活结出果实。这种冲动本质上是一种利他主义的冲动,慷慨像自然,无私像上帝"⑦。按照辛克莱的看法,艺术家的精神创作是一种精神的外溢,这种精神外溢来自艺术家观察生活、表现生活,让生活具有

---

① Upton Sinclair, *Mammonart: An Essay in Economic Interpretation*, Pasadena & California: Self, 1925, p. 9.

② 参见 Upton Sinclair, *Mammonart: An Essay in Economic Interpretation*, Pasadena & California: Self, 1925, p. 9。

③ 同①,第 11 页。

④ 同①,第 11 页。

⑤ 同①,第 16 页。

⑥ Upton Sinclair, *Money Writes!*, London: T. Werner Laurie Ltd, 1931, p. 69.

⑦ 同⑥。

自己独立的世界与法则。在物质需求与精神需求中,辛克莱认为作家只有先满足衣食住行等生存方面的需求,再满足家庭和孩子的需求,才能从事艺术创作。

艺术家的物质属性决定他必须解决自己的衣食住行问题,然后才能从事创作。艺术家并不直接创造物质财富,而是需要依靠其他人创造的物质财富的供养才能创造出精神财富。艺术家身上的这种依附性要求他必须按照统治阶级的愿望进行创作活动。"艺术家是一种社会产品,他的心理和其作品的心理都被主导那个时代的经济力量所决定","任何时期已经被承认的艺术家是因那个时代的统治阶级而生,为后者的利益和理念而发声"①。艺术家是一种待价而沽的商品,为了完成商品的交换属性,他必须按照统治阶级的诉求行事。

辛克莱认为作家具有物质与精神双重属性,与马克思的思想有一定的联系。马克思认为人必须首先解决自己的衣食住行,然后才能从事其他活动。"人们首先必须吃、喝、住、穿,然后才能从事政治、科学、艺术、宗教等等;所以,直接的物质的生活资料的生产,因而一个民族或一个时代的一定的经济发展阶段,便构成为基础,人们的国家制度、法的观点、艺术以至宗教观念,就是从这个基础上发展起来的,因而,也必须由这个基础来解释,而不是像过去那样做得相反。"②辛克莱是美国社会党(Socialist Party of America)的成员,虽然 1917 年曾退党,但在 20 世纪 20 年代又加入该党。"到 1904 年,辛克莱已经是美国社会党的一员。"③作为美国社会党成员,辛克莱对马恩文艺思想有一定程度的了解。这可以从他对作家的物质属性的论说中推知。作为一

---

① Upton Sinclair, *Mammonart: An Essay in Economic Interpretation*, Pasadena & California: Self, 1925, p. 21.

② 恩格斯:《卡尔·马克思的葬仪》,载马克思、恩格斯《马克思恩格斯全集第十九卷》,中共中央马克思恩格斯列宁斯大林著作编译局编译,北京:人民出版社,1963年,第374—375页。

③ 杰奎琳·塔维涅-库尔宾:《〈野性的呼唤〉与〈丛林〉:杰克·伦敦与厄普顿·辛克莱的动物丛林和人类丛林》,载唐纳德·皮泽尔主编《美国现实主义和自然主义——豪威尔斯到杰克·伦敦》,张国庆译,武汉:武汉大学出版社,2009年,第216页。

位建构能力不强的文学思想家,他缺少马恩理论的穿透力。马克思辩证地论述了经济对文学的决定性作用,文学对经济也有影响。"政治、法律、哲学、宗教、文学、艺术等的发展是以经济的发展为基础的。但是,它们又都互相影响并对经济基础发生影响,并不是只有经济状况才是原因,才是积极的,而其余一切都不过是消极的结果。"①

辛克莱从马克思社会学的视角出发,批判了资本主义的上层建筑,反驳维护统治者的六种艺术谎言,提出"艺术的本质是宣传"的观点。这一观点在当时的美国具有不小的影响。在中国,通过鲁迅、郁达夫等人的译介与宣传,辛克莱的思想也影响了中国现代文艺思想的建构。

----

① 恩格斯:《恩格斯致瓦·博尔吉乌斯(1894 年 1 月 25 日)》,载马克思、恩格斯《马克思恩格斯选集》(第 4 卷),中共中央马克思恩格斯列宁斯大林著作编译局编译,北京:人民出版社,1995 年,第 506 页。

第四章　美国印象主义文学思想①

---

① 本章由简功友撰写。

　　印象主义（Impressionism）最早是法国艺术批评家路易斯·勒罗伊（Louis Leroy）在评论奥斯卡-克劳德·莫奈（Oscar-Claude Monet）作品《印象·日出》（*Impression, Sunrise*, 1872）时杜撰出来的一个词，后来在美术界迅速流传开来，可以理解为一种艺术风格或坚持这种风格的画派。印象主义的产生得益于光学和色彩学的诞生及它们与美学的逐渐融合。他们认为光和色彩是艺术家认识世界的主要凭借，光和色彩成了世界的中心，艺术作品也成了瞬间的印象。后来印象主义渐渐被文学创作所采纳，形成印象主义文学。19世纪80年代，因法国印象主义艺术作品在美国纽约等地展出，印象主义随之传入美国，开始在艺术领域产生影响，催生了美国印象主义绘画流派，代表人物主要有詹姆斯·惠斯勒（James Whistler）、约翰·亨利·特瓦克特曼（John Henry Twachtman）、约翰·辛格·萨金特（John Singer Sargent）、蔡尔德·哈萨姆（Childe Hassam）；与此同时，詹姆斯·亨尼克等专门从事艺术和出版物批评的专家学者也开始关注艺术领域里的印象主义；后来其影响扩散到文学领域，多位美国作家开始涉足印象主义文学创作，代表人物有詹姆斯、克莱恩和约翰·多斯·帕索斯（John Dos Passos）等。由于对印象主义文学缺乏研究，当时的美国学界几乎没有意识到美国有印象主义文学的存在。但随着研究不断深入，尤其是20世纪70年代至今，学界越来越多的学者认识到了美国印象主义文学的宝藏，发现了其价值，因此，即便没有形成一个稳定的文学流派，在

19、20 世纪之交的美国文学中,印象主义文学思想都是值得关注和探讨的。

第一节

从艺术到文学:詹姆斯·亨尼克对欧陆印象主义的继承与超越

詹姆斯·亨尼克(James Huneker,1857—1921)是美国的艺术、音乐、著作和戏剧批评家,他也是一位生活多姿多彩又雄心勃勃的作家,他的朋友本杰明·德·卡塞雷斯(Benjamin de Casseres)曾称他为"带着重大使命的美国人",而所谓的伟大使命就是教给美国人民有关那个时代本土与欧洲的文化成就。他也大胆地在《纽约太阳报》(*New York Sun*)的专栏上表达了自己的信条:"当有人进入我们事业中后,就让我们转移焦点。我们应该根据各自脾性来研究每一个人,而不是询问自己他是否打扰了别人的音乐。像校长打分一样的做法应该在几世纪之前就已被人遗弃。错过现代艺术就是错过我们现在生活中所有的震撼和兴奋。"①亨尼克兴趣颇广,在艺术、音乐、戏剧以及著作批评诸多方面都取得了较大成就。因为对印象主义的关注和兴趣,他也在印象主义的层面做了相关的文学研究。他不但大力宣传欧洲的文艺新思潮,而且尖锐批评美国文艺界维护旧传统的保守风气。他认为文学批评的功能在于激发读者对文学的兴趣,帮助他们欣赏富有独创性的作品。文学作品的好坏关键在于能否激起读者的感情。他的论著甚丰,通过对欧洲名人福楼拜、易卜生、萧

① 原文为:"Let us try to shift the focus when a new man comes into our ken. Let us study each man according to his temperament and not ask ourselves whether he chimes in with other men's music. The giving of marks in schoolmaster's fashion should have become obsolete centuries ago. To miss modern art is to miss all the thrill and excitement our present life holds.'". James Huneker, *New York Sun* (2/9/1908), p. 8. 转引自 https://www. artandpopularculture.com/Huneker,访问日期:2024 年 6 月 9 日。

伯纳、波德莱尔、马拉美、奥古斯特·斯特林堡（August Strindberg）、尼采等人的评介表露他的文艺观，较有代表性的论著有《反传统的人：戏剧家集》（*Iconoclasts: A Book of Dramatists*，1905）、《利己主义者：超人集》（*Egoists: A Book of Supermen*，1909）、《印象主义者漫步》（*Promenades of an Impressionist*，1910）、《象牙、猿与孔雀》（*Ivory, Apes, and Peacocks*，1915）等。

一、亨尼克对欧洲印象主义的继承

亨尼克曾被美国文学批评家和史学家一致认为是一位漠视美国本土文学的批评家。[①] 但我们也可以换一种说法：亨尼克是一位具有世界眼光的文学艺术批评家，他对世界著名的艺术家、文学家极其关注，尤其重视对欧洲文学艺术新成果的引介，比如欧洲印象主义运动就受到亨尼克的高度关注。他撰写了专著《印象主义者漫步》，这部著作可以算作美国较早系统介绍印象主义的专著，全书对欧洲较为著名的印象主义画家，比如保罗·塞尚（Paul Cézanne）、莫奈、爱德华·马奈（Édouard Manet）、皮埃尔-奥古斯特·雷诺阿（Pierre-Auguste Renoir）等，都一一作了评介。亨尼克的这部著作在将欧洲的印象主义文学重要思想部分地引入美国方面起到了非常重要的作用。需要说明的是，亨尼克所吸收的印象主义文学思想与后来的印象主义批评所形成的理论成果相比，有很多不成熟的地方，但对促进美国印象主义文学批评和进一步发展起到了积极作用。

首先，《印象主义者漫步》这部著作对文学印象主义批评或研究本身来说就是一个有重大意义的信号。现在从图书资源库里能找到的较早以"印象主义"命名或图书标题中含"印象主义"这个词的书是1914年由芝加哥 A. C. McClurg & Co. 出版的《立体派艺术家

---

① 参见 Arnold T. Schwab, "James Huneker's Criticism of American Literature," *American Literature*, 1 (1957), pp. 64-78。

和后印象主义》(*Cubists and Post-Impressionism*),这本书是艺术专著,不是文学批评专著。能找到的较早以"印象主义者"命名或书名中含"印象主义者"这个单词的书,是 1896 年在伦敦和纽约同时发行的《邪恶的母性:一部印象主义小说》(*An Evil Motherhood, An Impressionist Novel*) 以及 1904 年在伦敦发行的《印象主义绘画:发生与发展》(*Impressionist Painting: Its Genesis and Development*),这两本书一本是小说,一本谈论印象主义绘画艺术。《印象主义者漫步》于 1910 年在纽约出版,该书大部分篇幅也是谈论印象主义绘画艺术,但也有少量篇幅涉及印象主义文学。"印象主义"一词在书中出现了 43 次,同时还出现了"文学印象主义"(Literary Impressionism)这个术语,虽然只出现了一次。后来辟出章节谈印象主义文学的著作其实已经是 1956 年明尼苏达大学出版社出版的《美国文学自然主义:一条分裂的河》(*American Literary Naturalism: A Divided Stream*)。这本书虽然主要关于自然主义,但在书中有两个章节涉及印象主义:一个是对克莱恩同时用了"自然主义者和印象主义者"为标题,另一个是谈论安德森时用了"印象主义和埋葬了的生活"的标题。也就是说,无论拿什么比较,《印象主义者漫步》都是印象主义批评涉及文学范畴的最早的著作。这部著作基本上呈现了欧洲印象派绘画艺术的风貌,涵盖了当时所有印象派艺术大师。亨尼克在该书中指出,乔治·奥古斯塔斯·摩尔(George Augustus Moore)①是印象主义运动批评先锋人物,也是最早将马奈、莫奈以及埃德加·德加(Edgar Degas)等印象主义大师介绍到伦敦的人。② 该书同时还涉及绘画艺术与文学艺术之间的融合,并且专门探讨批评的作用及其与艺术的关系。

其次,亨尼克对印象主义的内涵有较为全面的把握。欧洲印象主义重视当时光学知识的新发现,同时也对在艺术创作中的光与色的关系及运用有了较深的认识,这一切对亨尼克来说都是一种新发现,是

---

① 爱尔兰小说家、艺术批评家。

② 参见 James Huneker, *Promenades of an Impressionist*, New York: Charles Scribner's Sons, 1910, p. 287。

值得美国人学习和了解的,因此他将这些新发现都写进了他的著作里。先看看他在著作中转引的卡米耶·毛克莱(Camille Mauclair)的一段话:

> 在自然界没有颜色是自己存在的。物体的着色完全是幻觉;最有创造力的色源是太阳光,它能根据不同时间用变换无穷的手法或包裹所有事物或者呈现它们……距离、视角以及亮度的思想是通过更暗或更亮的颜色给我们的,这也是色值的感觉,一个色值就是光亮或黑暗的强度,这种强度可以让我们的眼睛辨别哪一个物体比另一个物体更近或更远。正如绘画不是也不可能成为对自然的模仿,而仅仅只是对她的艺术解读,因为只有平面的东西任由它处理,所有色值都只是表达平整表面深度的手段。因此,颜色就变成了图案的创造者……颜色会因光的强度而不同……局部的颜色往往是判断不准确的;叶子未必是绿的,树干未必是棕色的……根据一天的时间,也就是根据光线更大或更小的倾斜度(科学上称之为入射角),叶子的绿色和树干的棕色都被修正……整个气氛的建构……才是画面的真正主题……。①

毛克莱在这段话中试图定义印象主义,阐释印象主义的内涵。我们都知道,印象主义之所以竖起大旗是为了反对陈旧的古典画派和陷入矫揉造作的浪漫主义画风,真实地反应客观世界和生活。但是对光学研究新成就的了解让印象主义者明白: 其实现实是无法准确把握的。把握现实,需要准确判断事物的外观,判断外观的凭借是颜色,而颜色又需要和光相协调才可以被准确感知,最为关键的是,光的照射

---

① James Huneker, *Promenades of an Impressionist*, New York: Charles Scribner's Sons, 1910, p. 230.

254 19 世纪末至 20 世纪 20 年代美国文学思想

角度不同,颜色就会发生变化,这就决定了每一幅画都只能确定地描摹某一时刻具体光照角度下的"真实"。印象主义绘画重视对颜色的运用,在学理上得到了清楚解释。

最为重要的是,亨尼克结合具体文学作品进行了文学印象主义的解读和批评,他也注意到了当时自然主义与印象主义在文学范畴里的交织与纠缠,更以独到的眼光指出了《玛奈特·萨洛蒙》(*Manette Salomon*, 1867)作为印象主义小说的代表性。他在书中写道:"当时所有的外光派印象主义(plein air impressionism)小说理论都在左拉的小说中得以讨论,然而在龚古尔兄弟[埃德蒙·德·龚古尔(Edmond de Goncourt)和茹尔·德·龚古尔(Jules de Goncourt)]的《玛奈特·萨洛蒙》出版后,这部作品显得很笨拙。那部画家的祈祷书早在 1867年就预示了——当然是以出版物的形式——自然—印象主义团体的发现、实验和实践,从居斯塔夫·库尔贝(Jean Desire Gustave Courbet)到塞尚,莫奈到马克西姆·莫福拉(Maxime Maufra),马奈到保罗·高更(Paul Gauguin)。这里呈现了学生生活、沙龙、画室以及露天场所的词语画面。在《玛奈特·萨洛蒙》之前或之后都还没有出现这样的绘画艺术心理手册。"①由此我们可以看出,亨尼克在世纪之交的时候已经有了非常强烈的倾向,即对词语画面的看重。这也是印象主义文学所看重的:用语言描述感官印象,尤其是基于光和色的事物的固有特性。

最后,既然印象主义是对当时已成传统的古典主义和浪漫主义的背叛,亨尼克还看出了印象主义的进步性,他提醒大家印象主义为艺术创作所带来的积极作用。"我们不能忘记除了技巧革新外(基调的拆分,互补颜色的研究),印象主义还给我们带来了构图的革新,人物的写实,以及主题选择的最大自由。"②印象主义让我们在从事文学创作时聚焦于外在世界的光和色,根据光照的时间不同,捕捉现实不同

---

① James Huneker, *Promenades of an Impressionist*, New York: Charles Scribner's Sons, 1910, pp. 289-290.

② 同①,第 214 页。

的颜色,从而形成一种对现实的真实写照。因为真实有了可能,也因为确定了自然与现实生活无法被真正模仿,放弃了传统的模仿理念,这样反倒让艺术构思和创作变得简单和可靠。

二、亨尼克对欧洲印象主义的超越

虽然在《印象主义者漫步》整本书中,亨尼克主要以艺术层面的探讨为要旨,但他对文学与艺术之间的内在联系和相互区分之处还是做了一定的探讨。在评论并分析欧仁·嘉里耶尔(Eugène Carrière)的几幅肖像画时,亨尼克阐释了文学与艺术之间的本质区别,"对于艺术家来说,形式激发思想、感觉和情感;对于诗人来说,思想、感觉和情感激发形式"①。他指出了艺术与文学之间各自的领域分工,艺术关注形式,也就是我们后来强调的空间结构,而文学关注感觉、思想和情感,也就是时间序列的因素。但两者之间并非泾渭分明,而是可以互相转换。他在著作中也强调艺术批评本身就是文学以及文学创作可以将艺术(家)作为主题或对象的观念。正是由于艺术与文学之间的这种微妙关系,亨尼克发现了批评的重要性。文学家左拉对马奈艺术作品的批评给他留下了深刻的印象。他甚至还指出,"在法国、英国和美国都有写作和绘画才能兼备的艺术家。纽约的凯尼恩·考克斯(Kenyon Cox)就是如此。但在所有现在仍健在以及已经故去的画家中,最主要的一位很耀眼,而且将来等他的画布褪色后依然耀眼的——这些画布已经开始褪色——就是尤金·弗罗芒坦(Eugène Fromentin)②,因为他写作的《往昔大师》(The Masters of Past Time)是一部最经典的批评专著"③。亨尼克坚信,那些既能从事艺术创作又能进行艺术批评的人方能占据历史的舞台。对亨尼克来说,后者甚至更为重要。

---

① James Huneker, *Promenades of an Impressionist*, New York: Charles Scribner's Sons, 1910, p. 74.
② 法国画家兼作家,因写作更为著名。
③ 同①,第281页。

门肯曾指出,亨尼克"曾将美国的批评从旧的多愁善感与愚蠢的束缚中解放出来了,借于此……也将艺术本身解放出来了"①。亨尼克看重批评,尤其看重文学领域对艺术领域的批评,在他看来,对艺术作品的批评其实也是一种文学成就。而且对亨尼克来说,从事批评并不需要多高的条件。因为,一个评论家表达自己的声音并不需要"卖弄的文笔"和"自命不凡的亚洲风格"②。亨尼克所看重的批评,是必须有见地的批评,而不在乎批评话语的多少。他进一步指出自己的看法:即使让-弗朗索瓦·米勒(Jean-Francois Millet)除了"没有孤立的真理"这一句之外再也没有写出别的句子,他也仍然是一位批评家;约翰·康斯太勃尔(John Constable)单凭"好事不可能重做一次";阿尔弗雷德·史蒂文斯(Alfred Stevens)凭对艺术的定义,即"从情绪的三棱镜中看到的自然",都超过了左拉在实验小说中自吹自擂的宣告。③ 其实,基于对欧洲印象主义的探讨,亨尼克收获了另一个成果,那就是印象式批评,这种印象式批评有点接近中国传统的印象式批评,即凭借自己的主观感受对艺术(也包括文学作品)表达一些看法,他没有形成多少理论成果,一切全凭个人的主观感受。但他将对艺术,主要是绘画艺术的批评,提高到了崭新的高度。他认为:为了越过栅栏直达文学,华兹华斯写了评论序言,雪莱也这样做了;坡本身就是批评家;而柯勒律治,一位将绘画称作"思想与事物中间品质"的人——找到了自然和独特人性的结合。④ 这或许就是他对欧洲印象主义运动关注的额外收获,由艺术到文学,由文学到批评。不过,不管怎样,他最后还是坚信,艺术就是艺术,它不是自然;批评就是批评,它不是艺术。

---

① James Huneker, *Essays by James Huneker*, selected with an introduction by Mencken, New York: Charles Scribner's Sons, 1929, p. 378.

② James Huneker, *Promenades of an Impressionist*, New York: Charles Scribner's Sons, 1910, p. 283.

③ 参见 James Huneker, *Promenades of an Impressionist*, New York: Charles Scribner's Sons, 1910, p. 280。

④ 同③。

第二节

文学印象主义：批评的兴起与思想建构

正如前文所说，亨尼克对美国印象主义文学的最大贡献是让欧陆艺术领域的印象主义在美国引起了反响并向文学领域渗入，但他本人还不能算作真正的文学领域的印象主义批评家，因此对美国印象主义文学思想的贡献也并不大。真正的美国印象主义文学思想的形成和发展是在美国文学领域的印象主义批评兴起以后，诸多学者在哲学维度上搭建印象主义文学思想的基础，同时从艺术领域的印象主义借鉴理论资源，从而建构了美国印象主义文学思想。

一、印象主义文学批评的兴起

印象主义与文学走到一块，在很多人看来是不可思议的事情，但它的确发生了。杰西·梅茨（Jesse Matz）指出，文学领域的印象（impression）一词最早出现于英国文学评论家佩特著作《文艺复兴史研究》（*Studies in the History of the Renaissance*, 1873）的序言中，将"按实际情况了解一个人的印象"[①]作为美学批评的钥匙。1884年，詹姆斯在《小说的艺术》一文中称"小说按其最广的定义来说是个人对生活的直接印象"[②]。托马斯·哈代（Thomas Hardy）、康拉德、弗吉尼亚·伍尔夫（Virginia Woolf）等很多知名作家也都同意这样的观点。后来，文学批评家也开始慢慢接受作为文学概念的印象及由此而产生的印象主义。印象主义最早被应用到文学领域是1883年费迪

[①]　Walter Pater, *Studies in the History of the Renaissance*, London：Macmillan and Co., Ltd, 1873. p. viii. 原文见画线部分："and in aesthetic criticism the first step towards seeing one's object as it really is, is to know one's own impression as it really is, to discriminate it to realise it distinctly."。

[②]　Henry James, *The Future of the Novel: Essays on the Art of Fiction*, New York：Vintage Books, 1956, p. 9.

南·布吕纳介(Ferdinand Brunetiere)在《自然主义小说》(*Le Roman Naturaliste*)中的一段话:"我们可以将文学印象主义定义为作为写作艺术的艺术表现手法的系统转换。"①

印象主义文学在美国的兴起是悄无声息的,并没有轰轰烈烈的印象主义文学运动,以致当时颇具印象主义风格的小说创作都没有作为印象主义文学而引起学界的注意,比如,当时的詹姆斯和克莱恩分别被归为现实主义和自然主义文学的重要作家。这里主要有两方面的原因:一是印象主义文学的出现是印象主义艺术的副产品,相对于文学领域来说有一定的隐蔽性;二是印象主义在文学领域同时与现实主义和自然主义等多种文学潮流交织,且内涵难以界定。玛丽亚·伊丽莎白·克罗内格(Maria Elisabeth Kronegger)在其《文学印象主义》(*Literary Impressionism*, 1973)一书中有一段话可以说明当时的情况。

> 在丹麦、德国和英国文学中,印象主义文学已经是一个获得承认的文学运动。然而在法国和美国文学中,印象主义却是一个意义极不确定的术语,作家和批评家使用该词的时候就如同意象主义、象征主义、意识流以及颓废派文学一样,意义模糊,各有所指。因此,黑尔美特·汉兹菲尔德(Helmut Hatzfeld)在其备受尖刻批评的专著《艺术里的文学》(*Literature Through Art*, 1960)所表达的观点也是极其模糊的,他认为"从哲学角度来看,任何现代现实主义都可以被叫作印象主义"。②

更有意思的是,1968 年美国比较文学协会举办了最早的"印象主

---

① 转引自 Maria Elisabeth Kronegger, *Literary Impressionism*, New Haven: College and University Press, 1973. p. 24. 原文为:"Nous pourrons definer deja l'impressionisme litteraire une transposition systematique des moyens d'expression d'un art, qui est l'art d'ecrire."。

② Maria Elisabeth Kronegger, *Literary Impressionism*, New Haven: College and University Press, 1973, p. 24.

义文学研讨会"，最后形成了有利于"在文学界放弃印象主义和印象主义者等词汇"的结论。但印象主义批评似乎并没有因这次专门以印象主义为主题的专门研讨会而就此终止，相反，印象主义批评随着1973年首部专著——克罗内格的《文学印象主义》的出现而开始勃兴。除此之外，到目前为止，在美国共有《斯蒂芬·克莱恩和文学印象主义》（*Stephen Crane and Literary Impressionism*，1980）、《文学印象主义：詹姆斯和契诃夫》（*Literary Impressionism, James and Chekhov*，1980）、《文学印象主义和现代主义美学》（*Literary Impressionism and Modernist Aesthetics*，2001）、《文学印象主义曾是什么？》（*What Was Literary Impressionism?*，2018）等专著出版，还另有多篇博士论文和近100篇学术期刊论文。

美国从事印象主义文学批评的学者们主要致力于三个方面的研究：1）界定印象主义文学的内涵并发掘印象主义文学作家作品；2）多维度探讨印象主义文学理论并建构印象主义特色的文学思想；3）印象主义视域下本国作家与外国作家的比较研究，证明印象主义文学的国际属性。这些后发的文学批评重新认识了介于19世纪下半叶到20世纪之交的美国印象主义文学，确认了詹姆斯和克莱恩两位作家印象主义文学大师的地位，也厘清了印象主义文学与自然主义文学、象征主义文学、现实主义文学等诸多流派之间的关系，同时也揭示了印象主义文学相关的重要文学思想。

二、印象主义文学思想的三维解析

就目前的发展情况来看，印象主义文学批评有两个特点，即后发性和前期性：后发性说的是印象主义文学批评在印象主义文学出现近一个世纪后，也就是到20世纪下半叶才正式兴起；前期性主要指印象主义文学批评总体而言，还基本处于一个新事物发展的前期阶段。虽已结硕果，正如前文所提及，克罗内格、詹姆斯·内格尔（James Nagel）、H. 彼得·斯托厄尔（H. Peter Stowell）、梅茨、迈克尔·弗雷德（Michael Fried）等都已有印象主义文学批评的专著出版,可以视作印象主义文学批评的重要代表;但毕竟是起步阶段,还有涉及印象主义文学的内涵与外延的诸多问题没有厘清。为便于阐释方便,本节将按照印象主义文学所涉及的思想维度来探讨印象主义文学思想内涵。

(一) 哲学维度的理论基础搭建

从哲学认识论的角度,印象主义文学涉及了主观与客观之间的关系以及准确认识客观现实等哲学层面的问题;所以,印象主义文学批评自然避免不了哲学层面的因素。印象主义文学从经验论哲学中得到了启示,其中最重要的就是大卫·休谟(David Hume)在《人性论》(*A Treatise of Human Nature*, 1738)中提出的观点: 所有人类心智中的感知都可以分为明确的两类,即印象(impressions)和理念(ideas)。印象是首次呈现于心灵的一切感知、激情和情绪,而理念则是在思考和推理过程中这些印象的弱化影像。[1] 休谟的这种观念被英国评论家佩特借鉴,将印象认定为经验的本质,并形成自己的印象式美学理论。这种对印象在哲学层面上的认识为印象主义文学找到了哲学理论根基,很多学者在经验主义哲学的基础上将认识客观世界的问题聚焦到感官经验上,"通过感官经验,印象主义与日常世界建立了一种崭新的关系,外在世界的刺激物影响感知,感知又影响心智。源自勒内·笛卡尔(René Descartes)的理智主义也因对感知意识的理解而变得更加内涵丰富"[2]。而最为有趣的莫过于他们从认识论的为知识辩护转变到印象主义的为感知辩护,笛卡尔的"我思故我在"变成了安德烈·纪德(André Gide)的"我看,我摸,我闻,我嗅,故我在"。感觉成了认识世界的重要凭借和渠道。

---

[1] David Hume, "A Treatise of Human Nature," in *Philosophical Works*, vol. 1, 1739, edited by Thomas Hill Green and Thomas Hodge Grose, London: Longmans-Green, 1964: bk. 1; pt. 1; sec. 1, p. 311.

[2] Maria Elisabeth Kronegger, *Literary Impressionism*, New Haven: College & University Press, 1973, p. 35.

　　印象主义兴起还在哲学层面与 19 世纪美国所经历的超验主义运动有一定联系。超验主义坚信自然是精神的象征,世界中的万事万物都与某种特定精神一一对应,这样就将客观世界和主观意识变成了统一体,经历了从二元论到一元论的转变。超验主义自然观在 19 世纪下半叶已经产生了广泛而深远的影响,无疑对印象主义的世界观也有很大启示。一元论的思想至少让他们明白了感官经验和思想之间是可以慢慢靠拢、成为一体的。克罗内格指出,感官印象是一种合成物,是与现实合一的本能感觉。因此,印象主义者在认识论上要完成的重大任务就是尽量地缩小感官经验(sensual experience)与思想(thought)之间的距离,实际上就是回到休谟的两个感知分类——印象与理念,缩小感官经验与思想之间的距离就是要缩小印象与理念之间的距离。"印象主义作家从来没有试图触碰感知范围以外的物理或道德理念,而是仅仅局限于感知范围之内",小说变成了一种"主观经验,交流的不是思想,而是主观印象"①。

　　印象主义哲学是"完全在感觉流中建构现实。从根本上说,印象主义是现实主观性的陈述和人类对经验的不同反应。记忆、想象和情绪在个人意识的调控下引导大脑,并变成艺术表达经验的基础"②。印象主义依然关心现实,并致力于真实地表现现实,只是在认识论上,印象主义将人类的感觉放到了至关重要的位置,将印象看成了人类认识现实世界的唯一媒介。印象主义所呈现的现实是客观与主观的统一。罗德尼·O. 罗杰斯(Rodney O. Rogers)曾中肯地提出,印象主义绘画与小说之间的联系与其说是一个技巧问题,不如说是一个现实世界的本质观问题。③ 印象主义画家和作家在创作时都基于一个前提,"印象主义是一种现实主义风格的描绘,恰恰因为现实是暂时的、稍纵

---

　　① Maria Elisabeth Kronegger, *Literary Impressionism*, New Haven：College & University Press, 1973, pp. 35 - 36.

　　② Benjamin D. Giorgio, " Stephen Crane：American Impressionist ", Diss. Wisconsin, 1969, pp. 60 - 61.

　　③ 参见 Rodney O. Rogers, " Stephen Crane and Impressionism," *Nineteenth-Century Fiction*, 3 (1969),pp. 292 - 304。

即逝的,不断地变更意义,从而也不停地挑战确切的定义"①。而印象是在特定的瞬间光和色在人类心灵中留下的特定感觉,是唯一确定的东西。这在整体上就构成了印象主义哲学基础。印象是连接现实和大脑的唯一桥梁。套用马克思主义的观点,印象主义文学所表达的观念不外是移入人脑并在人的头脑中改造过的印象而已。印象主义文学的创作对人类感官能力存在一定程度的依赖,因为在人类意识中监控现象的是以感觉为媒介的感官能力。在 1968 年的印象主义文学研讨会上,诸多学者将印象主义定义为"瞬间的现实在感觉受到意识调节并及时捕捉后得以理解的技巧"②,这样的定义在一定程度上揭示了印象主义的本质,体现了哲学维度上的思想内涵。

(二) 艺术维度的核心理论借鉴

印象主义文学是在印象主义绘画兴起后才发展起来的,因此在艺术表现原理方面直接借鉴了印象主义绘画所采用的理论与技巧。首次"文学印象主义研讨会"的讨论发言人都强调了印象主义画家和印象主义作家在图像处理方面的共性,甚至有人宣称印象主义文学中的场景就是"印象主义绘画的直接翻译"。哈利·哈特威克(Harry Hartwick)表明文学印象主义源自绘画,具体来说是莫奈的《日出》,这幅画呈现的就是一个印象,而不是故事。他在法国象征主义诗人马拉美的诗歌和康拉德与克莱恩的小说里看出了类似于这种模式的文学表现,他将这种类型的小说解释为"一连串的画面,可视,可闻,可嗅,可触……"③。对印象主义绘画艺术理论的借鉴应该是印象主义文学理论最为核心的思想内容,是印象主义文学之所以为印象主义的主要依据。

---

① James Nagel, *Stephen Crane and Literary Impressionism*, University Park and London: The Pennsylvania State University Press, 1980, p.10.

② Michel Benamou, Herbert Howarth, Paul Ilie, Calvin S. Brown, and Remy Saisselin, "Symposium on Literary Impressionism," *Yearbook of Comparative and General Literature*, 17 (1968), p. 51.

③ Harry Hartwick, *The Foregrounds of American Fiction*, New York: American Book Company, 1934, pp. 35 - 42.

无论是印象主义作家,还是印象主义画家,他们的艺术职责都离不开一个同样的问题,即如何更加客观真实地表现客观现实?印象主义画家对这个问题已经有了全新的考虑,也形成了自己的艺术理论和艺术风格。我们都说诗(文学)是时间艺术,而画则是空间艺术。画家应该关心空间,研究对空间的理解和定义。对于印象主义画家来说,"空间,恰似时间一样,变成了一种围绕我们的氛围,不可以科学地测量和分析,而只能凭直觉在一种综合体中被人类所抓住。空间包围着万事万物,却不限制任何事物。现实对印象主义来说变成了空间的视野,作为颜色和光的感觉被识别"①。这样的空间概念为印象主义绘画提供了很好的理论基础。但从整个印象主义运动来看,在时空观上,他们显然受到了恩斯特·马赫(Ernst Mach)②的启发,时间和空间都被界定为一种关系,场景之间的关系构成时间,可以用光进行描述;物质碎片之间的关系构成空间,用颜色进行描绘。这样,整个现实就都变成了对"色和光"的感知。时间维度的东西通过光与印象产生了一定的关联。也就是说,印象主义文学的时间艺术在印象主义绘画空间艺术的启迪下,找到了新的表现现实的凭借。

凭借"色与光"来把握现实,但是,"现实是一个感官问题;它不稳定、随时在变、难以捉摸、不可了解"③。因此,现实并不是一个摆好造型等着我们去描绘的模特,这又产生了两个维度的新思考。

一是对现实本身的把握程度的问题,这涉及人对现实的认知程度。作为艺术家,最为关切的就是现实是否可以再现。塞尚宣称"我并未尝试去再现自然,我只是代表了自然;艺术不应该模仿自然,而是

---

① Maria Elisabeth Kronegger, *Literary Impressionism*, New Haven: College & University Press, 1973, p. 48.

② 恩斯特·马赫:奥地利-捷克物理学家、心理学家和哲学家。他认为世界是由一种中性的"要素"构成的,无论是物质的东西还是精神的东西,都是这种要素的复合体。所谓要素就是颜色、声音、压力、空间、时间,即我们通常称为感觉的那些东西。这些思想为印象主义运动提供了理论支撑。

③ James Nagel, *Stephen Crane and Literary Impressionism*, University Park and London: Pennsylvania State University Press, 1980, p. 13.

应该表达由自然激起的感觉"①。塞尚的观点实际上肯定了现实的主观性问题,确定了没有绝对客观的现实。对于印象主义来说,自然是无法由画家客观再现的,但可以由艺术家代表,破除了艺术是模仿的传统定义。也就是说,虽然"色与光"是看似客观的物理信息,但艺术家要再现自然,还必然掺杂主观的感受,即表达主观的感觉。印象主义画家所捍卫的主观的"色与光"后来也为印象主义作家所接受并借用。贝弗莉·基恩·吉布斯(Beverly Jean Gibbs)1952年在《现代语言杂志》(The Modern Language Journal)上发表论文《作为文学运动的印象主义》("Impressionism as a Literary Movement"),是当代第一位将印象主义归类为一场文学运动的学者,她描述了该类小说的主要特征,考察了好几位法国和西班牙作家的创作,指出他们的"创作中对光、影和色的应用占了主导地位,而光、影、色的组合就形成了图像感官"②。哈特威克对印象主义还有一段精辟的论述:"印象主义是感官留影,是对细节的混杂镶嵌,是各种相关图片的汇流,读者自己必须将这些图片融汇到事件关联中去……经历变成了一系列'紧张时刻';故事情节已失去了原来的重要性;从作品更大的视角的兴趣,作者转向了'光明、独特世界'的兴趣。"③无论是吉布斯的"图像感官",还是哈特威克的"光明、独特世界",都体现了艺术家的主观性。这种主观性可以用来解释诸如《静静的顿河》(Tikhiy Don,1928—1940)中的"黑太阳"。

二是如何把握现实的"色与光"问题,涉及的是再现现实的媒介认知。艺术家最为关切的是"色与光"是否可以被稳定地捕捉以及如何捕捉。内格尔曾指出,另一个将印象主义绘画与印象主义文学联系起来的

---

① 转引自 James Nagel, *Stephen Crane and Literary Impressionism*, University Park and London: Pennsylvania State University Press, 1980, p. 12。

② Beverly Jean Gibbs, "Impressionism as a Literary Movement," *The Modern Language Journal*, 36.4(1952), p. 181.

③ Harry Hartwick, *The Foregrounds of American Fiction*, New York: American Book Company, 1934, pp. 35 – 42.

鲜明特征是对现实短暂性的关注,或者更为准确地说,是人类感官不可避免的流动性,即便看到的是最为稳定的物体。① 正如前文所提及的,对于印象主义者来说,现实是不稳定的,是随时在变的,因此其呈现的"色与光"也随时在变。因此,对于现实的画面,他们也只能关注瞬间,唯有瞬间才能有固定的空间。印象主义文学也借鉴了同样的逻辑,他们将文学的时间序列打破,重点描述瞬间的"色与光",形成主观的印象,呈现主观瞬间的现实。爱德华·加内特(Edward Garnett)就注意到了克莱恩对生活中"稍纵即逝的瞬间"的抓取以及对生活"情景和片段本质"的再现。② 克莱恩的传记作家 R. W. 斯托尔曼(R. W. Stallman)也强调克莱恩的风格就是"散文点彩画","由不相连贯的意象组成,这些意象就如同法国印象主义画作中的色点合并成图,每一组单词都有交叉指涉关系,每一个看似不相干的细节与所设置的整体都有内在关系"③。印象主义文学作品最大的特征是放弃了传统文学作品的时间维度的特质,所呈现的人物或景象是时间上某个瞬间上的空间,是具体的光和颜色构成的图案,而不再是时间序列的情景。这也是印象主义文学从印象主义绘画中借鉴到最为精髓的理论营养和艺术手法。

(三)文学维度的自身理论建构

印象主义文学批评必须关注印象主义与自然主义、现实主义等其他思潮之间的区别,因为印象主义作家很多也被归类到其他的流派中,比如克莱恩长期被看作自然主义作家。内格尔曾指出,克莱恩小说在半个世纪之后都还没有将其作为印象主义文学阐释的成果出现,部分原因应该归咎为当时批评术语严密性的缺乏,从而使得现实主义、自然主义和印象主义的本质区别没有得到清楚的界定。④ 因此,印象主义批

① 参见 James Nagel, *Stephen Crane and Literary Impressionism*, University Park and London: Pennsylvania State University Press, 1980, p. 12。

② 同①,第4页。

③ R. W. Stallman, *Stephen Crane: An Omnibus*, New York: Alfred A. Knopf, 1961, p. 185.

④ 同①。

评必须回到自己本位,完成自身的基本理论建构,以期与其他流派做出区分。

首先是如何定义现实的问题。文学源于现实,对现实的定义决定了一个文学流派的本质内涵。克罗内格指出,对印象主义者来说,"现实是一种主观,不能分析,只能凭直觉捕捉"。梅茨还进一步确认最好的印象主义现实的定义来自马塞尔·普鲁斯特(Marcel Proust):

> 现实不是自身呈现出来的事物,比如塔尖的壮观和玛德琳蛋糕的自身,现实有一个隐含存在,只有通过感官印象才能显露。现实是直接感觉之间的某种特定关联:一小时不只是一小时,它是一个充满香味、声音、图案和氛围的花瓶。只有印象才能成为标准来检验现实,它是飞机远处的轰鸣,是圣希莱尔尖塔的轮廓,或者说是玛德琳蛋糕的味道。①

现实对印象主义者来说最为关键的是其不稳定性和隐含性,只有通过感官印象才能显露,印象是检验现实的唯一标准,而且涉及声音、图形和味觉等多种因素。现实定义中的这些因素,也基本确定其文学创作是围绕印象二字展开了,也就是限定了其作为一个流派的内涵属性。其次是如何定义作品和作者的问题。谈及对作品和作家的定义,很多从事印象主义批评的学者都会提及詹姆斯本人的一个定义,即"小说是一种印象",这个定义为大家所熟悉,也体现了印象主义的内涵,但克罗内格对此问题的阐释更加明晰:"一首诗或一篇小说,本不是要'传达什么意思,而是什么'(not mean but be),往往会回归自己,不指涉任何自身外的事情,一切非身内事物都不见。作者既非声色之徒,也非思想者,他主要是一位制造者。"②

---

① 转引自 Maria Elisabeth Kronegger, *Literary Impressionism*, New Haven: College & University Press, 1973, p. 36。

② Maria Elisabeth Kronegger, *Literary Impressionism*, New Haven: College & University Press, 1973, p. 21.

传统观念中,一部文学作品一定传达了某种特定的意义或思想,作者肯定是某种程度的思想者。但印象主义改变了这样的传统,作品最关键的在于"是什么",作者也由思想者变成了制造者。所以,印象主义作品与传统作品的一个巨大的不同就是:"语言不是作为思想或概念来理解,而是作为感觉和声音图片来理解的。"①在文学理论史上,印象主义对于作品和作家的界定应该是革命性的变化,也体现了印象主义作为一个文学流派的独特内涵。

最后,印象主义批评还通过对美国本土印象主义小说的具体评价,发现艺术成就,总结艺术理论。印象主义批评主要聚焦于克莱恩和詹姆斯两位作家。在谈论两位具体作家之前,我们有必要看看,印象主义批评对整个印象主义流派的一种看法,梅茨对此有过较为系统的梳理:

> 迈克尔·利文森(Michael Levenson)和 H. 彼得·斯托厄尔曾催促我们将印象主义作为一个有一定势头的转折点看待,它所积聚的势能足以开启文学现代主义,同伊安·瓦特(Ian Watt)、弗雷德里克·詹姆森(Fredric Jameson)、玛丽亚·伊丽莎白·克罗内格、约翰·卡洛斯·罗(John Carlos Rowe)一道,证明印象主义意义重大,无处不在。他们将印象主义描述为:始于洛克和休谟的经验主义,在关于想象的浪漫主义理论中初步成型,接受了印象主义画派的启发,在佩特的享乐主义情感和詹姆斯意识理论中得到成熟,并在詹姆斯、康拉德、福特、克莱恩、普鲁斯特等人的小说中趋于完美。对于这些作者来说,印象主义意味着将生活转换为主观经验的真实感受。②

---

① Maria Elisabeth Kronegger, *Literary Impressionism*, New Haven: College & University Press, 1973, p. 37.

② Jesse Matz, *Literary Impressionism and Modernist Aesthetics*, Cambridge: Cambridge University Press, 2001, p. 13.

梅茨的这段梳理把握比较精准,是印象主义批评中对印象主义文学比较中肯、全面、较有代表性的结论。这段话基本说清了印象主义文学的来龙去脉,也列出了比较重要的印象主义文学作家,其中美国的本土作家詹姆斯和克莱恩是印象主义流派中的要员。

印象主义批评涉及的具体美国作家主要是詹姆斯和克莱恩。印象主义批评对詹姆斯和克莱恩两位作家的具体分析,又进一步丰富了印象主义文学思想。

严格说来,詹姆斯本人也可以归入印象主义批评学者之列,他的《小说的艺术》等诸多论文都体现了印象主义批评的内涵,最主要的观点可以从他的三个定义窥见端倪,即"小说是印象""印象是经验"以及"印象是生活"。由此可见,在詹姆斯看来,印象成了小说创作的媒介,同时也是他小说创作的依赖。他对印象还有一个更为深刻的论述:

> 一种能力能让你从可见推知未见、追寻事物隐含意义并且从图案判断整体,一种条件能让你总体地感知生活,甚至如此全面足以让你顺畅地了解的生活每一个细节——这一连串的礼物可以说构成了经验,不管城里乡下,也不管教育相差甚大的不同时代,这些经验都会出现。如果经验由印象组成,那么就可以说印象就是经验,就像它们是我们呼吸的空气一样。[①]

从以上的论述中,我们可以看出为什么对詹姆斯来说艺术创作依赖于印象。因为要理解现实的能力,特别是要从已见知未见的能力和看透生活细节的条件都是经验的范畴,而经验又构成印象,也就是说,印象是我们看懂生活、理解现实的依靠,而这又恰好是艺术创作的必要条件。斯托厄尔指出,"是印象意识组成了詹姆斯印象主义的本

---

① Henry James, "The Art of Fiction," *Longman's Magazine*, 4(1884), p. 510.

质",他相信印象是"真事物"且又高度主观。雨果·索玛霍尔德
(Hugo Sommerholder)也曾指出,詹姆斯认为只要我们处于一种内部
世界和外部世界相融合的情绪时,那么让我们将自我和外部世界的印
象同化的条件——外部空间和内部空间融入一个单一空间的条件也
成熟了,这种情绪还是印象主义文学凝练自我的媒介。① 也就是说,詹
姆斯的艺术创作,体现了内部世界与外部世界的融合,这种融合又是
基于自我与外部世界印象的同化,这与其印象为艺术媒介的思想是高
度一致的。另外,斯托厄尔还进一步指出,詹姆斯使用印象这个术语
是基于一种视觉和美术的情感,通常就等同于"画"。② 同时,斯托厄
尔还拿出了具体的证据,认为詹姆斯的小说《一位女士的画像》(*The
Portrait of a Lady*, 1879)中的语言就是绘画语言。总而言之,结合詹
姆斯本人的观点,印象主义批评认为詹姆斯关于文学印象的思想"印
象是艺术创作的媒介"是可信的,也是指向视觉和美术的。

对于克莱恩的批评,有很多力气花在了对克莱恩印象主义文学根
源的探讨。赛尔焦·贝罗萨(Sergio Perosa)坚持认为对克莱恩影响最
大的是加兰的"写真实主义"以及在《坍塌的偶像》里对印象主义绘画
的讨论,其核心观点是印象主义画家致力于将关于颜色本质以及感知
颜色时光在视网膜上的分解与重构的新的光学发现应用到传统绘画
中。③ 而当时的光学发现,主要是物体反射出来的光线代表了物体固
有的特性,而传统观念中所谓物体固有的颜色反倒不是物体所固有
的。也就是说,物体的颜色并非一成不变,而是随着环境的变换会呈
现不同的颜色,印象主义画家就以寻找特定瞬间物体所呈现的特定颜
色为己任。受此影响,克莱恩的文学创作转向了对视觉艺术,也就是

---

① 参见 Hugo Sommerholder, *Zum Begriff des Liteischen Impressionismus*, p. 16。
转引自 H. Peter Stowell. *Literary Impressionism, James and Chekov*, Athens：The University
of Georgia Press, 1980。

② 参见 H. Peter Stowell, *Literary Impressionism, James and Chekhov*, Athens：
The University of Georgia Press, 1980, p. 171。

③ 参见 James Nagel, *Stephen Crane and Literary Impressionism*, University Park
and London：Pennsylvania State University Press, 1980, p. 8。

视觉印象的追求。斯坦利·维特海姆(Stanley Wertheim)也坚持认为克莱恩曾经聆听过的加兰的相关讲座,这些讲座不但是克莱恩印象主义的源泉,同时也是"印象主义文学的起点,强调用作为现实主义写作目标的视觉经验替代理论知识"①。这个渊源的阐释倒是与前文提到的克莱恩的"散文点彩画"遥相呼应,证明了克莱恩通过视觉印象真实地再现现实的思想,同时也印证了内格尔的判断,"克莱恩的评论通常告诉我们,印象主义所要的艺术效果是向读者传达生活的基本印象,一种在特定的时空里个人意识能够理解接受的印象"②。

因为最初克莱恩一直被认为是自然主义作家,所以对克莱恩的研究还部分地触及了自然主义与印象主义如何区分的问题。贝罗萨就做了这方面的尝试,他认为自然主义小说关注的是"生理遗传和社会决定论的原则",再加上对生活科学、逼真、纪录片般再现的概念,从而为社会谴责的目的服务;相对而言,"文学印象主义是为描摹通过感知的作用对社会的理解,感官印象有意义的蒙太奇,通过精确的多彩标记而完成颜色触摸的再现,对句子关联中复杂语义的降减,这一切都直接导致写生般引人入胜的写作"③。这样的区分,在界定克莱恩不只是属于自然主义的同时,其实是为印象主义文学竖起了自己的大旗,即印象主义文学追求的还是真实地再现现实和生活,凭借感官印象,达到绘画中写生般的效果,但为的是表达对社会的理解。这也是印象主义文学思想的一个重要维度。

总之,印象主义批评功莫大焉! 相较于印象主义文学的兴起时间,印象主义批评的确有很大的滞后性。然而,印象主义批评至少让学界明白了美国文学著作中印象主义文学并非空白。它肯定了美国印象主义文学的存在,也改变了至少对詹姆斯和克莱恩两位作家风格

---

① Stanley Wertheim, "Crane and Garland: The Education of an Impressionist," *North Dakota Quarterly*, 35 (1967), pp. 23 – 28.

② James Nagel, *Stephen Crane and Literary Impressionism*, University Park and London: Pennsylvania State University Press, 1980, p. 21.

③ 转引自 James Nagel, *Stephen Crane and Literary Impressionism*, University Park and London: Pennsylvania State University Press, 1980, p. 8。

内涵的定性,确立了他们印象主义文学大师的地位。同时,印象主义批评还梳理了相关印象主义文学思想,其核心是: 印象是真实地再现现实和生活的主要媒介;印象是可靠的,但却要转向瞬间的现实中通过特定环境下的光影来捕捉印象。

第五章　美国"文学激进派"思想①

---

① 本章由王程辉撰写。

　　"文学激进派"产生于 20 世纪的前十年。随着美国经济在 19 世纪末达到顶峰,地位攀升,一些批评家强烈要求重新审视和评价 19 世纪以来的以新英格兰清教主义为核心的所谓正统文化,希望建立一种新型的、富有生气的民族文学与文化,确立具有民族根基的文学批评体系,于是便有了"文学激进派"对传统的讨伐。本章论述的三位美国文学激进派人士大体经历了先激进、后来转为保守的轨迹。作为反传统的文学和文化批评思想的代表人物,他们要求重新审视和评价现存社会文化准则,主张打破美国文学和思想领域的诸多陈规。然而由于缺乏明确的批评标准与美学原则,激进派终因没有提出实质性的建设方案,在经历短暂的强劲势头后便迅速衰退。虽然他们的思想和感情不乏矛盾,但作为 20 世纪美国文学领域的新生力量,他们站在强势的反正统立场,以激动人心的文字掀起了美国现代社会的一场文学和文化革命,打破了狭隘思想,推动了美国文化和政治体制的革新,为日后各种思潮的兴起、美国文学的繁荣创造了有利的条件。

第一节

罗道尔夫·伯恩:"文学激进派"的早期领袖

　　文学激进派早期领袖罗道尔夫·伯恩(Randolph Bourne,1886—

1918)1886 年 5 月 30 日生于新泽西的布鲁姆菲尔德。他早年多灾多难。母亲难产,加上医生操作不当,致使他脸部扭曲,耳朵歪斜开裂。另外,4 岁时感染脊椎结核阻碍了他的身体发育,使他永久驼背,成为侏儒。因为脊椎弯曲的原因,他的呼吸困难,喘气声音大,在大房间说话很难被人听见。

1903 年,伯恩以优异成绩从高中毕业,被普林斯顿大学录取。学费是一大问题。伯恩没有进入大学,而是艰难地自力更生。直到 1909 年,伯恩终于获得了哥伦比亚大学的奖学金,进入该校学习,找到了出路。学校里优秀的教授深刻地影响了伯恩的人生哲学,提高了伯恩的学术水平。

伯恩在学术成就上也没有让老师失望。1911 年春,伯恩在哲学教授的建议下,著文《两代人》("Two Generations")驳斥《大西洋月刊》中一篇贬低年轻人的文章。他的文章赞颂年轻人的美德和潜能,为他赢得了声名。除了继续为《大西洋月刊》撰稿,伯恩还担任《哥伦比亚月刊》(Columbia Monthly)的编辑。此间发表的文章于 1913 年汇编为《青年和生活》(Youth and Life),为伯恩赢得了战前反叛青年代言人的声誉。此时的伯恩与其他许多激进的美国青年一样充满乐观,相信进步,毫不怀疑青年自身的正确性和完美性,认为许多难题在理性面前能迎刃而解。另一方面,世界正处于变革的门槛上,具备了物质和精神条件的青年能促成变革。伯恩和同路人预见了自己打破偶像的宿命。伯恩认为自己会在神圣的地方戳出窟窿,批判陈规,讽刺妄自尊大和自满自足。他承认自己没有能力指导或控制世界,但他会像原野中的一只郊狼,在危机四伏的社会中端坐嚎叫,告诉人们出了问题。

1913 年春,伯恩获得哥伦比亚大学硕士学位。本该就业时,他幸运地获得旅游奖学金,考察美国国内外的政治和社会现状。同年 7 月 13 日,伯恩登上罗尚博号轮船,前往欧洲,开始了为期一年的考察。旅欧期间,他也受到歧视。在巴黎,房东看到他的模样,不愿意让他住宿。找了两天,伯恩才找到一个满是害虫的公寓。在英国,他参加了具有极端主义色彩的集会,也曾倾听 G. K. 切斯特顿(G. K. Chesterton)和萧伯纳的演讲,与 H. G.威尔斯也有接触。他发现斯堪的纳维亚的市政规划工作做得好,觉得欧洲的总体生活比美国水平高。始料未及的是,第一次世界大战会破坏一切美好的东西。伯恩还在柏林街头之时,德皇已经发布战争动员令。欧洲陷入战争前夕,伯恩回到了美国。

伯恩本希望获得哥伦比亚大学教职,但他青年激进派的记录排除了这种可能性。失之东隅,收之桑榆。刚刚成立的《新共和》(New Republic)杂志正需要他这样的工作人员。他在《大西洋月刊》上的文章《青年和生活》加上政治科学家查理·A. 比尔德(Charles A. Beard)的介绍信使得伯恩顺利到《新共和》担任编辑,年薪 1 000 美元。他成为《新共和》杂志的生力军,很为其他人看重。《新共和》融艺术、教育和政治于一炉,吸引了活跃的知识分子。伯恩负责教育版面,他认为,孩子毕业时,应该有想象力、同情心、理解力,去促使人类进步。

山雨欲来风满楼的社会却没有给毕业生充足的发展空间,战争每时每刻都在逼近。1914 年夏,包括威尔逊总统在内的许多人都认为可以拯救和平和民主,人类有能力建立一个更美好的社会。美国可以置身战争之外,不必诉诸武力解决问题。而到了 1917 年,美国参战,许多人改变立场,支持美国参战,认为这样可以维护世界民主。放弃理想,不得不参战虽然是一个痛苦的过程,但知识分子对自己和美国官方行动同声相应也没有太多的顾虑和内疚。少数一些人没有放弃理想、改变立场,但他们同其他人一样,饱受煎熬,伯恩是其中的一员。

《新共和》杂志是社会的缩影,编辑部大多数人赞成总统的参战决定,政见不合使伯恩与同事关系紧张。属于少数派的伯恩日益被边缘化。到 1917 年 4 月,编辑部只同意刊登伯恩写的书评,政论一概不予发表。深感郁闷的伯恩此时找到了另一个发表言论的渠道:《七艺》(Seven Arts)。《七艺》于 1916 年 11 月创刊,编辑包括詹姆斯·奥本海默(James Oppenheim)、凡·威克·布鲁克斯等。《七艺》的撰稿人除了编辑,还有门肯、D. H. 劳伦斯(David Herbert Lawrence)等。该杂志的宗旨是唤醒真正的美国文化,将其发扬光大。它认为,一旦美国人对艺术形成敏感性,他们会跟从艺术家前行,创作出大批优秀作品,从而建造更加美好的社会。《七艺》欢迎伯恩的激进观点。

利用《七艺》，伯恩和支持战争的前同事打起了口水仗。伯恩曾受益于实用主义大师约翰·杜威（John Dewey）的研究。如今他感到恩师学说的局限性：既然实用主义控制不住导致战争的因素，它也必定控制不住战争。伯恩对成立国联的建议也表示担忧。他觉得与其说国联会促成和平，不如说它会导致战争。他不相信发动战争的人会构建和平。

虽然《七艺》杂志只发行了 11 期，因为资金原因于 1917 年 10 月停刊，它却对当时的一部分读者产生了极大影响。《七艺》停刊后，编辑控制不了社会的力量，至少可以主宰自己的艺术努力方向。他们纷纷遁入自己的小世界，撰写虚构作品。伯恩的反战言论没有了发表的渠道。1917 年 10 月，他写道："战争或美国的希望，一个人只能选择其中之一。"[1]具有讽刺意味的是，美国已经选择了战争。伯恩认为，人类本来可以进入更美好的时代，"但战争突然爆发，魔鬼猛地关了和平之门，可能一千年后才能再次打开"[2]。从某种意义上说，伯恩是战争真正的受害者。对于他来说，能发表文章的杂志都死于非命，自己的思想找不到表达的途径。如果写大家关心的时事，内容会被认为具有煽动和颠覆性。如果写小说，其中表达的世界观即使不被贬斥为猥亵，也会被认为不道德。

伯恩反对战争并不是因为他怕死。他严厉评判自己，愿意接受任何挑战和困难，包括进监狱。美国政府 1918 年 9 月 12 日将服兵役的公民年龄范围扩大到 18 至 45 周岁，当天有 1 300 万美国人应征体检，伯恩是其中之一。朋友中没有一个人提醒他，他的身体状况不可能通过服兵役的体检。他的前景不是很乐观：《七艺》因为资助人害怕伯恩挑起的关于战争的争端而撤走资金；征兵表格上，伯恩的工作单位

---

① Paul F. Bourke, "The Status of Politics 1909 - 1919: The New Republic, Randol Bourne and Van Wyck Brooks," *Journal of American Studies*, 8.2 (1974), p. 188.

② Ronald P. Erickon. *Randlph S. Bourne and the Liberal Response to World War I.* Laramie: Library of the University Wyoming, 1970, p. 30.

写的是《日晷》(*Dial*) 杂志。实际上,杜威已经迫使伯恩退出编辑队伍。虽然伯恩还领着《日晷》不多的工资,但他已经降格,只能为杂志末尾的几页写评论。赞成战争的《新共和》已经和他一刀两断。伯恩只能去翻译一个法国海军军官虚构的回忆录,创作一部自传体小说,撰写一篇关于国家的论文。

伯恩认为民主政体因为战争而畸形,国家机器集中全部力量迫害不同政见者。伯恩任职的《群众》(*The Masses*) 杂志里持激进观点的同事被安上反《反间谍法》(*Counterespionage Law*) 的罪名而被起诉。社会主义运动领导人尤金·V. 德布斯(Ewgene V. Debs)因为发表一篇反战演说,被安上煽动闹事的罪名判刑入狱。全国范围内主张和平人士及左派分子被攻击。伯恩有理由认为自己正在被政府监视。

有反战言论的人士不适宜参军,但征兵人员丝毫不在意伯恩的思想。他们关注的是他的身体,而他的外貌根本无法通过体检。他的面貌让许多人敬而远之。《大西洋月刊》发表过他的文章的编辑艾拉瑞·塞奇威克(Ellery Sedgwick)1911 年邀请他到世纪俱乐部,见到他的长相后大惊。虽然他为自己的反应感到羞愧和内疚,但他还是决定不让伯恩和俱乐部成员一起就餐。(伯恩感觉到了塞奇威克的震惊,这对伯恩来说,并不新鲜。)艾米·洛威尔(Amy Lowell)甚至认为伯恩的激进言辞与身体畸形有因果关系。她认为身体的残疾代表了思维的乖戾。德莱塞钦佩伯恩的作品,但他也认为伯恩是个可怕的小矮人。一个哥伦比亚大学的朋友回忆说,在学校,人们本能地对他不太友好,要么是因为他的激进想法,要么是因为他的长相。

最让人伤心的是,不管是熟人还是陌生人,一般都以貌取人,一看样子就将人全盘否定。征兵的人在他的体检单上写道:"明显的身体畸形,不能入伍。"伯恩给母亲去信,哀痛自己已经彻底永久地在智力和身体方面都不能服兵役。不过,1918 年秋天,伯恩还有希望。他准备和舞蹈演员艾斯特·康奈尔(Esther Cornell)结婚。11 月 22 日,一战停战协定签署。伯恩像许多人一样如释重负,如同从噩梦中醒来。战争结束,伯恩认为人们的思想可以无拘无束,也可以畅所欲言了。

好景不长,一个月后,流感暴发,夺去了大西洋两岸数百万人的生命。战争时,伯恩曾认为整个国家如同在不停地发烧。12 月 22 日,高烧进入了他的身体,终结了这位激进主义思想家的生命历程。

伯恩激进主义的形成与他的身体状况密不可分。他的经历促成了他的哲学观以及他渴望改变社会现状的态度。他的《论残疾》("The Handicapped")一文清晰地表达了这一因果关系。文章中有时使用"他",有时使用"我",表达了伯恩矛盾的态度。他既希望为广大残疾人代言,为他人指出道路,又希望避免自身的尴尬。文章刻意要隐瞒自己的残疾身份,同时又想以自身为例,增加文章的说服力。文章达到了理想效果,入选乔伊斯·卡罗尔·欧茨(Joyce Carol Oates)编辑的《本世纪美国最佳散文作品选》(The Best American Essays of the Century, 2000)。作品创作的年代正是残疾人面临极大歧视的年代。例如,1911 年,芝加哥通过法律,严禁病人、残疾人、畸形人、肌体有损坏的人出入公共场所,损害市容。该法的初衷是减少残疾人乞讨,但它也不安地透露出对弱势群体的不宽容。另外,伯恩的文章也是对当时流行的优生学的反驳。优生学提倡控制生育,提高人类整体质量,很受人青睐。温和优生学提倡让优势人群多生,激进优生学提出将不适宜生育的人结扎或杀死。优生学并没有被广泛接受,但许多著名思想家和作家都赞成优生学,包括 H. G. 威尔斯、T. S. 艾略特和 D. H. 劳伦斯。伯恩也接触了这一论调。他勇敢地为残疾人仗义执言,一定程度上起到了正本清源的作用。

幼年时,伯恩非常传统,与小伙伴一起滑冰、爬树、玩球。如果不能取得众人眼中的成功,他就归因于自己道德的缺点。他从不屈服,不遗余力达到成功。伯恩功课学得好,他很腼腆,是个遵守纪律的好学生。他爱音乐,钢琴弹得好,曾经在音乐会上表演。但伯恩并不看重他擅长的内容,他不愿听天由命,而是挑战不可能,努力做自己做不了的事情。伯恩认为自己的身体处境很尴尬:如果自己的残疾更重一点,就只能卧床读书,或许读出点名堂;如果和一般人一样强壮,就可以在同等条件下竞技。身体状况处于中间地带,他对自己有挫败感,缺乏自信。

到了青年,处于舞会、聚会、谈情说爱的阶段,伯恩更难适应。他天生爱社交,这些对他有不可阻挡的吸引力。友人好心邀他参加,但这更令他痛苦。因为他既属于这个世界,又不属于这个世界。他如同窗外的乞丐,看着橱窗内五彩缤纷的世界,无缘分享。当时,伯恩还固执地认为这一切都是因为自己的性格与世界格格不入。他努力增加技能熟练程度,让自己变得更聪明,弥补身体缺憾。

随着年纪的增长,伯恩开始对社会政治感兴趣。他饶有兴致地观察人们的举止,几乎忘了自己是局外人,是有缺点的人。明白这个道理后,伯恩处于一个更有利的位置,思想进入了另一个层次。

总是矮人一等的滋味并不好受。一般情况下,伯恩需要坐特制的、比其他椅子高的椅子,以弥补他身材的不足,但他不可能随时携带着特殊的凳子到剧院、图书馆、火车车厢。伯恩认为,普通人认为难以忍受的东西,对他来说不值一提。街上顽童对他外貌的评论和嘲讽,其他公共场合人们投来的奇特的目光,伯恩自陈感觉不到一丝疼痛。对于伯恩来说,忽视世界给予的这种"礼遇"是最容易的事情。他对站在讲台上发言也没有丝毫畏缩。

伯恩最在意的是人们先入为主地否定他的价值。残疾人知道,世界对他给予的希望不会太大。相应地,他对自己也没有信心。残疾人的门总是锁着,而钥匙放在外边。这意味着,没有外边的人合作,门无法打开。只有朋友能够关照残疾人;因此,残疾人只在朋友眼中存在。社会上,人们草率下结论,凭肤浅印象办事的现象比比皆是。不能靠自己的意志和品格魅力赢得他人的心,残疾成了残疾人和世人之间的一道屏障。

心理感觉是一方面,在社会上生存是另一方面。在社会交往和职业生涯中,残疾人都处于劣势。残疾人即使有人格力量,也会被人们的第一印象抵消。一个发明家发明了自动钢琴上用于控制琴键的钢琴纸带卷,伯恩成了他的学徒,在纽瓦克给纸带卷打孔。让他感到愤怒的是,随着他熟练程度的提高,产量增加,老板降低了他的工资。不过,有稳定的工作和好的报酬,高兴地想到自己在养家糊口,伯恩又有了自信。然而,企业倒闭让伯恩又回到险恶的境地。有两年时间,伯恩在纽约到处找工作。对方的态度一般比较冷漠敌对,使伯恩饱尝了绝望的滋味。大城市工作机会多,但对伯恩来说,这更是一种痛苦,因为机会让他一次一次寻觅,又一次一次失望,令人沮丧。尝试,失败,循环往复,害怕见人,孤掌难鸣,没有经历过的人无法想象这种复杂的心情。残疾人需要坚强的意志,但伯恩遭遇的世界丝毫无助于培养这样的意志。他认识到,人类社会依靠一个毫无理性的计划运行。成功不仅靠其他因素,更要靠运气。残疾人不断受到外界力量的打压,他的水平和能力被贬低,他的努力被挫败。伯恩本希望通过自己钢铁般的意志走出困境,但终归徒劳。

伯恩时常和朋友争论获得成功有多少环境和运气的成分。等到了能平心静气阅读的年纪,伯恩读了许多激进主义社会哲学家的作品。这些作品对伯恩的心态起到了塑造作用。从中,伯恩了解到人为什么痛苦;工作为什么特别辛苦;为什么就人类总体而言,欢乐太少,谁是始作俑者。此类图书向伯恩暗示了所有正直的人应致力于建设的目标和光辉前途。伯恩希望将此与所有人分享,为人类命运的改善付出自己的努力。随后,伯恩对历史、社会心理学、伦理学的研究使自己的目标更具体可行。他更坚定地认为,社会进步是所有人首要的权利和关注的目标。

因为思想和行动的巨大反差,伯恩为自己感到羞愧。他也没有行动的步骤。但在一点上,他却非常坚定:如果自己不能为社会改良作出贡献,自己的人生将没有意义。即使不能在行动上作出贡献,也要在言语上作出贡献。伯恩认为,反动传媒及教会持续不断地传播有害思想,散布怯懦,怀疑人类理想。当时的社会不需要这些,而是急需形成以下信念:相信人类进步,彻底的社会意识,对社会改善的每一个迹象和象征都由衷地欣喜以及一种大无畏的精神。伯恩认为,如果年轻有为的人能受这种思想影响,接受他的哲学,摆脱消极思想,获得人生目的和意义,他们的脸上会浮现出未来之光,他们的人生也能获得能量,加速起飞。

这种极端哲学使伯恩理解了世界,也为他提供了最强大的精神动力。许多残疾人依赖上帝。伯恩坦言,自己和许多残疾人不同。伯恩开始变得富于战斗性,而不是自甘长期忍受苦难。虽然自幼就诵读《圣经》,伯恩最终还是和教会决裂。经过对神学问题的思考,伯恩早就对长老会宗教表示反感。他认为这种宗教太傲慢,不但没有福泽大众,反而害人不浅。他喜欢一有空就到一位论派[①]教堂。但伯恩觉得一位论跟不上时代的发展,不能让他完全满足。对于人们仍然头脑狭隘地在旧信仰中获得慰藉,伯恩感到痛楚。读了奥利弗·温德尔·霍尔姆斯的作品后,他更加鄙视"传统"。这样,伯恩不仅在身体上与世隔绝,在精神和知识上也与世隔绝。

对于残酷的死亡,伯恩也有充分的领略。他认为,如果人类能更加谨小慎微,在与邪恶作战时力度更大一些,医学更先进一点,有些死亡可以避免。锻炼可以养生,健康长寿。享尽天年而离开人间,既不令人悲哀,也不令人震惊,而是甜美适宜。死亡提醒人们,人类前进和改善的征途中还有太多的事情要做,太多的知识需要探索。

伯恩个人的目标是:给地球上的人类带来更丰富、充实的人生。如果哪一个机构或组织不以此为目标,那它不仅无用,而且有害。这种思想应该浸透人的思想,贯穿人生始终。预防是除恶的最佳办法。去除诱惑人们的东西,代之以做崇高事情的刺激,伯恩认为这是唯一正确的原则。

伯恩认为,教育、知识、训练是使人生崇高幸福的最佳手段。伯恩遗憾地承认自己没有这些。他认为,缺乏刺激或太多刺激浪费了他的精力,未能使他的精力集中到一个富有成果的领域。伯恩痛感自己的学术能力被浪费,时间被虚掷。人们认为器官有代偿作用:一个器官如果衰退,另一个器官就会异常发达灵敏,补偿另一个器官的损失。伯恩对此不以为然。他认为这一理论成立的先决条件是残疾人应缩

---

① 一位论派认为上帝只有一位,否认基督神性。

小自己的行动领域,身体上的残疾才可能由知识上的能力补偿。残疾人遇到了太多的问题,有太多的问题需要解释,情况在于广度有余,深度不足。如果能去伪存真,残疾人可能会获得深刻的知识。但一开始,残疾人会发现自己具有叛逆精神。对于伯恩来说,不经仔细考虑就把钱花在生活必需品以外的地方的这种做法不可理解。伯恩自认为是失败者,但他认为自己的世界并非完全由折磨和牺牲组成。他健康良好,认为生活是竞技场和挑战,而不是流淌眼泪的山谷。伯恩不喜欢无助地忍受苦难,默默地承受命运。恬淡寡欲的哲学让他感到抑郁。像英国诗人沃尔特·萨维奇·兰多(Walter Savage Landor)一样,他也希望在人生的火炉前温暖自己的双手。伯恩自感有许多珍贵的、满足的时刻。

伯恩认为最强健的人从生活中获得的收获和作为残疾人的自己的收获相差甚少。比起无穷无尽的可能性,两者之间的经历和欢乐差距实在是微乎其微。如果强者可以得到身体的满足和物质的成功,伯恩认为自己在精神活动、学术成就、艺术创造和鉴赏上能占据上风。随着年龄增大,残疾会逐渐在意识中变得暗淡。一个人的敌人是自己软弱的意志,所谓的奋斗也是为了达到自己设定的艺术理想。

伯恩强调成长对残疾人的极端重要性。成长是他最好的礼物,能给他最大最持久的满足。少年和青年时代持续时间越短越好。残疾人不会从少年和青年时代得到很多收获。他既不理解,也不被别人理解。这个时期,他身上满是很少被实现的混乱的冲动、情感和雄心。他看不惯世界。这个时期的残疾人不能脾气太坏,也不能令人厌恶。如果有人拒绝了他,他不应该玩世不恭。长大之后,他的视野拓宽,视角更佳。他不会像过去一样,太把世界当成一回事,失败也不会让他胆怯。他可以回头细看,注意到一切都不可避免,明白即使是最井然有序的人类社会也不可依靠,而且很成问题。如果以前他需要他人帮助时,他人对他冷若冰霜,那只能提醒他,自己有能力帮助他人时,不可拒绝提供援助。长大后,人们不再局限于片面肤浅的接触。随着兴趣的延伸,和别人交集增多,他会惊喜地发现,自己开始被别人理解或欣赏。他的许多躁动不安的、雄心勃勃的计划慢慢地消失,他真正的计划浮出水面。他会剔除与己无关的计划,参与自己真正在乎的计划。自己的残疾是一种福,是塞翁失马。因为知道自己的能力有限,便不再浪费时间在不可能办到的事情上。他不是听天由命,而是坚持个性,有了自尊。成年不仅仅是年龄问题,还是能够回顾自己的经历并感到满足的问题,不管这段经历有多么苦涩。

伯恩认为,对于残疾人来说,培养广泛兴趣,珍惜友情,磨炼才华,这是欢乐之源,立身之本。虽然是否功成名就由上帝决定,但一个人至少要尝试,不尝试就意味着失败。可以把残疾想当然,置之不理,扩大社会交往范围,不要让太多社会习俗束缚了手脚,保持良好的幽默感,不要自卑。总之,对残疾人来说,眼界要开阔,寻找自己感兴趣的内容,结交好友,抓住机会,残疾就会被抛到九霄云外;一个灿烂的早晨,醒来之后,会发现经过长时间的奋斗,终于和世界达成和解。

伯恩认为自己没有资格教训别人。他太依赖朋友。从这一点上讲,他还非常传统。如果一个朋友离开,他感觉人生留下了无法弥补的空洞。没有了朋友、音乐、书本、兴趣,一切都索然无味。没有朋友,人不能成长。伯恩虽然没有走出荒漠,但他已经看到了通向幸福之路。有健康,有一定成就,伯恩也觉得自己人生有值得羡慕之处。如果有灾难袭来,那只会是因为人类的共同命运,而不是来源于自己的残疾。伯恩很高兴自己与困难正面交锋搏斗,并且已经克服了人生的大部分困难。他觉得困难没有世人想象的那么可怕,不会构成自己通向雄心和理想的障碍。

伯恩是不幸的,但又是幸运的,他获得了哥伦比亚大学的奖学金,获得了硕士学位,达到了许多正常成年人也难以到达的高度。推己及人,他想到了许多同病相怜的人。抬眼放开自己的视野,他开始认真打量、考察、分析不公平的社会制度。一般认为,能力意味着机会和成功,这只是针对普通人而言。对于残疾人来说,即使再有能力,也没有显露的机会。其他人看到有残疾的人,已经预先把他的一切都否定了。

伯恩最著名的言论是"战争是国家的健康"。换言之,因为战争,国家才得以健康。这种说法好像难以自圆其说,实际上言之成理。伯恩区分了国家(country)和政体(state)。他认为,国家这个概念代表了和平、包容、自己活也让别人活。政体则完全不同,这个概念表达了权力、竞争、角逐、倾轧和一个团体咄咄逼人的态势。政体代表了一个社会所有暴力、任意强迫、蓄意挑衅的力量,它是现代自由创造精神,追求生命、自由和幸福的努力的目标的大敌。

人们不仅进入了国家,而且进入了政体。成长过程中,人们将两种感情搅和在一起。战争自动将社会各种力量统一化。如果有小团体或个人不服从,战争则强迫他们迅速与政体合作。响应旗帜的召唤,也即响应政体的召唤。一旦政体开始运作,统治阶级就会要求持不同政见的少数人服从。政体成为一个阶级为了自己的利益使役全体社会成员的工具。统治者很快就了解到大众对政体产生的敬意,拼死抵抗削弱自己特权的行为,其结果是:政体的尊严成了统治阶级的尊严。人们有种错觉,听从统治阶级,为他们服务,就是听从和服务于社会、民族和全体国民。在这种错觉下,统治阶级得以保持自己的权力。

美国参战的情形很特殊,几乎没有宣战的理由,没有迫在眉睫的威胁,领土没有被入侵。后来发生的事情也证明了伯恩反对战争立场的先见之明。很多知识分子踊跃参军,加入救护队等军种。最早参军的士兵英勇作战,为自己赢得了永久的荣誉。同时,他们也经受了战争的洗礼,品尝了战场这个地狱的滋味。回到美国的老兵再也不可能像战前一样天真幼稚。理想幻灭的他们看清了官方的谎言和愚弄。回到家乡,弥天大谎还在继续,没有经受过战场的人们依然在轻信,工作机会被留在本土的人夺去,新的工作机会不多。即使有,也被其他人占有,因为老兵被认为很难说话。老兵还要遭遇《凡尔赛和约》的玩世不恭以及军火商庸俗的爱国。众多因素促使老兵远离政治,逃避责任,寻欢作乐,开始与温文尔雅的社会陈规和旧俗分庭抗礼,直到 20 世纪 20 年代末世界经济体系崩溃和大萧条的来临。放在这个宏大语境考量,伯恩的反战态度具有前瞻性,高人一等。他也当之无愧地成为战后幻想破灭一代的偶像。

伯恩曾哀叹:"像我这样的人没有任何名望。"①如今,人们已经不再把伯恩看成无名小辈了。关于战争,伯恩一开始就是正确的。如果将国家比作《圣经》中的巨人歌利亚,那么伯恩就是英雄少年大卫。他用自己的笔做弹弓,用文章做石子,击中了国家的要害。伯恩刚刚看到曙光的到来就离开人间,使他的言论、思想和行为更加悲怆。如果盖棺定论评说的话,在少数反对参战的持异议者当中,伯恩最得人们的钦敬。他是反战言辞最犀利、最有勇气的知识分子。他不仅成了反叛青年的象征,更是文化和政治复兴的代表人物。他描述了一战前后美国知识分子的幻想破灭及与世界的疏离。

不管战争前有怎样的喧哗和骚动,不管刘易斯等揭露黑幕的人如何试图唤醒公众,不管伯恩等激进社会思想家的幻想如何破灭,不管少数无产阶级如何抗议,美国固有的制度还是依然故我,没有大的改变。现在看来,伯恩的立场不是完全坚持和平的立场。他曾指出,在某种条件下,战争可以接受。伯恩身单力薄,人微言轻,他的声音如同消散在真空中。从伯恩的言论看,他可能成为一个坚定的革命者。但如果他活到20世纪20年代,他似乎也不会继续革命,因为他的言行好像无根之木,无源之水。一旦危机过去,他自然要退却。不过,伯恩以残疾之躯,在学术上取得了极高的成就,让许多正常人都望尘莫及,思想上更超越了时代的局限。他的人生虽然短暂,但他在文学史和思想史上将永远闪烁着熠熠光辉。

第二节

亨利·路易斯·门肯:"持续不断的怀疑、批评与对立"

20世纪上半叶,谈及对美国各方面进行猛烈抨击且自身也遭受争

---

① Joyce Carol Oates, and Robert Atwan, eds., *The Best American Essays of the Century*, New York: Houghton Mifflin Company, 2000, p. 69.

议的作家,巴尔的摩记者、批评家、散文家亨利·路易斯·门肯(Henry Louis Mencken, 1880—1956)是其中之一。即使按今天的标准,他的思想也不失激进,为什么门肯如此特立独行,敢于"逆潮流而动"? 他对什么很不满意? 如何勾勒他的成长轨迹,他又从哪些作家作品中吸取营养? 本节试图围绕这些问题进行探讨。

一、无所不及的批评抨击

1896 年从巴尔的摩理工高中毕业后,门肯在父亲的雪茄厂工作了两年。父亲希望他成为工程师,但门肯喜欢艺术、英语、摄影。他认真阅读托比亚斯·斯摩莱特(Tobias Smollett)、斯特恩、菲尔丁、詹姆斯·鲍斯韦尔(James Boswell)、乔纳森·斯威夫特(Jonathan Swift)、萨克雷、赫胥黎、康拉德的作品。就美国作家而言,门肯浏览过爱默生、霍桑、麦尔维尔、惠特曼、梭罗的作品,但不是太喜欢。他最喜欢的作家是本杰明·富兰克林和马克·吐温。1899 年,父亲的突然去世使他卸去了子承父业的负担。同年,他加盟了自己家乡的报纸,开始自己的职业生涯。1905—1906 年,他担任《晚先驱报》(Evening Herald)的记者,此后又供职于《晚太阳报》(Evening Sun)。1908 年,他成为《时髦人物》(The Smart Set)的文学评论员。1914—1923 年,他与乔治·让·内森(George Jean Nathan)共同担任这个杂志的编辑。1924 年,两人共同创办杂志《美国信使》(The American Mercury)。门肯担任《美国信使》编辑直到 1933 年。1939 年,门肯第一次中风。1949 年深秋,他第二次中风,这次比较严重。门肯认为自己作为记者、作者、编辑、语言历史学家的生涯于 1948 年结束。门肯终生在巴尔的摩生活。

处于人生盛年,掌握了舆论话语权的门肯对美国的批评全面且激烈。他批评的内容涉及清教主义、基督教原教旨主义、南方文化、司法(最高法院法官)、教育(教师)、政治(总统)、犹太人、黑人、爱丑的心理等,几乎没有什么能逃出他的法眼。

门肯攻击的一个目标是宗教。在 1927 年 4 月 4 日的《芝加哥太阳时报》(Chicago Sun-Times)中,他认为:刮去大猩猩的毛,二十步开外,很难将其与一个重量级世界冠军区别开来;剥去大猩猩的皮,要进行尸检才能证明它不是神学家。他在神学家和大猩猩之间画了等号。《偏见集》(*Prejudices*, 1919—1927)中的《作为文学力量的清教主义》("Puritanism as a Literary Force")攻击了清教主义对美国文化的压制作用。这种思想呼应了凡·威克·布鲁克斯《清教徒的酒》(*The Wine of the Puritans*, 1909)中一篇文章的观点。门肯认为清教主义缺乏美感,假装正经,伪善,思想肮脏,使现实主义三大家马克·吐温、詹姆斯、豪威尔斯深受其害。因为门肯的清道工作,清教主义对美国公众的负面影响相对减少,现实主义和自然主义得到成长。日后,德莱塞、欧内斯特·米勒·海明威(Ernest Miller Hemingway)、菲茨杰拉德、凯瑟等其他人的创作少了一层束缚和羁绊,更容易与读者形成共鸣。

门肯曾经痛击过基督教原教旨主义。1925年对于门肯是重要的一年,当年发生的斯科普斯案为门肯奠定声名起了重要作用。当时,田纳西州代顿市的基督教原教旨主义比较严重,州法律明令学校只能按字面教授《圣经》,不允许讲授达尔文进化论。为了证明谁是谁非,教授进化论的教师约翰·斯科普斯(John Scopes)被告上法庭。赞成上帝造人,试图维护州法律尊严的威廉·詹宁斯·布莱恩(William Jennings Byran)担任原告,著名律师克拉伦斯·达罗(Clarence Darrow)自告奋勇为斯科普斯辩护。门肯到代顿报道这次"猴子审判"。正值盛夏,他赤裸着上身在房间写报道。他讽刺当地人是土包子,生气的当地人想把他赶走。最后陪审团裁决斯科普斯有罪,但虽败犹荣,因为案件审理吸引了国内众多学者前来支持斯科普斯,弘扬了符合科学精神的进化论,使进化论深入人心。法庭刮起的辩论的风暴如同清风吹遍学校和立法机构,带来了与日俱增的知识和学术的新自由。审判中,布莱恩在与达罗的交锋中节节败退,虽然赢得了案件,但生气加上身体虚弱、劳累等原因,于判决宣布五天后的7月26日辞世。门肯穷追不舍,继续抨击。在1925年7月27日的《晚太阳报》上,他写道:"美国有一个传统,就是为死者感伤,就像人们为判处绞刑的罪犯感伤。也许我也有这个缺点。我心目中的布莱恩是他在地球上最后一个星期的状态：落魄、愤怒、让人同情。达罗询问他的问题本来可以严厉十倍。每个人都明显地看出,老顽固、乱发脾气的布莱恩已经一去不复返了。他有没有做有用的事情？ 对于同胞,他有没有尊严和价值？ 可能没有。他善于谋取职位。为了选票,他可以放弃自己的立场,很快采纳新观点。几年来,他认为禁酒令是雷区,于是小心翼翼地避开。后来,他认为有利可图,又赞成禁酒令。他不仅可怜,还令人生厌。布莱恩是一个庸人,纯粹的无赖。他无知、自以为是、自私自利、不诚实。他的事业让他有机会与当代一流人物接触,但他宁愿与土包子为伍。在代顿看到他,很难相信他游历许多地方,生活在文明社会,是田纳西的高层官员。他像周围人一样是笨蛋,迷恋于幼稚的神学,对学问、人类尊严、美、善良及人类高尚的东西充满病态的仇恨。他是回到粪堆的农民。想象一个绅士的样子,你就知道他不是什么样子！”①

在回忆录中,斯科普斯说,达罗虽然主动提出为自己辩护,也绝对没有想到自己的案件会成为全国瞩目的案件。他所不知道的是,实际上是门肯说服达罗为斯科普斯辩护,是门肯为《晚太阳报》撰稿,他的报道使得代顿小镇的事情演化为全国关注的事件。门肯成功地使国民看到了基督教原教旨主义的愚蠢及造成的危害。对媒体的利用后来成为美国 20 世纪的一个基本特征。

关于南方文化,1917 年 11 月《纽约晚邮报》(*The New York Evening Post*)上门肯的文章提到,因为平庸、愚蠢、缺乏艺术和智力的活力,南方文化不啻是一片荒漠,好像内战消灭了所有的火炬传递者,只剩下田地里的农民,没有一个南方小说家显示出创见性和生机。② 看到这样的议论,有读者感到好笑,也有读者感到愤怒,但不争的事实是这篇文章促

① H. L. Mencken, “The Scopes Trial: Byran,” *The Baltimore Evening Sun*, July. 27, 1925.

② 参见 Jay Parini, *Oxford Encyclopedia of American Literature*. Oxford: Oxford University Press, 2004, p. 104。

成了对南方文学复兴的支持,而这无疑正是门肯文章的本意。门肯不惜用极端的言行达到改良社会的目的。

门肯对女性的态度一言难尽。1930 年,门肯与小自己 18 岁的亚拉巴马姑娘萨拉·哈德特(Sara Haardt)结婚,成为许多报纸的头版头条。此前,门肯曾经嘲弄两性关系,说婚姻是希望的终结。他还认为,女性在这个世界上举步维艰。她们受多种因素的压迫:男子制定的法律、社会习俗、男子自高自大的态度、男子高人一等的虚幻。不过,女性足以从一件事情中获得安慰,那就是:虽然她们不可能战胜男性,但可以奴役、折磨男性。鉴于门肯对南方和女性公开的立场,有人因此问门肯为什么结婚,尤其是和南方人结婚。门肯回答是圣灵启发了他。他说自己像异教徒一样,很迷信,总是跟着直觉走。结婚这一次的直觉好像很不错。结婚后,两人很幸福。哈德特身患肺结核,1935 年死于脑膜炎,门肯对此很伤心。更多的时候,门肯支持女性解放。他赞扬德莱塞笔下的女主人公嘉莉妹妹和詹妮姑娘,认为她们从无知和贫困升华到文雅和内在美。他还评论其他作家如大卫·格莱厄姆·菲利普斯(David Graham Phillips)、凯瑟、刘易斯、H. G. 威尔斯对女性的描写。例如,门肯认为刘易斯《大街》(*Main Street*, 1920)中的女主人公卡罗尔·肯尼考特是受中西部小镇社会和文化传统局限的女主人公。

门肯对美国政治的抨击比较猛烈。他对政客的定义鲜明、鞭辟入里。他认为,政客的首要任务就是不计代价获得并保持自己的职位。如果用谎言能保住自己的职位,他们就用谎言;如果谎言失去效力,他们就使用新流行的说法。他们的耳朵总是紧贴着地面。门肯有点将政客与狗相提并论的意味。他认为,职业政客是卑劣的人。为了成为高官,政客愿意做无数的妥协,忍受数不清的侮辱,最后变得和一个妓女无异。妓女的暗喻门肯用了不止一次。门肯还认为美国政坛总体上是一个大染缸,或者说是大妓院,用正人君子充实政坛的方法根本不起作用。有些理想主义者还坚称绅士有责任进入政界,这是走出泥沼的办法。门肯认为这个方法像自由主义者提出的其他妙法一样愚蠢,将他们的措辞稍微改变一下,就是:纠正卖淫的方法就是让处女充实妓院。这种方法效果不大：要么处女从窗户一跃而下，要么她们不再是处女。民主制中的政客与诚实的入室盗窃者一样，都不可想象。如果将众议院三分之二的议员扔进华盛顿垃圾焚烧炉，公众除了得到他们的工资和依附于他们的寄生虫的工资，不会有任何损失。

门肯看透了轰轰烈烈的美国选举的本质。他认为，国家，再确切一点，政府，由一帮普通公民组成。总体而言，他们对政府运作没有特殊才能。他们只有攫取职位、保持职位的才能。为了达到这个目的，他们的首要手段是找到急不可耐需要某种东西的群体，许诺满足他们的愿望。十有九次，这种诺言一钱不值。十有一次，这种诺言通过抢劫 A 以满足 B 的形式实现。换言之，政府是抢劫活动中的掮客，每一次选举都是对赃物的提前拍卖销售。

他对美国政党政治不感冒。他宣称，在这个世界上，总有一些值得感激的事情，他很高兴的是自己不是共和党人。美国政党政治的总代表是总统，门肯对总统嗤之以鼻。门肯对德国有感情，他是德国移民，幼时讲德语。尼采哲学对他影响至深。他是第一个用英语对尼采进行介绍分析的美国作家，被称为美国的尼采。介绍尼采的思想的时候，他又提高了自己的德语水平，以便能阅读德语原著。第一次世界大战（1914—1918）期间，门肯支持德国一方，不赞成美国参战，不喜欢美国总统威尔逊。他的观点不受人欢迎，于是他选择了一个不具争议的工作，撰写《美国语言》。第二次世界大战期间，门肯对罗斯福和罗斯福新政也没有好感。他曾写到，最初，罗斯福新政像救世军一样许诺拯救人类；最终，它又像救世军一样破坏了和平。如果明天他确信声称食人能为自己赢得急需的选票，他会马上在白宫的院子里喂肥一个传教士。美国主流媒体不可能刊登门肯写的此类内容。于是，大部分时间里，门肯保持沉默。不过，1938—1939 年，他曾不遗余力地帮助犹太朋友和家人逃离德国。

门肯曾经抨击绝大多数人交口称赞的林肯的《葛底斯堡演说》。他说，有人说《葛底斯堡演说》是世界上最简短、最著名的演说，但不要忘记，这篇演讲是诗歌，却不讲逻辑，有美感，却不能自圆其说。如果把其中表达的观点置换成日常用语,内容很简单:在葛底斯堡的士兵为了能够自己当家作主而牺牲阵亡,民有、民治、民享的政府将永远不会从地球上消失。没有比这个更离谱的事情了:联邦士兵实际上是为了反对南方当家作主而战斗,是为了自己管理自己的权利而浴血战斗。从某一方面讲,门肯说的有道理。他总能吁请人们注意问题容易被忽视的一面。

在《偏见集》的《给年轻人的建议》("Advice to Young Men")中,他抨击了司法的弱智。他公开质疑年长让人睿智的说法。他认为,30到35岁的年轻人组成的委员会不可能像美国最高法院那样持续不断地幼稚、无知、缺乏幽默感。博学的法官们年纪肯定已经大大超过了60岁,都应该已经到了智者的年龄,但他们司法原则的知识却非常浅薄。裁决重大案件时,他们的推理能力与一个可敬的普尔曼客车列车长没有区别。

门肯对学校教育颇有微词。中世纪最深刻的真理现在受学童嘲笑。过几个世纪,民主最深刻的真理甚至会被教师嘲笑。他显然认为教师是一个最幼稚、最无知的群体。他还认为,最愚蠢的傻瓜是英语教师。美国年轻人日复一日受危险大脑的影响。智力的臭水沟能教给别人什么东西?白痴怎么能教值得一学的东西?门肯自高中毕业后就自学成才,并在许多方面取得了成绩。自己不需要教师协助,也能成为博学的人。他对教育的批评与自己的经历有很大关系。

门肯对黑人的态度比较复杂,不乏矛盾。张汉熙编写的《高级英语》收入课文《震惊世界的审判》("The Trial That Rocked the World"),课后有一篇补充材料[1],为人们了解门肯提供了一个有趣的视角。[2] 文中,一个南方黑人在看《孟菲斯商业报》(*The Commercial*

---

[1]　选自理查德·赖特(Richard Wright)的自传《黑孩子》(*Black Boy*, 1945)。文中,赖特表达了门肯对他的影响。

[2]　参见张汉熙编:《高级英语》(第一册),北京:外语教学与研究出版社,2011年,第88—90页。门肯的名气与他的作品入选大学教材有很大关系。

Appeal)社论。他听说过门肯是《美国信使》的编辑,除此之外对他一无所知。社论谴责门肯,最后一句话骂门肯是笨蛋。他不知道门肯做了什么,招致南方的反感。他考虑,南方看不起黑人,门肯不是黑人,那为什么南方要与门肯为敌? 他推理,门肯肯定说了南方人不爱听的话。内战时,南方恨北方白人,但在这个黑人的有生之年,他还没有遇到过南方恨北方白人的情况。这个看报纸的黑人饱受南方不公正待遇,不由得和门肯同病相怜,于是他决定进一步了解一下门肯的思想。他思考得有道理,但如果他深入了解门肯,就会发现,他很难轻易断言是喜欢还是不喜欢门肯。门肯曾赤裸裸地表达出对黑人的歧视。他认为,无论如何精心培养黑人,也没有希望让他们达到白人的水平。受过教育的黑人是一个失败,不是因为他生活中遇到了不可逾越的障碍,而是因为他是黑人。即使在文明中生活五十代,也永远会呆滞而笨拙。

虽然这么说,但门肯也积极支持过黑人作家,包括 W. E. B. 杜伊波斯(W. E. B. Du Bois)、朗斯顿·休斯(Langston Hughs)、康迪·卡伦(Countee Cullen)、詹姆斯·韦尔登·约翰逊(James Weldon Johnson)、沃尔特·怀特(Walter White)等。他在自己主办的刊物上曾经给黑人作家提供前所未有的版面,供他们发表作品。门肯的作品对黑人产生了极大的影响。

门肯不仅关注引人争议的问题,还关注美国人生活中司空见惯、平淡无奇的事情。他著有奇文《丑陋力比多》("The Libido for the Ugly"),是主观主义写作的典型。文中,门肯乘坐列车从匹兹堡一路往东,一小时后经过产煤与钢的维斯特莫兰县,他看到了满眼的丑陋。在他的叙述中,每一栋建筑都极为刺眼,看到它们,人们仿佛看到一个脸被子弹打飞的人,不敢相信自己的眼睛。居民住的房子如同竖起的砖块,又如荒芜墓地的石碑,更像猪猡在泥中打滚洗澡。房子歪歪扭扭,颜色如同患了湿疹,呈现尿黄色。即使让猫住,猫也觉得丢脸。钢筋制作的体育场如同捕鼠器,上面还要加上一个顶层房屋,既像有黑眼圈的胖女人,又像信奉长老会教义的信徒在咧嘴笑。门肯捎带批评了其他地方。他说,自己见过正在解体的新英格兰,也去过阴郁、被上帝抛弃的艾奥瓦、堪萨斯的村庄,见过佐治亚如同患了疟疾的水边村庄和化脓的英格兰,但这些地方的丑陋程度比起维斯特莫兰县都是小巫见大巫。门肯断言,在美利坚民族的某些层面,有一种强烈的丑陋的欲望,正如同在不太信奉基督教的国家,人们渴望美一样。门肯给星期天下的定义是美国人希望自己上天堂、邻居下地狱的日子。对于自己的同胞普通美国人,门肯找不到一点积极的东西,得出上面诸多荒唐的结论,这只能让人感觉,他受自己强烈的偏执的驱动,有哗众取宠之嫌,甚至到了可笑的地步。不过,在他看来,只有如此,才能让野蛮人心中震动,才能达到他心目中的效果。

对于犹太人,门肯也有不敬之词。门肯明令自己去世 25 年后,日记才能公开。他此后解密的日记显示,1935 年至 1948 年,他心情很不愉快。日记中,他使用了他的时代惯用的带有种族主义、歧视黑人和犹太人的单词,而他最亲密的同事和朋友阿尔弗莱德·科诺普夫(Alfred Knopf)和内森都是犹太人。

对于演艺界的代表好莱坞,门肯自创了一个词,戏称它为"蒙罗尼亚"(Moronia)①,意思是"白痴的王国"。

奥斯卡·王尔德(Oscar Wilde)的隽语给人们的一个启发是,如果事物的一个方面是对的,那么它的对立面也能够成立。依此类推,门肯的思想虽然激进,但也有可取之处,不能一棍子打死,全盘否定。

二、思想溯源与文学底蕴②

门肯的思想形成有一个过程和轨迹可以追寻。他从许多作家作品中吸取营养,其中影响较大的作家有安布罗斯·比尔斯(Ambrose Bierce)和马克·吐温。比尔斯曾撰写《魔鬼词典》(The Devil's

---

① Jay Parini, *Oxford Encyclopedia of American Literature*, Oxford: Oxford University Press, 2004, p. 105.

② 本节曾以《试论 H. L. 门肯激进思想及其矛盾性》为题发表在《外国语言与文化》2018 年第 2 期,第 38—46 页,有所修改。

Dictionary, 1906), 辛辣地讽刺世界。门肯也曾以这样的风格撰写自己对事物的定义：

> 信念：所谓的信念是不合逻辑地相信, 不可能的事情会发生。
>
> 良心：内心的声音, 它警告人们：有人在注意。
>
> 民主：民主是一种理论, 这种理论认为, 一般人知道自己的欲望, 能够不折不扣而且艰难地得到。
>
> (分居、诉讼期间或离婚后男方给女方的)赡养费：快乐的人给魔鬼的赎金。
>
> 邪恶：相信别人的邪恶是罪过, 但不是错误。
>
> 名声：名人被许多人知道, 他很高兴自己不认识这些人。
>
> 政府：最道德的政府是最糟糕的政府。玩世不恭的人组成的政府最让人能够忍受, 最具人道精神。狂人分子身居高位会带来无尽的压迫。
>
> 公正：不公还可以忍受, 最伤人的是公正。
>
> 清教主义：挥之不去的恐惧：某个地方某个人很快乐。
>
> 自尊：一种到目前为止还没有人怀疑的安全感。
>
> 战争：有巨大脑子和微小肾上腺的孩子出生前, 战争不会结束。①

关于战争的定义, 门肯使用了双关语。巨大脑子和微小肾上腺既表示战争造成的残疾, 又表示人类不断增加的理性思考和遏制自己的好斗冲动。马克·吐温对门肯也有影响。在《哈克贝利·费恩历险记》中, 白人小孩哈克和逃亡奴隶吉姆与两个骗子同行, 两个骗子不仅

---

① Merriam-Webster, ed., *Webster's New Explorer Dictionary of Quotations*, Springfield, MA: Federal Street Press, 2000, p. 35, 73, 97, 105, 126, 135, 174, 230, 282, 338, 439.

愚弄他们,还欺骗许多善良的当地人,这给门肯留下深刻印象。他认为这是美国的一个暗喻。马克·吐温以夸张为媒介来传递真理,给他启发。《傻子出国记》(*The Innocents Abroad*, 1880)拓宽了他的视野,增加了他对德国的兴趣。

只靠声嘶力竭地大叫,不可能给门肯带来巨大而持久的影响力。他的文字还需要有魅力。这一方面,门肯有雄厚的文字功夫作支撑。撰写《美国语言》对他的语言是个很好的锤炼。他惊喜地发现,自己的《美国语言》很畅销,后来又不断修订和增补。学术著作《美国语言》赋予美国英语与英国英语平起平坐的荣誉,成为门肯重要的代表作,使门肯获得了"美国的塞缪尔·约翰逊"的美名。这项工作也让门肯的写作受益无穷。因为有源头活水,他的作品也因此文采飞扬,雅俗共赏。门肯认识到托马斯·杰斐逊(Thomas Jefferson)《独立宣言》(*The Declaration of Independence*)的文字经过100多年,已经很难为普通人阅读和领会,他将该宣言用俚语和方言写出,传播《独立宣言》的精神,方法新鲜有趣,独辟蹊径,门肯版《独立宣言》也成为美国文学中的珍品。他创造的单词和词组不胫而走,例如"圣经地带"(Bible belt)、形容好莱坞的"白痴王国"(Moronia)、描绘南方的"美好艺术的荒漠"(The Sahara of the Bozart)等,这些是他巨大影响力的标志。

门肯是一个有才华的业余音乐家。从1904年起,每逢周六晚,门肯与朋友吃饭、饮酒、享受音乐,这个习惯持续了50年之久。曲目一般来自18和19世纪经典作曲家,例如约翰·S. 巴赫(Johann S. Bach)、路德维希·凡·贝多芬(Ludwig van Beethoven)、弗朗茨·舒伯特(Franz Schubert)、沃尔夫冈·莫扎特(Wolfgang Mozart)、约翰内斯·勃拉姆斯(Johannes Brahms)。音乐修养提升了门肯的鉴赏力,有助于他的文章形成优美的节奏。

有时,为了达到自己的目的,门肯甚至采用造假的手段。门肯曾写过《一个被遗忘的周年庆》("A Neglected Anniversary")。文中,他认为浴缸发明的时间是1842年。他还说,1851年,当时的美国总统米拉德·菲尔莫尔(Millard Fillmore)喜欢这项发明,于是在白宫安装了浴缸。① 门肯行文一本正经,其他报纸、字典、百科全书纷纷将其作为历史事实引用,但门肯不过是在开玩笑。得知真相后,当时美国人的反应是有人怒,有人乐。门肯此举是希望美国人不要过于相信印刷的白纸黑字的东西,不要过多地想当然。

三、遗产与贡献

有人问门肯:你对美国这么不满意,为什么你还要住在美国? 门肯回答:为什么人们要去动物园? 他把丑恶的事物比作动物和小丑。门肯的批评如同奶牛产奶,是一种本能的表现。在门肯毫不留情的批评后,人们看到了他恨铁不成钢的迫切心情,窥见了真理胜过撒谎,享受自由胜过做奴隶,启蒙胜过无知的情怀。在 20 世纪前半叶,门肯是个不可忽视的存在。一般认为,门肯的成就有几个方面。首先,他的文学成就无可置疑。门肯生前单独或与其他人合作编著的各类体裁作品及去世后的遗作包括《诗歌探秘》(*Ventures into Verse*, 1903)、《萧伯纳:他的戏剧》(*George Bernard Shaw: His Plays*, 1905)、《尼采的哲学》(*The Philosophy of Friedrich Nietzsche*, 1908)、《艺术家》(*The Artist*, 1912)、游记《8 点 15 分之后的欧洲》(*Europe After 8: 15*, 1914)、《模仿集》(*A Book of Burlesques*, 1916)、《序言集》(*A Book of Prefaces*, 1917)、《为妇女辩护》(*In Defense of Women*, 1918)、《黑利阿加巴卢斯》(*Heliogabalus*, 1920)、《美国信条》(*The American Credo*, 1920)、《美国语言》、《偏见集》、《民主札记》(*Notes on Democracy*, 1926)、《关于神的论文》(*Treatise on the Gods*, 1930)、《制作总统》(*Making a President*, 1932)、《关于对与错的论文》(*Treatise on Right and Wrong*, 1934)、《愉快的日子:1880—1892》(*Happy Days 1880—1892*, 1940)、《在报社的日子:1899—1906》

---

① 参见 Wendy McElory, "The Bathtub, Mencken, and War," *The Freeman*, 49.9 (1999), p. 29。

（*Newspaper Days 1899—1906*, 1941）、《新引用语词典：以历史原则编写》（*A New Dictionary of Quotations on Historical Principles*, 1942）、《异教的日子：1890—1936》（*Heathen Days 1890—1936*, 1943）、《少数派报告》（*Minority Report*, 1956）、《信件》（*Letters*, 1961）、《日记》（*Diary*, 1989）、《作为作者及编辑的一生》（*My Life as Author and Editor*, 1993）。1908—1923 年担任《时髦人物》编辑的 15 年间，他发表了 182 篇评论，评论了大约 2 000 本书。《新引用语词典：以历史原则编写》共 1 300 多页。"据他的弟弟估计，门肯一生写信大概有 10 万封，与数百文字工作者联系。"①普通人也和门肯联系，给《美国语言》提供词条和例句。贝蒂·阿德勒（Betty Adler）编写的《写信的人：门肯通信统计》（*A Man of Letters: A Census of the Correspondence of H. L. Mencken*, 1969）的书名主标题显然也是一个双关语。

其次，门肯扶持了一批新人。在他杂志上发表文章的作家包括：马克思主义文学评论家麦克斯·伊斯特曼（Max Eastman），无政府主义者、《大地母亲》（*Mother Earth*）杂志主编艾玛·戈德曼（Emma Goldman），节制生育运动倡导者及作家桑格夫人（Sanger），劳工和刑事案件辩护律师达罗，社会活动家、搜集及揭露黑幕的小说家《屠场》作者辛克莱，音乐及戏剧评论家、小说家、摄影家卡尔·凡·维希滕（Carl Van Vechten），开明历史学家查尔斯·A. 比尔德（Charles A. Beard）。他曾经给予支持的小说家包括德莱塞、安德森、菲茨杰拉德、爱德华·李·马斯特斯（Edward Lee Masters）。海明威 1924 年曾经给门肯寄去自己的几个短篇故事希望发表，门肯认为这些作品不符合自己的审美标准，他从来没有在其杂志上发表过海明威和格特鲁德·斯泰因（Gertrude Stein）的作品。

门肯还坚决维护新闻自由。1926 年 4 月，《美国信使》刊登了赫伯特·阿斯伯里（Herbert Asbury）的自传中的一个章节，是关于一个

---

① Richard J. Schrader, *Encyclopedia of American Literature*, Shanghai：Shanghai Foreign Language Education Press, 2011, p. 196.

中西部城镇里基督徒不公正对待一个妓女的故事。设在波士顿的新英格兰时刻戒备学会(Watch and Ward Society)查禁了这一期《美国信使》，要求销售商将《美国信使》退回报社。门肯安排自己与学会秘书富兰克林·蔡斯(Franklin Chase)在波士顿公开场合见面，在众目睽睽之下，在记者面前，门肯将涉事的一期《美国信使》卖给了蔡斯。门肯被逮捕，但因为没有造成危害，旋即被释放。4月期的《美国信使》也曾被禁止邮寄，但一个反禁制令阻止了这一禁制令。门肯在维护媒体独立的斗争中获得了胜利。

门肯被称为爵士乐时代的乔纳森·斯威夫特。他像一只牛虻，叮着牛不让其怠惰；又像鱼缸里的一条带有攻击性的鱼，不断追逐其他鱼，使其保持生机与活力。因为曲高和寡，他被称为美国的预言家卡桑德拉。在他看来，如果不让记者或者编辑胡言乱语，新闻就没有自由可言。讽刺可以催生快乐，而不是和快乐势不两立。如果说本杰明·富兰克林的遗憾是没有留下诗作，那么门肯的遗憾可能是没有长篇小说传世。即使如此，他凭着自己雄健的思想、锐利的笔锋、无所畏惧的勇气，已经在美国思想史上留下了浓墨重彩的记录，成为美国乃至世界的一笔宝贵财富。

第三节

凡·威克·布鲁克斯：从美国文化传统的叛逆者到捍卫者

文学史家和评论家凡·威克·布鲁克斯(Van Wyck Brooks, 1886—1963)生于新泽西普林菲尔德一个书香浓郁的富裕之家。在哈佛大学上学时，他和同学约翰·霍尔·维劳克(John Hall Wheelock)出版了《两个本科生诗歌集》(*Verses by Two Undergraduates*, 1905)。1907年从哈佛大学毕业后，他前往英格兰，开始文学生涯。他的作品包括：《清教徒的酒》、《美国的成年》(*America's Coming-of-Age*,

1915）、《文学与领袖》（*Literature and Leaders*，1918）、《马克·吐温的磨难》、《亨利·詹姆斯的朝圣》、《爱默生传》（*The Life of Emerson*，1932）、《缔造者与发现者》（*Makers and Finders*）①、《美国作家》（*The Writer in America*，1953）、《约翰·斯隆：一个画家传记》（*John Sloan: A Painter's Life*，1955）、《海伦·凯勒肖像素描》（*Sketches of Helen Keller*，1956）、《芬尼克斯的日子》（*Days of the Phoenix*，1957）。《来自群山的阴影：我中天过后的岁月》（*From the Shadow of the Mountain: My Post-Meridian Years*，1961）后汇编为《自传》（*Autobiography*，1965）。

布鲁克斯编辑过杂志，编过罗道尔夫·伯恩和加马列尔·布雷德福（Gamaliel Bradford）等的作品，和哈罗德·斯特恩斯、刘易斯·芒福德、沃尔特·帕赫（Walter Pach）、克拉伦斯·布里顿（Clarence Britten）等人促成了《美国文明》一书，也曾经将列昂·巴扎尔盖特（Leon Bazalgette）的法语传记《亨利·梭罗：自然的单身汉》（*Henry Thoreau: Bachelor of Nature*，1924）翻译为英语。纵观布鲁克斯一生，可谓辛勤耕耘，成果丰硕。

在1907—1909年和1913—1914年这两个时间段，布鲁克斯待在欧洲。当他将自己的祖国与欧洲国家对比的时候，布鲁克斯痛感自己国家的不足。《清教徒的酒》有许多观点值得注意。例如布鲁克斯认为，所有伟大的艺术都有民族性。一个人的作品与其说是一个人的艺术，不如说是一个种族的产物。一个人即使不是艺术家，也可以表达种族；但如果一个人不能表达种族，他就不是一个伟大的艺术家。《清教徒的酒》中的人物格雷灵评论说："美国一切都处于分离状态。"②分

---

① 《缔造者与发现者》追溯了1800—1915年的美国文学史，包括《新英格兰的繁荣》（*The Flowering of New England*，1936）、《新英格兰：兴旺的晚期，1885—1915》（*New England: Indian Summer, 1885—1915*，1944）、《华盛顿·欧文的世界》（*The World of Washington Irving*，1944）、《麦尔维尔和惠特曼的时代》（*The Times of Melville and Whitman*，1947）、《自信的年代》（*The Confident Years*，1952）。

② Eddy Dow, "Van Wyck Brooks and Lewis Mumford: A Confluence in the Twenties," *American Literature*, 45.3 (1973), p. 409.

离意味着两个内容的隔离,而不是多样东西。布鲁克斯认为,二元对立弥漫在美国生活的各个角落。他将美国文化的缺陷归结到清教传统上。

《美国的成年》是《清教徒的酒》的拓展,进一步用二元对立法探索和阐发主题。布鲁克斯开始使用阳春白雪(highbrow)和下里巴人(lowbrow)的说法。该书以莎士比亚戏剧《雅典的泰蒙》(*Timon of Athens*, 1607—1608)中阿帕曼特斯对泰蒙说的话作为卷首语:"你永远不知道人类的中庸,你只会知道两个极端。"①《美国的成年》的主要观点为:一个只顾索取的社会将所有精力都花在经济剥削和刻板的生活上,其表现形式为虚伪的哲学和荒芜的艺术。面对美国生活的标准化以及主导一切的物质主义,艺术家要么遁入自己的小天地,要么对机械文明顶礼膜拜,以换取物质享受。布鲁克斯认为这就是美国最初的文学史原貌。抱怨美国文学的议论并不新鲜,但布鲁克斯首创将文学置于社会和历史的视野。一端是干瘪的文化,另一端是赤裸裸的实用主义。这种两极分化促成了美国思想中的僵化。美国生活在这两个极端之间无序地游动。从这一角度讲,《美国的成年》书名本身是一个悖论,因为美国虽然在物质上富足,机械文明发达,但创造力还很幼稚。作家本可以利用美国的经历建立一个伟大的传统。遗憾的是,他们没有,他们的后继者也淹没在经济社会中。

追根溯源,布鲁克斯认为原因如下:从一开始,美国思想就分为泾渭分明、互不融合的两部分:一、清教徒的虔敬融入乔纳森·爱德华兹(Jonathan Edwards)的哲学,经过爱默生,集成为超验主义,最后整合为美国文化的务虚的方面;二、清教徒脚踏实地、注重实务的品质成为唯利是图的投机主义,化为本杰明·富兰克林哲学,通过美国幽默作家,促成了当代美国商业生活的气氛。这两种传统对作家这个群体都没有益处。布鲁克斯表示,人生的全部都在两个极端之间混乱

---

① Eddy Dow, "Van Wyck Brooks and Lewis Mumford: A Confluence in the Twenties," *American Literature*, 45.3 (1973), p. 410.

地漂移,美利坚民族观点的基础是独特的双轨制,美国人的本性处于不可调和的平面(理论平面和商业平面,商业损害了美国生活中的知识层面、创造层面和精神层面),新英格兰的经历是两个极端的经历(形而上学与赤裸裸的事实)。

布鲁克斯的结论涉及面广,较为苛刻:美国文学一直缺乏某种东西,大概每个人都觉察到这一点。除了惠特曼,没有哪个美国人具有世界著名诗人或作家的个性影响力。究其原因,一方面,有个人天才的美国作家无所作为;另一方面,有社会才华的作家同样不能张扬个性。该怎么解决这个问题?布鲁克斯认为,二元对立中的任何一端都有优点。好的政府可以教给腐败的坦慕尼(Tammany)一些东西,坦慕尼也可以教给政府一些东西。俚语可以教给所谓的文化一些东西,文化也可以为俚语之师。布鲁克斯认为,旧美国是沉睡中的瑞普·凡·温克尔,新美国是各国移民(包括犹太人、立陶宛人、德国人)的综合体。布鲁克斯认为,这些人和美国中产阶级不同的是,在他们肮脏和贫穷的外表下,充满了新鲜、自内而外的活力。"温文尔雅"(refined)、"精细"(delicate)、"清洗"(cleansed)、"稀薄"(rarefied)等词与中产阶级相关,表达了布鲁克斯的不满和指责;"粗鲁"(rude)、"粗犷"(gross)、"肌肉丰满的"(muscular)、"充满泥土味的"(earthy)等词与下层阶级(包括各国移民)相关,表达了布鲁克斯的赞同和默许。基于这种状况,布鲁克斯认为,当下的任务是将一分为二的美国生活结合起来,使其成为人类传统的中间地带。

如果说布鲁克斯在《美国的成年》中对作家严厉批评,他在《文学与领袖》中则对批评家毫不客气。在《文学与领袖》中,布鲁克斯认为,将一分为二的美国生活结合起来这个任务应该留给批评家,而不是诗人和小说家。他赞成马修·阿诺德(Matthew Arnold)关于批评的功能的定义,认为批评在知识方面有用武之地。这正适用于创造力缺乏,创造欲望强烈的年轻的美国。布鲁克斯认为,文学是社会的体现,文学批评家的任务有两重:从宏观上讲,需要找出文学与社会、经济、政治、文化因素的联系;从微观上讲,需要研究环境和个性对作家作品的影响，以便古为今用。布鲁克斯认为此前的美国批评家非但没有赋予作家以力量，反而将其窒息。这些批评家包括莫尔、白璧德、斯图尔特·P.谢尔曼（Stuart P. Sherman）、布朗奈尔、伍德伯利、威廉·列昂·菲尔普斯（William Lyon Phelps）、J. E. 斯平加恩（J. E. Spingarn）等。

《文学与领袖》最能体现布鲁克斯的反叛精神。他以自己的声音，清晰地传达了许多人对社会的不满。当时的年代正是自然主义的高潮，揭露黑幕运动处于鼎盛期。德莱塞的《嘉莉妹妹》和辛克莱的《屠场》是其代表。这些文学作品告诉人们底层民众的生活状况，暴露社会生活和工业食品生产的狰狞真相，打破人们的幻觉，唤醒人们的改良意识，呼吁改革。小说作者认为，如果正直诚实的人们获悉真相，知道全部情况，他们会采取行动。为了祖国，为了自尊，为了让世界变得更美好，美国人愿意改革，愿意作出牺牲。

对于揭露黑幕这种文学行为，布鲁克斯既有赞成的地方，也有不赞成的地方。赞成之处在于揭露黑幕超越了政治领域，进入美国生活和思想的各个方面和角落。揭露黑幕崇尚现实主义。要想改革社会，首先要熟悉社会。揭露黑幕将事实呈现到美国人面前，认为这是他们需要看到，也是希望了解的内容。揭露黑幕让人们知道美国下层民众的困境，让知识分子同情下层阶级。知识分子普遍对商业施加于大众的有害影响表示担忧。有些人不情愿地意识到，任何有意义的改革都应该兼顾全社会的需求，包括下层阶级不被上层认可的需求。布鲁克斯将这种理念运用到了文学领域。他也开始将目光投向底层民众，形成认同感。他批评文学教授不懂文学。他认为，美国的文学传统从本质上具有殖民性质，其核心远远偏离刚刚苏醒的美国国民生活。《文学与领袖》呼唤表达美国现实的文学。爱默生时代，文学已经呈现模仿性、保守性和怯懦性。这种情况因为美国内战后的商业文明而加剧。新的民族意识和文化民族主义能解决问题。

布鲁克斯对揭露黑幕运动也有不赞成之处。他认为，这场运动犯了方向性错误。揭露黑幕派未能触及根本，它的目标是取缔大企业的权力,而不是改革社会。如果整个社会的目标是非人性的聚敛钱财,那么一个人不可能有个性。运动能唤醒中产阶级的良知,减轻他们的罪恶感,但不触及根本性的东西。这种改革将政治修修补补,只会重新恢复旧的美国民主,强化现有的社会弊端。真正的改革不是恢复,而是重建。真正的改革需要触及公民的内心。因为公民缺乏理想,而且也不想拥有理想,于是自私自利顺势填补了人们大脑的真空。商业摄取了美国人性格中创造的成分、道德的成分和理想的成分。整个民族的头脑充满了自私。对此,布鲁克斯开出的药方不是自我克制,而是自我满足。只有借助创造性自我满足,美国才有希望。

《文学与领袖》认为,与清教徒时期不同的是,人们现在的问题不是物资匮乏,而是物资多余。鉴于此,美国人经济方面的雄心是一种有害的抱残守缺行为。为适应文明的高级阶段,需要不同的价值观与之匹配。这种价值观应该结合欧洲的丰富文化底蕴和个人与社会的道德提升。

此外,传统的、竞争的个人主义需要修正。既然工业增长使得集体化变得不可避免,那么以集体为目的,从事建设性工作可以扩大个人力量和活动的范畴。通俗地说,就是一滴水会干涸,但是融入海洋却不会干涸。新的个人主义不是以对抗为特点,而是以合作为特点;不是既有观念,而是摸索前进;不是条块分割,而是协调一致。个人衷心希望将自己的命运与国家所有人的命运连在一起,休戚与共。如果闹哄哄的局面有一个核心力量,则会出现一个较好的新局面。对于布鲁克斯来说,新的民族理想的核心是文学,应该创造一种文化气氛,这种气氛使杰出人物能够意识到自己改善美国生活质量的使命。艺术家可以带领人们利用经验创造更高层次的文化。布鲁克斯认为惠特曼式的人物可以担当领导人的角色。之所以说小说家、诗人和批评家是领路人,原因之一是文学激进派容易在文化再生和社会革命之间形成认同感。文化不会让人失望。

1918 年,布鲁克斯在《日晷》上发表文章《关于创造一个可利用的过去》("On Creating a Usable Past"),"一个可以利用的过去"成为关

键词。布鲁克斯认为,真正想当作家的美国人必须尽快离开美国,到
欧洲去。不过,布鲁克斯自己远离美国,一定程度上让他缓和了自己
的立场。他渐渐意识到,作家需要从自己祖国的环境中寻找滋养。因
为安德鲁·杰克逊(Andrew Jackson)总统之后的美国缺乏可以与欧洲
媲美的文化传统,所以严肃作家处境尴尬。怎么找到解决办法?办法
是:通过研究美国社会、文化,重新审视、重新评价美国文学,发现一
个可以利用的过去,从而让潜在的、曾经遭到贬斥的传统得以显现。
优秀的批评的一个重要标准是:发现或创造一个可利用的过去。有
活力的批评一直这样做。这样的批评不仅可以开天辟地,带来行动和
理想方面的紧密联系,还可以开启一个民族文化的未来。

《马克·吐温的磨难》和《亨利·詹姆斯的朝圣》使用了心理分析
方法,认为两位作家都处于抑郁之中。可以看出,布鲁克斯尚未放弃
二元对立方法。在《马克·吐温的磨难》中,布鲁克斯认为,晚年的马
克·吐温屈从于本土传统,作茧自缚(其中不乏清教主义加尔文人性
天生堕落论的残余),毁坏了自己的才华,埋没了自己的天才。因为成
功,他失去了锋芒,被社会同化。他将自己的才华出卖,换得镀金时代
的舒适和虚荣,成为优渥生活的俘虏,最终江郎才尽。他唯一逃脱的
出路是回到密西西比河的童年时代。用一句话概括:其他人应该引
以为戒,勿让美国的物质主义和温雅传统欺骗。

《亨利·詹姆斯的朝圣》持反对侨居国外的立场(这与布鲁克斯
认为本土毁坏马克·吐温的态度相反)。书中,布鲁克斯认为,詹姆斯
从美国到了欧洲,他不爱美国,他也不能接受欧洲的古老文化。他像
一个幽灵,游荡在两个世界之间。随着自己的美国记忆变得暗淡,他
把自己病态阴郁的感觉写进小说。詹姆斯后期作品晦涩难懂,水平低
下,原因主要是詹姆斯长期与故土分离。一句话概括:不要切断与本
土的联系。《马克·吐温的磨难》和《亨利·詹姆斯的朝圣》将作家放
入时代和空间背景衡量,同时兼顾作家的个性和经历,两本书具有较
大的学术影响。

布鲁克斯的初衷是帮助和启迪他人,但他的前期作品对美国文学

的解读是一边倒的:他以"惨败"评论美国文学,认为全是负面影响。文学史中充满被障碍击倒的人,例如奇异的天才、幽灵一般的人。他们留下只言片语。美国所谓创造性的过去只是一团模糊。布鲁克斯认为,年轻的美国没有可以利用的过去。

布鲁克斯批判清教文化对当代文学不利,理由是这种文化将文学与生活割裂开来。实际上,这种批判与事实有出入。因为当他发表《清教徒的酒》和《美国的成年》时,自然主义运动派的作品来源于美国社会文化。可以说,一场美国复兴正将文学与生活紧密结合。布鲁克斯认为这不可能。对他来说,马克·吐温被美国文化毁灭,詹姆斯脱离了美国现实生活,逃到了欧洲,失去了艺术和人性。马克·吐温和詹姆斯作为艺术家都失败了。布鲁克斯的观点太绝对,太偏激,失之苛刻。

从1927年到1931年,不能公允、客观、全面地评论似乎影响了布鲁克斯的精神状态。他付出了沉重的代价:神经衰弱,徘徊在生与死的边缘。《马克·吐温的磨难》似乎实际上成为布鲁克斯的磨难。《爱默生传》在此期间完成。如果说布鲁克斯认为马克·吐温的人生遭遇失败,詹姆斯误入歧途,那么他认为爱默生的事业则不断发展。在《爱默生传》中,布鲁克斯的文字里出现了前所未有的乐观成分。以《爱默生传》为起点,布鲁克斯发生精神转移,倒向另一面,开始对美国持全面肯定的态度。布鲁克斯认为,爱默生并没有像惠特曼一样创造新秩序,但他与环境达成了和解,在这个基础上形成了自立、自制的哲学。布鲁克斯认为爱默生克服了清教主义的病态桎梏,发现并且改善了康拉德的知识圈,正确看待欧洲文化,成功地融合了艺术和人生,复兴了文学中的文化。这一方面的典型例证为爱默生的《美国学者》。

《新英格兰的繁荣》脱胎于《关于创造一个可利用的过去》。该书描绘了新英格兰最光辉灿烂的时刻,背景分为两部分:新英格兰外部自然风光和室内景象。自然风光包括高山、草地、村庄、森林、果园和大海。室内景象包括图书馆,在图书馆,人们研究希腊、罗马哲学,诗人研究浪漫的古代文学,包括吟游诗人的诗歌和长篇传奇文学。那时候,一个铁匠除了做自己的日常工作,也掌握 40 种语言。在这个背景中,伟大的作家复活,包括乔治·提克诺(George Ticknor)、朗费罗、爱默生、霍桑、梭罗、惠蒂尔、霍尔姆斯、罗威尔和众多人物。该书时间背景开始于吉尔伯特·斯图尔特(Gilbert Stuart)的波士顿,终结于梭罗去世时的康科德。这就是 1815—1865 年的新英格兰。《新英格兰的繁荣》叙述真实人物和事件,呈现文化的故事,加上作者丰富的想象,使其成为一部重要的文献。该书获得 1937 年普利策奖和全美图书奖。

按照奥斯瓦尔德·斯彭格勒(Oswald Spengler)的文化兴衰周期学说①,《新英格兰的繁荣》描述了第二个阶段。如果说《新英格兰的繁荣》描述了第二个阶段,那么按照该学说,《新英格兰:兴旺的晚期,1885—1915》则描写了第四阶段。1862 年梭罗去世时,文化已经呈现颓势;1866 年,俄亥俄州出生的豪威尔斯来到波士顿,继承了霍尔姆斯和罗威尔的衣钵。新英格兰的形势发生了很大变化,黄金时代逐渐衰微。内战后,工业的兴起使人们从诗歌和哲学中分心,教育新理念是对人们进行职业培训,复燃的对欧洲的感情在一定程度上损害了美国人的个性。在这个时代大背景下,艾米莉·狄金森、豪威尔斯、亨利·亚当斯(Henry Adams)还在坚持创作。《新英格兰:兴旺的晚期,1885—1915》给人的印象不是衰朽和荒芜,而是社会分崩离析时文学在继续进步。新英格兰的火炬熄灭,但在几百英里外又被燃起,精神被重捡。老一代作家的传人有罗伯特·弗罗斯特(Robert Frost)、刘易斯和尤金·奥尼尔(Eugene O'Neill)。《新英格兰的繁荣》和《新英格兰:兴旺的晚期,1885—1915》属于五卷本《缔造者与发现者》系列。系列丛书歌颂了民主的上升,以及自由、进步的本土传统。激进民主

① 斯彭格勒的文化兴衰周期有四个阶段:第一阶段,一个同质、淳朴、有宗教信仰的民族继承了革命传统,热爱自己的土地;第二阶段,他们感觉到自己已经从睡梦中醒来,学问复兴,思想感情得以表达后,波士顿、剑桥、康科德等文化城市兴起;第三阶段,随着生活节奏的变化,人们开始自知自觉,怀疑自己;第四阶段,随着文化城市向商业城市(例如纽约市)的臣服,人们感觉到黄金时代已经结束。

主义者惠特曼是 19 世纪末的中心人物,充分体现了美国生活健康的
方面。

除了惠特曼,布鲁克斯还认为杰斐逊、林肯、早期的麦尔维尔和马
克·吐温、豪威尔斯是自由和进步的文化领袖,他们促进了有机的本
土文化,同时承认旧世界的价值。他们的对立面人物是亚历山大·汉
密尔顿(Alexander Hamilton)、霍桑、坡、詹姆斯和 T. S. 艾略特。布鲁
克斯认为这些人保守,具有贵族倾向,迷恋于加尔文人性天生堕落论,
在文化上集中于旧世界。

20 世纪 30 年代在哈佛大学英语系任职时,布鲁克斯认为具有 T.
S. 艾略特思想的一帮人把持了英语系。艾略特认为"诗歌不是个性的
表达,而是逃离个性",布鲁克斯对此难以赞同。他认为艾略特的思想
是逆传统潮流而动,其结果只会使人远离进步。布鲁克斯强调评论中
的社会性和个人气质,认为评论家应该将个人放在第一位。在他的心
目中,如果艾略特将艺术与艺术家分开,其结果也将艺术与生活分开。

布鲁克斯对许多人产生了深刻影响。布鲁克斯加入《七艺》编辑
队伍后,同事欢欣鼓舞,认为他是批评中的创造性力量,能引导艺术中
的新力量前进。保罗·罗森菲尔德(Paul Rosenfeld)认为布鲁克斯不
亚于(惠特曼去世之后的)任何人。① 布鲁克斯的信徒包括伯恩和芒
福德。1915 年,伯恩和布鲁克斯结识,他们的友谊和合作因为《七艺》
而加强。1917 年,伯恩的许多论文是在康尼狄格州度暑假时和布鲁克
斯磋商探讨完成的。1918 年,他们又开始了一系列的合作。1918 年 3
月 27 日,伯恩给布鲁克斯致信,信的末尾显示出了他们的亲密关系:
"这个国家有许多心存不满的人,他们接受不了任何教导。传统的榜
样很幼稚。同样,知识界的领导人无济于事。不满现状的阶级需要一
个新福音。这个阶级会明白你的意图。如果你能给他们暗示一下你
的计划,他们会感恩戴德。我不太清楚怎样成为领袖人物,但你可以

① 参见 Peter W. Dowell. "Van Wyck Brooks and the Progressive Mind," *Midcontinent American Studies Journal*, 11.1(1970), p. 32。

告诉我你头脑中的方法。"①爱丽丝·柯宾·亨德森（Alice Corbin Henderson）批评布鲁克斯和伯恩过于强调文学批评的重要性，受到批评的布鲁克斯和伯恩联合著文反击。这是他们唯一一次联合署名。

布鲁克斯也影响了芒福德。布鲁克斯曾使用阳春白雪和下里巴人等二元对立概念，芒福德也依据这个模式，使用昼与夜、思想与行动、科技与艺术、自然与文化、客观与主观、过去与未来、事实与价值、形式与功能、数量与质量等对立单元。不过，芒福德修正了布鲁克斯作品中一些激进、偏颇的观点。布鲁克斯的论断有时自相矛盾，互相抵牾。除了对美国总体感到不满外，布鲁克斯尤其对美国作家很有意见。他觉得美国作家没能和美国生活缔结血肉联系，因此未能提供一个好传统。如果布鲁克斯对一些著名作家的作品有微词的话，芒福德则热情肯定了这些人的成就，一定程度上纠正了布鲁克斯的诋毁和不满。

例如，芒福德曾纠正过布鲁克斯对麦尔维尔的结论。1923 年，布鲁克斯曾在纽约持续时间不长的政治和文学周刊《自由人》（*The Freeman Book*）的专栏中写道：《泰比》（*Typee*）发表于 1846 年，《骗子》（*The Confidence Man*）发表于 1857 年，作者时年 38 岁，麦尔维尔的全部文学生涯几乎就是这 11 年。布鲁克斯这个结论站不住脚。芒福德在著作《赫尔曼·麦尔维尔》（*Herman Melville*，1929）中花了很长篇幅纠正这一错误看法。芒福德认为，麦尔维尔被称为静寂期的人生最后 40 年经常被误解。实际上，静寂期也有佳作问世。《赫尔曼·麦尔维尔》讨论了麦尔维尔后期作品的诗歌与散文，尤其耐心细致地研究了《克拉瑞尔》（"Clarel"）。

综合看来，布鲁克斯风格激进，不无片面和偏激。他认为商业是文化的大敌。他没有考虑到的是，商业的繁荣可以促进文化的复兴。商业奉行"主观为自己，客观为大家"的原则。为了利益，出版社和书

---

① Paul F. Bourke, "The Status of Politics 1909 – 1919: The New Republic, Randolph Bourne and Van Wyck Brooks," *Journal of American Studies*, 8.2 (1974), p. 200.

商会促成书籍（包括文学书籍）的印刷、传播和阅读，可以极大地提高识字率，提升人们的文化水平，繁荣文化市场，丰富人们的精神生活。1919 年，布鲁克斯曾列举改革派无视美国现实的罪名：无条件接受"大熔炉"这个虚幻概念；把自己的精力无谓地浪费在攻击无良企业上，殊不知企业本身才是国家的大敌。布鲁克斯的观点不值一驳，因为揭露黑幕运动成功地让人们意识到了阶级差别，挑战了"大熔炉"这个概念。布鲁克斯无视现实只能说明他自己的急于求成。布鲁克斯的局限性还表现在他想当然地认为性本善。他很少考虑人性恶和桀骜不驯的一面。二战开始后，残酷的现实让人性恶的一面充分释放，使布鲁克斯接受了再教育。

布鲁克斯的研究领域是整个文化。他是一个伟大的作家及文学评论家，成就远远超过了许多评论家。纵观布鲁克斯一生的轨迹，可以看到他从哈佛美学派转化为文化激进主义的代言人。他认为文学是社会的体现，文学批评家的首要任务从宏观上讲，需要找出文学与社会、经济、政治、文化因素的联系；从微观上讲，需要研究环境和个性对作家作品的影响，以便古为今用。他有四面楚歌的时候，也不乏快乐的时光。他的精神崩溃一定程度上是自己不能平衡思考的结果，给后来者提供了前车之鉴，避免其他人重蹈覆辙，因此也有借鉴意义。早年，布鲁克斯低估了清教徒文化，认为清教徒文化产生了无头脑的现实主义和无意义的理想主义。后来，布鲁克斯又对美国过去给予了过高希望。在人生晚年，他达成了自我和解。如果说他走了弯路，那也是一个指头和九个指头的问题。他的成绩是主流。他的文章可能偏激或矫饰，但他的观察很敏锐。他的渊博学识和精湛作品为后来者的研究铺平了道路。

美国"新人文主义"文学思想①

---

① 本章由刘白撰写。

　　"新人文主义"是 20 世纪前 20 年兴盛于美国本土的,基于东方和西方的哲学、文学、宗教思想资源而开展的文化复兴运动。白璧德与莫尔是这场文化运动的倡导者。"新人文主义"的倡导者们认为人的许多欲望和本能都可能造成混乱和堕落,因此必须对它们加以约束。在宗教力量日益式微的情况下,能对这些欲望和本能形成约束的只有人的理性和高尚人品。之所以称为"新人文主义",是因为它依靠人自身的能力和力量来拯救自己,而不是依靠宗教等外部力量。在这个过程中,知识和智慧必须发挥作用,所谓的"约束"必须来自人自身的理智。

第一节

欧文·白璧德的文学思想①

　　欧文·白璧德(Irving Babbitt,1865—1933)的思想丰富厚重,涉及文学、哲学、历史、教育、宗教等多个方面。与其文学思想相关的主要著作有《文学与美国的大学》(*Literature and the American College*,

---

①　本节曾以《论欧文·白璧德的文学思想》为题发表在《外国语言与文化》2018 年第 2 期,第 47—55 页,有所修改。

1908)、《新拉奥孔》(*The New Laokoon*，1910)、《法国现代批评大师》(*The Masters of Modern French Criticism*，1912)、《卢梭与浪漫主义》(*Rousseau and Romanticism*，1919)、《民主与领袖》(*Democracy and Leadership*，1924)、《论创造与其他》(*On Being Creative and Other Essays*，1932)、《性格与文化：论东方与西方》(*Character and Culture: Essays on East and West*，1940)等。

一、白璧德文学思想的生成语境

(一)成长与求学背景

欧文·白璧德的祖父是耶鲁神学院的毕业生，曾祖父毕业于哈佛神学院，他们是虔诚的公理教派的牧师，秉持博学教士的传统，极力反对福音教派粗暴、狂热的反理智主义。正是这样的家庭宗教氛围，孕育了白璧德对学问与文化十分敬重的传统，这也是家族给白璧德留下的最宝贵的遗产。

1881 年，白璧德一家搬迁至美国中部俄亥俄州的辛辛那提，白璧德在伍沃德中学遇见了一位优秀的古典文学教师，他因此学会了流利的希腊语和拉丁语，并了解了贺拉斯的优雅与礼制的诗学思想。上高中时，他便打定主意要报考哈佛大学，因为父亲告诉他波士顿是"我们真正的典雅"，波士顿的人比其他任何地方的人更懂得如何变得更高雅、更有文化。[1] 1885 年白璧德考入哈佛大学，进入哈佛以后，他在古典文学方面的表现锋芒毕露，在希腊语课堂上经常坐在教室前排最显眼的位置，用晦涩难解的问题挑衅年轻的博士，对于那些有学问的教授也缺乏尊敬，因此他得到了一个并非褒义的"助理教授白璧德"的名号。[2]

---

① 参见 Stephen C. Brennan and Stephen R. Yarbrough, *Irving Babbitt*, Boston: Twayne Publishers, 1987, p. 4。

② 参见 Frederick Manchester and Odell Shepard, eds., *Irving Babbitt: Man and Teacher*, New York: Greenwood Press, 1969, pp. 1–4。

　　白璧德自己承认其一生笃信的人文主义思想于哈佛大学毕业时就已经形成。大学期间是他思想吸收与定位的重要时段。大学二年级时,他与同学开启了为时 15 个月的徒步欧洲之旅,此次旅行对于其思想的形成尤为关键。旅途中他们只带随身用品,寄宿野外、与人交谈、学习语言、了解民俗,汲取了法国、德国、西班牙、意大利等国的民族精神养分。这次旅行让他有充分的时间整理思想,也让他初步具备了一种全球视域,而尤为重要的是他的兴趣转移到了东方和古希腊。他认为佛用一种积极、冷静的精神来进行自我控制,一个人如果想位列高尚者之中,逃脱邪恶,那么他就必须抛弃短暂的欲望,以获得更持久的渴望。这种超越短暂的渴望被白璧德理解为控制自我。白璧德还阐述了佛关于勤奋与精神努力的观点,他认为佛教徒专注于内心,而基督徒则狂热地专注于外。白璧德认为东方思想尽管不能取代西方智慧,却可用来补充和支持西方智慧。白璧德常将佛与亚里士多德进行对比,认为他们分别是东西方思想的典范。亚里士多德的《尼各马可伦理学》(*Nichomachean Ethics*, BC330)给他的启示是:人类奋斗的终点是幸福,幸福是建立在良好的生活与德行之上的,这种良好的生活与德行会被过度或欠缺而毁掉,却因中庸适度而留存。亚里士多德对快乐的最终定义是"沉思冥想",这也为白璧德日后的闲暇观提供了精神依凭。

　　1889 年,白璧德以优等成绩获得哈佛大学古典文学荣誉毕业证书。两年后,他前往巴黎,先后在法兰西大学、索邦大学高等研究学院学习梵语、巴利语和印度哲学。1892 年,白璧德复入哈佛大学攻读硕士学位。在研究生阶段,他再次碰上一位对他人文主义思想形成产生重要影响的老师——查尔斯·艾略特·诺顿。诺顿教授信奉文学研究的道德严肃性,推崇亚里士多德"优秀人物是万物标准或楷模"的观念,认为文学研究应更加注重"德性"。研究生毕业后,白璧德留校任教。在此期间,他经常与诺顿教授讨论自己的观点,探讨文学的"德性"。他认为诺顿教授就是人文主义的典范,因为在诺顿身上,他看到了一种平衡:对美的追求和对生活的热爱。这种平衡是白璧德所钦佩的,也符合亚里士多德的中庸适度观。白璧德后来在自己出版的第一部著作《文学与美国的大学》中特意对诺顿教授表示谢忱,认为"诺顿教授具有人文品质,为所有的人提供了一个榜样"①。

(二) 阿诺德与爱默生的影响

诺顿教授对白璧德人文主义思想具有启蒙的意义。在他的人文主义思想理路中,阿诺德和爱默生的影响也不容忽视。即使白璧德并未完全承袭二者的理论主张,但其人文主义思想中显现着他们的影子,是对他们思想的辩证吸收与发展。

阿诺德是英国著名诗人与文艺理论批评家,研究领域涉及文学、文化、艺术、社会、历史、宗教等方面,其批评理论主要集中于他的《文化与无政府状态》(Culture and Anarchy, 1869)一著中。阿诺德认为,在他所处的时代,旧的传统已经衰退,新的标准亟待建立,人们普遍缺乏对健全理智的信念,只有"文化"才能重建社会的规范和秩序,摆脱现代社会价值危机。阿诺德的"文化"概念涵盖了人类一切优秀的文艺中所积淀下来的文化与思想,其中包含两大重要源头:一类是以古希腊亚里士多德为代表的希腊文化精神;另一类是信仰基督教的希伯来文化精神。尽管这两类文化的终极目的都在于人类的完善与救赎,但在很多方面却存在本质差异。"希腊精神讲求按照事物的本来面目进行思考,希伯来精神主张竭力地履行既定的职责与坚持顺从。"②前者注重思考、强调智慧,能帮人洞穿事物的本质,从而获得智性反思;后者根植于"原罪"思想,旨在唤醒人们的负罪感,达到"被救赎"的目的。阿诺德认为人要进行自我完善,必须将这两种精神调和起来,用希腊精神的教育来平衡当时在维多利亚时代英国占统治地位的希伯来传统,让英国人既获得理智之光,又不放弃行动,实现自我人格和道

---

① Irving Babbitt, *Literature and the American College*, Boston: Houghton Mifflin Company, 1908, preface.

② R. H. Super, *The Time-Spirit of Matthew Arnold*, Ann Arbor: University of Michigan Press, 1970, p. 165.

德的完善,进而实现社会制度的完善和秩序的稳定。白璧德继承了阿诺德的这一思想,并将其发展成为人文主义的节度法则。

阿诺德的文化观体现了精英化特点。他认为"文化"不是市井的大众文化,而是少数人享有的精英文化;它应当先为少数精英拥有,继而推广到社会的其他阶层。阿诺德把当时的英国分为贵族、中产阶级和工人阶级三个阶层。贵族缺乏理智与心智,在启蒙理性席卷欧陆的时代,英国贵族缺乏思想应有的深度,缺乏对国家和时代的深刻洞见,因此不可能引领时代潮流。中产阶级则兴趣狭隘、品味低下、唯利是图,是典型的"市侩",他们在追名逐利的过程中,丢弃了人文主义和对丰盈而幸福的生活的追求。工人阶级则具有随意性和破坏性的无政府主义倾向,他们满脑子的念头都是发展工业、执掌权力,晋升为中产阶级,在"自我实现"中失去了"自我"。尽管各个阶层界垒分明,但阿诺德认为他们之间的部分成员具有流动性。每一个企图挣脱本阶层、想了解最优秀的自我的便是阿诺德所认为的精英,当然这类精英大部分还是集中在中产阶级。阿诺德认为这些精英在社会(尤其是转型期的社会)中承担重要的角色。阿诺德的"精英文化"思想在很大程度上被投射到了白璧德的人文主义思想中。白璧德在《文学与美国的大学》一书中阐述人文主义与人道主义的区别时,便明确指出前者坚持"选择"标准,与后者的"博爱"思想截然不同。

爱默生是19世纪美国超验主义哲学的代表人物,与阿诺德一样,他在哲学、宗教、文学等领域内均颇有建树,且影响深远。白璧德在其许多著述中引用或阐释其思想,甚至直接摄取并发展了爱默生思想体系里的诸多观点。"内在制约"(inner check)这一提法出自爱默生,白璧德的自律观也是对爱默生的自助观的补充。在《文学与美国的大学》的扉页,白璧德引用了爱默生的诗歌《颂诗:题献威廉·亨·钱宁》("Ode, Inscribed to William H. Channing"):

> 存在两种分立的法则
> 无法调和,

人之法则;与物之法则;
后者建起城池舰队,
但它失去控制,
僭据人的王位。①

对于人之法则与物之法则的讨论成为《文学与美国的大学》的一个重要论题。白璧德认为现代社会盲目相信科学,迷信数字,让物之法则主宰生活,危害甚大;因此,要拯救现代世界,一定要节制物之法则,用人之法则进行协调。

爱默生文学批评观也对白璧德产生了直接的影响。爱默生在肯定文学追求"美"的同时,也要将"善"与"真"作为创作的崇高追求目标。爱默生认为,真正的文学天才的每一件作品不仅充满了美,还充满了善与真。最高的文学类型应该启迪人类道德智慧,最伟大的诗歌应该是具有道德面向的,最伟大的诗人也毫无例外都是道德法律的制订者。② 白璧德在此基础上提出了文学的道德想象,认为文学除了审美价值之外,还要有道德深度,因为"美一旦与道德分离,就失去了大部分意义"③。艺术是人生的一部分,对人的行为和观念都会产生深刻的影响,道德想象是透视人生的一种直觉,其基本原则是秩序与均衡(order and proportion)。

当然,白璧德对待前人的思想往往采用"六经注我"的策略,既有对他们思想体系的吸收,也有对口号的直接借鉴,更有批判性的反思。比如,爱默生对传统和经典的低估,白璧德就对此持批判态度。

(三) 历史文化背景

19 世纪末 20 世纪初的美国社会存在两种主要的力量,一种是

---

① Irving Babbitt, *Literature and the American College*, Boston: Houghton Mifflin Company, 1908, title page.

② 参见 Gustaaf Van Cromphout, *Emerson's Ethics*, Columbia: University of Missouri Press, 1999, pp. 154 – 157。

③ Irving Babbitt, *Rousseau and Romanticism*, Boston: Houghton Mifflin Company, 1919, p. 207.

科学人道主义,另一种是情感人道主义。前者的代表始自培根,强调知识就是力量,人依赖科学定能胜天,认为解决人类生活问题的主要手段是科学,那些实证主义运动与功利主义运动便是在科学人道主义的鼓动下发展起来的。后者由卢梭引发,经由许多现代西方最有影响的知识分子进一步发展的浪漫主义,标榜人的自然情感的神圣性,过度强调个人情感扩张的合理性,无视社会与道德规范。

白璧德认为培根的科学人道主义,即整个人类都会通过科学研究和科学发现取得进步的观念对文学、教育都产生了渗透影响。19世纪末与20世纪初的美国每年花费巨大的财力物力在实验生产上,他们迷恋科学,推断科学一定会创造出一个新的天堂,因为科学已经创造出了一个新的人间。他们用量化与物的标准(law for thing)来代替人的标准(law for man)。文学批评家的最高抱负是吸收百科全书式的知识,然后在这一基础上作出自己的贡献,以求在将来的某个百科全书中获得一席之地,丝毫不重视研究的深度与广度,陷入了印象主义批评。在教育理念上,培根主义者强调实用原则,只为了得到某种实际的效果或科学的结果而进行学习,这种理念导致学生们在选择专业或接受技术训练时往往以将来的就业为终极旨归。

在白璧德看来,如果没有卢梭的情感人道主义的增援,培根的科学人道主义在破坏人文标准方面就不会产生那么大的影响力了。白璧德反对卢梭的"性本善"思想,卢梭拒绝原罪观,宣称人性本善,颠覆了传统的理性与节制观,进而鼓吹所有人都应该随心所欲,释放天生的、自发的自我。卢梭认为人的罪恶不是源于人的内心,而是社会,因此他不谴责个体的罪恶,而是谴责社会的罪恶。白璧德还反对浪漫主义对想象的放纵,认为对想象放纵的精神正在侵蚀着现代文明的根基,扭曲了人真正的道德追求,削弱了人的自制习惯。

为了明确阐述情感自然主义和科学自然主义在文学批评上的态度,白璧德考察了两类自然主义批评家对待莎士比亚的态度。情感自然主义者津津乐道莎士比亚的天才纯粹是提坦巨神般的、表现自然力量的,纯粹属于火山爆发;他们声称莎士比亚属于上帝有意放任的、不受任何羁绊的天才,莎氏的天才可以自由地展翅飞翔,游弋于无垠之中。科学自然主义者则将莎士比亚看成纯粹的文艺复兴产物,而文艺复兴在他们看来则代表了不受限制的能量的喷薄奔涌。对此,白璧德认为人文主义文学批评必须在"同情与选择之间保持适当的平衡",莎士比亚的艺术尽管还可以更进一步,但他始终"在热情洋溢的激流中保持了一种节制"。

正是在这样一种历史背景下,白璧德通过一系列论著来阐释自己的人文主义思想。他认为:

> 在人文主义者的眼中,对于人来说最重要的不是他作用于世界的力量,而是他作用于自身的力量。当他的力量作用于自身时,如果能以人文的选择标准,或者以真正约束性的规范为旨归,那么他才能担当起最高与最难的任务。人们认识一个人不但要看他做了什么,还要看他克制自己没有去做什么。衡量一个作家是否伟大,不单单要看他说了什么,还要看他省略未说的内容。①

二、白璧德文学思想的哲学基础

白璧德的人文主义思想体现在文学、文化、艺术、教育、宗教等诸多方面,要了解其文学思想,有必要对其哲学思想有一个基本认知。白璧德的哲学思想并不体系化,但具有折中性,他并不打造新词或提出新的定义,他的论题的真理常常埋藏在他苏格拉底式的问话与讨论中。

"内在制约"是白璧德哲学命题中首先需要认知的概念。该词并非白氏首创,最初出现在他 1910 年所著的《新拉奥孔》一书中。"内在

---

① Irving Babbitt, *Literature and the American College*, Boston: Houghton Mifflin Company, 1908, p. 56.

制约"是白璧德引述爱默生的话时提出的,"根据爱默生的观点,东方
人将'上帝'本身定义为'内在制约'"①,白璧德指出在东西方几乎所
有的宗教书籍中都可以看到"内在制约"的影子,由此可见白璧德对
"内在制约"的推崇。

在《卢梭与浪漫主义》一书中,白璧德进一步阐释了"内在制约"
的含义,他说:"内在制约是一种永恒的或伦理的元素,它可以制止人
类放纵的欲望,对于人的生命冲动(élan vital)来说,它是一种生命控
制(frein vital)。"②在白璧德看来,人的身上存在两个自我以及它们
之间的冲突("洞穴中的内战"),要想摆脱痛苦,就必须努力实践控
制原则。爱默生在运用"内在制约"一词时更多的是将其称作"上
帝"或理解为"法",白璧德则将其看作现实生活中的人寻求更高自
我的一种内心约束,只有实现这种"内在制约",人才可以做到心智
健全。"内在制约"在《文学与美国的大学》《民主与领袖》和《论创
造与其他》等其他著述中也不断被提及,成了白璧德哲学思想的关
键词。

白璧德也将"内在制约"的概念运用到了文学批评领域。在批评
以卢梭为代表的浪漫主义文学时,他便运用了"内在制约"观念。白璧
德指出,一切有助于感情解放的东西卢梭主义者都表示欢迎,一切限
制感情扩张的东西他们都指责。"卢梭主义者倾向于否定道德中心思
想,以及体现这种思想的特殊形式。任何试图建立这种道德中心的努
力,任何以一种统一的、集中化的理论反对扩张的冲动的努力,不论是
人道主义的,还是宗教的,在他看来都是专断的、虚假的。"③白璧德认
为这种过度泛滥情感的浪漫主义丢失了文学中的"内在制约",会造成
文学中的"滥情"。他认为文学想象不应该完全自由地徜徉在自己的

①　Irving Babbitt, *The New Laokoon*, Boston: Houghton Mifflin Company, 1910,
p. 201.

②　Irving Babbitt, *Rousseau and Romanticism*, Boston: Houghton Mifflin Company,
1919, p. 150.

③　同②,第53页。

"幻想王国"里,而应该在某种程度上受制于判断的约束,作家也应对自己冲动与性情的自由扩张进行约束。当然,想象与判断之间不应是一种对立关系。白璧德推崇古典主义文学,认为:

> 真正的古典主义并不取决于对规则的遵守或对典范的模仿,而是取决于对普遍性的直接感悟。亚里士多德之所以备受尊重,就是因为他描述了这种感悟以及它在艺术和文学中表现的方式。他证明了一种超感觉的秩序,人只有借助于幻想才能达到这种秩序。①

节度(measure/ balance)是白璧德人文主义哲学思想的又一关键词。在白璧德看来,人类社会存在一系列二元关系:一与多,常与变,普遍性与特殊性,传统与创新,永恒与暂时,同情与选择等。人们常常走向一个极端,让个体的本性无限扩张,成为泛滥的人道主义者。只有采取节度的方式,避免趋向极端,才能成为人文主义者。白璧德指出现代社会存在的两种趋向的代表:其一是以培根为代表的功利自然主义者,他们迷信机构与效率,将机器视为达到效率与道德目标的手段,一味追求物质进步,认为物质进步便是通向文明的进步;另一种是以卢梭为代表的情感自然主义者,他们主张回归"自然",以一种不加选择的同情来取代道德意义上的工作。白璧德坚决反对这两种自然主义者,认为前者对自己的才智不加节制与选择,混淆了物质进步与道德进步,一心营求物质利益,导致西方文明表现出离心式的个人主义症状;后者对自己的欲望不加约束和限制,放纵情感,美化德性,卢梭主义者的"性本善"理论与"回归自然"观恰恰引发了人类欲望的无限扩张。对此,白璧德坚决反对卢梭的"在万有(everything)与虚空(nothing)之间没有中间词"的表达,引出节度法则(the law of measure),

---

① Irving Babbitt, *Rousseau and Romanticism*, Boston: Houghton Mifflin Company, 1919, pp. 18 - 19.

指出人应该在"普通自我"（ordinary self）与"更高意志"（the higher will）之间协调，"普通自我"体现为情感的放纵，"更高意志"也不能任意行事，必须遵行一定的标准。人们应该用"制约意志"来约束放纵的情感，即"普通自我"。在白璧德看来，真正的人文主义者既要反对过分的同情与过分的选择，又要防范过分的自由与过分的约束，要在两个极端之间进行协调，填充二者之间的空白。他认为"一个好的人文主义者应该是中庸、敏感与得体的"①。这里的中庸主要指克己、节制；敏感指不麻木不仁，也非好奇立异；得体指合乎标准，不随心所欲。

需要强调的是，白璧德的节度法则不仅体现为一种生活哲学，同时也是一种政治伦理，不仅适用于个人，也适用于国家。正如个人需要更高意志来约束自然意志，国家同样需要更高意志（体现为制度）来限制它的自然意志（体现为大众意志）。白璧德运用节度法则来抨击第一次世界大战的产生，他认为战争爆发的原因在于人性的蒙蔽与欲望的扩张。白璧德认为现代人在人性上的自我膨胀也体现在国家层面上，个人的生存扩张意志由战争的发起者演变为民族的权力扩张意志，正是"个人内心泛滥着的道德混乱"产生"无限制的权力欲望"，从而"取代了国际关系上的伦理控制"②。

标准（standard）在白璧德哲学思想中也起着重要作用。白璧德认为由于缺乏标准，西方文明表现出离心式的个人主义症状，美国不但没有标准，而且混淆、颠倒了标准。但是白璧德在其整个思想体系中并没有寻找普适的具体标准，而重在阐述标准的重要性与必要性。在《论创造与其他》的绪论中，白璧德开宗明义，声称他试图解决标准这一问题，从而为他积极的批判人文主义辩护。他说："我致力于表明，人即使舍弃绝对事物，依然可以保持规范。"③白璧德认为

————————

①　Irving Babbitt, *Rousseau and Romanticism*, Boston: Houghton Mifflin Company, 1919, preface.

②　欧文·白璧德：《人文主义：全盘反思》，美国《人文》杂志社编，多人译，北京：三联书店，2003年，第61页。

③　Irving Babbitt, "Introduction," in *On Being Creative and Other Essays*, Boston: Houghton Mifflin Company, 1932.

文明终究离不开标准，而标准的维系需要人。"拥有标准是人自身的一种能力，常常被称为想象力，就是能主动去捕获相似性和类同，并进而确立统一性。"①因此，白璧德的"标准"具有人文主义的色彩，是一种人文主义标准（humanistic standards），其根源在于人性本身。白璧德之所以批判浪漫主义文学，主要原因在于浪漫主义者没有在恣意的想象力中抵御冲动，确立统一性，没有遵循人文主义的"标准"来进行创作。

白璧德的人文标准设有两个类别，第一类是传统标准（traditional standard），也称外在标准（outer standard），它强调的是个人与他人、过去与现在的联系。传统标准在文学上即表现为具体语言的规则、传统的选词、语法、句子与创作风格等，这些语言和修辞的标准便是个人与文化的联系，打破这种联系就会造成读者理解上的困难，从而与人文本性背道而驰。第二类是目的标准（purpose standard），也称内在标准（inner standard），目的标准通过观察个人与他人、人类过去与现在的联系来发现人在自身内部和同类之间所能实现的统一。传统标准与目的标准互相依存，缺一不可；但目的标准超越了传统标准，并且使人文性成为可能。在《新拉奥孔》中，白璧德推崇亚里士多德的模仿论。亚氏认为诗人应当"模仿事物应该的样子而非事物本来的样子"创作，"应给我们真理，但应该是有选择的真理，超越地方性与偶然性，清除变态与怪异，以便达到最高层次的代表性"②。白璧德认为亚里士多德的诗学观充分揭示了目的标准的内涵，认为这才是一种更高层次的标准，才是人类事业的目的和方向。

三、积极批判的人文主义——白璧德文学思想的批评旨趣

白璧德主要是一个文学批评家，其人文主义思想的价值主要体现

---

① 欧文·白璧德：《性格与文化：论东方与西方》，孙宜学译，上海：上海三联书店，2010 年，第 161 页。

② Irving Babbitt, *The New Laokoon*, Boston: Houghton Mifflin Company, 1910, pp. 9-10.

在文学批评方面。在《卢梭与浪漫主义》《法国现代批评大师》《新拉奥孔》等著作中,他通过对个体作家的分析,对整个浪漫主义文学思想进行了全面而深刻的批判。

(一)对浪漫主义风格的批判

白璧德批评浪漫主义作家摧毁一切语言法则来表现自己的独创性。浪漫主义作家们不仅运用被伪古典主义作家们视作"低俗"而回避的日常用语和习惯用语,并且使用一般读者无法理解的方言和技术术语。比如,弗朗索瓦-勒内·德·夏多布里昂(Fransois-René de Chateaubriand)以特殊的方式处理北美洲的印第安人和环境,造成了夏多布里昂的"印第安"特色;雨果的《巴黎圣母院》(*Notre-Dame de Paris*, 1831)中充斥着建筑术语,让整本书俨然成了建筑术语词典,《海上劳工》(*Les Travailleurs de la mer*, 1866)中则充满航海术语;巴尔扎克的《凯撒·比罗托》(*César Birotteau*, 1837)中的某些段落,读者需要成为一名律师或职业书记员方能读懂。在白璧德看来,浪漫主义作家这种对地方色彩与遁词艺术的追求只是为了震惊读者,却破坏了风格。

与通过突出而奇异的语句写作相关的,还有浪漫主义作家对奇异的服饰风格的钟爱与书写。夏多布里昂曾表明自己创作中所坚持的一种信仰:一个人要想表现出天才与独创性,就必须在一切事情上不合常规,甚至在发型设计上也是如此。夏多布里昂如此书写浪漫主义画家的形象:

> 他们打扮得像言行古怪可笑的喜剧人物和讽刺漫画中人物。其中一些人留着可怕的胡子,人们甚至以为他们要去征服整个世界……他们的胡子就像戟,他们的画笔就像军刀;也有一些人长着蓬松的大胡子或披肩的长发,他们姿势夸张地抽着烟。这些幻想的兄弟,用一句老话说,满脑子都是洪水、大海、河流、森林、瀑布、暴风雨,或者充满着凶杀、折

磨和绞刑架。①

白璧德认为浪漫主义作家通过这种艳丽的服饰风格寻求震惊,并通过极其激烈的怪癖吸引平庸之人的注意。而实际上,"大多数浪漫主义作家在追求独创性的同时表现出明显的模仿性,结果只是获得第二手或第三手的经验,或者说,一种陈腐的怪癖"②。在白璧德看来,无论是夏多布里昂笔下的勒内,还是乔治·戈登·拜伦(George Gordon Byron)笔下的恰尔德·哈洛尔德,都是病态的、异常的、荒谬的人物形象。

白璧德发现,浪漫主义文学不仅在词汇与服饰中急于强调自己摆脱了规则,而且依赖对比法则。白璧德认为以对照作为惊奇的附属物,从光明到阴影甚至极端相反的突兀转变的这种对比法则在雨果本人与他的小说中可以找到最高的表达。雨果夸大了自己童年时的孤独无助,声称人人抛弃了他,甚至母亲也不要他,只是为了使自己后来的成功显得更加辉煌。通过对雨果本人的言行与思想,以及他小说中的人物性格、环境与主题的研究,白璧德认为雨果擅长制造情节,他让冉·阿让从罪人到圣人的突然转变就是为了惊奇而牺牲真实的一个例子,这种"从戏剧化向情节剧化转变"是浪漫主义文学一种令人狂喜的、抒情诗般的堕落。

白璧德认为无论是行动的浪漫主义、思想的浪漫主义还是感情的浪漫主义,他们都追求外在的、可见的怪诞,通过奇异的风格打破人为法则,以鲜明的表面风格吸引读者,为了新奇感而牺牲可能性。

(二) 对浪漫主义自然书写的批判

浪漫主义文学体现了对自然的崇拜,约翰·济慈(John Keats)曾提出诗歌创作的"消极能力"(Negative Capacity)理论,认为诗人应该

---

① Irving Babbitt, *Rousseau and Romanticism*, Boston: Houghton Mifflin Company, 1919, p. 57.

② 同①,第 61 页。

运用消极能力,完全忘掉自我,敞开心扉,最大限度地接收与容纳来自
大自然的一切感受。对大自然的感受愈丰富,想象也就愈加活跃。被
誉为"大自然的歌手"的华兹华斯则认为,人生来就处于自然的影响之
中,人的灵感皆源于自然;与此同时,自然让人超越自我,去寻求一个
更高的境界,进而达到自然的灵魂与人的灵魂交融合一的结果。在
《卢梭与浪漫主义》一书中,白璧德则批判浪漫主义的自然是浪漫主义
作家的避难所,是他们情绪的玩物,同时浪漫主义的自然具有伪宗教
性特点。

白璧德指出,自然是夏多布里昂、雪莱、拜伦等浪漫主义作家远离
社会的避难所。他对拜伦的长诗《恰尔德·哈洛尔德游记》(*Childe
Harold's Pilgrimage*, 1812)进行了细读。"啊!粗犷的本色让她最为
动人,没有人工的痕迹将她亵渎:不论日夜,她对我始终笑脸盈
盈……""我好像已经不再是原来的自我,因为我已经和周围的大自然
连在一起;高山始终让我感到快乐,喧嚣的城市总让我感觉厌腻""我
愿沙漠成为我的家园,我要把全人类忘得干干净净"[①]。在这些诗行
中,白璧德认为:"感情上的厌世与对原始自然的崇拜在拜伦身上结合
得如此充分。他对那些最站不住脚跟的矛盾进行了最壮丽的表
达——为了躲避人的常居之地而喜爱荒野,进而摆脱孤独。"[②]

白璧德还批评浪漫主义者倾向于将自然变成其情绪的纯粹玩物。
他以约翰·W. 冯·歌德(Johann W. von Geothe)的《少年维特之烦
恼》(*The Sorrows of Young Werther*, 1774)为例:当维特的情绪欢快
时,整个自然环境便对他温和地微笑;当他情绪低落时,自然对他而言
便成了一个"要吞噬一切的怪物"。浪漫主义情绪的变化都恰如其分
地反映在季节的变化中了。在阐释德国浪漫主义作家路德维希·蒂

---

① 参见 George Gordon Byron, *Childe Harold's Pilgrimage*, canto II, XXXVII,
canto III, LXXII, canto IV, CLXXVII, 转引自 Irving Babbitt, *Rousseau and
Romanticism*, Boston: Houghton Mifflin Company, 1919, p. 280。

② Irving Babbitt, *Rousseau and Romanticism*, Boston: Houghton Mifflin Company,
1919, pp. 279 - 280.

克(Ludwig Tieck)的《吉诺维瓦》("Genoveva")时,白璧德指出:主人公格罗的爱在春天萌生繁茂;酷热的夏季迫使他产生罪恶的激情;秋天则让他悲哀与忏悔;在冬天,他遭受审判……并直接被送至坟墓。白璧德反感这种书写自然的方式,因为在他看来,"浪漫主义感兴趣的内在生活不是与他人共有的内在生活,而是他自己独特的个人情感——简而言之就是他的情绪"①。

最让白璧德诟病的是浪漫主义自然的伪宗教性。他认为在卢梭、惠特曼、华兹华斯、歌德等人的作品中,自然常被等同于一种被作为神性的启示的力量,这种力量具有伪精神性(sham spirituality)。以浮士德追求少女玛甘泪的诗行为例:

> 头顶难道不是浑然穹隆?/ 脚下难道不是平稳大地?/ 不是有永恒的星辰高高升起/ 慈爱地照临人间?/ 难道我没有凝视你双眼?/ 自然作为万物的代表/难道没有涌上你的心和脑?…… 当你完全沉醉于这种感受,/你就可以随心所欲地称之为——幸福!心!爱!神!/ 对它我无以名之,感情即是一切;/名字不过是遮蔽天堂光芒的烟火。②

浮士德为了打动单纯美丽的少女,将自然赋予神性的色彩,是将自然赋予伪精神性的一个例子。在夏多布里昂的《基督教真谛》(*Genie du Christianisme*, 1839)中,作者将海边落日的景色书写成了证明上帝存在的证据。白璧德表示:

> 当自然崇拜仍只有娱乐性时,我对此并无异议;而要将自然崇拜确立为哲学与宗教的替代物,我坚决反对。这包含

---

① Irving Babbitt, *Rousseau and Romanticism*, Boston：Houghton Mifflin Company, 1919, pp. 279 - 280.

② 参见 Johann W. von Geothe, *Faust* (Anna Swanwick's translation),转引自 Irving Babbitt, *Rousseau and Romanticism*, Boston：Houghton Mifflin Company, 1919, p. 280。

着我在前面章节所表明的观点：这种做法是将人类精神的两个方面敬畏世界（the realm of awe）与惊奇世界（the region of wonder）混淆不分。①

（三）对浪漫主义想象的批判

"想象"无疑是浪漫主义文学中的一个核心词。许多浪漫主义的诗人给想象注解，视想象为诗歌创作中最重要的精神活动。威廉·布莱克（William Blake）曾豪迈地赋予想象神性的力量："想象的世界是一个永恒的世界，当我们的肉体死亡以后，我们都将投身于这个神性的怀抱之中。想象的世界是无限的、永恒的，而生成的、植物的世界则是有限的、短暂的。"②布莱克歌颂的是一种永恒的超越境界，济慈则更注重可感的世界。济慈认为只有通过想象，诗人才能够进入诗的王国里去探微寻幽；而要充分发挥想象，诗人必须忘却自我，以赋予想象更广阔的空间。白璧德在引用与阐释浪漫主义诗人与批评家的想象观后，毫不留情地指出浪漫主义想象是一种无限的、模糊的欲望的扩张，是一种原始主义的想象，并且表现出理想与现实之间尖锐的对立。

白璧德认为浪漫主义想象是"一种摆脱了反省与自我意识，具有一种孩子式的天真的原始主义想象（primitivistic imagination）"③。这种原始主义想象是感伤的、田园的、没有约束的。在评价席勒的《论朴素的诗和感伤的诗》（On the Simple and Sentimental Poetry，1795）时，白璧德指出该诗缺乏"回顾与前瞻"，没有内省与自我意识，实乃"朴素而又天真"的诗，诗人本人也是感伤的。在创作《论人类不平等的起源》（On the Origin of Human Inequality，1755）时，卢梭竭力想象原始

① Irving Babbitt, *Rousseau and Romanticism*, Boston：Houghton Mifflin Company, 1919, p. 304.

② William Blake, "A Vision of the Last Judgment," in *Poetry and Prose in William Blake* (4th edition), edited by Geoffrey Keynes, London：Nonesuch Press, 1939, p. 639.

③ 同①，第80页。

人的生活状态,为自己营造叙述环境。他说:

> 那时的人类一直都和现在的人一样,用双腿行走,像我们一样使用双手,目光向前,能够看到广阔的大自然,也能看到广袤无垠的天空……如果大地还像以前那样肥沃,茂密的森林还能生长于斯,而树木也没有遭受刀斧砍伐,自然界仍然能够为所有的动物提供充足的食物和住所。而人类,生存在各种动物之间,凭借他观察和学习的能力,他获得了其他动物的生存本领,因而具有了任何其他动物不能比拟的优势。[①]

卢梭将自己与自然等同一致,对原始社会心驰神往。在白璧德看来,他"为了某种只是他自己的性情,及其对悠闲生活主导欲望的投射的自然状态,准备打碎文明生活的一切形式。他的计划实际上是对无限的、不确定的欲望的沉迷,就是追求一种以想象作为自己的自由同谋者的原始主义生活"[②]。这种将想象等同于幻想,忽视了人性的二元性(duality of human nature)与存在的本质事实(essential facts of existence),与白璧德所坚持的"只有将想象与人类的伦理意愿联系起来,才能表达出人类境况的本质"[③]观点大相径庭。

白璧德认为,正是因为浪漫主义将生活与诗歌对峙起来,才造成了现实与理想之间的冲突。卢梭明确表示自己站在诗歌与理想的一边。歌德以少年维特的自杀,象征这种冲突是势不两立的。席勒在《审美教育书简》中如此表达想象与现实的关系:如果想象要用来表达理想,它就一定是自由的;而要自由,它就必须从目的中解放出来,

---

① 让-雅克·卢梭:《论人类不平等的起源》,高修娟译,上海:上海三联书店,2014年,第43—44页。

② Irving Babbitt, *Rousseau and Romanticism*, Boston: Houghton Mifflin Company, 1919, p. 79.

③ Claes G. Ryn, *Will, Imagination and Reason: Irving Babbitt and the Problem of Reality*, Washington DC: Regnery Books, 1986, pp. 152 - 153.

从事一种游戏。如果想象不得不屈从于一个现实对象,它就不会自由了。因此,想象越理想,它离现实对象就越远。白璧德认为弗里德里希·赫尔德林(Friedrich Hölderlin)与雪莱都是卢梭的信徒。前者被称为"崇拜希腊文化的维特",他将希腊看成一个纯粹美的梦想之地,渴望从他所处的难以忍受的世界逃进这个梦想之地。然而他理想的希腊与现实之间的对立是如此尖锐,以至于他尽管竭力适应,结果仍徒劳无功,最终他的整个存在崩溃,在疯狂状态中彷徨多年。雪莱也是希腊文化的书写者与研究者,白璧德指出他的想象经历两个阶段:第一个阶段,他满怀希望想通过革命性的改革将现实世界改变成一个阿卡狄亚①;随后,当现实与理想之间的鸿沟无法逾越时,他进入了自己的第二个阶段,即悲哀的幻灭阶段。白璧德指出,当现实世界与乌托邦世界的不和谐性越来越明显时,越来越多的浪漫主义作家将目光转向古希腊与中世纪,这种想象只能被证明是"缺乏积极的内容","阿卡狄亚式的想象与狂欢充其量只是暂时摆脱生存的沉重压力时的偶然的安慰,却被浪漫主义者们用来代替了存在本身"②。

(四) 对浪漫主义道德的批判

白璧德认为浪漫主义文学将生活与诗歌对立,所以浪漫主义的道德便不再是一种现实,而只是一种幻景。白璧德在对大量欧美浪漫主义作家的作品细读与文学批评观论述的基础上,指出浪漫主义道德是一种高度空想的唯美主义道德,同时提出自己的文学道德想象观。

作为一种唯美主义道德,浪漫主义道德的罪证之一便是将社会变成一个大替罪羊。卢梭的《忏悔录》(Les Confessions,1765—1770)在一定程度上反映了他的审美道德。卢梭区分了人的两种道德:一种

---

① 阿卡狄亚即 arkadia,是希腊的一个地名,因为与世隔绝而过着牧歌式生活,所以古希腊和古罗马将其描绘为世外桃源。

② Irving Babbitt, *Rousseau and Romanticism*, Boston：Houghton Mifflin Company, 1919, p. 90.

是个体天然怜悯心状态下的自然道德;一种是群体状态下的社会道德。在自然状态下,人与人之间除了身高、体重、年龄与力量上的差别外,在理智与情感上均是自由、平等、道德的;社会的发展使人类摆脱蒙昧,进入文明,但同时也使道德良善的人走向道德腐败,原始的自由与平等状态被打破,人与人之间陷入贫富、主奴、强弱的一系列对立关系之中,这是一种人性的退步。所以,在卢梭看来,大多数人被社会变坏了,他认为社会道德低于自然道德。对此,白璧德予以抨击,他认为卢梭转移了二元论,他完全否定人自身存在的善恶斗争观,而在虚伪、腐败的社会与自然之间建立新的二元论,"卢梭这种远离自然从而堕落的结论与古代神学中人们远离神的方式有点相似,他的抒情方式由此产生,让我们再次提醒一次,要想永远活在自然的世界里永不堕落只是一种阿卡狄亚式的梦想"[1]。白璧德还抨击卢梭关于美德是一种本能和美德是一种激情的观点。卢梭在其小说《新爱洛依丝》(*Julie, ou la nouvelle Héloïse*, 1761)中践行了这种道德主张。他笔下的朱莉没有接受任何指导,全凭自己的内心;而她只要遵从内心要求她去做的一切,她便永远不会犯错。按照卢梭的观点,冷静的理性从未战胜激情,当美德的激情浮现时,便支配了一切,也使一切保持了平衡。白璧德认为美国诗人惠特曼与英国诗人雪莱也是卢梭主义的践行者。在惠特曼的世界里,人人无贵无贱,人人自由平等。雪莱在《解放了的普罗米修斯》(*Prometheus Unbound*, 1819)中也表达了这种人性的幻想:普罗米修斯是一个反叛者,爱人类,也是人类物质进步的推动者,是伟大的浪漫主义英雄。

白璧德认为浪漫主义的道德还是一种扩张式的利他主义美德。这种道德观主要体现在俄国小说中。陀思妥耶夫斯基小说《罪与罚》(*Crime and Punishment*, 1866)中的索尼娅之所以是一个光辉的形象,就是因为她是为了全家人的生计才去做妓女的。在雨果的笔下,爱不

---

① Irving Babbitt, *Rousseau and Romanticism*, Boston: Houghton Mifflin Company, 1919, p. 130.

是履行法律,而是取代法律。在《悲惨世界》(*Les Miserables*, 1862)中,雨果对比了代表建立于对法律绝对服从基础之上的旧秩序的警察沙威与代表通过爱和牺牲自我而获得新生的罪犯冉·阿让,当沙威最终认识到自己扮演的角色的可耻性而觉醒时,他以自杀的方式结束了自己的一生。在白璧德看来,雨果认为同情、怜悯可以取代法律,代替其他一切美德,这是一种缺乏内在约束的扩张式的感情。埃德蒙·伯克如此批判这种人道主义道德观:"他们以一种称之为人性或仁慈的说法来代替一切。凭借这些说法,他们的道德不再包含任何限制……当他们的信徒受此指引,便只听从于当前的感情,而不再分辨善恶。那些今天能抓住最凶恶的罪犯之人,明天也有可能谋杀最无辜之人。"①

白璧德肯定文学的道德功能,认为"美要成为完整的美,就必须不仅具有审美知觉,还要有道德想象"②,即文学除了审美价值之外,也要有道德深度。但在审美知觉与道德想象之间,白璧德强调均衡与适度,这也是其哲学思想在文学批评中的体现。他说:"真正的道德艺术既是富有想象的,又是得体的。它是强烈的,但却是一种受到限制的以冷静为基础的强烈。不管是在艺术中还是在生活中,道德想象的存在始终都应该被看作一种冷静因素。"③白璧德认为在古希腊文学与文艺复兴时期的文学中可以找到这种均衡与适度。希腊人推崇的美在于均衡,白璧德认为这种均衡只有借助于道德想象才能实现。亚里士多德说最好的艺术要将可能性与惊奇统一起来,这里的可能性与惊奇在白璧德看来便是道德与审美的结合。《哈姆雷特》中所彰显的,在激情的折磨和旋风中得到或招来一种可以平息这一切的气质同样体现了这种均衡。

从上面的梳理中不难看出,卢梭以及追随他的浪漫主义者们成为

---

① Edmund Burke, *The Correspondence of Edmund Burke*, vol. 6. July 1789 – December 1791, edited by Alfred Cobban and Robert A. Smith, Cambridge: Cambridge University Press, 1967, p. 213.

② Irving Babbitt, *Rousseau and Romanticism*, Boston: Houghton Mifflin Company, 1919, p. 207.

③ 同②,第202页。

白璧德新人文主义理念的主要"敌人"。在整个批评过程中,白璧德的文学批判具有以下几个特点:

第一,批判性的态度。阿伦·布洛克(Alan Bullock)在《西方人文主义传统》(*The Humanist Tradition in the West*, 1985)中总结了西方思想史上存在的三种天人关系模式:第一种是"超自然"或"超验"的神学模式,其关注的焦点在于上帝,人被视为上帝所创造物的一部分;第二种是"自然"或"科学"模式,它关注的焦点是自然,将人与其他生物一同视作自然秩序的一部分;第三种是人文主义模式,它以人为中心,并且以人的经验来作为人对自己、上帝和自然进行了解的出发点。① 白璧德认为文艺复兴以来的人文主义在以人性反对神性的同时,又走向了另一个极端,即无限夸大人性本能的要求与欲望。与此同时,19 世纪末 20 世纪初在美国社会盛行的两种自然主义——科学人道主义与情感浪漫主义也过度强调个人情感扩张的合理性,无视社会道德规范,一味肯定人性善,它们潜在的危害极大。白璧德敏锐地看到了卢梭的"性善论"及其与社会的二元对立的危害性。除了情感的泛滥,卢梭式浪漫主义者的想象往往也毫无节制。当然,白璧德并没有一概否定浪漫主义对于想象的重视,他认为想象力不仅是一种文学创作手法,也是一种综合万象的能力,能把握流变世界的统一,同时这一能力还要结合人性与社会道德的监控。这些都成了白璧德批判的内容。白璧德的思想之所以被誉为"新人文主义",其"新"的原因之一就在于它的批判性。

第二,人文性的尺度。人文是一个很宽泛的概念,其定义众说纷纭。布洛克曾这样表达对其定义的困难:"我发现,对于人文主义、人文主义者、人文主义的和人文学这些名词,很少有人能够成功地为其提出令人满意的定义。它们含义多变,不同的人往往对其见仁见智。"② 因此为了有效区分,人们通常会在这些名词前面冠以修饰词,如文艺复兴

---

① 阿伦·布洛克:《西方人文主义传统》,董乐山译,北京:群言出版社,2012 年,第 14 页。

② 同①,绪论。

时期的人文主义、意大利的人文主义、弗朗索瓦·拉伯雷(Francois Rabelais)的人文主义、米歇尔·德·蒙田(Michel de Montaigne)的人文主义等。白璧德同样没有给他的人文主义下一个明确的定义,他的研究者乔治·A. 潘尼克斯(George A. Panichas)这样表述白璧德的人文主义目标:"白璧德的人文主义理念体现在他始终寻求规则与标准来抑制漫无节制的欲望。"①因此,对浪漫主义文学在风格上的惊奇、自然书写的崇拜、想象的恣意与道德上的唯美,白璧德都看到了一种不加约束与节制的自由。这种自由与他所奉行的适度与中庸是相违背的。古典主义备受白璧德推崇,因为古典主义接续了柏拉图与亚里士多德的精神,在一定程度上复兴了希腊时代的规训和纪律。它强调在合理满足人性欲求的同时,还必须凸显理性与节制的重要性。

第三,历史、经验的方法。白璧德学贯中西、纵横捭阖,他的研究者潘尼克斯就这样形容他的才华:"白璧德毫无疑问是个通才批评家,他完全可以与卡莱尔、阿诺德和爱默生相提并论——也许有论者会说,就文学创作质量而言,他要逊色一些,但白璧德强在思想的深度。"②白璧德的哲学、文学、教育、宗教研究都可以看出他思想的光芒。以他的文学批评为例,他几乎不翻看原文,不做注释,而是凭着自己的记忆,不断从一个作家滑向另一个作家,从这个段落跳至另一个段落,然后依据自己设定的标准得出结论。以他就文学的诗意与道德引证的作家分析为例,他认为道德想象本身无法产生诗,而只能产生智慧,伟大的文学作品应该包含智慧与诗意:

> 约翰生有智慧但没有诗意,济慈有诗意却没有智慧,索福克勒斯(Sophocles)则是既有智慧又有诗意,雪莱呢?他是有诗意的,但却具有一种诡辩和伪智慧的色彩……歌德有时既有诗意又有智慧,如在他的警言与谈话中,他并未上升到

① George A. Panichas, *The Critical Legacy of Irving Babbitt*, Wilmington, DE: Intercollegiate Studies Institute, 1999, p. 51.
② 同①,第 67 页。

　　诗意的层面。当他处在最佳状态时,他可以表现出与约翰生
　　媲美的道德理想主义,虽然他对传统的态度更倾向于苏格拉
　　底而不是约翰生。①

白璧德绝不会孤立地评判一个作家,而是将其放在一定的文化背景中
与其他作家进行比较,进而得出结论。

　　白璧德的文学研究方法还是"经验性的"。他在《卢梭与浪漫主
义》的序言中便声明:"请允许我重复一下,我的整个研究方法是实验
性的(experimental),或许为了减少歧义,下面这个词又能幸运当选的
话,那就是经验性的(experiential)。"②白璧德反对那种以全面评价个
体作家为目的的研究方法,他所倡导的经验性批评是一种拒绝依赖权
威对作家进行评判,并坚持植根于自己的经验而做出的研究。"例如,
我批评华兹华斯身上的卢梭主义因素和原始主义因素,但并不断言这
是关于华兹华斯的全部真理。"③同样,他对卢梭的批评,是对极端主
义者和反对妥协的激进的卢梭的反驳,而不是对他其他方面的否定。
对某个作家作出全面的评价,这无疑是皆大欢喜的批评,因为任何作
家都存在利弊。然而,白璧德坚持自己的艺术原则,同时灵活地、直觉
地运用这些原则去批评,是一种经验性的、实证性的、批判的方法与
精神。

四、古典与现代——白璧德文学思想的主要内容

(一) 对古典主义文学的推崇

　　一个文化系统中的价值权威如果不能依赖于宗教的最高存在,那
么它就必然在某种程度上依赖传统与经典的权威。文学亦是如此。

---

① Irving Babbitt, *Rousseau and Romanticism*, Boston: Houghton Mifflin Company, 1919, pp. 360 - 361.
② 同①,第 lxxvi 页。
③ 同①,第 lxxvii 页。

文学的权威指的便是古典文学与文化传统和价值体系。白璧德一贯重视古典文学在文学中固有的地位,在白璧德看来并不是所有的古典文学都能承担人文教育的重任,唯有上品的古典文学,才可以起到真正的教化作用,从而提升人类自身的人文修养,不断超越自身,实现"较高的自我"。

白璧德把古典文学提到了相当高的角度,首先是因为他认为古典主义文学体现了人性(human nature)。与所有伟大的希腊人一样,白璧德认识到人是两种法则的产物:一种是正常的或自然的自我,即冲动和欲望的自我,白璧德认为其致力于批判的浪漫主义文学便体现了这样一种精神本质,浪漫主义文学的作家们任凭自己的冲动恣肆和欲望泛滥创作,让自然、想象、情感与道德不受控制约束;另一种是人性的自我,他们不管是在感情上、行动上,还是思想上都能以标准法则反对正常自我的一切过度的行为。白璧德认为这种对限制和均衡的坚持是希腊精神的本质,也是一般意义上古典主义精神的本质。白璧德一向试图解决标准问题,但他并不是在寻找具体的标准规范,而是在论证标准规范的必要性。对白璧德而言,文学标准的源泉在于人性本身。白璧德关于文学讨论的褶皱与轮廓中始终闪耀着人性的光辉,他的中心思想是区分人性与物性,并以人性与物性区分文学的高下,这也是他推崇古典主义文学与批判浪漫主义文学的原因之一。

白璧德的标准不是恒定不变的,而是变化的。以文学的道德想象为例,白璧德一方面肯定想象的重要性,但另一方面也指出想象本身是杂乱无章的。如果因想象力漫无边际或不受约束而怀疑它的价值,那么毫无想象的干枯真理未必值得欣赏。所以在文学中,真理与虚构必须协调合作。诚如莱昂内尔·特里林(Lionel Trilling)所指出的:"在我们过去的两个世纪里,小说毫无疑问是最有效的媒介。"[1]因为

① Lionel Trilling, "Manners, Morals, and the Novel," in *The Liberal Imagination: Essays on Literature and Society*, New York: Harcourt Brace Jovanovich, 1979, p. 209.

在特里林的视域里,优秀的文学作品正是通过虚构的文学形式将道德
(真理)传递到广泛的读者之中。

在白璧德看来,许多真正的古典主义诗人与戏剧家从"多"中觉察
到了"一"。"亚里士多德并未在判断与想象之间建立起任何坚固的、
恒定的对立关系","弥尔顿模仿典范,但他不是从一本书到另一本书
的模仿,而是一个灵魂对一个灵魂的模仿。因此,他的真理就是富有
想象性的"①。真正的古典主义文学并不取决于对规则的遵守或对典
范的模仿,而是取决于对普遍性的直接感悟,诚如亚里士多德所言,人
或许能够正确地模仿,但只有通过成为想象的主人才能接近更高形式
的真理,也才能使别人接近真理。同时,"一"与"多"是否平衡也是白
璧德区分古典主义与伪古典主义的标准之一,他认为"伪古典主义者
坚持,与正确的判断相比,想象是微不足道的;就像浪漫主义作家们所
坚持的,与想象相比,判断不值一提"②。

(二) 文学的功能

白璧德认为其所处的时代在科学的人道主义与情感的人道主义
双重夹击下,已成为道德的荒原。前者为了权力,为了得到实际的、科
学的结果而不停地训练;后者拒绝接受对人类内心欲望的任何抑制,
导致这个世界陷入了道德印象主义(moral impressionism),美国人想
当然地轻视人性的知识。

> 我们当中最乐观的人也不至于看不见我们目前道德败
> 坏的某些征兆。我们难道不是照样每年花费 7 500 万美元在
> 汽车上,还设想不久就能研制出飞船? 有了这么多伟大的成
> 就,我们为什么还在为不断增加的谋杀、自杀、疯狂与离异而
> 焦虑,担心成倍增长的我们文明中出现的严重甚至致命的偏

---

① Irving Babbitt, *Rousseau and Romanticism*, Boston:Houghton Mifflin Company, 1919, pp. 18 - 25.

② 同①,第 14 页。

差所带来的症状?①

白璧德认为在这个危急的时刻,急需人文主义的约束与古典主义精神的制约。

白璧德认为相比欧洲国家,美国过分沉迷于当下。在文化积累过程中,人们首先必须认识到运动并非都意味着进步,衡量文明程度的标准不在于技术的先进与高楼的数量,"不幸的是,肤浅的现代主义思想使许多人完全疏离了古典主义"②。与此同时,现代主义的文学作品仅仅能刺激起一种多愁善感的、罗曼蒂克的奇思异想,与浪漫主义文学一样,它们缺乏冷静和约束,会对未成年人的心灵产生消极的影响。这些文学作品的价值是值得怀疑的。"唯有上乘的古典文学不仅不会让我们产生某种冲动,相反它总是唤起我们更高的理性与想象(higher reason and imagination)。"③白璧德认为这种理性与想象能够带领读者离开并超越自身,具有实实在在的教育功能。这种形式最为纯粹的古典精神让研读者首先感到自己是为更高的、非个人的理性而服务的,于是产生克制含蓄、讲求分寸之感,进而通过自身的具体行为日益合乎更高的、非个人的理性追求。正是在这一正确理性与想象的引领、指导与制约下,古典文学作品全面调动人的一切官能、知解力、想象力与行动力,才不至于陷入当代社会的泥沼。

古典文学的另一重要功能在于它打动的不是特定时代的人,而是整个人性本身。古希腊人的语言就算已经死亡,但其文学依然充满生命力;莎士比亚尽管早已离去,但他作品的价值无论是将来还是现在恐怕都难有出其右者;柏拉图、亚里士多德、西塞罗、圣·托马斯(St. Thomas)作品中所体现的民主气质(平等与自由)与贵族精神(选择与

---

① Irving Babbitt, *Literature and the American College*, Boston: Houghton Mifflin Company, 1908, pp. 63-64.
② 同①,第173页。
③ 同①,第173页。

节制）足以触动人类的灵魂。① 白璧德认为其所处时代的美国人往往局限于阅读二流作家的作品（事实上多半是颓废主义的小说），美国的新闻报纸让年轻人无法集中注意力，现代色情小说让他们的精神萎靡不振，因此，他迫切希望他的同胞能从古希腊文学与文化中汲取教益，因为"古典文学的精神无论在哪里都会产生有益的、塑造灵魂的作用"②。

需要强调的是，白璧德谈文学的功能，主要指的还是优秀的古典文学的功能。但白璧德也不是食古不化的复古派，他希望人们对那些"古典"要有敬仰之心，然后在模仿中对个人扩张性的内在冲动附加约束和均衡感。与此同时，古典文学若想保持其传统的地位，也必须将文学的精髓与现代生活的需要与期盼联系起来。唯有这样，文学的功能才得以发挥，现代人才真正地消化吸收了古典文学的精髓，使过去成为一个开放的"过去"，让经典的连续性与创发性、稳定性与变革性之间构成一种紧张而和谐的对立统一关系。

（三）古与今的融合

如何将古与今融合，是白璧德文学思想的一个重要内容。古今融合也符合白璧德的哲学思想，正如白璧德研究者罗素·柯克（Russell Kirk）所言："白璧德是个迂回旋转的作家（rotary writer），在他出版的七部著作中，他反复在每部著作中都阐述他的重要观点，而不是有步骤、有顺序地发展其人文主义思想。"③柯克所言甚是，无论是在哲学领域，还是文学范畴，白璧德始终阐释并坚持不趋极端、在"一"与"多"之间保持适度与均衡的观点。因此，白璧德也始终在古典文学与

---

① 参见 Robert C. Koons, "The War of Three Humanisms: Irving Babbitt and the Recovery of Classical Learning," *Modern Age*, summer (2010), p. 199。

② Irving Babbitt, *Literature and the American College*, Boston: Houghton Mifflin Company, 1908, p. 175.

③ Russell Kirk, "The Conservative Humanism of Irving Babbitt," *Prairie Schooner*, 26.3 (1952), p. 247.

现代文学之间寻求适度与均衡,尽管他推崇古典文学,但他也绝不拒斥优秀的现当代文学作品。

白璧德认为古今的融合首先需要解决的是把古人与今人的无谓对抗所割裂的人文传统结合起来。参加古今之争的人要联合对抗共同的敌人——纯粹的实用主义者与极端的科学主义者。研习现代文学者应当具有一定的古典文学基础,应当仔细研究荷马、维吉尔(Virgil)以了解古希腊罗马文化,也应当认真学习但丁·阿利吉耶里(Dante Alighieri)、乔叟以获得关于中世纪的生活知识。从事古典文学研究的人也绝不能孤芳自赏,应当密切接触现当代文学。双方只有相互合作,古今关系才能开始崭新的篇章,"就崇今者这一方来说,他们只有彻底承认古典的前导之功后才有资格跻身人文学科之列。古典以现代为前景才不会产生枯燥呆滞的弊病,现代以古典为依托才能免除浅薄和印象主义的命运"①。

其次,要意识到文学研究内在的一致性。以研究古罗马诗人维吉尔为例,要研究他不仅要熟悉古典时期的"维吉尔",也要熟悉后来的那个"维吉尔"——诱导中世纪想象的那个魔幻的"维吉尔"、在《神曲》(Divina Commedia,1307—1321)中作为但丁向导的那个"维吉尔"等等。要研究古希腊戏剧家欧里庇得斯(Euripides),那么应该知道欧里庇得斯在哪些方面影响了现代的欧洲戏剧,同时应该具备对欧里庇得斯的《希波昌托斯》(Hippolytus,BC428)与让·拉辛(Jean Racine)的《菲德拉》(Phedre,1677)之间的异同做出比较的能力。要研究亚里士多德,就应该了解亚里士多德如何通过拉丁文传统直接或间接对中世纪和现代欧洲思想产生巨大的影响。在研究中,白璧德强调运用历史方法和比较方法,通过开阔、健全的文学训练来提倡古今融通。

应该说,白璧德在论及其古典主义文学观与寻求古今融合之道时,都带有浓厚的精英意识。这一点他深受阿诺德影响。阿诺德所说

---

① Irving Babbitt, *Literature and the American College*, Boston:Houghton Mifflin Company, 1908, p. 204.

的文化是精英文化而不是大众文化,文化只可能首先为先知先觉的少数人享有,然后才向社会的其他层面推广;而这少数人指的是受过高等教育的人,是掌握人类知识和真理的人。白璧德在论及文学思想时也自觉地将受过高等教育之人作为接受对象,将大学生、研究生、博士生及大学教师作为实践其文学理想的主体。

(四) 文学与教育的关系

白璧德在哈佛大学任教长达 39 年,期间创办了比较文学系。他的一生最关心也最为重视的两个领域无疑是文学与教育。在他看来,大学应该坚守人文标准,坚持质量观念,营造闲暇与反思的氛围;而当时流行的却是能量崇拜(the worship of energy)与行动的狂热,满负荷甚至超负荷地运转工作在高校得到嘉奖,多出、快出研究成果成为评估学者研究水平的首要指标。白璧德认为这让社会的精神生活蜕化,学者们心浮气躁。因此他认为大学要厘清职责、重视文学,教师要做真正的人文主义者。

首先,大学要明确定位,大学"应该是人文的,并且是(就该词的真正意义而言)贵族式的"①。白璧德指出,要将大学、研究生院与较为低等的学校区分开来,较为低等的学校应为普通市民的教育做好充分准备,研究生院则为专门化与进一步深造者提供机会,大学的指导精神不应该是人道主义的,而是力求培养在今天社会所需要的高质量的人(men of quality),即性格与智力的贵族(aristocracy of character and intelligence)。要做到这些,大学需要重视文学课程,不应再将科学分析视为大学的首要需求而将文学和艺术当作闲散时候的娱乐,因为文学能让人变得更有理性,在精神上更开明,道德上更敏感,思维上更清晰;要判定文学学士学位的真正意义与价值;要设立奖励学生文学研究的总体方案。②

---

① Irving Babbitt, *Literature and the American College*, Boston: Houghton Mifflin Company, 1908, pp. 106‒117.

② 参见 Irving Babbitt, *Literature and the American College*, Boston: Houghton Mifflin Company, 1908,第 106—117 页。

对于学生,白璧德则提出以下要求:要进行全面的阅读与反思,成为博学之人,应该能对文学中确有价值的东西有透彻的了解和富于想象的鉴赏能力。针对许多学生标新立异、追求原创的行为,白璧德认为不应该在研究一开始时就追求创新,而应该先学会做人。具有文学品味的学生不应该在自己仍需要吸收知识的阶段就花费时间进行创造性研究,而应该对于古典心存敬仰,在模仿中做到温故而知新。当然,白璧德的人文标准并不排斥原创性,但他要求区分什么是真正的创新,什么是浅妄的标新立异。真正的创新类似于黑格尔所说的精神活动通过回忆保存经验,从而迈向更高阶段的实体形式;标新立异的学生则往往还未彻底掌握语言——语音、词汇和语法,便开始追求思想层面的突破。

白璧德重视大学的人文精神,作为传道授业解惑的教育者又该达到怎样的人文标准? 白璧德认为:"一位真正的大学教师,其目的不是把知识'分发'(to distribute)给他的学生或'塞进'(to lodge)学生的脑袋,而要像米歇尔·德·蒙田所说的那样'将知识许配(to marry)给学生,并使之成为他们头脑与灵魂的一部分'。"①对于文学教师与学者,不管是教授古代文学还是现代文学,不能单凭其在语言学或文学史方面做过一些琐细的研究,便认定他有资格担任教职。要看他是否能运用想象力将过去的东西阐释为今天的内容;是否能将古典文学与现代文学相联系;是否能将现代语与古典紧密结合获得一定的深度和严肃性;是否能穿透材料,控制自己的主观印象,并通过某个核心意图将它们结合起来。毫无疑问,白璧德对美国的文学研究及文学研究者提出了较高的要求和目标,盖因他认为美国当代文学研究目前存在两大问题——缺乏创造性的模仿(creative imitation)与缺乏创造性的消化(creative assimilation),因此缺乏真正具有思想性的成果。

---

①　Irving Babbitt, *Literature and the American College*, Boston: Houghton Mifflin Company, 1908, p. 102.

为了让学者沉思治学,白璧德提出了"学术闲暇"(academic leisure)的观点。他指出当前美国学术界受培根主义者影响,学术界鼓励甚至迫使学者接受大量工作,对效率和成果盲目崇拜。白璧德提出的闲暇绝不是一种懒散,更不是卢梭式的空想,而是一种"甜美与沉默的反思"。白璧德认为高校应该为学者的"最后的安静元素"留出广阔的空间,要用闲暇的快乐来调和工作的忙碌。他说:"现在我们所需的既非东方式的寂静主义思想亦非某种西方式的非人化勤勉,既非纯粹的行动也非纯粹的休息,而是占据两者之间的全部空间的混合类型,即被定义为人文主义理想的'无为之有为'(activity in repose)。"①白璧德的闲暇观是在勤勉与节制之间的调和,是他适度与均衡、"一"与"多"哲学思想在教育理念中的体现,唯有通过更加人性化的反思,大学、学者、研究才能从能量崇拜中挣脱出来。

从白璧德文学思想的主要内容中可以看出,他的文学思想是其哲学思想的承袭,也是他整个人文主义思想的一部分。中国白璧德研究学者张源这样说:"白璧德的教育观与其文化观念通过一系列相关联的术语与表述——人文教育(humanistic education),人文学科(the humanities),文学(literature),古典(the classics)——紧密地联系在了一起。"②她认为白璧德的教育观与文化观、政治观须臾不可分离,事实上白璧德所讨论的各项问题最终都可结穴于其人文主义思想。那么白璧德心目中的人文主义理想究竟是什么?简而言之,就是在"一"与"多"之间保持均衡(moderation),体现在文学上就是强调理性对文学的制约,将古典与现代结合,用古典文学的理性与想象来制约现代文学的情感的放纵和形式的混乱。从这个意义上说,白璧德绝不是后来中国学者所塑造的"守旧复古的面影"③,也不是美国激进派

① Irving Babbitt, *Literature and the American College*, Boston: Houghton Mifflin Company, 1908, p. 262.

② 张源:《文化与政治:白璧德人文教育观的双重面相》,《中国比较文学》2008年第4期,第45页。

③ 朱寿桐:《欧文·白璧德在中国现代文化建构中的宿命角色》,《外国文学评论》2003年第2期,第117页。

所批评的"天生的保守派"①,而是一个具有批判意识的真正意义上的现代人。他的文学目标不是"崇古抑今",而是"古今融合",他的人文主义理想不是否定他的时代,而是完成他的时代。

五、白璧德文学思想的中西影响

白璧德以其渊博的学识和人格影响了一批参与中国现代文化建构的学者,他们当中较为知名的有汤用彤、林语堂、吴宓、梅光迪、胡先骕、梁实秋等。这些人先后求学美国,拜入白璧德的门下,后回到中国开展文化保守主义活动,反击新文化运动。他们在白璧德那里继承的人文主义思想不仅仅局限于文学文化方面,也包括哲学、教育等方面,这里主要以吴宓与梁实秋为代表,简要概述他们对白璧德人文主义思想的继承与发展。

吴宓是中国现代文化保守主义思潮的代表人物之一,也是《学衡》杂志的主办者。他本身深受中国传统文化的熏陶,因此,留学哈佛后很快与白璧德的人文主义思想发生共鸣,并在其指导与影响下,形成了自己对待中西文化的观点。白璧德是一位世界主义者,他将以孔子为代表的儒家思想视为东方的人文主义传统,将其与以古希腊思想家亚里士多德为代表的西方人文主义传统分别视为东西方人文主义传统的源头。白璧德让吴宓从西方文化的视角重新认识了孔子和中国传统文化。在此基础上,吴宓进而深入研究了人类文明发展史,指出古希腊的苏格拉底和犹太耶稣代表西方文明,中国的孔子和印度的释迦牟尼代表东方文明。针对当时新文化运动"批儒批孔"的口号,吴宓发文指出中国现代新文化必须"兼取中西文明之精华而熔铸之,贯通之"②。

吴宓批评新文化运动提倡的科学的历史进化的文学观。新文化运动以科学的进化论为理论基础,提倡新文化,反对旧文化;提倡新文

---

① Frederick Manchester and Odell Shepard, eds., *Irving Babbitt: Man and Teacher*, New York: Greenwood Press, 1969, p. 325.

② 吴宓:《论新文化运动》,《学衡》1922 年 4 月,第 4 期。

学,反对旧文学。吴宓坚持文化史观,坚决反对以"新"和"旧"作为衡量文学与文化优劣的标准,他在文章中写道:"所谓新者,多系旧者改头换面,重出再见。常人以为新,识者不以为新也。""且夫新旧举凡典章、文物、理论、学术,均就已有者层层改变,递嬗而为新,未有无因而至者。故若不知旧物,则决不能言新。凡论学论事,当究其始终,明其沿革,就已知以求未知,就过去以测未来。人能记忆既往而利用之,禽兽则不能。故人有历史,而禽兽无历史。禽兽不知有新,亦不知有旧也。"①吴宓认为任何事物包括文学文化皆有其承继性,即使跨越时空也有蕴含普遍价值的内容,因此"喜新"未必要"厌旧"。在这一点上,吴宓也是依据白璧德古今融合的文学观所进行的中国化阐释。然而,以吴宓为代表的学衡派拿白璧德崇尚古典文学的论观来集中批判当时的白话文学,并坚持用文言文来著书立说,确是一种"泥古"的倾向。这种理论的借用如果不是误读,便是为了自己特有的立场而"损害"白璧德精神形象的一种做派。

在"服膺"白璧德人文主义批评的中国留学生中,"思想观念变化最大的是梁实秋,最为'活学活用'白璧德对西方浪漫主义运动批评语言和批评立场的是梁实秋,而在后五四时代文学批评领域内取得最大成就的也是梁实秋"②。在未进入哈佛大学听白璧德的课之前,梁实秋在美国的科罗拉多大学留学,当时他总的文学思想是倾向浪漫主义的。这些从他的评论文章《〈草儿〉评论》《拜伦与浪漫主义》和他自己创作的文学作品《海啸》《海鸟》《梦》中可见一斑。这些作品都可以看出他在文学观念与审美观念上的浪漫主义追求。然而仅在一年之后,他转入哈佛大学,文学思想便发生了巨大的转变。梁实秋后来回忆,正是白璧德促成了他在文学思想上的改变,让他从极端的浪漫主义转向了古典主义。他说:"自从听过白璧德的演讲,对于整个的近代文学批评大势约略有了一点了解,就不再对于过度浪漫以至于颓废的主张

---

① 吴宓:《论新文化运动》,《学衡》1922 年 4 月,第 4 期。
② 段怀清:《白璧德与中国》,北京:首都师范大学出版社,2006 年,第 212 页。

像从前那样心悦诚服了。""我顿时像是进入了一个新的境界。"①此后,他陆续发表两篇论文《王尔德及其唯美主义》与《现代中国文学之浪漫的趋势》。在这两篇文章中,他对于自己之前坚持的"为艺术而艺术"的创作理念和浪漫主义思想进行了清算。在后一篇论文中,梁实秋受白璧德影响,将中国浪漫主义之后出现的现实主义文学、现代主义文学均当作浪漫主义的变异而加以否定。梁实秋认为不经过理性指导的文学不是好文学,那种崇尚自由与激情的文学,是病态的、不道德的文学。同时在批判的基础上,梁实秋开始系统阐释他从白璧德处接受的古典主义文学观,并确立自己的文学批评标准。

"标准"是梁实秋文学思想中一个关键词,这个词也是从白璧德那里借鉴而来的。梁实秋坚持在文学审美中有一个恒定不变的标准:凡是能完美地表现人生最根本的情感的作品,便是有最高价值的作品;凡是不能完美地表现,或表现虽完美而内容不是最根本的情感,便是价值较低的作品。简单说,文学是人性的产物,文学批评即以人性为标准。他在《文学批评论》一文中这样写道:

> 伟大的文学作品能禁得起时代和地域的实验。依里亚德在今天尚有人读,莎士比亚的戏剧,到现在还有人演,因为普遍的人性是一切伟大的作品之基础,所以文学作品的伟大,无论其属于什么时代或什么国土,完全可以在一个固定的标准之下衡量起来。②

很显然,梁实秋所坚持的固定标准便是"人性论",他认为在人性的标准之下创作出来的文学作品才具有永久的价值,才能经得起时间的涤荡。

"标准"也是白璧德人文主义思想体系中的关键词。梁实秋虽然

---

① 梁实秋:《序言》,载《梁实秋论文学》,台北:台湾时报文学出版社,1978年。
② 梁实秋:《文艺批评论》,载徐静波编《梁实秋批评文集》,珠海:珠海出版社,1998年,第93页。

借鉴了这个词,但理论上还是有所差别的。白璧德的"标准"是流动的,是在"一"与"多"之间保持均衡的一种哲学范畴,梁实秋的"标准"是一种文学范畴,其理论的基础是"人性"。如果说白璧德的"标准"具有哲学意蕴,体现了丰富性与不确定性,那么梁实秋的"标准"虽然显得单薄,却具有明确的指向性。

20 世纪上半叶,由于被这样一批中国文化保守主义者拉来作为精神上的领袖和论战的武器,白璧德一度在中国产生了巨大的感召力。另一方面,学衡派文人在与轰轰烈烈的新文化运动对抗中以文言文形式标举白璧德,使得白璧德及其人文主义思想蒙上了中国式复古守旧的面影。同时,一些学者为了自己特定的立场,对白璧德人文主义思想中一些积极的价值未能介绍、弘扬,甚至对其思想进行了误读,导致了白璧德思想最终归于寂静的宿命。如今,随着新人文主义在美国复苏,中国对文化保守主义的认识也越来越深入,白璧德的研究也再次进入学界的视野,不仅他所有的著述都被翻译成了中文,更多的研究者开始从哲学、宗教、教育、伦理、文学等视角重新阐释白璧德及其思想的价值。

在美国,白璧德的学生包括 T. S.艾略特、谢尔曼、莱文、沃伦、布鲁克斯、诺曼·福厄斯特(Norman Forester)、瓦尔特·利普曼(Walter Lippman)等,还有虽未直接受教于他,却受人文主义思想影响与启发的特里林、克莱斯·G. 瑞恩(Claes G. Ryn)等。他们有的对其思想进行了继承与延续,有的进行了批判与发展。本部分主要以 T. S. 艾略特与特里林为对象,简要概述他们对白璧德文学思想的吸收。

T. S.艾略特于 1948 年获得诺贝尔文学奖,是现代英语文学中最重要的作家之一。他 1906 年进入哈佛大学,师从白璧德。艾略特的思想同样博大精深,涉及文学、宗教、政治,他曾定义自己为文学上的古典主义者、政治上的保皇派、宗教上的英国国教徒。在文学上,他深受白璧德的影响,但在对宗教与文化的认识上,两人存在较大的分歧。这里主要论及艾略特对白璧德文学思想的继承。

与白璧德一样,艾略特同样重视文学的传统。艾略特认为,传统是文学内容中必不可少的因素。一个成熟诗人作品中最好的部分往往是继承了传统中不朽的部分,所以一个成熟的诗人应该认识到"艺术不是越变越好,但艺术的原料却不是一成不变的"①。一个优秀的作家不仅应该对自己所处时代的文学了如指掌,还应该意识到从古希腊开始的全部欧洲文学与自己国家的文学构成一个共存的整体,而且每一部作品的创作都不能脱离这个传统的影响和制约。这种文学的历史意识是每一个成熟作家都必须具备的。

受白璧德影响,艾略特驳斥浪漫主义。他的代表作《传统与个人才能》("*Tradition and the Individual Talent*")是对长期以来统治西方文坛的浪漫主义的宣战。他反对浪漫主义者认为诗歌是诗人个性的表现,文学传统抑制作家发挥个人才能的观点,同时指出浪漫主义因为忽略传统而产生了滥情主义、极端自由主义,对现代文学产生了极坏的影响。对此,他指出古典主义文学的优势,"古典主义和浪漫主义……二者之间的区别,照我看来,更像是完整的和片段的之间、成人的和未成年的之间、有秩序的和混乱的之间的区别"②。艾略特对于传统的重视从某种意义上可以说是倡导古典文学的回归,而他的"这种古典主义是来源于欧文·白璧德的"③。与白璧德一样,艾略特也不是一味地崇古,他认为不朽的古典主义文学作品已经形成了一个完美的体系,新的作品应该加入这个体系,这样新的作品本身因与古典的结合变得更有意义,而这个体系也因不断得到修正而变得更为丰富,这就是艾略特的"文学有机整体观"。从艾略特的"文学有机整体观"我们也可以看到白璧德"古今融合"文学观的影子。

特里林于1921年进入哥伦比亚大学学习文学,1939年获得了哥大的终身教职。这一时期,白璧德领导的新人文主义运动正处于上升

① T. S. 艾略特:《传统与个人才能》,载《艾略特文学论文集》,李赋宁译注,南昌:百花洲文艺出版社,1994年,第4页。
② T. S. 艾略特:《批评的功能》,载《艾略特文学论文集》,李赋宁译注,南昌:百花洲文艺出版社,1994年,第68页。
③ 雷纳·韦勒克:《近代文学批评史》(第七卷),杨自伍译,上海:上海译文出版社,2009年,第316页。

期,人文主义与反人文主义也进行着激烈的交锋,双方争论的焦点便是人文主义传统。当时正在着急博士论文选题的特里林正是在这种人文主义思潮的影响下选择了阿诺德作为其研究对象,他在论文中援引不少白璧德和莫尔的著述可以视作他受白璧德影响的明证。

特里林汲取了白璧德文学思想中的一些养分,他倡导人性的多样性,支持人文主义的适度法则,认为其可以约束自由主义的泛情。对此,他倡导文学想象,认为它是对多样性最全面的讲述。

> 批评就是要把自由主义带回到它最初对多样性与可能性的想象,这也意味着复杂性与困难性。要完成批评自由想象的工作,文学具有独一无二的相关性。这不仅是因为现代文学具有明显的政治导向,更为重要的是,文学是对多样性、可能性、复杂性和困难性讲述最全面的、最精确的人类行为。①

在特里林看来,古典主义作家但丁、乔叟、莎士比亚、弥尔顿的作品"超越了所有的想象,构想出了世界本应有的道德状况",他们讲述的故事"如此深刻沉入了人类的思想之中"②。这也是特里林重视文学想象,看重文学经典的原因。

如果说白璧德关于文学的道德想象总是透露出一种精英主义意识,那么特里林的道德想象则是通过对具体文学文本的思考和研究,寻找隐藏于文学作品后面的富有生气的价值和观点,权衡它们的道德和文化意义。这种道德想象暗含着一种现世/世俗性(worldliness)。

> 特里林所说的文学想象是一种复杂想象,是对道德生活的矛盾、悖论及危险所产生的意识。这种道德批评的主要特

---

① Lionel Trilling, *The Liberal Imagination: Essays on Literature and Society*, New York: The Viking Press, 1950, p. xv.

② Lionel Trilling, *E. M. Forster*, New York: New Directions Paperbook, 1964, pp. 183 – 184.

征就是它所知道的不是关于"善"与"恶"的知识,而是有关"善—恶"的知识。通过了解其中的矛盾、悖论和危险,对人的现实处境中的围困、无奈的挣扎报以深切的同情。①

从这个意义上说,特里林关于文学的道德想象是对白璧德文学观的有益补充。

白璧德的文学思想主张批判精神,是对于西方文艺复兴以来的浪漫主义文学、自然主义文学的一种反拨。在反驳与批判的过程中,白璧德也明确表达了对于古典文学的推崇,他看重古典文学中理性与想象、道德与审美的结合,然而他并非主张回归古代。在白璧德看来,文学的发展必然是古典精神的恢复与现代文化之间的调和,这也是其在"一"与"多"之间保持适度与均衡的哲学思想的文学表现。文学思想无论是古典的还是现代的,是保守的还是激进的,只要是对自身文化的质疑、批判与思考便是有意义的。这也是即便历经百年,白璧德及其文学思想依然散发精神魅力的原因之一。

第二节

保罗·埃尔默·莫尔的文学思想②

保罗·埃尔默·莫尔(Paul Elmer More, 1864—1937)与欧文·白璧德同是美国"新人文主义"运动的首倡者。莫尔的"人文智慧"同样来自一个十分广阔的领域,涉及哲学、神学、文学等。他的代表作有5卷本的《希腊传统》(Greek Tradition, 1917—1927)、11卷本的《谢尔朋文集》(Shelburne Essays, 1904—1923)与3卷本的《新谢尔朋文集》

---

① 段俊晖:《美国批判人文主义研究——白璧德、特里林和萨义德》,北京:北京大学出版社,2013年,第284—285页。

② 本节曾以《新人文主义式古典主义:论保罗·埃尔默·莫尔的文学思想》为题发表在《英语文学研究》2022年第1期,第13—24页,有所修改。

(*New Shelburne Essays*, 1928)、《尼采》(*Nietzsche*, 1912)、《天主教信仰》(*Catholic Faith*, 1931)、《英国国教》(*Anglicanism*, 1935)等。这些卷帙浩繁的学术著作奠定了他在美国思想史上的地位。然而遗憾的是,这位曾被誉为"美国迄今为止极为重要的柏拉图主义者,基督末世论者,最有成就的文学编辑、文学批评家与最知名的文人之一者"①在今天已经被人们淡忘了。

国外学者对莫尔的研究侧重于哲学领域,如罗伯特·谢弗(Robert Shafer)的《保罗·埃尔默·莫尔与美国批评》(*Paul Elmer More and American Criticism*, 1977)对莫尔思想里的一些关键词,如内心抑制、二元论观等进行了阐释和论证,认为莫尔是真正的社会哲学家。罗伯特·M. 戴维斯(Robert M. Davies)的《保罗·埃尔默·莫尔的人文主义》(*The Humanism of Paul Elmer More*, 1958)追溯了莫尔从最初的加尔文主义者,经由浪漫主义者与理性主义者,过渡到人文主义者的思想演变过程。国内学术界几乎忽视了这位"新人文主义"运动发起人的存在,而将研究视野全部投注到与他在 20 世纪初齐名的白璧德身上。究其原因是一批中国学者如汤用彤、林语堂、吴宓、梅光迪、胡先骕、梁实秋等人先后求学哈佛,拜入白璧德的门下,而后回到中国借助白璧德的人文主义思想开展文化保守主义活动,反击新文化运动。莫尔只在哈佛任教了两年,后担任美国知名杂志《独立报》(*The Independent*)、《纽约晚邮报》、《国家》(*The Nation*)的文学编辑,成为一名独立学者。因此,其在中国的影响力便比不上白璧德了。

进入 21 世纪,美国学界开始重估莫尔的地位,布莱恩·多米卓维克(Brian Domitrovic)指出莫尔的思想与伯克一脉相承,他在哲学与精神领域内的地位与价值应该被重估,"他的作品也值得重读"②。基于此研究现状,本节拟从莫尔哲学思想里的关键词——"二元论"切入,

---

① Brian Domitrovic, "Paul Elmer More: America's Reactionary," *Modern Age*, Fall (2003), p. 343.

② 同①,第 349 页。

探讨莫尔在多卷本《谢尔朋文集》中所涉及的文学话题,思考他文学批评的哲学思维与历史意识,以期增加国内学者对莫尔的学术认识和理解。

一、作为思想基础的二元论

二元论(dualism)贯穿于莫尔的整个思想体系中,成为理解莫尔哲学、宗教与文学思想的一把钥匙。莫尔在写给谢弗的一封信中表达了他初次接触二元论时的欣喜之情:

> 1891 年,偶然的机会,我读到了鲍尔①的《摩尼教宗教体系》(*Das Manichäische Religionssystem*)……由此书带来的内心狂喜是我之前从未体会的,并且这种感觉此后也不可能出现。我如同一个溺水之人,紧紧抓住了一块让我不至沉没下去的浮板。那个东西就是二元论原则——一种摩尼教教会我的粗糙的、机械的哲学思想,但是它却将我引领至一个更深邃、更微妙的探寻真理之路。②

毫无疑问,摩尼教对于青年时期莫尔思想的形成起到了极为重要的启蒙意义。摩尼教于公元 3 世纪中叶由波斯人摩尼(Mani)所创立,它通过吸收基督教、犹太教、佛教等教义思想而逐步建立自己的信仰,并形成了一套独特的戒律和寺院制度,是一种将基督教与其他教义混合而成的哲学体系,其教义体现为泾渭分明的二元论宇宙观。摩尼教认为世界本源存在着两个相互对立的世界——光明的精神世界与黑暗的物质世界。后来摩尼教将这种二元论思想发展为善恶对立观。善

---

① 鲍尔全名费迪南德·克里斯汀·鲍尔(Ferdinand Christian Baur, 1792—1860),是德国新教神学家,图宾根神学院(后更名为图宾根大学)的奠基者,深受黑格尔辩证哲学的影响。
② Paul Elmer More, "Letter of Paul Elmer More to Robert Schafer," in *Paul Elmer More*, by Francis X. Duggan, New York: Twayne Publishers, 1966, p. 20.

是精神,善的力量创造了一切东西;恶是物质,恶的力量毁灭一切。这两种力量互相对抗,共同支配着世界。但是很快,莫尔便指出了摩尼教存在的问题,他认为摩尼教的善恶对立无法为人类的复杂关系提供解决的路径。"对于莫尔而言,摩尼教不是一个理性系统。摩尼教仅仅是故事形式中的一个神话,缺乏将始自上帝的系统的完整演绎。"①

尽管莫尔很快舍弃了摩尼教,但二元论却扎根于他的思想体系中。1894 年,他在爱默生的"双重意识"中再次看到二元论闪耀的光芒。爱默生在《论自然》的序言中谈到他的双重意识观。他说自己以两种意识在使用自然一词,一种是一般意义上的,另一种是哲学意义上的。一般意义上的自然既包括一切被感知与接触的自然世界,也包括人和人所创造的文学艺术世界。哲学意义上的自然由超灵主宰,是宇宙中最重要的存在因素,将自然、人与上帝连在一起。爱默生倡导人们回归自然,希望人与自然连成一个整体,和谐相处。莫尔在谈及爱默生对他的影响时,认为爱默生在极端之间努力平衡的思想给予了他极大的精神启示,莫尔的《谢尔朋文集》第一卷便贯穿了平衡观(note of balance),他用竞争的世界(world of competition)和爱的黄金定律(golden rule of love)这一二元论思维来赏析和批评文学作品,认为优秀的文学作品能够找到二者之间的平衡。

如果说摩尼教的二元论只是让莫尔体会到道德领域内的善恶二元对立,那么爱默生的思想让莫尔将这种二元论延伸至更广阔的领域。在莫尔看来,不仅仅在道德领域,任何领域都有两极,善应该被理解为介于两个极端的平均值。他提炼了爱默生思想中的许多关键词并加以阐发。通过对爱默生的内在生活与外在生活、更高自我与低下自我的理解,莫尔承认人类具有两种对立的意志,人类常常受丑陋的享乐主义拖曳,从而滑向低下的自我,而要摆脱这种生命的欲望与冲

① Paul Grimley Kuntz, "Dualism of Paul Elmer More," *Religious Studies*, 16.4 (1980), p. 391.

动,就需要把更高自我放在第一位,意识到生活是一种有信仰的行为。一旦不道德的因素想要干预,此时一种内在抑制便会强行插入,阻止低下自我的享乐主义意识,对当下的不道德意图或行为进行谴责。这种内在抑制便是更高的自我。同时莫尔意识到,他所生活的时代大多数美国人不关心文化的价值与内心的追求,而只关心建立于大生产所创造的奇迹基础上的物质繁荣,这种只追求物质生活的现状造成了人类精神的惰性、对道德责任的逃避,使得整个西方面临穷途末路,而解决之道便是回归内在生活。回归内在生活是人文主义的基本路径,在这一点上,莫尔和白璧德都继承了爱默生的哲学观。他们认为人类的自然意志需要怀着谦卑和敬畏来仰望更高意志,自然意志指的是人类与社会的基本欲望,包括认知欲望、物质欲望、权力欲望等,而更高意志则包含道德意志、公平意志、正义意志等。这种更高意志对自然意志进行羁绊、限制与选择,最终将人类由仅追求外在生活引领至对内在生活的向往。正如莫尔研究者保罗·格里姆利·孔茨(Paul Grimley Kuntz)所言:"莫尔的爱默生式二元论不再是神话的、神秘的宇宙进化论观,而是一系列格言、准则。"①很显然,在爱默生的哲学思想启发下,莫尔已经将早期对摩尼教粗糙的、对立的二元宇宙论观的吸收推演到哲学领域,并用来阐释和指导人类生活。

在莫尔的哲学理路里,他从未中断过对二元论的思考,并且持续不断地修正与发展。很快他又将视角投向了印度哲学,印度哲学也具有二元论的思维。他的《一个世纪的印度警句》(*A Century of Indian Epigrams*, 1898)是他对这一东方哲学思考的结果。这一期间,莫尔在哈佛教授梵文,因此直接阅读古老的梵文作品对他来说并非难事。他将爱默生的一节诗作为该书的题词,意在表达自己对爱默生的敬意,也期待通过对吠檀多(Vedanta)的研读,深化自己的二元论思想。他认为在西方的历史中,有时候需要通过与东方思想的联系来恢复和促

---

① Paul Grimley Kuntz, "Dualism of Paul Elmer More," *Religious Studies*, 16.4 (1980), p. 392.

进对于某些真理的认识。在印度哲学中,万物所趋的目标是梵天
(Brahma)和个人的灵魂(Atman)。梵天是隐藏在宇宙背后的"绝对
实在",物质世界是梵天的自我意识展现的结果,也是梵天创造出来
的幻象。个人的灵魂是一种永恒的自我,它与隐藏在心灵深处的神
性进行交流,然后以自己的权威去征服自然自我的激情与感觉。莫
尔认为梵天与个人灵魂是一个整体,并且认为印度哲学为解决社会
危机提供的路径是一种新的自律形式,进而代替他之前所提倡的"限
制原则"。

1909 年,莫尔从印度哲学中的二元论思想开始转向柏拉图二元论
思维,并在对柏拉图、亚里士多德、普罗提诺(Plotinus)的研读中,分析
了三者对二元论认识的差异。柏拉图主义或新柏拉图主义认为柏拉
图的基本问题是"一"与"多"的逻辑关系和存在论关系。在柏拉图看
来,"一"是"多"的基础和存在本源,理念与事物是分离的,理念世界
与现象世界是分离的,那么如何从"一"那里获得统一性,或者换句话
说,"一"既然高于"多"存在,那么如何能给出它自己所不是的东西?
亚里士多德对于柏拉图的这种二分法从一开始就持怀疑态度,他把
"一"与"多"看成一个发展的关系,认为两者之间存在一种没有中断
的动力关系。基于柏拉图的二分法与亚里士多德的内在发展观,普罗
提诺提出了"流溢说"(Emanation),他将柏拉图的理念"一"理解为三
个层次:"一"是元初的,是超越一切的,它是绝对的自足;"一"是灵
魂,流溢而成,不断建构自身,生成精神;"一"又是从精神处流溢出的
作用力和生命力。从"一"中继续流溢,还会产生不同层级:理性、灵
魂、物质。物质是最低级的,是罪恶之源,因此人应当摆脱物质的控
制,逐步趋近"一"。① 莫尔并不赞同亚里士多德的内在发展说与新柏
拉图主义者普罗提诺的流溢说,他认为他们的学说最终还是回到了一
元论的窠臼。他坚信世界处于绝对的二元之中:统一性(unity)与多

---

① 参见 Paul Elmer More, *Hellenistic Philosophies*, Princeton: Princeton University Press, 1923, pp. 206–209.

元性(diversity)、无限的自我(the infinite self)与有限的个性(the finite personality)、真实与虚假、喜乐与痛苦、已知与未知、更高自我与低下自我……唯有品性(character)①是从"多"通向"一"的有效途径。②

如果仅仅将莫尔看成二元论的历史阐释者,这样便低估了莫尔的地位与影响,孔茨从五个方面阐述了莫尔对于二元论思想的贡献:1)在莫尔的同辈中,没有人从像他一样的深度与广度上研究二元论,莫尔将二元论思想运用于文学研究无疑具有先见之明;2)莫尔的二元论研究是建立在认识论基础上的;3)莫尔的二元论思想与新人文主义思想是相辅相成的;4)莫尔对身体和心灵二元关系的深切关注,尤其是大量的心灵哲学思想有效反击了行为主义与其他自然主义理论;5)莫尔认为思想深处的二元论无处不在。③ 很显然,莫尔的二元论是建立在宗教和哲学基础上,又进而延伸至文学领域,因此他的二元论思维是实践性的哲学,而非形而上学的。

二、古典主义与人之法则

莫尔思想的论题始于古代东方,终于古代希腊,中间跨越中世纪与浪漫主义。他的多卷本《谢尔朋文集》论及的对象有文学家、哲学家、神学家,包括"印度森林哲学"、苏格拉底、柏拉图、圣奥古斯丁(St. Augustinus)、布莱兹·帕斯卡尔(Blaise Pascal)、托马斯·布朗(Thomas Browne)、约翰·班扬(John Bunyan)、卢梭等。然而,在这些看似随意的排列中,还蕴含着他的另一个重要的思想——新人文式古典主义。他说:

---

① "品性"是莫尔提出的一个哲学概念,并被他用于文学批评中。莫尔并未在著述中详细阐释该术语,笔者以为它类似于白璧德的"均衡"(moderation)和"适度"(measure),即不试图融合两个极端,消弭二者的差距,而通过理性与知性让处于极端的两者达到某种平衡。

② 参见 Paul Elmer More, *Shelburne Essays*, VI, Boston: Houghton Mifflin, 1910, pp. 352-353。

③ 参见 Paul Grimley Kuntz, "Dualism of Paul Elmer More," *Religious Studies*, 16.4 (1980), p. 401。

　　二元论将文学作品中的自然与灵魂区分,将扩张的欲望与内心的抑制区分。它倚重品性,因为唯有品性能通达、融合、平衡和引导自我;缺少品性,最终将抵达幻灭与恣意的浪漫。二元论憎恨人道主义式的同情,坚守公共生活与私人生活中的纪律,坚持有节制的自由和有选择性的同情。[①]

我们应该注意到,"内心抑制""平衡""纪律""节制"等概念不仅仅是"新人文主义"哲学思想,同时也是 20 世纪初英美文学"古典主义"的文学思想。它们共同反对的是"恣意的浪漫"和"情感的滥觞"。

　　另一方面,莫尔又坚持文学批评的社会功用,即在引导人生上发挥重要作用。他解释说:

　　有这样一类批评,它局限于看待事物本身,或刺激到脑海的事物的其他部分,然后判断出这部作品是否丑陋、虚假、不完整,这类同情式的方法是荒谬的、粗陋的。我们还应该宽纳另一种批评方法,它并不那么直接地指向事物本身,而是将该事物与其他事物关联起来,看看它在一系列关系中所处的位置及因果关系。[②]

莫尔所说的前一种只"局限于事物本身"的文学批评应该是即将盛行于英美的"新批评",这种本体论批评是莫尔所反对的。他主张"将该事物与其他事物关联起来",将对文学的研究融入哲学、道德、宗教、美学、社会等范畴的讨论之中,这是莫尔所坚守并付诸实践的文学主张。

　　关于莫尔的文学思想,首先是他所主张的新人文主义式"古典主义"。他说:

---

① Paul Elmer More, *Shelburne Essays*, VIII, Boston: Houghton Mifflin, 1913, pp. 280 - 281.

② 同①。

　　　文学中的古典主义意味着理性重于情感,深广的影响重
于微妙的感受……而其中对于人类利益①的重视是古典精神
的要旨……当我们说某一位作家是古典主义者时,这意味着
从总体而言,其作品展现了思想的理性、题材的广度及对人
类利益的关注。②

也就是说,古典主义的特质是对个人感情的控制,将情感的泛滥置于
理性的掌控之中。正如我们之前所说,莫尔和白璧德的"新人文主义"
都认为,在宗教和政府等传统机构的"外部"控制被减弱的情况下,新
人文主义要强调理性在人性中的重要性,以及它能给人提供的针对混
乱和动物性的"内部"控制。

　　莫尔认为英国诗人拜伦的作品较为完整地体现了这种古典主义
的精神特质。虽然拜伦《曼弗雷德》(Manfred,1817)的主人公的主要
性格特质是"自我主义",但是拜伦对曼弗雷德的故事安排,以及曼弗
雷德最后的悲剧都展示了拜伦对这种"自我主义"的态度。曼弗雷德
是个浮士德式的人物,虽然骄傲的天性使他能够远离世俗的欲望,但
由于缺乏生活的目标而在现实中耽于感官的享受,只能成为孤独的反
叛者。当他想用爱来唤醒自己沉睡的激情时,不料却毁了自己所爱之
人。于是曼弗雷德对自己作出严厉的裁决,一心寻求自我毁灭。尽管
莫尔认为曼弗雷德从总体上看依然是浪漫主义式的人物,但他的身上
体现的"革命的精神、个体的孤独、扩张的欲望"具有复杂的二元特性。
他的个人主义充满激情,同时这种个人主义又有毁灭性的力量。曼弗
雷德的激情就是人类激情的代表,也许对于"人之激情"的书写不符合
古典主义文学的诉求,但对它的约束却部分体现了新人文主义的标
准。莫尔曾这样称赞拜伦:"在英语文学中,我想除了莎士比亚,恐怕

----

　　①　莫尔在不同的场合使用了不同表达术语,有时用"人类利益"(human
interest),有时采用"人类元素"(human element),有时使用"人文主义"(humanism)。

　　②　Kenneth B. Newell, "Paul Elmer More on Byron," *Keats-Shelley Journal*, 12
(1963), p. 69.

还没有哪位作家能像拜伦一样如此直接、如此有力地发现人类的激情,而对于这种激情的书写又依赖于他严谨的思考。"①莫尔在拜伦身上看到了他在激情与冷静之间的平衡,在浪漫主义与古典主义之间的平衡,从而赋予自我主义以独特的内涵:不根植于外在权威,而根植于个人经验的个人主义者。这种协同理性与想象的个人主义者恰好也是新人文主义思想所推崇的主体。

莫尔将拜伦的长诗《唐璜》(*Don Juan*, 1819)放在自《伊利亚特》以来的史诗与人文主义传统下进行讨论,认为"《唐璜》就其形式而言,是 19 世纪唯一一部可以言之凿凿的史诗作品……从某种意义上说,它是迄今为止最伟大的讽刺诗;另一方面,它也是现代生活的史诗。"他将拜伦与荷马、维吉尔、弥尔顿并置,认为他们都是最伟大的人文主义作家,因为他们对于"复杂的世界保持忧郁与冷峻的思考",对于"人类自身的渺小与人类命运的脆弱都保持着忧思"②。莫尔认为拜伦处在一个从旧时代向新时代过渡的时期,英雄的激情在他所处的时代日渐消弭,诗歌的史诗精神也日渐让位于滑稽精神。拜伦采用讽刺长诗的形式在二者之间找到了平衡。他运用讽刺的表达方式举重若轻地揭示了他所处时代的诸多社会问题,从专制政治、经济垄断、邪恶战争、虚伪社会到探索人生意义这样形而上学的追寻,让他的《唐璜》既具有思想的深度与广度,又在艺术上炉火纯青,是名副其实的"讽刺史诗"。

从莫尔对拜伦的批评可以看到一组组关键词:冷峻与激情、理性与情感、史诗精神与滑稽精神、古典的优雅与浪漫的优雅、深广的影响与微妙的情感……越靠近关键词的前者则越接近莫尔所推崇的古典主义精神,越靠近后者则越趋向浪漫主义的特征。莫尔正是依据这些二元关系来建立他的文学批评标准,来判断一个作家的创作是否成功。也就是说,要看他是否在这些二元对立中找到平衡。

① Paul Elmer More, "The Wholesome Revival of Byron," *Atlantic Monthly*, December (1898), p. 804.

② Paul Elmer More, "Don Juan," *Independent*, August (1903), pp. 2049–2052.

莫尔文学批评的另一个重要议题是"人之法则"。英国诗人乔治·克雷布(George Crabbe)与拜伦处于同一时代,莫尔在他的作品中看到了人之法则与自然之法则之间所形成的二元对立。与华兹华斯、雪莱、济慈等浪漫主义诗人的声望及影响相比,这位英国诗人可能不被重视,但莫尔认为:

> 他是真正的加尔文主义者,他的作品体现了人的意志并不是自由的这种宿命论,但又避免了陷入决定论的陷阱。作为肉体的人注定要遭受艰难与折磨,因为这是人类之初的堕落所致;但是作为个体的人,那条从黑暗走向光明,从罪责走向宁静的道路依然是敞开的。①

在长篇叙事诗《自治镇》(The Borough, 1810)中,克雷布将背景设置在一个靠渔业为生的滨海小镇,以暗淡的色调刻画了彼得·格莱姆斯与其他小镇人的生活。彼得"既傲慢自负,又身怀抱负;既渴望爱情与家庭的温暖,又害怕羁绊;既蔑视周围伪善的人,又渴望得到别人的认同,既爱自己又憎恨自己"。女孩艾伦·奥福德深爱着彼得,在彼得遭受排斥时,她挺身而出,给他安慰。然而他们生活的小镇闭塞落后,小镇上有愤世嫉俗的渔夫、玩世不恭的药师、爱嚼舌根的妇人、盛气凌人的执法者、充当老好人的教区长等,他们冠冕堂皇地打着维护小镇正义与公理的旗号,对包括彼得在内的敢于冒犯他们的"异类"进行迫害。在无法推翻的强大社会压力下,彼得最终选择了用死亡妥协,艾伦选择了放弃。莫尔高度赞扬克雷布对个体意志与责任的理解,同时不回避对人类生活中的恶的反思。此外,莫尔认为克雷布没有去试图调和人之法则与自然之法则,他清楚地保留着对每一种法则的认识。莫尔指出,在《自治镇》中,克雷布的目的不在于调和一组组对立,而在

---

① Paul Elmer More, *Shelburne Essays*, II, Boston: Houghton Mifflin, 1905, p. 125.

于表现一组组的冲突,在这些矛盾背后,克雷布谱写了一曲人性赞歌。

人之法则意味着人与自然有着本质的区别,人能够用理性对自然欲望或本能施加控制。莫尔说:"克雷布对于自然的态度不像情感泛神论那样,将外在的世界完全视作灵魂的表征……他非常明晰地表现人与自然的区别,而不是将二者置于象征主义的迷雾中混为一谈。"①虽然华兹华斯作品中的"人性总是掩盖在森林、海洋、湖岸、河边、月光之中",人在自然面前陷入一种无法表达的狂喜之中,但是其作品中想要呈现的人性却总沉湎于意识的融化状态,莫尔说:

> 如果认为这样的诗作才是充满诗意的,那么克雷布的诗毫无疑问是缺乏诗意的。他的作品没有田园般的宁静,没有抽象的人道主义。他的兴趣在个人主义的意志,而不是讨论阶级问题;他不会用抽象的理念表达对自然的膜拜,而致力于反映人类在作为个体时的责任心。②

莫尔对华兹华斯的贬抑,原因是他在书写自然时放弃了理智与判断力,完全受自然之法则所控制;而克雷布不受同时代感伤主义文学的影响,凭着深刻的感知力,以冷峻与理性来思考现代精神。

通过对两位英国诗人拜伦与克雷布的批评,不仅可以看出深植于莫尔文学批评中的二元论思维,还可以反映出他的新人文主义式古典主义思想。与白璧德相似,他赋予了"个人主义"独特的内涵,即认为个人应该不盲从于外在的权威,而应根植于自己的经验,坚定自己的信念,做具有批判性与实证性的有个性的现代人,而优秀的、古典的文学作品就应该塑造这样具有个人主义精神的人。我们应该看到,莫尔与白璧德所倡导的新人文主义在强调与古典相联系的同时,主要目的是利用过去经验来批判浪漫主义与自然主义所产生的结果,并服务于

---

① Paul Elmer More, *Shelburne Essays*, II, Boston:Houghton Mifflin, 1905, p.139.

② 同①,第 140 页。

重建"人之法则"。

三、反浪漫主义与历史意识

弗朗西斯·X. 达根(Francis X. Duggan)曾高度赞扬莫尔:"毫不夸张地说,《谢尔朋文集》是恢宏的著作,也是思想史上具有里程碑意义的著作。莫尔开阔的视野、翔实的资料足以让这部作品载入史册。"①莫尔也一直坚信自己的批评著作会影响后世。创作之初,他便下定决心效仿圣伯夫(Sainte-Beuve),要写一部"人类精神的编年史"。莫尔认为:

> 我们说的文学不是指那些仅仅记载事实或者仅仅娱乐读者的作品,而是那些不同民族致力于书写锻造世界信仰、塑造世界美丽、明确人类责任和胸怀人类抱负,且一代代流传下来的书……当今的文学批评不仅仅应该将这长长的文学书单中分散的阶段连缀起来,而且应该挖掘文本意义中渐进的和谐。换句话说,文学批评应该追溯人类精神的历史。②

由此可见,莫尔所认同的文学绝不是独立于道德之外的"为艺术而艺术"的作品,他所进行的文学批评也不是针对文本内部而开展的批评,而是综合各个方面来反映人类精神的批评史。

《谢尔朋文集》采用了广义的文学批评概念,既涉及具体文本的批评,又涉及一个时期、一个流派的文学研究,同时考察文学与哲学思潮、历史背景的关系,注意将文学批评与伦理学、宗教、美学等有机地联系起来。在对浪漫主义文学进行考察时,莫尔将整个西方的浪漫主义文学纳入其中,从美国的梭罗、霍桑、坡、爱默生开始,再到英国的浪

---

① Francis X. Duggan, *Paul Elmer More*, New York: Twayne Publishers, 1966, p. 40.

② Paul Elmer More, "The Charge Against the Critics," *Independent*, February (1902), p. 353.

漫主义诗人、俄国的托尔斯泰。通过对各国浪漫主义作家的横向比较，可以更加清楚地理解浪漫主义作家的不同特点，充分认识到不同国家的浪漫主义作家创作的差异性，进而从整体上把握浪漫主义文学流派的特点。之所以将浪漫主义作为其文学批评的起点，是因为浪漫主义文学既继承了 16、17 世纪发轫的两股力量——"人文主义"与"自然主义"，又对其所处时代正产生极坏的影响。"人文主义"经由浪漫主义作家，滑向了人道主义层面；科学与理想的"自然主义"则从 18 世纪开始堕落至情感的自然主义。

尽管莫尔对作为一个文学流派的浪漫主义总体持批判态度，但对于具体作家的研究，莫尔则做出辩证的分析。莫尔认为尽管爱默生较之梭罗影响力更大，但就文学而言，爱默生不进行情感的约束，将其乐观主义演变成美国信条，并吸引了一批意志薄弱、缺乏智性的追随者。而梭罗的作品则自始至终由品性指引，"他始终让个人意志压制人道主义的博爱，借助于自然来强化人类德性，而非放纵人类个性"①。莫尔认为霍桑预言般地揭示了人类永恒的真理，他的思想与基督教、希腊哲学和印度哲学存在契合之处："我们生而孤独，死亦孤独，孤独地承受因我们的行动而产生的后果，所有尘世间的一切都是毫无意义又转瞬即逝的。"②莫尔认为只有将宗教、哲学与文学结合起来，才能更深刻地洞察作家最深处的感受，而对于许多作家来说，宗教与哲学也是他们创作的基石。正如史蒂芬·L. 泰纳（Stephen L. Tanner）的评价："让莫尔文学批评产生持久兴趣的话题是浪漫主义、自然主义、科学与人道主义，而他将这些看似碎片性的话题统一起来形成了一套历史编纂学（historiography）。"③正是这种整体编纂上的历史意识让莫尔的文学思想体现出一种巨大的厚重性。

莫尔在"历史"的观照下，坚持演绎式批评方法（syllogistic

---

① Paul Elmer More, *Shelburne Essays*, I, Boston：Houghton Mifflin, 1904, p. 12.
② 同①，第 32 页。
③ Stephen L. Tanner, "Paul Elmer More：Literary Criticism as the History of Ideas," *American Literature*, 3（1973），p. 392.

notion）。他认为文学不能脱离生活,生活不能脱离道德价值观,所以道德价值一定是文学批评的一部分。莫尔在评价圣伯夫指出:"吸引圣伯夫关注的是文学与人生的中间地带。在那个中间地带,通过文学表达的人生是具备自我意识的;而文学在事实与虚构之间保持一种平衡。"①事实上,对圣伯夫的评价也可以用来指涉莫尔。莫尔自己对于具体作家的批评基本上采用以下范式:针对某位作家的最近评论,莫尔引出一些值得讨论的问题;随后他通过追溯作家的生平,考察作家生平与创作之间的关系,再将这些作品与其所处时代的主要社会思潮与精神气质结合起来。必须说明的是,莫尔从作家的个性出发且带有问题意识的研究范式与对个人生平轶事的稽考完全是两回事。其中最重要的一部分是阐释这些创作背景与社会思潮之间的因果关系,再基于人性与经验的二元论作出自己的价值判断。莫尔的社会历史批评,受到了不少持"新批评"观点的评论家的批评。林恩·H. 霍夫(Lynn H. Hough)蔑称他为"文学批评的侦探家",乔治·艾略特指责莫尔"将人生的诗学观与历史道德观纠缠一起……他的所有研究如果不该彻底否定,至少也模糊了诗歌应该独立于生活的一种存在方式的概念"②。莫尔认为他的批评包含三个层面:历史批评（historical criticism）、再创批评（re-creative criticism）、判断批评（judicial criticism）。对于具体作家的批评先考虑历史语境,再沉浸到作品中,然后作出判断,指出其地位,评估其价值。当然这三种批评方法用力不均,其中历史批评明显处于核心地位。从现在的角度看,莫尔不应该遭到诟病。

莫尔文学批评的历史意识还体现在他往往能够给予批评对象一种历史的同情。莫尔能从历史主义的角度出发,看到其批评的作家所受的社会思潮与文学流派的影响与制约,思考其文学中的价值。莫尔

---

① Paul Elmer More, *Shelburne Essays*, III, Boston: Houghton Mifflin, 1905, p. 78.

② George R. Eliot, *Humanism and Imagination*, New York: Kennikat Press, 1938, pp. 4－5.

在论述拜伦时,尽管他对整个浪漫主义文学多有贬斥,然而他能用一种历史的眼光来看待拜伦的浪漫主义诗歌。他认为拜伦缺乏更高、更广意义上的古典主义优雅,他的艺术也缺少自我约束和形式上的和谐,但莫尔认为这些缺点不是拜伦自身的原因,而是他所处的时代、环境影响所致,拜伦始终在与他所生活的文学环境抗争,努力减少作品中的浪漫主义元素,完善艺术上的古典主义精神。正是在这样的历史视角下,莫尔的文学评价和价值判断体现出了一种客观的公正感。

《谢尔朋文集》距今已有百年,莫尔的声誉也起起伏伏。不管怎样,这部厚重的压卷之作体现了莫尔理想的人文主义文学思想,即从人类整体的活动上看,文学不是自给自足的存在,而是服从于人类追求理性、伦理、哲学、宗教总和的理想作用。因而文学研究也不是针对文本内部而开展的批评,而是综合这些方面来反映人类精神的历史。正如莫尔自己反复所宣称的,文学批评应该具有历史意识,要对经典的作品再阐释,并将其作为今天文学发展的原动力。

主要参考文献

Ahnebrink, Lars. *The Beginnings of Naturalism in American Fiction: A Study of the Hamlin Garland, Stephen Crane, and Frank Norris with Special Reference to Some European Influences.* New York: Russell & Russell Inc., 1961.

Anonymous. "Some Letters of Steven Crane." *Academy* LIX (August 11, 1900): 116.

Arnold, Marilyn. "Introduction." In *Willa Cather: A Reference Guide.* Edited by Marilyn Arnold. Boston, Mass: G. K. Hall, 1986.

Auchincloss, Louis. *Ellen Glasgow.* Minneapolis: University of Minnesota Press, 1964.

Auerbach, Erich. *Mimesis: The Representation of Reality in Western Literature.* Princeton: Princeton University Press, 1953.

Babbitt, Irving. *Literature and the American College.* Boston: Houghton Mifflin Company, 1908.

———. *On Being Creative and Other Essays.* Boston: Houghton Mifflin Company, 1932.

———. *Rousseau and Romanticism.* Boston: Houghton Mifflin Company, 1919.

———. *The New Laokoon.* Boston: Houghton Mifflin Company, 1910.

———. *The Masters of Modern French Criticism.* Boston: Houghton Mifflin Company, 1919.

Barrish, Phillip J. *The Cambridge Introduction to American Literary Realism.* Cambridge: Cambridge University Press, 2011.

Becker, George J. *Realism in Modern Literature*. New York: Ungar, 1980.

———. ed. *Documents of Modern Literary Realism*. Princeton: Princeton University Press, 1963.

Beer, Thomas. *Stephen Crane: A Study of American Letters*. New York: Alfred A. Knopf, 1923.

Bell, Michael Davitt. *The Problem of American Realism: Studies in the Cultural History of a Literary Idea*. Chicago: University of Chicago Press, 1993.

Benamou, Michel, Herbert Howarth, Paul Ilie, Calvin S. Brown, and Remy Saisselin. "Symposium on Literary Impressionism." *Yearbook of Comparative and General Literature* 17 (1968): 51.

Benton, Joel. *Emerson as a Poet*. New York: M. F. Mansfield & A. Wessels, 1883.

Berthoff, Warner. *The Ferment of Realism: American Literature, 1884 – 1919*. New York: Free Press, 1965.

Besant, Walter. *The Art of Fiction*. Boston: Cupples, Upham and Company, 1884.

Blake, William. *Poetry and Prose in William Blake* (4th edition). Edited by Geoffrey Keynes. London: Nonesuch Press, 1939.

Block, Haskell M. *Naturalistic Triptych: The Fictive and the Real in Zola, Mann, and Dreiser*. New York: Random House, 1970.

Bloom, Harold, ed. *Bloom's Modern Critical Views: Contemporary Poets—New Edition*. New York: Infobase Publishing, 2010.

Borus, Daniel H. *Writing Realism: Howells, James, and Norris in the Mass Market*. Chapel Hill: University of North Carolina Press, 1989.

Bourke, Paul F. "The Status of Politics 1909 – 1919: The New Republic, Randol Bourne and Van Wyck Brooks." *Journal of American Studies* 8.2 (1974): 171 – 202.

Bowron, Bernard R. Jr. "Realism in America." *Comparative Literature* 3 (1951): 268 – 285.

Brennan, Stephen C., and Stephen R. Yarbrough. *Irving Babbitt*. Boston: Twayne Publishers, 1987.

Britannica, The Editors of Encyclopaedia. "Novel of Manners." In *Encyclopedia Britannica*, https://www.britannica.com/art/novel-of-manners, 访问日期: 2024 年 4 月 22 日。

Buell, Lawrence. *Emerson.* Cambridge: Belknap Press of Harvard University Press, 2003.

———. *Literary Transcendentalism.* Ithaca & London: Cornell University Press, 1973.

———. *New England Literary Culture: From Revolution Through Renaissance.* Cambridge: Cambridge University Press, 1986.

———. "The American Transcendentalist Poets." In *The Columbia History of American Poetry.* Edited by Jay Parini and Brett C. Miller. New York: Columbia University Press, 1993.

———. *The Environmental Imagination: Thoreau, Nature Writing, and the Formation of American Culture.* Cambridge: Belknap Press of Harvard University Press, 1995.

Burke, Edmund. *A Philosophical Enquiry into the Origin of Our Ideas of the Sublime and Beautiful.* Edited by Adam Phillips. Oxford: Oxford University Press, 1990.

———. *The Correspondence of Edmund Burke*, vol. 6. July 1789 - December 1791. Edited by Alfred Cobban and Robert A. Smith Cambridge: Cambridge University Press, 1967.

Burke, Peter. *What Is Cultural History.* Malden: Polity, 2004.

Cady, Edwin H. *The Light of Common Day: Realism in American Fiction.* Bloomington: Indiana University Press, 1971.

Carter, Everett. *Howells and the Age of Realism.* Philadelphia: J. B. Lippincott Company, 1954.

Cather, Willa. *Willa Cather on Writing: Critical on Writing as an Art.* Lincoln and London: University of Nebraska Press, 1988.

Cazemajou, Jean. *Stephen Crane.* Minneapolis: University of Minnesota Press, 1969.

Chase, Richard. *The American Novel and Its Tradition.* Garden City: Double-day Anchor, 1957.

Chilvers, Ian, ed. *The Concise Oxford Dictionary of Art and Artists.*

Oxford and New York: Oxford University Press, 1990.

Conder, John J. *Naturalism in American Fiction: The Classic Phase.* Lexington: University Press of Kentucky, 1984.

Corkin, Stanley. *Realism and the Birth of the Modern United States.* Athens: University of Georgia Press, 1996.

Cowley, Malcolm. "'Not Men': A Natural History of American Naturalism." *Kenyon Review* 9 (1947): 414 – 435.

Crane, Stephen. *Maggie: A Girl of the Streets.* Edited with an Introduction by Harold Bloom. Philadelphia: Chelsea House Publishers, 2005.

Crane, Stephen, and J. C. Levenson. *Stephen Crane: Prose and Poetry.* New York: The Library of America, 1984.

Cromphout, Gustaaf Van. *Emerson's Ethics.* Columbia: University of Missouri Press, 1999.

Davidson, Edward H. *Poe, A Critical Study.* Cambridge: Harvard University Press, 1957.

Davidson, Rob. *The Master and the Dean: The Literary Criticism of Henry James and William Dean Howells.* Columbia and London: University of Missouri Press, 2005.

DeLoach, William. "The Influence of William James on the Composition of 'The American'." *Interpretations* 1 (1975): 38 – 43.

Domitrovic, Brian. "Paul Elmer More: America's Reactionary." *Modern Age* Fall (2003): 343 – 349.

Dow, Eddy. "Van Wyck Brooks and Lewis Mumford: A Confluence in the Twenties." *American Literature* 45.3 (1973): 407 – 422.

Dowell, Peter W. "Van Wyck Brooks and the Progressive Mind." *Midcontinent American Studies Journal* 11.1 (1970): 30 – 44.

Dreiser, Theodore. *Sister Carrie.* New York: Airmont Publishing Company, Inc., 1967.

– – –. *Theodore Dreiser: A Selection of Uncollected Prose.* Edited by Donald Pizer. Detroit: Wayne State University, 1977.

Duggan, Francis X. *Paul Elmer More.* New York: Twayne Publishers, 1966.

Edel, Leon. *Henry James.* Minneapolis: University of Minnesota Press, 1960.

Eigner, Edwin M., and George J. Worth, eds. *Victorian Criticism of the Novel.* Cambridge: Cambridge University Press, 1985.

Eliot, George R. *Humanism and Imagination.* New York: Kennikat Press, 1938.

Ellison, Julie. "Aggressive Allegory." *Raritan* 3.3 (1984): 100 – 115.

Ellmann, Richard, and Charles Feidelson, Jr., eds. *The Modern Tradition: Backgrounds of Modern Literature.* New York: Oxford University Press, 1965.

Emerson, Ralph Waldo. *Emerson's Prose and Poetry.* Edited by Joel Porte and Saundra Morris. New York: W. W. Norton & Company, Inc., 2001.

–––. *Ralph Waldo Emerson: The Major Poetry.* Edited with Introduction and Commentary by Albert J. von Frank. Cambridge: Belknap Press of Harvard University Press, 2015.

–––. *The Collected Works of Ralph Waldo Emerson*, vol. 1. Edited by Alfred R. Ferguson. Cambridge: Harvard University Press, 1971.

–––. *The Complete Works of Ralph Waldo Emerson*, Centenary Edition, 12 vols. Boston and New York: Houghton Mifflin Company, 1903 – 1904.

–––. *The Complete Writings and Other Writings of Ralph Waldo Emerson.* New York: The Modern Library, 1940.

–––. *The Essential Writings of Ralph Waldo Emerson.* Edited by Brooks Atkinson. Princeton: Princeton Review, 2000.

Epstein, Joseph. "We All Speak American." *The Wall Street Journal*, 10 August, 2018.

Erickon, Ronald P. *Randlph S. Bourne and the Liberal Response to World War I.* Laramie: Library of the University Wyoming, 1970.

Everett, C. C. "The Poems of Emerson (1887)." In *Bloom's Classic Critical Views: Ralph Waldo Emerson.* Edited and with an Introduction by Harold Bloom. New York: Infobase Publishing, 2008.

Falk, Robert. "The Literary Criticism of the Genteel Decades, 1870 - 1900." In *The Development of American Literary Criticism*. Edited by Floyd Stovall. Chapel Hill: University of North Carolina Press, 1955.

———. "The Rise of Realism, 1871 - 1891." In *Transitions in American Literary History*. Edited by H. H. Clark. Durham: Duke University Press, 1953.

———. *The Victorian Mode in American Fiction, 1865 - 1885*. East Lansing: Michigan State University Press, 1965.

Figg, Robert M. "Naturalism as a Literary Form." *Georgia Review* 18 (1964): 308 - 316.

Fritzell, Peter A. *Nature Writing and America: Essays upon a Cultural Type*. Ames: Iowa State University Press, 1990.

Frohock, Wilbur Merrill. *Frank Norris*. Minneapolis: University of Minnesota Press, 1968.

Furst, Lilian R., and Peter N. Skrine. *Naturalism*. London: Methuen, 1971.

Gardner, Sarah E. *Blood and Irony: Southern White Women's Narratives of the Civil War, 1861 - 1937*. Chapel Hill & London: The University of North Carolina Press, 2004.

Garland, Hamlin. *Crumbling Idols: Twelve Essays on Art Dealing Chiefly with Literature, Painting and the Drama*. Edited by Jane Johnson. Cambridge, MA and London: Belknap Press of Harvard University Press, 1960.

Geismar, Maxwell. *Rebels and Ancestors: The American Novel 1890 - 1915*. Boston: Houghton Mifflin, 1953.

Gibbs, Beverly Jean. "Impressionism as a Literary Movement." *The Modern Language Journal* 36.4(1952): 175 - 183.

Giorgio, Benjamin D. "Stephen Crane: American Impressionist." Diss. Wisconsin, 1969.

Glasgow, Ellen. *A Certain Measure: An Interpretation of Prose Fiction*. New York: Harcourt, Brace and Company, 1943.

Graham, Philip. "Naturalism in America: A Status Report." *Studies in*

American Fiction 10 (1982): 1 – 16.

Habib, M. A. R. *A History of Literary Criticism and Theory: From Plato to the Present*. Malden: Blackwell Publishing, 2005.

Hakutani, Yoshinobu, and Lewis Fried, eds. *American Literary Naturalism: A Reassessment*. Heielberg: Carl Winter, 1975.

Hallman, J. C. *Wm & H'ry: Literature, Love, and the Letters between William and Henry James*. Iowa City: University of Iowa Press, 2013.

Hartwick, Harry. *The Foregrounds of American Fiction*. New York: American Book Company, 1934.

Hicks, Granville. *The Great Tradition: An Interpretation of American Literature Since the Civil War*. New York: Macmillan, 1933.

Hirsh, John C. "Realism Renewed." *Journal of American Studies* 25 (1991): 235 – 243.

Hoffman, Frederick J. "From Document to Symbol: Zola and American Naturalism." *Revue des Langues Vivantes*, U.S. Bicentennial Issue (1976): 203 – 212.

Hollibaugh, Lisa. "'The Civilized Uses of Irony': Darwinism, Calvinism, and Motherhood in Ellen Glasgow's *Barren Ground*." *Mississippi Quarterly* 59 (2005): 31 – 63.

Hook, Andrew. *American Literature in Context III, 1865 – 1900*. London: Methuen, 1983.

Howard, June. *Form and History in American Literary Naturalism*. Chapel Hill: University of North Carolina Press, 1985.

Howells, William Dean. *Criticism and Fiction*. London: James R. Osgood, Mcllvaine & Co., 1891.

– – –. *Criticism and Fiction and Other Essays*. Edited with Introductions and Notes by Clara Marburg Kirk and Rudolf Kirk. New York: New York University Press, 1959.

Hume, David. "A Treatise of Human Nature." In *Philosophical Works*, vol. 1, 1739. Edited by Thomas Hill Green and Thomas Hodge Grose. London: Longmans-Green, 1964.

Huneker, James. *Essays by James Huneker*. Selected with an

Introduction by Mencken. New York: Charles Scribner's Sons, 1929.

— — —. *Promenades of an Impressionist*. New York: Charles Scribner's Sons, 1910.

Hühn, Peter, John Pier, Wolf Schmid, and Jörg Schönert, eds. *Handbook of Narratology*. Berlin and New York: De Gruyter, 2009.

James, Henry. *Henry James: Literary Criticism*. Edited by Leon Edel. New York: The Library of America, 1984.

— — —. *Henry James: Selected Letters*. Edited by Leon Edel. Cambridge: Belknap Press of Harvard University Press, 1987.

— — —. *Partial Portraits*. London and New York: Macmillan and Co., 1888.

— — —. *The Future of the Novel: Essays on the Art of Fiction*. New York: Vintage Books, 1956.

— — —. "The Art of Fiction." *Longman's Magazine* 4(1884): 502 – 521.

James, William. *The Letters of William James*, Vol. 1. Edited by Henry James. New York: Atlantic Monthly Press, 1920.

Jay, Martin. *Harvests of Change: American Literature, 1865 – 1914*. Englewood Cliffs: Prentice-Hall, 1967.

Johnson, Samuel. "Preface to the Plays of William Shakespeare." In *Samuel Johnson: Selected Writings*. Edited by Peter Martin. Cambridge: Belknap Press of Harvard University, 2009.

Kaminsky, Alice. "On Literary Realism." In *The Theory of the Novel: New Essays*. Edited by John Halperin. New York: Oxford University Press, 1974.

Kaplan, Amy. *The Social Construction of American Realism*. Chicago: University of Chicago Press, 1988.

Kaplan, Harold. *Power and Order: Henry Adams and the Naturalist Tradition in American Fiction*. Chicago: University of Chicago Press, 1981.

Kazin, Alfred. *On Native Grounds: An Interpretation of Modern American Prose Literature*. New York: Reynal & Hitchcock, 1942.

Kirk, Russell. "The Conservative Humanism of Irving Babbitt." *Prairie Schooner* 26.3 (1952): 245 - 255.

Kolb, Harold H. *The Illusion of Life: American Realism as a Literary Form*. Charlottesville: University Press of Virginia, 1969.

Koons, Robert C. "The War of Three Humanisms: Irving Babbitt and the Recovery of Classical Learning." *Modern Age* summer (2010), 198 - 207.

Koster, Donald N. *Transcendentalism in America*. Boston: Twayne Publishers, 1975.

Kronegger, Maria Elisibeth. *Literary Impressionism*. New Haven: College and University Press, 1973.

Kuntz, Paul Grimley. "Dualism of Paul Elmer More." *Religious Studies* 16.4 (1980): 389 - 411.

Leitch, Vincent B. *American Literary Criticism from the Thirties to the Eighties*. New York: Columbia University Press, 1988.

Levin, Harry. *The Gates of Horn: A Study of Five French Realists*. New York: Oxford University Press, 1963.

Lowell, James Russell. "James Russell Lowell and Modern Literary Criticism." *The International Review* (1874—1883) 4 (1877): 264 - 282.

– – –. *The Complete Poetical Works of James Russell Lowell*. Edited by Horace Elisha Scudder. Boston: Houghton, Mifflin, 1896.

– – –. *The Function of the Poet and Other Essays*. Boston: Houghton Mifflin Company, 1920.

Lukács, Georg. "Narrate or Describe? A Preliminary Discussion of Naturalism and Formalism." In *Writer and Critic and Other Essays*, Edited by Arthur D. Kahn. London: Martin Press, 1970.

– – –. *Studies in European Realism*. London: Hillway, 1950.

Manchester, Frederick, and Odell Shepard, eds. *Irving Babbitt: Man and Teacher*. New York: Greenwood Press, 1969.

Martin, Ronald E. *American Literature and the Universe of Force*. Durham, N. C.: Duke University Press, 1981.

Matz, Jesse. *Literary Impressionism and Modernist Aesthetics*.

Cambridge: Cambridge University Press, 2001.

Maule, Harry E., and Melville H. Cane. *A Sinclair Lewis Reader: Selected Essays and Other Writings, 1904 – 1950.* New York: Random House, 1953.

McElroy, Wendy. "The Bathtub, Mencken, and War." *The Freeman* 49.9 (1999): 29 – 31.

McIntosh, James. *Thoreau as Romantic Naturalist: His Shifting Stance Toward Nature.* New York: Cornell University Press, 1974.

McKay, Janet H. *Narration and Discourse in American Realistic Fiction.* Philadelphia: University of Pennsylvania Press, 1982.

Mencken, H. L. "The Scopes Trial: Byran." *The Baltimore Evening Sun,* July. 27, 1925.

Merriam-Webster, ed. *Webster's New Explorer Dictionary of Quotations.* Springfield, MA: Federal Street Press, 2000.

Michaels, Walter Benn. *The Gold Standard and the Logic of Naturalism.* Berkeley: University of California Press, 1987.

Mitchell, Lee Clark. *Determined Fictions: American Literary Naturalism.* New York: Columbia University Press, 1989.

Monteiro, George, ed. *Stephen Crane: The Contemporary Reviews.* Cambridge: Cambridge University Press, 2009.

More, Paul Elmer. *Hellenistic Philosophies.* Princeton: Princeton University Press, 1923.

– – –. *Shelburne Essays,* I. Boston: Houghton Mifflin, 1904.

– – –. *Shelburne Essays,* II. Boston: Houghton Mifflin, 1905.

– – –. *Shelburne Essays,* III. Boston: Houghton Mifflin, 1905.

– – –. *Shelburne Essays,* VI. Boston: Houghton Mifflin, 1910.

– – –. *Shelburne Essays,* VIII. Boston: Houghton Mifflin, 1913.

– – –. "Don Juan." *Independent* August (1903): 2049 – 2052.

– – –. "The Charge Against the Critics." *Independent* February (1902): 353.

– – –. "The Wholesome Revival of Byron." *Atlantic Monthly* December (1898): 801 – 809.

Nagel, James. *Stephen Crane and Literary Impressionism.* University

Park and London: The Pennsylvania State University Press, 1980.

Nash, Roderick F. *The Rights of Nature: A History of Environmental Ethics*. Madison: The University of Wisconsin Press, 1989.

Nelson, Raymond. "Babylonian Frolics: H. L. Mencken and The American Language." *American Literary History* 11 (1999): 668 - 698.

Newell, Kenneth B. "Paul Elmer More on Byron." *Keats-Shelley Journal* 12 (1963): 67 - 74.

Newlin, Keith. "'I Am As Ever Your Disciple': The Friendship of Hamlin Garland and W. D. Howells." *Papers on Language & Literature* 42.3 (2006): 264 - 290.

---. ed. *The Oxford Handbook of American Literary Naturalism*. New York: Oxford University Press, 2011.

Norris, Frank. *Norris: Novels and Essays*. Edited by Donald Pizer. New York: Library of America, 1986.

Oates, Joyce Carol, and Robert Atwan, eds. *The Best American Essays of the Century*. New York: Houghton Mifflin Company, 2000.

Panichas, George A. *The Critical Legacy of Irving Babbitt*. Wilmington, DE: Intercollegiate Studies Institute, 1999.

Parini, Jay. *Oxford Encyclopedia of American Literature*. Oxford: Oxford University Press, 2004.

Pater, Walter. *Studies in the History of the Renaissance*. London: Macmillan and Co., Ltd, 1873.

Pizer, Donald. *Realism and Naturalism in Nineteenth-Century American Literature*. New York: Russell & Russell, 1976.

---. *The Theory and Practice of American Literary Naturalism: Selected Essays and Reviews*. Carbondale: Southern Illinois University Press, 1993.

---. *Twentieth-Century American Literary Naturalism: An Interpretation*. Carbondale: Southern Illinois University Press, 1982.

---. ed. *Documents of American Realism and Naturalism*. Carbondale and Edwardsville: Southern Illinois University Press, 1998.

---. ed. *The Cambridge Companion to American Realism and Naturalism:*

From Howells to London. Cambridge: Cambridge University Press, 1995.

Poe, Edgar Allan. *Selected Writings of Edgar Allan Poe*. Edited with an Introduction and Notes by Edward H. Davidson. Boston: Houghton Mifflin Company, 1956.

Porte, Joel. *Emerson and Thoreau: Transcendentalists in Conflict*. Middletown: Wesleyan University Press, 1965.

Posnett, Hutcheson Macauley. *Comparative Literature*. London: Kegan Paul, Trench, 1886.

Raper, Julius Rowan. *Without Shelter: The Early Career of Ellen Glasgow*. Baton Rouge: Louisiana State University Press, 1971.

Rawlings, Peter. *American Theorists of the Novel: Henry James, Lionel Trilling, and Wayne C. Booth*. London and New York: Routledge, 2006.

Rogers, Rodney O. "Stephen Crane and Impressionism." *Nineteeth-Century Fiction* 3(1969): 292 - 304.

Ryn, Claes G. *Will, Imagination and Reason: Irving Babbitt and the Problem of Reality*. Washington DC: Regnery Books, 1986.

Scharnhorst, Gary, and Thomas Quirk. *Research Guide to American Literature: Realism and Regionalism, 1865 - 1914*. New York: Facts on File, 2010.

Schmidt, Barbara. "Review of The Works of Mark Twain Forum. Volume 8. *Adventures of Huckleberry Finn*, by Mark Twain." http://www.twainweb.net/reviews/hf2003.html,访问日期：2024 年 4 月 22 日。

Schorer, Mark. "Technique as Discovery." *Hudson Review* 1 (1948): 67 - 87.

Schrader, Richard J. *Encyclopedia of American Literature*. Shanghai: Shanghai Foreign Language Education Press, 2011.

Schwab, Arnold T. "James Huneker's Criticism of American Literature." *American Literature* 1 (1957): 64 - 78.

Scura, Dorothy M., ed. *Ellen Glasgow: The Contemporary Reviews*. Cambridge: Cambridge University Press, 1992.

Sinclair, Upton. *Mammonart: An Essay in Economic Interpretation*. Pasadena & California: Self, 1925.

---. *Money Writes!*. London: T. Werner Laurie Ltd, 1931.

Sorrentino, Paul. *Stephen Crane: A Life of Fire*. Cambridge, MA and London: Belknap Press of Harvard University Press, 2014.

Stallman, R. W. *Stephen Crane: An Omnibus*. New York: Alfred A. Knopf, 1961.

Stowell, H. Peter. *Literary Impressionism, James and Chekhov*. Athens: The University of Georgia Press, 1980.

Stromberg, Roland N., ed. *Realism, Naturalism, and Symbolism: Modes of Thought and Expression in Europa, 1848 – 1914*. London: Palgrave Macmillan, 1968.

Sundquist, Eric J., ed. *American Realism: New Essays*. Baltimore: Johns Hopkins University Press, 1982.

Super, R. H. *The Time-Spirit of Matthew Arnold*. Ann Arbor: University of Michigan Press, 1970.

Tanner, Stephen L. "Paul Elmer More: Literary Criticism as the History of Ideas." *American Literature* 3 (1973): 390 – 406.

Thoreau, Henry David. *The Writings of Henry David Thoreau in Twenty Volumes* (Volume I). Boston and New York: Houghton Mifflin Company, 1906.

---. *The Writings of Henry David Thoreau in Twenty Volumes* (Volume II). Boston and New York: Houghton Mifflin Company, 1906.

---. *The Writings of Henry David Thoreau in Twenty Volumes* (Volume III). Boston and New York: Houghton Mifflin Company, 1906.

---. *The Writings of Henry David Thoreau in Twenty Volumes* (Volume V). Boston and New York: Houghton Mifflin Company, 1906.

---. *The Writings of Henry David Thoreau in Twenty Volumes* (Volume VIII). Boston and New York: Houghton Mifflin Company, 1906.

---. *The Writings of Henry David Thoreau in Twenty Volumes* (Volume X). Boston and New York: Houghton Mifflin Company, 1906.

---. *The Writings of Henry David Thoreau in Twenty Volumes* (Volume XV). Boston and New York: Houghton Mifflin Company, 1906.

–––. *The Writings of Henry David Thoreau in Twenty Volumes* (Volume XVI). Boston and New York: Houghton Mifflin Company, 1906.

–––. *Walking, Great Short Works of Henry David Thoreau.* Edited with an Introduction by Wendell Glick. New York: Harper & Row, 1982.

–––. *Walden and Other Writings.* Edited with an Introduction by Joseph Wood Krutch. New York: Bantam Dell, 1962.

–––. *Walden and Other Writings.* Edited by Joseph Wood Krutch. New York: Bantam USA, 1980.

Torrey, Bradford. *The Writings of Henry David Thoreau (Journal II).* Boston and New York: Houghton Mifflin Company.

Trilling, Lionel. *E. M. Forster.* New York: New Directions Paperbook, 1964.

–––. *The Liberal Imagination: Essays on Literature and Society.* New York: The Viking Press, 1950.

–––. *The Liberal Imagination: Essays on Literature and Society.* New York: Harcourt Brace Jovanovich, 1979.

Walcutt, Charles Child. *American Literary Naturalism: A Divided Stream.* Westport and Connecticut: Greenwood Press, 1977.

– – –. ed. *Seven Novelists in the American Naturalist Tradition.* Minneapolis: University of Minnesota Press, 1974.

Wayne, Tiffany K. *Encyclopedia of Transcendentalism.* New York: Facts on File, 2006.

Wellek, Renè. *A History of Modern Criticism: 1750 – 1950, Vol. 6: America Criticism, 1900 – 1950.* New Haven and London: Yale University Press, 1986.

Wertheim, Stanley. " Crane and Garland: The Education of an Impressionist." *North Dakota Quarterly* 35 (1967): 23 – 28.

Wharton, Edith. *The Writing of Fiction.* New York & London: Charles Scribner's Sons, 1925.

Whitman, Walt. " One's Self I Sing." In *Leaves of Grass*, The " Authorized" edition. Edited by Emory Holloway. Garden City: Doubleday, Page & Company, 1925.

– – –. *The Portable Walt Whitman*. Edited with an Introduction by Michael Warner. New York: Penguin Group, 2004.

– – –. "Whitman Reviews Himself." In *Critical Essays on Walt Whitman*. Edited by James L. Woodress. Boston: G. K. Hall, 1983.

Whittermore, Robert C. *Makers of the American Mind*. New York: William Morrow & Company, 1964.

Williams, William Carlos. "Edgar Allan Poe." In *Edgar Allan Poe: Critical Assessments*. Edited by Graham Clarke. Mountfield: Helm Information Ltd., 1991.

Wilson, Christopher P. *The Labor of Words: Literary Professionalism in the Progressive Era*. Athens: University of Georgia Press, 1985.

Wilson, James Southall. "Poe's Philosophy of Composition." *The North American Review* 223.833 (Dec., 1926 – Feb., 1927): 675 – 684.

Wilson, Leslie Perrin. *CliffsNotes^{TM} Thoreau, Emerson, and Transcendentalism*. Foster: IDG Books Worldwide, Inc., 2000.

Wilson, Woodrow. "The Making of the Nation." *Atlantic Monthly* 80.377 (July 1897): 3 – 4.

Zacharias, Greg W., ed. *A Companion to Henry James*. Oxford: Blackwell, 2008.

Ziff, Larzer. *The American 1890s*. New York: Viking, 1966.

A. O. 洛夫乔伊:《观念史论文集》,吴相译,南京:江苏教育出版社,2005 年。

Larzer Ziff:《一八九〇年代的美国——迷惘的一代人的岁月》,夏平等译,上海:上海外语教育出版社,1988 年。

M. A. R. 哈比布:《文学批评史:从柏拉图到现在》,阎嘉译,南京:南京大学出版社,2017 年。

M. H. 艾布拉姆斯:《镜与灯:浪漫主义文论及批评传统》,郦稚牛等译,北京:北京大学出版社,2004 年。

T. S. 艾略特:《艾略特文学论文集》,李赋宁译注,南昌:百花洲文艺出版社,1994 年。

阿伦·布洛克:《西方人文主义传统》,董乐山译,北京:群言出版社,2012 年。

埃默里·埃利奥特主编:《哥伦比亚美国文学史》,朱通伯等译,成都:

四川辞书出版社,1994 年。

巴尔扎克:《巴尔扎克论文艺》,艾珉、黄晋凯编,袁树仁等译,北京:人民文学出版社,2003 年。

爱伦·坡:《爱伦·坡精品集》,曹明伦译,合肥:安徽文艺出版社,1999 年。

爱默生:《爱默生集:论文与讲演录》,吉欧·波尔泰编,赵一凡等译,北京:三联书店,1993 年。

——:《论自然·美国学者》,赵一凡译,北京:三联书店,2015 年。

奥古斯德·孔德:《论实证精神》,黄建华译,北京:商务印书馆,1996 年。

鲍山葵:《美学三讲》,周煦良译,上海:上海译文出版社, 1983 年。

勃兰兑斯:《十九世纪文学主流》(第五分册),李宗杰译,北京:人民文学出版社,1997 年。

曹明伦:《爱伦·坡其人其文新论》,《四川教育学院学报》1999 年第 7 期。

常耀信:《美国文学简史》(第三版),天津:南开大学出版社,2012 年。

陈来:《传统与现代:人文主义的视界》,北京:三联书店,2009 年。

陈茂林:《“另一个”:梭罗对人与自然二元对立的解构》,《外国文学研究》2009 年第 6 期。

程虹:《美国自然文学三十讲》,北京:外语教学与研究出版社,2013 年。

——:《自然文学的三维景观:风景、声景及心景》,《外国文学》2015 年第 6 期。

程巍:《中产阶级的孩子们》,北京:三联书店,2004 年。

程锡麟、王晓璐:《当代美国小说理论》,北京:外语教学与研究出版社,2001 年。

达米安·格兰特:《现实主义》,周发祥译,北京:昆仑出版社,1989 年。

代显梅:《传统与现代之间:亨利·詹姆斯的小说理论》,北京:社会科学文献出版社,2006 年。

戴维·洛奇:《戴维·洛奇文论选集》,罗贻荣编译,北京:中国社会科学出版社,2018 年。

丹尼尔·笛福:《鲁滨孙漂流记》,徐霞村译,北京:人民文学出版社,2011 年。

杜·舒尔兹:《现代心理学史》(第 8 版),叶浩生译,南京:江苏教育出版社,2005 年。

段怀清：《白璧德与中国》，北京：首都师范大学出版社，2006年。

段俊晖：《美国批判人文主义研究——白璧德、特里林和萨义德》，北京：北京大学出版社，2013年。

法埃尔·布吕奈尔等：《19世纪法国文学史》，郑克鲁等译，上海：上海人民出版社，1997年。

方成：《美国自然主义文学传统的文化建构与价值传承》，上海：上海外语教育出版社，2007年。

费尔迪南·德·索绪尔：《普通语言学教程》，高名凯译，岑麒祥、叶蜚声校注，北京：商务印书馆，1999年。

郭庆藩：《庄子集释》（下），王孝鱼点校，北京：中华书局，1961年。

哈特、莱宁格尔编：《牛津美国文学词典》（第6版），北京：外语教学与研究出版社，2005年。

黑格尔：《精神现象学》（上），贺麟、王玖兴译，北京：商务印书馆，1997年。

——：《美学》（第一卷），朱光潜译，北京：商务印书馆，2008年。

亨利·大卫·梭罗：《瓦尔登湖》，徐迟译，上海：上海译文出版社，2009年。

——：《瓦尔登湖的反光：梭罗日记》，朱子仪译，北京：金城出版社，2014年。

亨利·菲尔丁：《弃儿汤姆·琼斯的历史》（上），萧乾、李从弼译，北京：人民文学出版社，1984年。

亨利·詹姆斯：《小说的艺术：亨利·詹姆斯文论选》，朱雯、乔忯、朱乃长等译，上海：上海译文出版社，2000年。

惠特曼：《草叶集》，楚图南等译，北京：人民文学出版社，1997年。

——：《草叶集》，李野光译，北京：北京燕山出版社，2003年。

简功友：《"第二天性"与生态危机——消费文化视域下梭罗生态思想论》，《湖南社会科学》2016年第5期。

蒋洪新：《道德批评的选择：艾略特与白璧德》，《外国文学研究》2020年第2期。

——：《庞德研究》，上海：上海外语教育出版社，2014年。

——：《英诗新方向：庞德、艾略特诗学理论与文化批评研究》，长沙：湖南教育出版社，2001年。

克里斯托弗·考德威尔：《浪漫主义与现实主义：对英国资产阶级文

学的研究》,薛鸿时译,北京：三联书店,1988 年。

拉曼·塞尔登编：《文学批评理论：从柏拉图到现在》,刘象愚等译,北京：北京大学出版社,2000 年。

雷蒙·威廉斯：《关键词：文化与社会的词汇》,刘建基译,北京：三联书店,2005 年。

雷纳·韦勒克：《近代文学批评史》(1—8 卷),杨自伍译,上海：上海译文出版社,2009 年。

雷内·韦勒克：《批评的概念》,张今言译,杭州：中国美术学院出版社,1999 年。

李莉：《威拉·凯瑟的记忆书写研究》,成都：四川大学出版社,2009 年。

李维屏：《英美意识流小说》,上海：上海教育出版社,1996 年。

李维屏等：《英国文学思想史》,上海：上海外语教育出版社,2012 年。

李自修：《爱默生及其论〈美国学者〉》,《河北师范大学学报》1985 年第 6 期,第 16 页。

理查德·佩尔斯：《激进的理想与美国之梦：大萧条岁月中的文化和社会思想》,卢允中等译,上海：上海外语教育出版社,1992 年。

理查德·塔纳斯：《西方思想史》,吴象婴等译,上海：上海社会科学出版社,2011 年。

利里安·弗斯特：《浪漫主义》,李今译,北京：昆仑出版社,1989 年。

利里安·R. 弗斯特、彼得·N. 斯克爱英：《自然主义》,任庆平译,北京：昆仑出版社,1989 年。

梁实秋：《梁实秋论文学》,台北：台湾时报文学出版社,1978 年。

——：《文艺批评论》,载徐静波编《梁实秋批评文集》,珠海：珠海出版社,1998 年。

列夫·托尔斯泰：《什么是艺术》,何永祥译,南京：江苏美术出版社,1990 年。

列宁：《列宁全集》(第 26 卷)(第二版),中共中央马克思恩格斯列宁斯大林著作编译局编译,北京：人民出版社,1984 年。

琳达·诺克林：《现代生活的英雄：论现实主义》,刁筱华译,桂林：广西师范大学出版社,2005 年。

刘象愚编选：《爱伦·坡精选集》,济南：山东文艺出版社,1999 年。

刘易斯：《授奖演说：美国人对文学的担忧》,载赵平凡编《授奖词与受奖演说卷》(上),杭州：浙江文艺出版社,1998 年。

柳鸣九:《自然主义》,北京:中国社会科学出版社,1988 年。

卢伯克、福斯特、缪尔:《小说美学经典三种》,方土人等译,上海:上海译文出版社,1990 年。

鲁迅:《中国小说史略》,上海:上海古籍出版社,2006 年。

陆建德:《破碎思想体系的残编:英美文学与思想史论稿》,北京:北京大学出版社,2001 年。

罗宾·乔治·科林伍德:《艺术原理》,王至元、陈华中译,北京:中国社会科学出版社,1987 年。

罗伯特·E. 斯皮勒:《美国文学的周期》,王长荣译,上海:上海外语教育出版社,1990 年。

罗德·霍顿、赫伯特·爱德华兹:《美国文学思想背景》,房炜等译,北京:人民文学出版社,1991 年。

罗杰·法约尔:《批评:方法与历史》,怀宇译,天津:百花文艺出版社,2002 年。

罗杰·加洛蒂:《论无边的现实主义》,吴岳添译,天津:百花文艺出版社,1998 年。

罗竹风主编:《汉语大词典》(第 2 卷),上海:汉语大词典出版社,1988 年。

马尔科姆·布拉德伯利:《美国现代小说论》,王晋华译,太原:北岳文艺出版社,1992 年。

马克思:《资本论》(第一卷),中共中央马克思恩格斯列宁斯大林著作编译局编译,北京:人民出版社,2004 年。

马克思、恩格斯:《马克思恩格斯选集》(第 1—4 卷),中共中央马克思恩格斯列宁斯大林著作编译局编译,北京:人民出版社,1995 年。

——:《马克思恩格斯全集第十九卷》,中共中央马克思恩格斯列宁斯大林著作编译局编译,北京:人民出版社,1963 年。

马库斯·坎利夫:《美国的文学》(下卷),方杰译,香港:今日世界出版社,1975 年。

迈克尔·费伯:《浪漫主义》,翟红梅译,南京:译林出版社,2019 年。

迈克尔·格洛登、马丁·克雷斯沃思、伊莫瑞·济曼编:《霍普金斯文学理论和批评指南》(第 2 版),王逢振等译,北京:外语教学与研究出版社,2011 年。

毛亮:《自我、自由与伦理生活:亨利·詹姆斯研究》,北京:北京大学出版社,2015年。

梅·弗里德曼:《意识流:文学手法研究》,申丽平等译,上海:华东师范大学出版社,1992年。

门罗·C.比厄斯利:《西方美学简史》,高建平译,北京:北京大学出版社,2006年。

纳尔逊·曼弗雷德·布莱克:《美国社会生活与思想史》(上下册),许季鸿等译,北京:商务印书馆,1997年。

欧金尼奥·加林:《中世纪与文艺复兴》,李玉成、李进译,北京:商务印书馆,2012年。

欧文·白璧德:《人文主义:全盘反思》,美国《人文》杂志社编,多人译,北京:三联书店,2003年。

——:《性格与文化:论东方与西方》,孙宜学译,上海:上海三联书店,2010年。

钱满素:《美国文明》,北京:中国社会科学出版社,2001年。

钱锺书:《七缀集》,上海:上海古籍出版社,1985年。

乔治·巴塔耶:《色情史》,刘晖译,北京:商务印书馆,2004年。

让·贝西埃等编:《诗学史》(下),史忠义译,开封:河南大学出版社,2002年。

让-雅克·卢梭:《论人类不平等的起源》,高修娟译,上海:上海三联书店,2014年。

萨科文·博科维奇主编:《剑桥美国文学史》(第三卷),蔡坚等译,北京:中央编译出版社,2010年。

沈卫威:《回眸"学衡派":文化保守主义的现代命运》,北京:人民文学出版社,1999年。

盛宁:《二十世纪美国文论》,北京:北京大学出版社,1993年。

——:《人文困惑与反思:西方后现代主义思潮批判》,北京:三联书店,1997年。

斯蒂芬·克莱恩:《红色的英勇标志》,刘世聪、曲启楠译,北京:人民文学出版社,2005年。

——:《街头女郎玛吉》,孙致礼译,沈阳:辽宁教育出版社,2000年。

苏贤贵:《梭罗的自然思想及其生态伦理意蕴》,《北京大学学报》(哲学社会科学版)2002年第3期。

孙宏:《从美国性到多重性:凯瑟研究的回顾与反思》,《外国文学评论》2007 年第 2 期。

唐纳德·皮泽尔主编:《美国现实主义和自然主义——豪威尔斯到杰克·伦敦》,张国庆译,武汉:武汉大学出版社,2009 年。

瓦迪斯瓦夫·塔塔尔凯维奇:《西方六大美学观念史》,刘文潭译,上海:上海译文出版社,2006 年。

王丽亚:《被忽略的 R. L. 斯蒂文森——斯蒂文森小说理论初探》,《外国文学评论》2001 年第 2 期。

——:《弗兰克·诺里斯的小说理论及其倡导的"美国小说"》,《外国文学研究》2004 年第 2 期。

王敏琴:《亨利·詹姆斯的叙述角度论及其发展轨迹》,《外国文学》2003 年第 2 期。

王守仁:《战后历史进程中的现实主义、后现代主义文学》,南京:译林出版社,2013 年。

威勒德·索普:《二十世纪美国文学》,濮阳翔等译,北京:北京师范大学出版社,1984 年。

威廉·K. 弗兰克纳:《伦理学》,北京:三联书店,1987 年。

韦以希:《美国近代社会思想发展史》,程之行译,台北:联经出版事业公司,1981 年。

卫姆塞特、布鲁克斯:《西洋文学批评史》,颜元叔译,北京:中国人民大学出版社,1987 年。

魏征:《谏太宗十思疏》,《美文(下半月)》2011 年 05 期。

文森特·里奇:《20 世纪 30 年代至 80 年代的美国文学批评》,王顺珠译,北京:北京大学出版社,2013 年。

沃浓·路易·帕灵顿:《美国思想史》,陈永国等译,长春:吉林人民出版社,2002 年。

吴宓:《论新文化运动》,《学衡》1922 年第 4 期。

伍蠡甫编:《西方文论选》,上海:上海译文出版社,1979 年。

西奥多·德莱塞:《伟大的美国小说》,肖雨潞译,载刘保端等译《美国作家论文学》,北京:三联书店,1984 年。

——:《谈我自己》,主万译,上海:上海译文出版社,2003 年。

萧统编:《六臣注文选》(上册),李善等注,北京:中华书局,1987 年。

——:《文选》,李善注,北京:中华书局,1977 年。

亚里士多德:《诗学》,陈中梅译,北京:商务印书馆,2005 年。

杨金才:《美国文艺复兴经典作家的政治文化阐释》,上海:上海外语
　　教育出版社,2009 年。

杨仁敬:《20 世纪美国文学史》,青岛:青岛出版社,1999 年。

伊恩·P. 瓦特:《小说的兴起》,高原、董红钧译,北京:三联书店,
　　1992 年。

伊夫·塔迪埃:《20 世纪的文学批评》,史忠义译,天津:百花文艺出
　　版社,1998 年。

殷企平、高奋、童燕萍:《英国小说批评史》,上海:上海外语教育出版
　　社,2001 年。

于海冰:《跨文化视野中的欧文·白璧德》,博士学位论文,北京语言
　　大学,2003 年。

虞建华:《美国文学的第二次繁荣》,上海:上海外语教育出版社,
　　2004 年。

曾繁亭:《文学自然主义研究》,北京:中国社会科学出版社,2008 年。

张汉熙编:《高级英语》(第一册),北京:外语教学与研究出版社,2011
　　年。

张隆溪:《中西文化研究十论》,上海:复旦大学出版社,2005 年。

张源:《文化与政治:白璧德人文教育观的双重面相》,《中国比较文
　　学》2008 年第 4 期。

——:《从"人文主义"到"保守主义"——〈学衡〉中的白璧德》,北京:
　　三联书店,2009 年。

赵敬鹏:《再论语图符号的实指与虚指》,《文艺理论研究》2013 年 5 期。

赵一凡、张中载、李德恩编:《西方文论关键词》,北京:外语教学与研
　　究出版社,2006 年。

郑师渠:《在欧化和国粹之间:学衡派文化思想研究》,北京:北京师
　　范大学出版社,2001 年。

朱刚:《新编美国文学史》(第二卷),上海:上海外语教育出版社,
　　2002 年。

朱光潜:《西方美学史》,北京:人民文学出版社,1979 年。

朱寿桐:《欧文·白璧德在中国现代文化建构中的宿命角色》,《外国
　　文学评论》2003 年第 2 期。

朱雯等编选:《文学中的自然主义》,上海:上海文艺出版社,1992 年。